大鱼

有爱的青春陪伴者

春言诺

冬日牛角包 著

天津出版传媒集团

天津人民出版社

图书在版编目（CIP）数据

春言诺 / 冬日牛角包著. -- 天津：天津人民出版
社, 2024.4
ISBN 978-7-201-20204-4

Ⅰ.①春… Ⅱ.①冬… Ⅲ.①长篇小说—中国—当代
Ⅳ.①I247.5

中国国家版本馆CIP数据核字(2024)第046240号

春言诺
CHUN YAN NUO

冬日牛角包　著

出　　版	天津人民出版社
出 版 人	刘锦泉
地　　址	天津市和平区西康路35号康岳大厦
邮政编码	300051
邮购电话	022-23332459
电子信箱	reader@tjrmcbs.com

责任编辑	玮丽斯
特约编辑	裴欣怡
装帧设计	刘　艳　唐卉婷
封面绘制	兔子与夏Y
制版印刷	长沙鸿发印务实业有限公司
经　　销	新华书店
开　　本	880毫米×1230毫米　1/32
印　　张	9
字　　数	295千字
版次印次	2024年4月第1版　2024年4月第1次印刷
定　　价	42.80元

目
录

contents

目
录

contents

第 一 章
最差的重逢

春寒料峭，三月的天气依旧凉人心。

春诺穿着白色的无袖锦缎长裙，外面仅搭着一件薄薄的大衣，晚风顺着白皙笔直的小腿将人刮个通透。江念晚开车大概开到外环线去了，说好的两分钟，五个两分钟都过去了，春诺还没见到她的车影儿。

春诺裹紧身上的衣服，跺跺脚，准备还是回大堂等。

一个红色的身影从旋转门跑了出来，拿着手机不知道在跟谁通电话："我没看到你的车啊，哎，看到了，这儿呢。"

春诺看见那身红色就头疼。那个女人叫蒋樱绮，是春诺的死对头，春诺今天没心情跟她斗，本想躲开她，可鬼使神差地停住了脚步。

一辆车开了过来，低调的黑色，能让蒋樱绮这样上赶着出来接人的，大概这世界上也没有几个。驾驶座那边的门打开，车里的人刚一只脚落地，蒋樱绮便已经凑上前去。

春诺一直觉得电影里的慢镜头都拍得唯美极了，一帧一帧的动作将人内心的情绪挥洒得淋漓尽致。

黑色的大衣勾勒出他修长的身材，长眸清冷，薄唇微抿，刀削般的五官如峰如山，褪去了学生时期的青涩，在没有她的日子里，他已经成为一个男人，成熟的、稳重的、从容的。

唯一不变的是，他对她依旧有致命的吸引力，只一眼就可以让她的视线不由自主地停在他身上。

蒋樱绮似笑非笑地看春诺一眼，与男人一起走进了会场。

春诺小声腹诽，挺什么挺，就算你再挺，也挺不出什么，没准还能挺出腰椎间盘突出。

"春小诺！"

后面传来鸣笛声声，江念晚扯着她那天生的大嗓门，恨不得十里八乡都能听见。

春诺挥手让她小声点，就她这嗓门，只用三分力，在一楼喊，十八楼都能听见。

春诺小跑过去，拉开车门坐进了暖气十足的车内，冷热交替，忍不住打了个喷嚏。

"感冒了？快喝点热水暖暖，把羽绒服也穿上，你怎么不在大堂里等？"江念晚先递给春诺保温杯，又伸手从后座拿过来羽绒服塞给她。

别说羽绒服，春诺现在恨不得披上两层羽绒被。

"你不是说就两分钟吗？我懒得看蒋樱绮那张怨妇脸，就跑外面来了，谁知道大小姐你开个车比蜗牛爬还慢。再晚点，我可能直接就变企鹅回南极了，你也不用再接我，多省事儿。"

"没事儿，就算你变企鹅，也是只前凸后翘的企鹅。"江念晚插科打诨，她开车技术确实有待提高。

春诺缩在座位上，勉强扯起嘴角，算是对江念晚的回应。

江念晚看春诺兴致不高，以为她是被蒋樱绮给气到了："姓蒋的什么德行，咱八百年前不就知道了，为那种人生气，不值得。"

"我要是因为她生气，早就气成尸干了，我这是因为你的烂车技被冻狠了。我眯一会儿，到家了叫我。"

可春诺一闭上眼，脑中就闪现出那张脸，那双眼目不斜视，好像根本不认识她一样。她承认她现在是比以前更漂亮了，他认不出也正常，可他听到她的名字都没反应。

春诺忍不住开口："江念晚，你碰到前男友时，他什么反应？"

"前男友？"江念晚被前面那辆车搞得正心烦，"你说的是哪一个，我前男友两个巴掌都数不过来。"

得，为什么所有人的生活都这么潇洒，她也想要好多前男友！春诺痛苦地哀号一声，又缩回羽绒服里。

"你今天怎么这么神经，不管你前男友什么反应，你首先得绷住，是他甩的你也好，你甩的他也罢，又或者是双方撕破脸分的，你都要面带微笑，昂首挺胸，目中无人，目空一切，甩他一脸高贵冷艳，就是要告诉他，你这张纸在姑奶奶我这儿已经翻篇了，你算哪根葱，我认识你吗？"

江念晚忍住要按喇叭的冲动，前面那个神经病踩刹车踩得一顿一顿的，算了，她忍，她要做个有素质的好公民，原谅世界上一切的神经病。

她继续前面的话："当然，这一切的前提是你得化着全妆，穿着十厘米的高跟鞋，不然你就乖乖掉头，有多远走多远。"

"为什么？我素颜很差吗？"春诺不服。

"姑奶奶，你那两个大黑眼圈都快吊到下巴上了，你生怕你前男友不知道你每天都过着黑白颠倒的堕落生活。"

"我只是失眠，失眠而已，怎么能是堕落。"

"我知道你是失眠，但是你还能追着你前男友解释我这黑眼圈是因为失眠。"

"也是，有道理。"

春诺今天穿的是高跟鞋，刚从活动现场出来，化的妆也自然能体现她最好的状态，可她没有做到目不斜视，她盯着人家看了一路，反而是那位直接甩了她一个"高贵冷艳"，而且是她前男友和她最讨厌的女人一起甩了她个"高贵冷艳"。

"高贵冷艳"这四个字以后要禁止出现在她的字典里，太气人了。

不行，她一定要再跟他遇到一次，然后直接甩他个"六亲不认"。

春诺想到刚才自己的样子，懊恼地在座位上直蹬脚，把江念晚吓了一跳："你要死呀，一惊一乍的，吓死我了。"

小花发现她老板春诺近一阵有些不正常，具体表现在对出门和化妆都达到了无比狂热的地步。

以前她老板没有工作的时候，能待在家里自己跟自己玩一个星期都不觉得孤单寂寞冷，而且平时能不化妆就不化妆，一顶帽子，一个口罩，顶着一张素面朝天的脸，能走遍全世界，没有怕过谁。

现在呢，连倒个垃圾都抢着去，而且都是全妆加十二厘米的高跟鞋。

春诺为什么会这样？

因为她知道世界上有一个可怕的定律，那就是当你遇到一个人后，他就会老出现在你的生活里。

所以这段时间春诺让自己随时随地保持备战状态，她怕来一个转角相遇，但也跃跃欲试地想要一个转角相遇，自己已经被碾压了一次，她绝对要碾压回来，而且要三百六十度无死角，挖掘机式碾压，直接把他压到地底去。

可她不知道世界上还有一个可怕的定律：当你不想遇到一个人的时候，他"咣"地就能砸到你面前，砸你个措手不及，头昏眼花；当你想遇到一个人时，你就算薅光自己的头发，把两片放大镜放你眼上，都看不见一根汗毛。

春诺在持续了半个月的疯狂，都没有见到那人的半根汗毛后，她就放弃了。她可能是看错了，那天的人或许不是他，又或者是他们两个的生活大概已经成了两条平行线，再不会有任何交集。

她又回归到最真实的自我。

春诺是一个小演员。

如果非要在女演员前面加一个形容词，以春诺贫乏的语文素养，她会选择一个最俗的成语——天生丽质。

老天爷给了她这张脸、这个身材，没办法，人活在世总会在某一方面被偏爱。

但也会在某一方面被虐待。

现在她被自己的助理和损友打发出来买啤酒了，因为她今天不想做饭，只配跑腿，最可气的是她来了"大姨妈"还不能喝酒，买回去只能看着她们喝，她要诅咒她们今天喝的啤酒全是泡沫。

春诺是楼下小超市忠实的粉丝，日常的生活用品都在这里购买，老板亲切地称她为"绿帽子小姑娘"，因为有一阵她老戴着绿色的棒球帽去买东西，有次她微信转账多付了钱自己还不知道，老板一着急，脱口而出"那位戴绿帽子的小姑娘"，从此，她在这个超市一战成名。

老板见到春诺很高兴，边扫码边唠嗑："好久没见你戴这顶帽子了。"

"这不春天了嘛，应一下景。"

春天的时候，春诺的头是属于这顶帽子的。

"你白，戴什么颜色的都好看，但好像确实戴绿色更好看，显得青春有活力。"

站在春诺后面的小姑娘"扑哧"一声笑了出来，春诺甚至能感觉到口水落到了她脖子上。

小姑娘大概也觉得自己很失礼，又是拿纸巾给她擦，又是道歉。春诺拿出自己最平和的笑容，转身想说没关系，她大小算个公众人物，虽然现实中认出她来的人几乎没有，但她也要维护自己的形象。爱护自己的羽毛，这是她作为一个演员的素养，她要善良。

可当她转身看到和小姑娘站在一起的男人时，善良的她没有忍住，内心冒出了一句脏话。

人生何处不相逢，该相逢时不相逢。

春诺默念，目空一切，目中无人。

那小姑娘看到春诺的脸，明显有些激动："你不是那个谁吗？演那个什么的？很火的那个电视剧叫什么来着？你演的不是里面的那个什么来着吗？"

"不好意思，你认错人了，我没演过谁。"不是那个谁，更没演过那个什么。

春诺急于摆脱眼前的场面。她今天在家里待了一天，所以脸都没洗，头发更是两天没洗，鼻子上架着一副厚眼镜，身上穿着四年前买的运动服，已经洗得快要褪色了。主要是这身运动服太舒服了，导致她一直没舍得扔，现在遭报应了。

她要回去上一下网，问一问广大网友，她这种与前男友重逢的场面，会不会荣登最差排行榜的榜首。

小姑娘显然没打算放过春诺，拍着旁边人的胳膊："徐言，她是不是那个谁？"

徐言顶着一张不甚耐烦的脸，狭长的眼尾微微上扬，扫了春诺一眼："没见过，不认识。"又低头看回了手机。

春诺一口气堵在胸口，差点没噎自己一个岔气。没事儿，她忍，这是上天给她的历练。

她笑容放得更大，眼睛眯成了一条缝。

"你真的认错人了。"

老板在后面也跟着帮腔："对啊，小姑娘，你真的认错人了，这位姑娘不是什么演员，她是打游戏的那种，在你们年轻人里很火的那种职业，叫什么来着，噢，对了，电竞选手，是不是很洋气？"

春诺没想到自己当时随口说的话，被老板记得清清楚楚。

春诺强撑着笑脸，咬着牙，以最快的速度付完钱，然后又以最快的速度走向门口。

"姑娘，姑娘——"

春诺想装作听不到，奈何老板的声音隔着一条街的居民楼里都能听到，她只能停下脚步转头，她能感觉到自己的牙齿快被咬碎了。

"怎么了，老板？"声音温柔极了。

"你的东西不要了？付完钱就走，东西都没拿。"老板提着袋子走过来递给她，"小姑娘，还是少喝些酒，对身体不好，对皮肤也不好。"

春诺有一种天要亡我的感觉，她这辈子，下辈子都不会再踏进这家超市一步，不然每进一次，今天的场景岂不是都要重演一次，她会把自己的头发给薅没的。

春诺生无可恋地回到家，把东西放下，没耽误一秒就进了浴室。

她要洗脸、洗头、洗澡，洗完她还要化个妆，换上礼服。她要彻底忘记自己今天的形象，她要冲刷今晚一切的耻辱。今天在她人生中就是不存在的一天，今天是几号来着，她以后每年这一天都不会再出门。

哦，她想起来了，今天是三月十四日。

她跟徐言的分手纪念日，在六年前的今天，她甩了她人生中的第一个男朋友，也可能是最后一个，因为小花给她算塔罗牌，说她是孤独终老的命。

算了，这可能就是她甩人的报应。

她洗完澡出来，那两个人已经吃上喝上了。

江念晚一口气干完一杯，嘴里还"哈"一声，爽到了极点："你什么时候这么讲究卫生了，出个门回来还要洗澡。"

春诺想把毛巾扔江念晚脸上，她现在不想听到一切否定的词语，她这颗饱经风霜的幼小心灵现在需要鼓励，需要一切正面的词语，需要魔镜告诉她，她是世界上最美的女人。

"小花，那个综艺我接了。"春诺一屁股坐到椅子上，夹了一块藕塞到嘴里。

"你不是说要休息两个月吗？刚手术完行吗？"

"行，有什么不行的，这个世界上也只有工作和钱才可以让我快乐。"

其实不是什么大手术，就是胸部长了个小的结节。

可春诺胆小又惜命，当她拿到体检报告时，脑中闪过千万种想法，每一个想法都逃不过如果她死了，她爸岂不是要在这个世上孤独终老。

就算是为了她爸，她也得活得健健康康，长命百岁。

春诺虽然人不红，但是活却不少。她性格好，不挑角色，也有演技，在那个圈子还是很火的，所以一部接一部或者几部同时，片子没有断过。

她没签经纪公司，只雇了小花这个助理，一年到头能休息的时间没有几天。这次生病让她反思了很多，挣钱虽然很重要，但是身体也很重要。为了革命的本钱，她大手一挥，决定停下两个月的工作，也给了小花两个月的带薪休假。

可她现在需要充实，要是她自己待在家里，她肯定会一直不停地想一些有的没的，到时候她的黑眼圈可能不是吊到下巴了，是直接吊到脚底了，所以还是忙点好，忙一天倒头就睡，哪里还会记得谁是谁。

"好，我回头和那边打电话敲一下细节。"小花很高兴。她一直想让春诺老板接一些综艺，综艺节目如果效果好，能瞬间吸粉，出圈也会很快。

春诺之前对综艺都有些抵触，她演戏和生活分得很开，作为一个彻底的宅女，并不想把自己生活中的一面展示给别人。

不过这个综艺说是综艺，其实是把一些无名的演员聚集在一起，比拼演技的一个节目。春诺之前合作的一位导演，把春诺推荐给了节目组，本来她很感兴趣，但开始录制的时间是二月底，正好是春诺手术的时间，那个时候，春诺满脑子都是什么都没有身体重要，所以就给推了。

不过节目组这两天又来电话了，说如果她愿意的话，可以参加三月底的踢馆赛。她决定了，她要参加，虽然她可能不是去踢而是被踢，但被踢的痛苦可能会掩盖掉今天的痛苦。

丢脸的事情只能用更丢脸的事情来代替了。

江念晚看春诺出门一趟就变得神神道道："你怎么了，出门碰到前男友了，还是碰到鬼？怎么看你现在在精神有点不正常。"

春诺长叹一口气，仰躺在椅背上，看着头顶的吊灯："我还不如遇见鬼了呢。"

小花抓住了她话里的漏洞，很兴奋："那就是遇到前男友了？"

小花本名"花朵开"，跟春诺一样也是出生在春天，不过春诺是早春，小花是晚春。小花出生的时候，家里阳台上的花开得绚烂肆意，她爸老花嘴一张一闭，跟随小花一生的名字就定了下来。

知道小花本名的人很少，敢开口叫她的人更少，因为老花是跆拳道馆的馆长，小花从小被她爸训练，止步于跆拳道红带，因为她妈怕她嫁不出去，再不让她考下去。

春诺开始入这个圈子的时候，完全是单枪匹马自己来。化妆、衣服、开车、敲片子、谈合同、赶场，那个时候初生牛犊不怕虎，一心只想往前冲。

直到遇到一个粉丝，从片场跟到酒店又跟到她住的地方，连着十几天。

其实那人也没有干什么出格的事情，就只是默默地跟着，她便吓得要死，这才想着还是要有一个助理。看到小花的简历，她二话不说就拍板定了下来，今年已经是第三年。

小花跟了春诺几年，春诺就单身了几年。在这几年里，江念晚男朋友换了四个，连她都换了两个，但春诺把单身主义奉行到底了，照目前这个架势，可能还会一直单下去。

其实追春诺的人不少，毕竟颜值摆在那里，剧组里剧组外，腕大的腕小的，有钱的没钱的，年轻的年长的，有人品的没人品的，想玩玩的想定下来的，都有。可春诺愣是没开口答应过谁。

所以小花推断她老板可能有一个不可言说的前男友，曾经沧海，所以现在看谁都是水中云雾。

不可言说的意思就是这个人只出现在小花的臆想里，她从来没听春诺提起过，自然也不敢去问，连江念晚都不知道有这么个人。江念晚是春诺的发小，不过从高中就去了国外，近两年才回来。

联系到春诺的不正常和刚才说的话，小花觉得今天晚上可能是见证真相的时刻。

春诺看着目光如炬的小花和对此并不关心只一心夹菜喝酒的江念晚，想要倾吐的心又落了下去。

怎么说呢？她没脸说当初的分手，也没脸说如今的重见，大概谁听了都会说一句"活该"。

她可以自己骂自己千万句活该，但是她受不了别人说一句，那样她这些年咬牙的坚持仿佛就真的成了笑话，而她也只配活该这两个字。

"我见到我大学同学了，人家留学国外，学成归来，嫁人生子，事业有成，年薪百万，人生巅峰。再看我，除了这张脸能把人家给比下去，其他什么都没有，你说气人不气人。"春诺半真半假，让小花安慰不是，不安慰不是。

江念晚知道她没一句正经的，故意拿话填她："你好像连脸都快没了。"

春诺悲哀地想，也是，我的脸已经丢在了今晚的风中，再也找不到了。

她只能化悲愤为食欲，多吃几口涮青菜，养养自己的脸，美美自己的颜，然后努努力，没准还能找到下一春。

她不想孤独终老，她更不想七老八十再相遇的时候，他拄着拐棍，还是个帅老头，身边还挽着一个俏老太，而她还是一个人，虽然她可能会更俏。

不对，不是可能，是只会，她永远是最俏的那一个。

春诺要参加的那档综艺节目叫作《梦若星河》，最后敲定的录制时间是三月底。趁着中间还有一段时间的空余，春诺回了趟郊外的老春家，陪他钓了两天鱼，好好修身养性了一番。

小花接她去医院复查，看到人都有点惊讶，牛仔裤，白卫衣，乌黑浓密的头发被高高地扎起来，露出光洁莹润的额头，白皙的皮肤透着娇嫩的粉红，浓烈又精致的面容跟春日里盛开的樱花相映成辉，果然工作让人劳累，假期让人容光焕发。

小花忍不住调侃道："老大，你这个状态会让我以为你偷着谈恋爱去了？"

"我等着你给我介绍呢，你爸那跆拳道馆里的老师、男学员啊，有没有什么单身的好资源别藏着掖着，统统拿出来。"春诺降下半扇车窗，脱了鞋子，找了一个最舒服的姿势盘卧在座椅上。

"老大，你认真的吗？我妈手里真有人，她想给你介绍，是我一直拦着没让，真的挺好的人，我舅舅家的哥哥，穿白大褂的，有才有貌，人品也绝对没问题，我们家的基因，没出过歪种子，你要是觉得成，就见一见？"

外面的风拂过发，空气中都带着一股清甜的味道，让人无端躁动。

"好啊，我看成。"春诺想，如果不能回头，那就向前走。

"真的吗？我跟你说我一直觉得你们两个绝配，郎才女貌，生出来的娃不管是男孩还是女孩都绝对好看。"

"花朵开，你不要吓我，我这坑还没开始挖，你都准备摘果子了。"春诺就没见过性子这么急的。

"嘿嘿，我这不是激动嘛，肥水不流外人田，你进了我老舅家的门，我姥姥准得乐开花，过年得多给我三倍的压岁钱。"小花怕春诺就是随口说说，"见面这事儿就定了啊，你可不能反悔。"

"我答应过你的事情什么时候反悔过。"

春诺这话才说出去不过一天，她就有点后悔了。花家人真的都是急性子，见面的时间已经定下来了，就安排在今天晚上。

小花给出的理由很充分，你就这一阵时间空闲一点，录完综艺你就要进组，后面哪儿还有时间谈恋爱，早点见，如果觉得能聊得下去，就能多一阵相处的时间。

"你真的很适合做媒婆。"春诺边化妆边吐槽，"你去给我挑衣服，按照你哥的审美挑，争取今天见面就把他拿下，明天就开始进入恋爱阶段，年底争取把婚给结了，没准明年就有人要叫你姑姑了。"

小花不理她老板跑火车的那一张嘴，跑到衣帽间开始挑衣服，最终拿出来一条白色长裙。

春诺瞟了一眼："哦，你哥原来喜欢这一款的。"

"不管他喜欢什么样的，你肯定都能拿下，你属于百搭款。"小花对春诺还是很有信心的。

春诺换上衣服后，小花好想为自己的选择鼓掌。

黑色的长发梳成松松散散的鱼尾辫，白衣长裙清纯得好像暗夜里盛开的白玫瑰，烈焰红唇让这种清纯中又点缀着冶艳的妩媚。

小花把人带到餐厅后连车都没下就撤了。

春诺多少有点紧张，其实也不是紧张，是怕尴尬，虽然她并不认生，但她第一次干这种事儿，两个陌生人面对面坐在一起，又是带着某种明确的目的，说什么做什么好像都会别扭。

春诺被服务员带到位置，看到人的第一眼，说实话还是挺出乎意料的，板寸的头发，干干净净的五官，黑色的高领毛衣。小花说她哥周弘庭是个学霸，看来还是个长得好看的学霸。

周弘庭看到来人，毫不掩饰自己眼中的惊艳之色："春小姐？"

"叫我春诺就好。"春诺这才看到周弘庭的对面还站着一个人，那个位置被柱子挡着，她走过来的时候没看到。

"这是我朋友，正好碰到，就聊了两句，他也约了人。"周弘庭给徐言使眼色，让他快点闪人，别耽误他这儿的正事，"你约的人到了没？"

徐言扯了扯嘴角："没到也得到。"

他冲春诺点了一下头，朝后排走去。

春诺觉得自己可以出一本书了，叫作"她和她前男友的花式相遇，花式到七百二十度托马斯旋转"。

徐言大概会觉得她阴魂不散吧，怎么到哪儿都能遇到。其实春诺也想知道这个问题，难道是她上辈子造孽太多？

周弘庭起身给春诺挪开椅子，很自然地接过她脱下来的风衣。春诺已经好久没有享受过这种待遇，一时还有点不适应。

她虽然强打着精神，但还是被后排的那个背影牵了些心神，有些心不在焉，这是挺失礼的事情，好在周弘庭并不在意。

他很会引导话题，也是个很会讲故事的人，拣着医院里遇到的有意思的事情，一个话题接着一个话题，倒让春诺觉得时间没有那么难挨，到后面连徐言那桌没人了她都没察觉到。

周弘庭真的是一个很好的人，有自己热爱的工作，情商和智商都在线，颜值还拿得出手，人也风趣幽默。如果他不是徐言的朋友的话，她大概会跟他见第二面，看得出他跟徐言不是点头之交，两个人应该关系还挺好的。

春诺出洗手间的时候，想顺便把账给结了。前台说已经结完了，她以为是周弘庭，可等最后走的时候，周弘庭还要去结账，她才知道不是他。

她大概也知道是谁结的了。

"这个老徐。"周弘庭也不意外。

春诺当然知道徐言是冲周弘庭，她不会自作多情，毕竟他又"不认识"她。

两个人出了餐厅，她弯眼看向周弘庭，跟他说再见："今天很高兴认识你，小花的哥哥，那我们下次有机会再见。"

"我送你。"

春诺摆手："不用不用，也不顺路，我打车很方便。"

在春诺的意识里，两个人在车上会比两个人在一起吃饭还要更亲密一点，他们的情况不适合这种氛围，她还是自己走好了。

"小花交代给我的任务，让我一定要护送她老板到家，否则要我好看。"周弘庭能看出她对他没有进一步的意思，"春诺，你不用有心理负担，就当多认识一个朋友，有一个明星朋友也是一件挺有面子的事情。"

话说到这种地步，她再拒绝就显得太小家子气了："那就麻烦你了，不过，我只是一个小演员，混生活而已。"

春诺为了说得更明白一些，伸出自己的小拇指，表示自己比那个指甲盖还要小。

周弘庭被她的表情惹得笑出了声。春诺人虽然长得冷艳，但性格却是极好，他暗道一声可惜。

事后小花追着问她哥到底哪儿不好，连第二次见面的机会都不给。春诺总不能说你哥跟我前男友认识，而且还是好朋友，如果我跟你哥成了的话，将来婚礼上，前男友来当伴郎，或者我男朋友去给我前男友当伴郎，想想都觉得诡异。

春诺拿了一个能够堵住人的借口："你哥跟我前男友长得太像了。"

小花立刻哑口无言，那个白月光？那我哥岂不是彻底没戏了？

可她不死心："我哥他应该也不介意当替身。"

春诺拿抱枕拍她："有你这么当妹妹的吗？这么糟践你哥。你哥很好，各方面都很好，所以他值得更好的。"

很好的人并不一定是对的人，对的人或许已经成了过去，再也遇不到。

《梦若星河》录制那天，下着绵绵的小雨，湿润的青草香和路边荡漾的垂柳嫩枝，让人有一种暖洋洋的倦意。

节目是分组录制的，一组有三人，春诺这一组，两位是前面几期胜出的选手，一男江宏晨一女李竹，她作为踢馆选手进入。

每组选用一个剧本，剧本里有三个主要角色，参演人员根据盲选的方式选出自己要演的角色。这样的话，可能会出现男演女或者女演男，最后拍出来的成品由评委和现场观众共同打分，末位淘汰。

他们的剧本并不复杂，讲的是太傅、太傅夫人和佞臣相国之间的爱恨纠葛。

太傅爱夫人，夫人是相国安插在太傅府上的奸细，而且爱相国，而相国对太傅有着说不清道不明的情绪。他们要演的场景是太傅发现夫人心里的人是相国，以为两人早有私情，找到相国，三方对峙。

两男一女的角色，所以春诺和另一位女选手之间，势必有一个人要女演男。抽签的时候，春诺没想太多，毕竟这种盲选的事情完全是听天由命，抽到哪个就是哪个。

抽签的结果是，江宏晨是太傅，李竹是相国，春诺是夫人。

李竹从打开字条的那刻就开始掉眼泪，也不出声音，就默默地流眼泪，谁安慰都劝不下来，问为什么哭也不说，其实谁都知道是为什么。

春诺不想管，你有意见就提，有话就说，一声不吭，就只知道掉眼泪，还哭得梨花带雨的，不知道的还以为是谁欺负你了或者有内幕操作呢。

这大姐可真能哭，持续十分钟眼泪都不带停的，这早晨是喝了多少水出来的。

江宏晨是个急脾气，拍摄的时间就一天，光哭就耗去了三分之一，待会儿导演就要过来，他们剧本也没背，妆也没化，这是要开天窗的节奏。

他特别珍惜这次机会，无名十年，人也到了中年，如果这次他还没有成功，他不知道自己的坚持还有没有意义。

他想说让春诺和李竹换一下角色，可他真开不了这个口。对于参加这个节目的所有选手来说，每一步都是至关重要的，因为这可能是他们人生中仅有的一次能够被观众记住脸和名字的机会。

"我和她换吧。"春诺把自己的那张字条放到了桌子上，拿起了李竹抽的那张字条。浪费时间就是浪费生命是至理名言，春诺看得出来这棵竹子是誓死要耗死大家了。

"我演相国，李老师演夫人。"

江宏晨听到春诺的话，眼里的感激和喜悦瞬间爆发出来，要过来给她一个拥抱。

春诺原本还有些生气的心情被江宏晨的表情缓解了不少，她有意调节气氛，跟江宏晨开玩笑："我可是你情敌，你怎么能抱我，要抱也是我抱你。"

李竹的眼泪停得很快，磨磨蹭蹭地挪到春诺面前："姐姐个子高，能撑起衣服，扮起相国来应该更俊俏，女扮男装，演得好的话，会很出彩。"

春诺咬咬牙，弯起嘴角："妹妹哭了半天，原来是哭我抽签没得一个好角色，谢谢妹妹想着我，为我流了这么多眼泪，快去喝口水补补，别待会儿脱水了，那我可成罪人了。"

谁是你姐姐，你们全家才都是姐姐。

后面不知道谁笑出声来，很快又捂住了嘴。

春诺换上相国的衣服，站在镜子前看了看。她一米七多一点的个头，衣服倒是能撑起来，只是胸前的起伏太明显，好在她事先有准备，节目组提前沟通过细节，说有可能会有女演男的情况发生，她让小花准备了一卷裹胸带。

给春诺化妆的老师，五十多岁的样子，话不多，手法很细腻。

她旁边的李竹也在化妆。她以为李竹只知道哭不会说话，可李竹从坐上座位，嘴就没有停过，一直在指导化妆师要如何如何给她化。

春诺被她细碎的声音搅得耳膜疼，干脆戴上了耳机，闭着眼睛思考相国在与太傅对峙的时候心里应该是怎样的感情，该用什么样的形式表达。

大概过了将近一个小时，化妆师抬起她的下巴，左右仔细地看了看，对自己的作品很满意："好了，你看一下。"

江宏晨早就化好了，在化妆间外来回溜达，听到化妆师的声音，抬脚就迈了过来，终于好了一个。

春诺通过镜子看到了江宏晨呆若木鸡的样子，一个大男人为什么会有这么可爱的表情。

她以为自己应该不适合扮男相，因为她眼睛太媚了，不止一个导演说过这个问题，所以她之前演过的角色大多是坏女人，古装的话不是青楼女子就是魅君惑主的红颜祸水。

浓黑的眉毛如剑般斜飞入鬓角，眉峰耸立，化妆师将她的眼尾拉长，化出了深邃的眼窝，遮盖住了她眼里的妩媚。鼻梁高挺，薄唇微抿，阴影巧妙的打法将脸部线条勾勒出坚毅的棱角。

李竹也停止了对化妆师的指导，看着镜子用不大不小的声音说："我就说姐姐适合相国的装扮。"

春诺没搭理她，看着江宏晨呆呆的样子，冲他眨眼："怎么，要考虑一下移情别恋吗？"

江宏晨没有逗乐的意思，语气郑重，催她看剧本："好好琢磨角色，演好了会很出彩。"

春诺看得出江宏晨是一个戏痴，他的眼神里对演戏有一种痴迷和执着，春诺喜欢跟这样的人合作。

李竹见两个人有来有往，把她当空气，她白了一眼，小声嘟囔："狐狸精。"只有她旁边的化妆师听到了这句话。

在喊了第十次"卡"之后，导演李靖聪的表情已经很不好了，春诺也有些泄气，她不知道李竹前几期都是怎么晋级上来的，刚才不是眼泪掉得"噼里啪啦"的，怎么现在眼睛干成了沙漠。

李竹已经把所有的理由都用尽了，一会儿说自己眼睛疼，一会儿说自己有干眼症，一会儿说流太多泪的话，是不是会花了妆，破坏了画面的美感，一会儿说自己可不可以用眼药水。

导演直脾气，直接说了出来："这个节目本来就是演技比拼，你演哭戏还用眼药水，你这不是作弊吗？"

李竹感觉到了导演的耐心马上就要用到底，她看了一眼跟她搭戏的春诺："姐姐，你的情绪能不能再给得饱满一些，如果你的情绪给不到位，我这边的感情也酝酿不出来。"

得，合着您老刚才哭不出来的原因都是因为我。

春诺也觉得自己长见识了。

导演把对讲机一扔，语气很冲："你自己的问题，别找别人说事儿。休息十分钟，你去旁边酝酿一下情绪。"他摸出一根烟来叼到嘴里，走了出去，现场气氛一度很凝重。

春诺也有些累，站的时间太长了，今天她还来着"大姨妈"。她找了一个角落，江宏晨也跟着走了过来："你助理没来吗？"

他看现场一直只有春诺一个人，他们出门一般都会带个助理。

"哦，她还有别的事情。反正现场也没什么大事儿，我自己能应付过来。"小花今天去工厂了，春诺除了演戏，还自己创办了一个小的时尚品牌，设计一些女生的配饰，比较小众，但也积累了一批拥趸。她负责设计和当模特，小花负责宣传和跑工厂。

"很少见出门不带助理的女演员。"江宏晨有点意外，初看春诺这张脸，他以为她是个娇娇小姐。

春诺笑笑，远远地看到李竹盯着他们这边看，目光不是很和善。

江宏晨也看到了。

他跟李竹已经搭过好几场戏了，被折磨得也是不轻，不过没办法，谁叫人家背后有人，就算演技差到导演天天骂，她也一路走到了现在，所以这次淘汰不是他就是春诺。他一开始对春诺抱有一些敌意，现在倒觉得如果是被春诺淘汰的，倒也不是一件不甘心的事情。

几场戏愣是拍到了半夜，最后导演没办法，还是让李竹用了眼药水。

李竹的小助理在旁边小声抱怨："早让用不就得了，折腾了一圈又让人用，这不是折磨人嘛。"

她以为她声音小没人听到，看到李竹瞪她，才反应过来大家都听见了。李竹再作，也不想得罪导演。

春诺回到家已经是凌晨，她把自己扔到沙发上一动都不想动，刷着手机。一条新闻进入到她眼里，朗云集团成功上市的消息。

不过是短短几年时间而已，纵有天时地利外加大罗神仙保佑，也需要本人智勇无双。

她知道徐言会成功，只是没想到他可以这么快成功到这种地步。她得说自己很有看男人的眼光，那个青涩沉默的学生摇身一变成了商界新贵，这其中是不是也有她出的一份力，毕竟他当时想走的是科研的道路。

大概是睡前看了跟徐言有关的新闻，晚上他竟然出现在了她的梦里。分开这几年，他从来没入过她的梦，她以为是因为他恨她，恨到连梦中都不想跟她有交集。

梦里他一直对她笑，他会轻揉着她的头发批评她浪费食物，浪费时间，不知道好好学习，不知道努力，整天只想着怎么玩得开心。

她那时候怎么说来着，哦，对，她当时搂着他的脖子，坐到他的腿上，一脸的无所谓："我不需要努力，现在有我爸养我，将来结婚了，有你养我，我就只负责吃喝玩乐就好了。"

他被她的理直气壮给噎得半天没有说话，最后认命似的叹了一口气，把她从腿上挪下去："那麻烦大小姐现在不要打扰我学习，不然将来我怎么挣钱养你。"

那时候可真年轻，情情爱爱的话脱口而出，现在想想才知道自己说话欠揍又不经大脑，曾经说过的将来成了现在，老春已经满头白发，她身边也没了一个他。

春诺陷在梦中醒不过来，直到卧室的门被敲得震天响，一觉睡得昏昏沉沉，睡了比没睡还累，最后还被敲门声给吓得心脏急跳。

春诺恨不得把小花给暴打一顿，才清晨七点呀大姐，今天是要去逛早市吗？逛早市也不要这么早吧。她如果没有一个正当的理由，春诺决定要把密码给改了，收回她可以随意进入自己家的权利。

"节目组那边让你今天上午再去补几个镜头，说是剧本要变动一下，我给你电话打不通，你能不能不把你那个手机调静音。你手机天天静音，要它干什么使，真出了什么事儿找你人都找不到。"小花怼起她老板来从来只怕不够狠。

春诺简直要疯了，她不想再跟那个李竹一块儿对戏，还是让她睡死过去吧。

小花不管她疯不疯，催着她去洗漱换衣服。春诺昨天憋了一天，今天终于逮着一个人，把李竹从头顶到脚底板吐槽了一个遍，心里才好受了一点。

到了现场才知道补镜头的就只有她和江宏晨，而且剧本的走向改得春诺心里直鼓掌，导演够敢想，胆子也大，她喜欢。

她和江宏晨戏走得很顺，几个镜头压抑又悲伤，导演对两个人表现出来的情感十分满意，在中午之前就结束了拍摄。

分开之前，江宏晨跟春诺还交换了联系方式。他欣赏这种演技好不浮躁的演员，觉得跟春诺说话也对路子，在他们这个圈子里，更能体现多一个朋友多一条路这句话。

小花还觉得挺神奇："你不是很少给与你合作的男演员你私人的电话，你对他有意思？"

江宏晨模样倒是长得不错，就是年纪有点大，不过年纪大的男人有年纪大的魅力。

"什么呀，给电话就是有意思，你这思想太不纯正了。"

"我思想不纯正？你连我哥都没给电话号码，却给了江宏晨。"

又回到了这里，在这件事情上春诺莫名觉得理亏，所以她选择闭嘴休战，闭眼睡觉。小花见她没有要谈的意思，也不纠缠，毕竟感情的事情，没有谁对谁错，谁先谁后。

小花又突然想起另外一件事情："哎，老板，你知道蒋樱绮的男朋友是谁吗？"

春诺不接她的话，等着她自己说出来。小花却要卖这个关子，等着春诺问一句是谁。春诺到底拗不过，如了她的愿，还加上十分八卦的表情："是谁是谁，是谁这么倒霉给蒋樱绮当了男朋友，半条命不得给她作没？"

小花很满意春诺的表现："是朗云集团的创始人，就是这两天一直出现在财经新闻里的那个朗云。昨天晚上有网友拍到了他们一起吃饭的照片，到蒋樱绮微博底下去问，她没有正面回应但也没有否认，不否认就是承认呗。那男的有颜有腿还有智商，现在网上已经乱套了，都快传疯了，她粉丝说她谈恋爱终于走了回脑子。"

春诺点头，"哦"了一声表示知道了，然后便再无他话。

"哦，你一个哦字就没了？"奇了怪了，但凡是与蒋樱绮有关的话题，平时春诺都能吐槽三个小时不带喝水上厕所的，如今蒋樱绮有男朋友这么大的事情，她竟然没什么反应。

春诺和蒋樱绮高中是一个学校，同样都是美人，自然会被人放在一起拿来比较。

春诺就是骄阳底下的向阳花，美得肆意，活得也洒脱，整天嘻嘻哈哈，呼朋唤友，大大咧咧的性格和男生女生都能打成一片。

蒋樱绮就是温室里细心栽培的红玫瑰，怕太阳晒，怕风吹，用春诺的话说，出门都恨不得蒙层面纱，娇娇小姐的架子端得足足的，女生都得不如自己，男生都要围着自己转。

两人虽然同时进入娱乐圈，但蒋樱绮科班出身，家里又有资源背景，一路自然走得顺风顺水，已经跻身小花名列；而春诺混了这几年，还是一个城郊区徘徊的女二十号。

位于金字塔顶端和底端的两个人，按说应该不会有什么交集才对。但是好巧不巧，之前有一个角色，虽然戏份不多，但是对手戏的男演员是蒋樱绮的偶像，蒋樱绮势在必得，谁知道半路杀出个春诺，两个人同时试戏，蒋樱绮被全面碾压，她一个正经科班出身输给了一个野路子出来的。

梁子就此结下，当然是蒋樱绮单方面的梁子，春诺一向不把蒋樱绮放在眼里，路过她眼皮都不带抬的那种，私下却能和小花吐槽一万八千句。

小花觉得她老板不太对，她试探着问："今天戏拍得不顺？"

"没有，就是起太早了，现在有点犯困。"春诺声音都有点恹恹的。

小花在等红灯的间隙拿起手机："那我现在点外卖，到家就能吃，吃完洗个澡就去睡觉，把没睡够的觉都给补回来。"

手机上弹出一条新闻，题目是《蒋樱绮被打脸》，小花还管什么外卖，迅速点开，笑声也随后出来："嘿，蒋樱绮被打脸了，朗云官方出了公告，放出了昨晚吃饭的照片，根本不是他们两个单独吃的，有好多人，而且他们两个离得好远，那个粉丝照片拍的角度有问题。照片下面还有一句话，

'我们老大说他单身'，哈哈哈！"

小花眼泪都笑出来了，说："这个徐言也太狠了，用得着撇清得这么干净吗？"

一直闭目养神的春诺左翻一下，右翻一下，就是找不到一个合适的姿势，最后从包里摸出自己的手机，划拉了两下，又放了回去。

小花从后视镜里看了一眼："想乐就乐呗，你以为你闭着眼睛，我就看不到你嘴角上扬了。"

春诺抵死不认："我有什么好乐的，人家至少还有个绯闻，我连个绯闻的绞丝旁都沾不到，要乐也是人家乐我。"

她直起身子："不吃外卖了，我们去趟超市吧，我做饭给你吃。"

刚才还要死不活的人突然来了兴致。

"你不困了？"小花问。

春诺本来也不是困："吃饭最重要。"

既然她想做饭，小花自然双手双脚赞成，春诺厨艺好，赶上她心情好的时候，整一桌子菜出来那是分分钟的事情。

两个女人碰到一起，不管是逛街还是逛超市，该买的不该买的，都能买一堆。等她们逛完，四只手，没一只是闲着的，提着大包小包下了电梯。

春诺家隔壁的门大开着，进进出出一堆人在搬东西，看来是有人搬进来了。

春诺现在住的这个房子是租的，前几年家里的账清了之后，春诺又攒了些钱，在郊区给她爸买了套房子养老用，所以她要买自己的房子，还得再干几年。

她在这里住挺长时间了，一梯两户，她住的这套是小户型，隔壁是大户型，这两户原本都是春诺房东一家的，两年前房东把隔壁这套给卖了。那一阵弄装修，有一个男人隔三岔五送一些饮料、甜品过来，说是装修扰了邻居休息，春诺抵不住他的热情，收了几次，也回了几次。她以为他是房子主人，结果他说他只是打工的，房子是他老板的。

房子装修好了，一直都没住进人来，春诺还纳闷，买了房子不住也不往外租是留着当摆设吗？后来想有钱人可能都这样，比如她曾经有钱的爹，至少破产了还能卖房子还债。

两人进了屋，小花嚷嚷："老板你一人独揽一层的日子要结束了，以后你出门都要戴口罩戴墨镜，万一被人认出来，又万一是你的粉丝，那就麻烦了。"

春诺有些好笑："你放心，我的粉丝可能数来数去也数不出五根手指头来，我在这幢楼里出入了这么久，都没有一个人能认出我来，你说的那种万一可能再过一万年都不会出现。"

第 二 章
隔壁新邻居

两个星期过去了，春诺都没有和那位邻居碰过一次面。当然，其中最大的一个原因是春诺在这两个星期里只踏出过一次门，参加《梦若星河》的现场录制，剩余的时间全都待在了家里。

那天在超市买的东西把冰箱都给堆满了，想喝奶茶了有外卖，想吃甜品了有外卖，充分享受着现代社会的便利，如果不是还要工作，春诺觉得自己可以一个月不出门都不会无聊。

她虽然待在家里，但每天的时间也被安排得满满当当的。

早晨七点起床，在露台读一个小时英文，是真的读，她小时候哪里爱学这些东西，她爸宠她更是宠得没边，不想学那就不学，等长大了之后才知道，书到用时方恨少是什么意思。

她曾试过一个角色，一句话里能冒出十个单词来，她试镜的时候，导演很满意她这张脸，但是当她的英语一说出来，旁边的工作人员纷纷捂嘴，笑出了声。

那天回去，春诺就报了一个英语班，虽然有些台词可以配音，但春诺就是咽不下那口气。有什么，不就是二十六个字母组合在一起，谁还不能拽几句英文。

虽然到最后她也没能拿下那个角色，但这件事却坚持了下来。

新邻居刚搬过来的时候，她还有些不好意思，他们两家的露台是挨着的，虽然中间被隔了起来，但并不隔音。她去露台的时候，也能闻到对面传过来的咖啡香，还有音乐声。

但后来想这有什么不好意思的，这里是她家，他又不认得她，他还放音乐呢，她练英文又怎么了。最后慢慢也放开了声音，他一直没来找过她，那就说明她也没有扰民。

八点开始运动，她不爱跑步，也不爱去健身房，最后选择了瑜伽。既能修体形，也能让自己平心静气，她瑜伽练了好几年，最后还把瑜伽资格证考出来了。

她前几年在这个圈子并不顺，虽然现在也没有很顺，至少戏没有断过，但是最开始的那两年多就差要喝西北风去了。

其实她第一部作品小火了一把，但她得罪人了，不是不知道得罪了谁的那种，是明明确确地知道，对，我就是得罪他了，因为他也得罪我了。

所以她被人给压下来了，也没有说封杀，就是半死不活地吊着你，磋磨你。

那人放出话来，只要春诺跟他道歉，自罚酒三杯，他就大人有大量，掀过这篇去。但春诺也放出话来，他就是来跟她道歉，自罚酒三瓶，这篇在她这儿也翻不过去。

于是，就没有于是了，春诺就变成了温水青蛙，也是从那个时候春诺开始练瑜伽的，她要学会修身养性，大不了她去当瑜伽老师，一天上十八个小时的课，她不信她还能饿死自己不成。

九点吃早餐，隔壁露台上的音乐会停下来，楼道里会传来细微的关门声。她之所以对这位新邻居有那么一点点的关注，是因为他的歌单和她有好多是重合的。

她之所以确定是"他"，而不是"她"，是因为有的时候露台上会传来一两声的咳嗽，偶尔还会有烟味飘过来。奇怪的是她并不讨厌这种烟味，清冽中带着一点点凉意混在这春风里。

上午春诺会读剧本，她的下一部戏是在五月初开拍，她大概能够得上女四号。这是她除去第一部作品，这几年来分量最重的一部戏。

她演的是一个王爷手下的暗卫，打戏居多。她这些年除了狐狸精，接得最多的就是打戏，因为这种戏又苦又累，竞争就小那么一点点。小花的爸爸给她介绍过一个师父，她跟着那位师父练过两年，也算练得一身本领。

下午她会搞饰品，她在家里专门留了一间屋子当工作室，心情好时就出设计，灵感嗖嗖的，心情不好时就拍照片，修照片，上传照片。看到自己出的东西得到别人的认可，她的心情也就慢慢变好了，关键是现在的小女孩都好会夸人，女孩子要是夸起女孩子来，还有男的什么事儿。

所以她的日子过得相当充实，即不无聊也不寂寞。

等到第三周时，小花实在受不了，她跟春诺是员工和老板的关系，又不是网友的关系，每天只能靠手机对话聊天，那哪儿行。

她带着她妈给做的大包小包的吃的，按响了春诺家的门铃，可她老板人不知道干什么去了，半天都没来开门。

小花只能费劲地腾出一只手，摸口袋里的手机。

这时，从电梯里走出来一个人，男的，活的，目测一米八五以上，一身黑色西装，公文包，金丝边眼镜，丹凤眼，高鼻梁，薄唇。

简直就是小花脑袋里臆想的斯文败类走到了现实里，小花摸口袋的手转向了自己的头，理了理自己并不乱的短发。

这不会就是那个新邻居吧，小花觉得自己以后需要多过来几趟关心关心她老板，不然她这个员工可太失职了。

小花刚打算打个招呼，眼前的门开了，春诺伸出一个脑袋来："小花，你按密码就好了，我刚才在工作室，没听见。"

那男人正好走了过来，三双眼睛对到了一起，春诺给小花使眼色，让她做介绍，她以为这个男人是小花带过来的人。小花给春诺使眼色，让她让开，别在门口堵着。

最后男人开了口："春小姐，你好。"

春诺看着眼前这张脸，遥远的记忆慢慢有些回转："沈先生？"

沈鹤臣笑容挂上嘴角："是，春小姐好记性，叫我鹤臣就行，我老板搬过来了。"

小花在旁边悄悄拽春诺的袖子，让春诺做一下介绍，结果春诺没有接收到她的暗示。

小花恨她老大不解风情，她在裤子上蹭了两下手，伸了出去："你好，鹤臣，我叫小花，是春小姐的助理。"

沈鹤臣有一瞬间的错愕，随即笑容扩大开来，斯文败类变成了春天的微风，让人心神跟着一起荡漾。

"你好，小花。"沈鹤臣也伸出了手。

春诺扶住自己的额，冲沈鹤臣笑了一下，把明显已经开始上头的小花给拉进了门。

小花进了屋子就疯了："老大，我的春天来了！感谢你的邻居，把我的春天给带来了，这个姓沈名鹤臣的男人绝对在我的梦里出现过。"

春诺不管什么春天还是梦，她已经快饿死了。接过小花手里的包，她走到客厅，把饭摆了出来，有饺子，有红烧排骨，还有土豆炖牛腩。

春诺迫不及待地拿了一个饺子塞进了嘴里："小花，我太爱阿姨了。"

小花蹭到她旁边："老大，你既然这么爱我妈，那你也心疼心疼她女儿，要不要让我搬过来给你做伴？"

春诺已经看透了她，还做伴，她过来就是想搞定她的另一半。

"小花，我给你出一个主意，你与其搬过来还不如好好打听一下那位叫鹤臣的帅哥住在什么地方，你到时候直接搬过去做他的邻居不就好了。"

小花觉得老板说得很有道理，但前提是她要怎么打听出来，这是一个问题。

"要不老大晚上邀请你邻居过来，联络联络感情，互换互换信息。"

"你前面不是还说要我保护好自己，防止被别人认出来。"春诺拿眼睛睨她。

小花道："这不是此一时彼一时。"

春诺做高深莫测状："你这样不行，勾引的最高境界是不动声色，勾着他过来接近你。"

小花嘁自己老板："你这三年都没有谈过一次恋爱的人，没有资格说什么最高境界。"

春诺被打击到了，这年头还有这样被员工鄙视的老板吗，还有没有天理。

不知道天理为何物的小花打开了电视，今晚要上春诺演的那期《梦若星河》的踢馆赛。结果现场录制那天已经出来了，她没有踢成功，这是她早就预料到的事情。

江宏晨确实很有实力，李竹的资源摆在那里，她充其量就是去打了个酱油，所以她没把这件事放在心上。但李靖聪拍出来的那个成品，春诺很喜欢。

从演员的服饰、妆容到场景的搭建，都在应和着戏里隐晦的感情，压抑又浓烈。

最后的结局是相国死在太傅的剑下，他倒下的那一刻，目光落在了太傅衣角那一处绛红上，慢慢地闭上了眼。相国这一生，坏事做尽，和他争和他辩，但是从不敢看他的眼睛，相国怕泄露了自己的情，也怕压抑不住自己的意。相国一生所求不过是得太傅正眼一看，最后死在他的剑下，也算得偿所愿。

太傅在相国闭眼后，脚往相国那边走了一步，最终又收了回去。他知道他在朝堂上每一步前进的路，大半是相国给铺的路，相国的奸和恶有一半是为了他，只是世人给相国框了一个清流的名声，对相国，他便只能做个自私凉薄之人。

余生漫漫，朝阳日落，从此在偌大的朝堂上，太傅的对面再没一个他。

小花抽泣着鼻子，纸巾堆满了桌子："老大，所以太傅也是喜欢相国的，对吧？"

春诺擦了一下自己眼角："谁知道呢，可能只有他自己知道。"

小花怒了："肯定是，要不然他不会往相国那边迈步。"

春诺笑她入戏深："要不等回头你见了导演，问问他。"

小花仰头长叹："看来我今晚是睡不着觉了，你有他手机吗，能不能现在就问问他？我还要问问他，你演技这么好，能吊打那个夫人几百倍，为什么不让你晋级。"

春诺把她的头发揉成了鸡窝："他只是这个短篇的导演，又不是节目的导演，再说，不能晋级不是一早就知道的事情，能有这个短篇出来，我就已经知足了。"

茶几上的手机响了起来，是一个陌生的号码，春诺接起来，那边传来低沉的声音："春诺？"

有点耳熟，但她一时又想不起来："对，您是？"

"李靖聪。"那边报过来三个字。

春诺看了小花一眼："李导，您好。"

是刚才小花口中的导演，不知道他这个时候打来电话有什么事情。

"你好像没有经纪公司，所以我托人要到了你的电话。我下半年要筹一部新戏，里面有一个角色，你想不想试试？"

"当然想。"春诺没有犹豫。李靖聪虽然是一个新人导演，出过的作品只有两部独立电影，但从作品里不难看出，他是一个能静下心来好好打磨作品的人。通过这次不到两天的合作还有最后出来的成品，春诺对他的好感只增不减。

那边传来一声轻笑："这么信我？连角色都不问。"

春诺道："我助理刚才看导演的作品，已经哭得不行了，说让我有机会一定要和导演再合作。"

小花耳朵支棱起来，她什么时候说过这样的话。

春诺最后和李靖聪定下见面的时间，小花冲她竖大拇指："老大，你这拍马屁的功夫与日俱增。"

春诺开始赶人："都几点了，你再不回家，你爸的电话一会儿就过来了。"

小花躺在沙发上："我要制造偶遇，我在等隔壁的门响。"

春诺有心想说什么，但后来又闭上了嘴，个人有个人的缘法，自己的前车之鉴并不能拿来让别人引以为鉴。

"老大，我觉得这个片子会爆，以我在娱乐圈混迹多年的经验，你绝对要上一波热搜，我觉得你会小火一把。"

"你不是说，我命中就不带火这个字吗？我已经认命了。"春诺开始收拾茶几上的东西。

突然，小花噌地站起来，拿起自己的包，着急忙慌地往外冲："老大，走了，我听到了隔壁开门的声音。"

春诺看着沙发上落下的手机，这个小花，追个男人连手机都不要了，叫她都听不见，一门心思往外冲，春诺拿着手机追出门去。

小花在走廊里一步一步往前挪，沈鹤臣站在隔壁门口在和里面的人说话。

春诺叫她："小花，你的手机。"

小花回头，老大简直是她的救命天神，她正愁要怎么磨蹭一会儿时间，她一定要和沈鹤臣乘一部电梯下去。

沈鹤臣冲春诺点了一下头，然后对屋里的人说："徐总，那我先走了，我会尽快修改完发您。"

"不急，周一给到我就行，路上小心。"

声音隔着门传到春诺的耳朵里。

清冷的，低沉中带着一点点磁性，春诺梦中出现过无数次，每次都是同一句话，他说："春诺，你不能这样对我。"

小花从她手中拿过手机："走了，老大。"

电梯到层的声音，小花和沈鹤臣对话的声音，隔壁"咣当"一声关门的声音，飘ınız又飘近，春诺握着门把的手松了又紧，紧了又松，却还是没有勇气踏出去一步，更别说再去敲响隔壁的门。

失眠了一夜的春诺，顶着两个大黑眼圈早晨七点钟来到了露台，手里还搬着一架梯子。这架梯子是她专门为换灯泡买的，没想到还会有另外的用途。

她戴上了帽子和口罩，本来还想戴上墨镜，但今天天气有点阴沉，她怕她人还没看到，先从梯子上摔下来。

她颤颤巍巍地登上梯子，两个露台之间的隔挡没有做太高，也就二米左右。之前就她一个人住，觉得无所谓，隔壁搬来了人，她跟房东提过要不要把隔挡再加高，房东说跟隔壁商量一下，然后就没有了然后，她也不好老催。

隔壁的露台比她这边的要大太多，快赶上她半个客厅了，草坪铺地，木色的吧台桌椅，中间还放着一个露营帐篷。

春诺企图寻找出一点什么痕迹，来证明自己昨天听到的声音不是错觉，但光看一个露台能看出什么，还不如直接翻过隔板潜到他家去。那样她可能真的要火了。

算了，是不是都不重要了。死了心的春诺打算从梯子上下来，那边露台的门打开了，里面的人走出来，正好抬眼看到站在梯子上眺望的她。

白 T 恤，黑长裤，睡了一晚的头发散乱地搭在前额，好像回到了几年前的晨光里，徐言也是这样一身衣服，站在床前，揉着她的头叫她起床。

原来真的是他，不是她的错觉。

四目相对，风吹过春诺的发，远处好像还传来几声乌鸦叫，她下也不是，不下也不是。最后她伸出手，摆了两下，让自己尽量没有那么尴尬："嗨，徐言。"

他没有反应，春诺想起自己的样子，摘下口罩："我是春诺，好巧，我们是邻居。"

冷冷扫过来的眸子如同没有星辰的黑夜一般，无波也无澜，他脸上的漠然让春诺心生怯意，却还是嘴角上扬起最大的弧度，摆出明艳的笑容。

徐言一言不发，转身回了屋，仿佛她是个陌生人一样。

不对，陌生人面对这种情况更应该说话了，是报警还是质问，或者直接把她这种行为定义为骚扰，而不是一句话都不说原路返回。

那他把她当什么，天边的一朵云，还是空中的一只蚊子。分手后虽然不强求是朋友，但总不能把她当空气视而不见，她都主动打招呼了。

春诺恨恨地从梯子上下来，她有去敲门质问的心，但是没有那个胆儿，更何况他刚才的反应让她心灰意冷，他应该根本不想看到她，分手的时候闹得那么难堪，没准等不到天黑他就直接搬家了。

一整个早晨，春诺都支棱着耳朵听着外面的动静，昨晚她还嘲笑小花，今天却比小花更过分。手机一直"嗡嗡"地响个不停，最后她直接把手机静音了。

可过了九点，外面还没有动静，昨天徐言好像也没有出过门。春诺在屋里坐一会儿站一会儿，门铃突然响了，惊得她一个激灵，她怕是他又期待是他，可她这副样子，好差劲，其实皮肤状态还好，就是黑眼圈太严重，现在再抹点什么也来不及。

她心一横，刚才都见过面，还有什么怕的。门打开后，她的开场白还没有想好，外面的人已经窜了进来，给了她一个熊抱："老大，你要火了。"

她那颗心潮澎湃的心直接被泼了一瓢凉水，是小花呀。

春诺松了一口气，心里却又压上了一块石头。

小花的语速又快又激动："我给你发信息，你为什么不回？你看微博了吗？网上都在转你们演的那个片段。"

可她的情绪根本传染不到春诺，春诺只是点点头表示自己知道了。

春诺之所以呈现这种状态一是因为她心里装着事儿，二是她在最开始的时候也这么激动过，以为自己要红了，整晚整晚地兴奋，结果兴奋劲儿还没过去，她就直接被半冷藏了。

要说当初那句狠话，放到现在她未必敢说，那时候还没有被生活磋磨过，心又高气又傲，或许会有更好的处理方式，但她偏偏选了最激烈的一种，把自己逼上了一条死路。后悔倒是不会后悔，只是从中她明白了一个道理，红和不红这件事就是前一秒和后一秒的关系。

小花一条一条念着网友的评论，念到最后，口都渴了，老板不愧是老板，这宠辱不惊的姿态拿捏得太到位了。

"老大，你厉害，就冲你这种心态，我跟定你了，你要是红了之后，绝对不会飘。"

春诺幽幽地来了一句："我以为你跟定我这件事是早就确定了的，这么说你之前动摇过？"

小花把自己的头摇成了拨浪鼓："我从见到老大的那一刻就确定了这件事，我的这颗心永远属于春小诺。"忠心这种事，永远不要怕声音大。

春诺勾着一根手指让小花靠近，小花以为老大要跟她说什么重大机密，比如红了之后的计划，她三步并作两步走上前："老大，有什么事儿你吩咐。"

"你昨天和那位鹤臣聊得怎么样？"春诺声音不算太大，在只有两个人的房间里好像怕谁听到一样。

提起这个小花就头疼，她给出了四字评价："油盐不进。"

待人很亲切，说话很亲切，笑容很亲切，但就是油盐不进，电话没要到，微信没要到，车也没蹭到，除了知道他叫沈鹤臣其他还是一概不知。

春诺拍着她的肩膀："油盐不进，那就让酱醋进，你要是能把他拿下，我年终奖给你翻一番。"

小花眼睛都亮了，这是什么人间好老板，不仅关心我的人生大事，还给我提年终奖："老大你说话算话。"

春诺说话从来算话，曾经说过的话，即使牙齿咬碎了吞到了肚子里，她也没食过言。

只是，老板永远是大饼画得圆，实际操作起来有多困难，他们永远不会去想。对于一个只知道名字和他领导住址的男人，茫茫人海中小花要去哪里把人拿下。

画完大饼的春诺没有等来隔壁搬家的动静，她稍微安下心来一点儿。她吃完晚饭，还专门出去扔了一趟垃圾，之前垃圾都是让小花带下去，今天她死活没让小花带走。

出去的时候隔壁门是紧闭的，回来的时候隔壁门也是紧闭的，当然紧闭才是正常状态，谁家没事会把自己家大门敞开着。

春诺鬼使神差，轻手轻脚地贴到隔壁门上，想听一下里面的动静，里面很安静，什么声音都没有。越是这样，春诺越想听到些什么。

她耳朵贴得更近了一点，然后听到"吧嗒"一声，门从里面推开了。春诺来不及反应，只能屏息凝气，跟着门一步一步地倒退，然后紧紧地贴到了墙上。

里面的人走了出来，在门关上的那一刻，春诺生无可恋地闭上了眼。此刻的她倒是想变成天边的一朵云，空中的一只蚊子，消失得无影无踪。

在鸦雀无声中，她先睁开一只眼，再睁开一只眼，那人不知道是没看到她，还是看到了当作没看到，他已经往电梯那边走了过去，只留给她一个背影。春诺说不清自己的感受，庆幸有失意有。

她不是没有想过，他搬到她隔壁不是巧合，但看他一次两次的态度，就知道他对她避之不及。

春诺塌着肩膀往自己家那边走去，没有听到身后回转的脚步声。

连续失眠了三天的春诺收拾行李箱出了门，去参加剧组为期十天的封闭训练。因为她马上要进组的这部戏是武侠剧，大部分的角色都有打戏，所以剧组找了专门的武术指导团队提前进行武术指导和形体训练。

在过去这三天里，她再也没有踏足过露台，英语在客厅里读，瑜伽在客厅里练。

她坐在车上看着外面的车水马龙，心想要不她搬走吧，反正她的房子是租的，在哪儿住也是住。但她舍不得，她在这个家里住出了感情。

在前面开车的小花看了看后视镜："老大，我怎么感觉你这一阵心情起伏有点严重。"

春诺扯了个借口："我来'大姨妈'了。"

"你可太敷衍我了，你'大姨妈'是月初，现在离月初还有好多天，提前也不会提前这么多天的。"

"那可能是因为我快来'大姨妈'了。"春诺头抵着车窗继续扯，女生的一个月分为三个阶段，来"大姨妈"前、来"大姨妈"中、来"大姨妈"后，哪个阶段都不能惹，哪个阶段的心情混乱都可以归到"大姨妈"上。

这个借口小花无法反驳，她把要来"大姨妈"的老板稳稳当当地送到目的地。行李箱都不用她下车去搬，她可能是世界上最放肆的员工了。小花冲着车窗外的人喊："老大，加油。"

春诺头也不回地挥了挥手，潇洒极了。只是没潇洒两步，她又转身走了回来："我爸也就是你干爹说，给我们寄了点东西，大概今天晚上到，到了我给你消息，你直接搬你家去就行，我猜是吃的。"

小花伸出两根手指在额边挥了一下："Yes，sir（收到，警官）！"

说了"Yes（是）"的人当晚确实收到了春诺的信息，但也只止步于收到了信息，小花那时候正在帮着她爸训练学生，想等课结束后再去，结果直接给忘脑后去了。

三天后，春诺躺在床上正在拿小木槌捶着自己的腿，今天还好点，前两天是真受不了，训练强度很大，她之前练过都觉得这么累，有好些小姑娘当场就掉眼泪了。没有掉过一滴眼泪的春诺被指导老师认为还有可开发的潜力，又给她加大了难度，练到春诺欲哭无泪，她现在只想在床上永远地躺下去，连洗漱都不想去。

手机上来了一个陌生号码的来电，春诺直起身子，不想让自己的声音听起来有气无力。

没等春诺开口，那边先传来了声音："春小姐？"

春诺敲腿的槌子停了下来："是。"

"走廊里有你的快递，麻烦出来收一下，现在走廊里都是那个箱子里散发出来的味道。"生疏又客套的语气，如果仔细听，还会有些不耐烦，好像她就是一个陌生又讨人厌的邻居。

春诺让自己的声音也尽量平稳无波："不好意思，我没在家，还得再有一个星期才能回去，能不能麻烦你帮我扔了。"

那边静默了几秒钟，没有再说话，直接把电话挂断了。

春诺听着手机传来"嘟嘟嘟"的声音，她以为徐言当初已经够冷了，没想到对比现在当初算是温和的了，当初他叫她同学，现在他叫她春小姐。同学至少还带着一点同门的情谊，春小姐算什么，那她是不是得叫他徐先生，还是徐总？

她看着那个号码，想按删除键最后却按下了保存键。等洗完澡，她躺在床上艰难翻身的时候，想起一个问题，他是怎么拿到她的电话号码的，难道是从物业那里？

她给小花发了一条信息，表达了一下老板对员工办事不力的强烈谴责。

小花一秒之内语音电话打了过来，撒着娇带着哀求："老大，我错了，我真的错了，我脑子大概被倒春寒的冷空气给冷到了，我竟然忘了你交代给我的重要任务，浪费了心意。"

春诺听完她的话，懒懒地发问："你是不是得要弥补？"

小花在那边点头如捣蒜："必须的，你说要怎么弥补？"

小花听完春诺的话后，有点蒙："为啥，老大，这是什么操作？"

春诺摆起了老板的架子，她很少摆老板的架子，但一摆起来，还是很有架子的："让你怎么做就怎么做，不要问那么多。你这次要是忘了，下次我们家老爷子再送什么东西，就都没你的份了。"

小花双手捧着手机道一声："遵命。"

第二天晚上春诺依旧躺在床上翻来覆去，因为她没有想好是发信息好，还是打电话好，最后她决定打电话。

发信息过去，既听不到对方的声音，也看不到对方的表情，如果对方迟迟不回，自己在这边只有抓心挠肝的份，还不如打电话过去，通过声音判断对方的心情和态度，然后还能立刻得到反馈，一局定生死。

她最喜欢一局定生死。

春诺拿出手机，心里默数了二十秒，拨出了昨天刚存下的那个号码。背景音是单调的"嘟"声，每"嘟"一声，春诺的心就会往上提一点。到最后，春诺的心都提到嗓子眼了，还是没有人接，在要挂断的前一秒："你好，哪位？"

是你昨天刚刚打完电话的那一位，春诺清清嗓子："你好，徐先生，我是你邻居春小姐，我们昨天通过电话。"

那边静默了几秒："有事？"

春诺脚趾抠着床单："是这样，有件事想请你帮一下忙，我爸又给我寄来了点儿吃的东西，快递小哥放在我家门口了，能不能麻烦你帮我收一下，暂时放在你家冰箱。我回去还得好几天，怕又坏了，浪费了老人家一片心意。"

春诺把编好的话一口气说完，等着那边的反应。如果不是有清浅的呼吸透过听筒传到她耳朵里，她都以为对方已经挂断电话了。

隔了很久，久到春诺以为她不会等到一个回答，她听到了打火机响起的声音，很轻的一声："抱歉，我不帮陌生人的忙。"

陌生人春诺把手机扔到了床尾，双腿把被子差点都要蹬上了天，所以为什么还要去招惹他，他把你当陌生人不是已经知道的事实。

春诺用快要被她蹬出洞的被子捂住了自己的头，摸到了床尾的手机，打开了自己的微博。她只有小号，没有大号，小号的名字叫"徐小诺的窝"。粉丝昨天刚刚突破了两位数，变成了一百个，其实前两天还只有五十几个，关于她的粉丝量为什么在几天之内暴增了五十几个，可能跟她记录的内容有关系。

今天春诺的微博内容是：邻居是前男友的第八天，他说："抱歉，我不帮陌生人的忙。"找到天的语气，有本事就当一辈子的陌生人！

下面的粉丝有给她爱的抱抱的，有和她一起骂男人的，还有分享自己全面碾压前男友经验的。

其中一位粉丝留言：徐小诺，你是不是还放不下你前男友，想要复合呀？如果是那样，我劝你，回头草不好吃，隔夜饭更难闻，好男人多的是，千万别在一棵树上吊死。

春诺盯着那句话看了好久，最后看到眼睛都疼了，她回了一个"哦"字。

是"哦"放不下，还是"哦"不会在一棵树上吊死，只有春诺自己知道，然后她发现她的粉丝量从一百个变成了九十九个。

所以粉丝的爱都是这样来无影去无踪的吗？

被双重打击到的春诺，在搜索窗口打出了自己的名字。《梦若星河》的热度好像还没有散去，有可爱的小天使把她之前所有参演的角色剪成了一个短视频，在网上疯传，她才知道自己演过那么多角色，可以一个人演成一部电视剧。

大家为什么都这么有才，她这几天郁闷了，就刷一刷视频，刷一刷评论，她现在的心情也只有这些可爱的小天使可以治愈了。

因为春诺没有大号微博，小天使们不知道从哪里打听出来小花是她的助理，纷纷跑到小花微博下去留言，喊话春诺开微博。

春诺想了想，她不擅长打理微博，也想保留一点自己的私人空间，就借用小花的微博表达了自己的想法，希望大家更多地关注她的作品，虽然她也没有多少作品，甚至连一部代表作品都没有，但是她会继续努力，争取能在有生之年拍一部代表作出来。

春诺刷到最后迷迷瞪瞪地入了梦，梦中恼人的手机响了一遍又一遍，到最后才发现不是做梦，是她的手机铃声一直在响。她半眯着眼睛看了一下屏幕，是小花。

"怎么了？"

"老大，出事儿了，你看一下微博，需不需要我和节目组联系，让他们发个声明？"小花的声音有点急。

春诺清醒了，倒也没有太担心，她遵纪守法，还是一个不重要的小角色，就算真出事儿应该也出不了什么大事儿。

是《梦若星河》不知名工作人员的爆料，说春诺在角色抽签的时候作弊，本来应该是李竹演相国的角色，但春诺趁着李竹不注意把字条给换了，还附上了两张照片为证。

第一张照片，春诺在看抽签的结果；第二张照片里李竹坐在椅子上低着头，旁边有一张桌子，春诺一只手放下了自己手里的纸签，另一只手拿起了桌子上另一个纸签。

这样看下来，好像确实是春诺作弊，这种不入流的手段也只有那位李小姐可以做出来，春诺给小花发信息：不用管，不是大事儿，你好好睡觉。节目组肯定不会发这个声明：一是李竹背后有人，节目组不会想去主动得罪她；二是，这种双方扯头花的事情，反而会把节目炒出热度来，节目组反而乐见其成。

这种事情，放到她这种角色身上，估计在网上热闹一两天也就下去了，她不想把时间浪费在李竹这种人身上。

天色还有些早，春诺本打算睡个回笼觉，躺了五分钟再没了睡意，干脆起来在窗前练起了瑜伽。

春诺出了一身汗，又冲了一个热水澡，整个人神清气爽，流汗真的是最好的解压方式。

她拿起手机，看苏瑶有没有起床，准备喊她一起下楼去吃早饭。苏瑶算是她在这个圈里还比较聊得来的人，她们之前合作过两三次。苏瑶的情况要好点，在三四线徘徊，偶尔还能接得上个女二的角色。

苏瑶的梦想是当一次大女主，春诺的梦想是攒钱买房。两个人的维度都不一样，苏瑶是理想，她是现实，但这不耽误两个人做朋友。

信息还没发出去，小花的电话又打了过来，光听铃声，春诺都能感受到她的火急火燎。春诺接通电话："怎么了，昨天半夜不睡刷微博，今天又起这么早？"

小花哪还顾得上睡觉，她老板对这种事情很淡定，她可不行，她昨晚用小号和人吵了一晚上架："老大，江宏晨和李靖聪发微博了。"

"发什么了？"难道是针对她那件事情说什么了。

"江宏晨就把真实的情况简单地说了一遍，他是当时在现场的人，他说话当然最有说服力。"小花很激动，"老大，他真的很够义气，主动帮我们澄清，我们一定得好好感谢人家。"

春诺开了免提，打开微博。她倒是没有想过江宏晨会先出来说这个事儿，他们没有什么深交，大概也就是有一点惺惺相惜。这种情况下，他站出来说明，对她来说当然是雪中送炭的事情。

她找到江宏晨的微信，郑重地表达了自己的感谢，但也怕他惹火上身，毕竟这件事算是明明白白地把李竹给得罪了。

江宏晨回复很快，说就算没有这件事，他晋级把李竹刷下去也已经把人给得罪了，再多一件也不多了，更何况他又没有添油加醋，只是说了事实而已。

春诺自然感激，最后请一顿大餐是免不了的。

她给江宏晨回着信息，小花在那边继续说着："李靖聪说你是很有灵气的演员，有机会的话想和你再合作。老大，你年初的时候是不是烧香拜佛了，我怎么觉得你要时来运转。"

是不是要时来运转春诺不知道，她只知道她欠下了两个人情，而且她总感觉这件事情不会这么容易平息下去。

女人的直觉总不会出错，不管对于任何事情。

不到中午，这件事情愈演愈烈，无非是说春诺好手段，长着一张狐狸精的脸，把两个男人拿捏在手里，自然能演好。

苏瑶边看新闻边感叹："春小诺，你要火了。"

江宏晨虽然一直不是很火，但也有一批自己忠实的粉丝，李靖聪有才又有貌，还是导演，粉丝只多不少，先撕春诺，又撕李竹，李竹的粉丝哪是好惹的，直接架起了火药筒，唯独春诺为数不多的几个粉丝，在夹缝中求生存，总之是几方混战，硝烟四起。

这个事态根本不是春诺能控制住的，她自己倒是无所谓，但是她怕连累到别人。她晚上起草了一封声明，准备让小花发出去。

小花还没有发，李竹那边先发了道歉信，大致的意思是事实就是如江宏晨所说，感谢春诺的帮助，春诺演技很好，自己是春诺的粉丝。

春诺不知道为什么李竹会突然转了性子道歉。

果然，有人跳出来说，"竹子"是被人威胁了，这个春诺的背景绝对不一般。

春诺只能说网友们的想象力真的是无穷尽，她要是有不一般的背景，还能混到这种地步，那她的存在得多侮辱"背景"这两个字。

最后春诺的声明也没有发，完全没必要，但是她让小花注册了一个春诺工作室的号。如果有人想骂她，至少还能找到地方，不至于跑到别人的微博下，牵连不该牵连的人。

沈鹤臣摘下眼镜，给他老大发了条信息：老大，都搞定了。

那边回得很快，只两个字：辛苦。

辛苦倒不至于，他只是替他家老大着急，可老大看起来并没有很着急。

封闭训练的最后一天，导演到了现场。

他们这部电视剧的名字叫《孟秋久安》，讲的是一个武力值超高没得感情的女侍卫和她没用的主子之间的故事。女主是当红小花云楚，男主是童星出身已经拿过奖的魏钰。

春诺本以为这两位不会参加封闭训练，结果他们两个从头跟到了尾，一天都没有落下过，也没有架子，跟上下打成一片，所以说那些能够成王成神的人都是有一定原因的，所有的成功都不是偶然的，除了运气还有人为的努力。

导演和所有人一一握了手，到了春诺这儿，停住了脚步："春诺，我看了你演的靖聪那个短篇，演得很好。"

春诺有些受宠若惊。她都不指望导演知道她的名字，导演竟然还看过她演的角色。

导演名叫吴成易，四十岁左右，个头不高，跟春诺堪堪持平，但腰板挺直，双眼炯炯有神，对视的时候好像一眼能看透你心中所想。

吴导以两件事闻名业界：一是，论拍古装剧，他排第二的话，应该没人敢排第一，虽然他出的作品不多，大概也就三年一部的频率，但是部部都是精品。

二是，他的夫人是身高一米七九的国际名模，有粉丝戏称他们是最萌身高差。

苏瑶悄悄蹭到春诺旁边："据说李靖聪是他徒弟。"

春诺恍然大悟，原来是看自己徒弟作品的时候，顺便看到了她。不过，为什么这么多据说，她都没听过一个，还是她消息不够灵通。

她收拾完行李，和苏瑶告别，其实也不用告别，用不了几天就又见面了。小花在楼下等春诺，见到她，兴奋地冲她摆手。春诺终于知道当初一眼就相中小花的原因了，就她笑起来这个见牙不见眼的样子，看着就让人愉快。

"老大，我们新上的那款耳坠卖得超级火，我通知工厂那边再赶一批出来？"小花单手倒着方向盘，另一只手搭在副驾驶座上，配上她俏丽的短发和黑色的皮衣，把一个倒车开得又飒又爽。

春诺托着下巴欣赏着自家助理的帅气："我们就按照限量款走，有些东西不是越多越好，少而精，下一款才能卖得更好。"

小花点点头，表示受教了："晚饭我们是找地方吃还是回家吃？"

春诺长长的睫毛忽闪了一下，嘴角勾起一抹笑意："我回我家，你回你家。"

小花哀号一声，她好不容易有理由不在家里吃饭，不用听她妈的唠叨："老大，你得给我和沈鹤臣创造偶遇的机会，万一他去隔壁找他老板呢，不偶遇，我怎么把他拿下？"

春诺不为所动："今天不行，改天再给你创造偶遇的机会。"

小花神神秘秘道："你是不是约男人了，之前你从来都没拒绝过我去你家。"

春诺摇头，原本松松绾起的头发随着她的摆动倾泻而下，如艳阳下挥洒而出的浓墨重彩，美得淋漓尽致。

小花直着一双眼睛："老大，你要是想勾引男人，一定要这样，把自己绑着的头发无意间散下来，再轻轻扬一扬，绝对，什么样的男人都会手到擒来。"

春诺轻笑，从包里拿出一根头绳叼在嘴里，双手向后拢起自己的头发，三下两下盘起了一个丸子头。

还什么样的男人，虽然她没有遇到过很多男人，不对，虽然她只遇到过那么一个男人，但就那么一个都没有手到擒来。

春诺和她那位"陌生"邻居的初遇，就有这么一出乌龙的场景。

那时候她在食堂里大快朵颐，绑着头发的皮筋突然绷断，浓密的黑发倾洒而下，她感觉到有什么不对，回头一看，她那断了的皮筋落到了从她身后经过的那个人的碗里，明晃晃地漂在西红柿青菜汤面里。

她赶紧起身，连声道歉："对不起，对不起，我再去给你买一份。"

那人留下一句"没事，不用"就离开了。

声音意外好听，清冷低沉的磁性，春诺看着他的背影，白T黑裤，不同于学校里吊儿郎当弯腰塌背的男生，他脊背挺直，长腿迈出一步要顶别人两步。等她反应过来，人已经在拐弯处消失了。

春诺提步上前去追，却再也找不到人。她暗自懊悔自己动作太慢，连正脸都没见到，还白瞎了别人的一份饭。

下午的美术课上，她推门进去，看见三五个人聚在一起，窃窃私语。等她坐到座位上，旁边的女生拍拍她的肩膀，指指前面，她抬眼望过去。

教室前面坐着一个男生，简单的短发，清清爽爽，仿佛春雨后晨光里的天空，瓦蓝瓦蓝的，不带一点杂质。他的一条长腿懒散地落在地上，另一条腿支在椅子腿上，漠然的眼神扫过来，看到春诺，顿了一下，又转向了窗外。

阳光穿过窗外的梧桐树落到他的脸上，打出明暗的光影。隔着一整个教室，春诺看到了他微颤的长睫。

她心里一动。

有些债是逃不掉的。

小花看着自家老板不发一言躺在后座，笑得一脸春心荡漾，虽然她没有具体证据，但是她老板最近绝对有什么她不知道的猫腻。

春诺从后备箱里拿出自己的行李箱，冲小花挥挥手，头也不回地走了。

她远远地看着快要关闭的电梯门，快步小跑过去，因为跑得太过着急，行李箱的轮子磕到了脚踝，一阵钻心的疼。她本来想停下来，但看到电梯门开着，是在等她，她又提着一口气跑了过去。

电梯里只站着一个人，按着开门键，眼皮只撑了一下，又落了下去，眉眼低垂，清冷淡然。过了一会儿，他微皱着眉头扫过来，有些明显的不耐烦："进还是不进？"

愣在门口的春诺"哦"了一声，赶紧提着行李箱进了电梯。

狭小的空间，两个人并肩而立，春诺心跳过快，或许是因为刚才跑得太快，又或许是时隔几年再一次和徐言咫尺相隔。她往旁边悄悄挪动了一下脚步，怕自己的心跳声被人听见。

空气陡然转冷，春诺抬手摸了一下露在外面的胳膊，看到了光滑的壁面倒映出的影子，衬衫长裤，西装外套搭在他的胳膊上，另一只手插在裤兜里，眼睛虚虚地落在空中的某个位置没有焦点，他看起来有些疲倦。

从一层到十六层的电梯能有多长，春诺脑子里闪现过无数句话，直到电梯"叮"的一声，她也没有想到要拿出哪一句合适。

春诺拿着行李箱，想等徐言出去再出，但他按着电梯键似乎在让她先出。

春诺提起行李箱，抬起的脚牵动了刚才被轮子碰到的地方，不由得"嘶"了一声，她深吸一口气，瘸着一条腿迈出电梯，还往边上站了站，避免挡了他的路，身后的人擦着她的肩膀往前走去。

她低下头轻叹一声，手里的行李箱突然被人接了过去，刚才擦肩而过的人又转身走了回来，他揽住她的腰把人提起来，突然失重的她吓了一跳，身子往他怀里靠去，手自动地钩住了他的脖子。

春诺挣扎着要下来，主要是她现在有点重，比上大学的时候重了五斤。

在她腰上的手收紧，薄荷的凉意洒到她的脖颈。

"别动。"

春诺瞬间老实了下来，她视线落到他胳膊上凸起的青筋上，呼吸都跟着重了几分。

当初也是，现在也是，她还没有勾引到他，却先被他勾引了。

春诺被放到了行李箱上，身后的人一只手推着行李箱往前走。她和行李箱同时被人推到了门口，他朝自己家那边走去。

春诺看着徐言一如既往挺直的腰背，轻声开口："谢谢，徐先生。"

他的长腿停了停："客气，邻里之间互相帮助。"随后按下密码进了屋，关门的声音"咣当"一声响彻在空荡的走廊里，清冽的味道在鼻尖萦绕。

春诺的嘴角抽了抽，前几天还是不帮陌生人的忙，今天就是邻里之间的互帮互助，怎么什么话都让你给说了，再说她好像也没有见过，有哪个邻里之间的互相帮助是需要抱人的。

要说打算和他怎么样，她之前真没有想好，其实也不是没有想好，他从来是一个说话算话的人，他说过，如果分手，他绝对不会回头，她知道他会说到做到。

所以，这些年，悔得肠子都青中带了绿，她都没有回过一次头。

春诺想，现在不管徐言是有意还是无意住到了她的隔壁，那她是不是可以侧一下头。如果他敢问是谁给她的勇气，她也会理直气壮地回，是你，谁让你当了我的邻居，还要跟我互帮互助。

被某人给了勇气的春诺整了整自己的衣服，去按密码，结果，密码输入错误。可能是她过快的心跳影响了脑电波，导致她对密码的记忆产生了混乱。

第二次又输入错误，春诺心里多了些雀跃，如果第三次再输入错误的话，春诺觉得这可能就是天意，要让她去敲隔壁的门，让他再发挥一次邻里之间互帮互助的精神。

第三次的时候，门打开了，春诺有些无奈地轻叹了一口气。算了，今天她运气可能超标了，互帮互助的话，一天一次也就够了，做人不可以那么贪心。

春诺脱了鞋，看了下自己的脚，破了皮，流了血，还沾到了白色的裤腿上，洇出了一大块，所以这就是所谓的福祸相依。

她忍着疼，洗完澡，翻箱倒柜地找创可贴，半个都没有找到，应该是上次切菜切到手指的时候用完了。

她一边擦着头发，一边拖着半瘸的腿到了厨房，从冰箱里拿出一罐啤酒来到露台，没有创可贴了，至少她还有酒。

四月末的天气，空气中都带了燥热，鼓动着人心。她坐在凉床上，就着夜晚的春风喝了一口冰啤酒。液体顺着喉咙流到胃里，整个人都舒爽下来，她忍不住打了一个嗝。

隔壁露台上传来了开门的声音，春诺把罐里的啤酒一干到底，深吸一口气，挪到隔板那边敲了三下："徐先生，你家里有创可贴吗，我家的用完了，我脚上磕得有点严重。"

春诺说完就把耳朵贴到了隔板上，仔细听对面的动静，可什么也没听到，呼吸声、脚步声、打火机的声音，都没有。

难道刚才是他开门从露台进了屋，而不是从屋里出来？

春诺有些气馁，想要再敲三声，最终没有敲下去，人离开隔板，头发却被上面的螺丝钉给挂住了。她起来得太猛，生生地被带下来几根头发。

"疼死我了。"她揉着自己又疼又痒的头，轻喊出声。

最终什么反馈都没有得到，春诺只能捏捏啤酒罐，以三分球的姿势投到垃圾桶里，还是回去好好地做饭填肚子才是最要紧的事情。

在她快要走进屋子的时候，"啪"一声，一个袋子落到了地上，是从隔壁飞过来的。

风拂过发，春诺心里涌上欢喜，她清了清嗓子："谢谢，徐——"

"咣当"一声的关门声把她后面的话给堵了回去，她想说，谢谢，徐言。

创可贴是最普通的那种，没有任何花纹和图案，一如徐言这个人，清冷寡淡。

但她进入过他内心最深处，知道里面有多火热，只是这种火热现在已经不属于她，留给她的只有"咣当咣当"的关门声。

以后不应该叫他徐言或是什么让人牙酸的徐先生，应该叫他"徐咣当"。春诺停下切菜的手，在围裙上擦了擦，拿起旁边的手机，把"邻居徐"改成了"徐咣当"，她心情才稍微好一些。

邻居是前男友的第十五天，我讨厌"咣当"声，有没有一种门关起来是没有声音的？

有粉丝留言：跟门没有关系，是人的原因。

春诺回她：你真相了。

然后她又看到粉丝数少了一名，她的粉丝就那么几个人，多一名少一名很明显。粉丝的心和男人的心一样，都是那湖边的芦苇，飘荡不定，难以捉摸。

小花发信息提醒她，不要熬夜，早点睡觉，明天中午要见李靖聪，要保持最好的状态。

春诺的失眠是时断时续的，有工作的时候，每天都很累，有点时间都恨不得睡一睡，怎么会失眠。

她只有在有心事的时候才会失眠，而且越睡就越睡不着，自从知道徐言住隔壁后，失眠的次数也见涨。

她关了灯，戴上眼罩，心里默数着密西西比河，又改成徐言，最后改成了徐咣当，慢慢来了困意。等她再醒来，外面已经大亮，竟然是难得的好眠。

她从床上起来，拉开窗帘，外面阳光明媚，蓝天白云。她伸了一个懒腰，看到桌子上放着的那本书，她拿发簪拢起头发，披了件开衫，把早读的地点从屋里又挪到了露台，面向隔壁露台，对着隔板。

今天她决定赏析泰戈尔的《假若容我扑进你的胸怀》。

可她读得嗓子都冒烟了，也没有闻到烟味或者熟悉的咖啡香味，更没有音乐声。

既然他人都不在，她又把声音提高了一个八度。她的英文老师说大声读出来是非常重要的一件事情，她虽然上学的时候不怎么听老师的话，但离开学校后才发现老师说的有些话就是至理名言。

小花到的时候，春诺已经换好衣服了，黑色的阔腿裤、墨绿色的短款上衣，腿是腿，腰是腰，浓密的黑发披在肩上长及腰窝，若隐若现的黑色和绿色之间露出白皙的腰线，风情流转，仪态万千。

"老大，你怎么没化妆？虽然你素颜很'抗打'，但是见导演这种事情至少要化一下表示重视。"小花瞅着那张脸，为什么有人皮肤可以好到这种地步，连个毛孔都看不见。

春诺喷了几下香水，说："让我素颜去，回归本色。"

小花围着春诺转了几圈，"啧啧"了两声，状似无意地问："老大，你这一身清纯得跟大学生一样，我要是个男的，在大学遇到你，肯定得死命追你。你在大学谈过不少恋爱吧？"

春诺还能看不出她的小心思，拿香水喷了她两下，说："老板的私事少打听。"

小花撒娇："不公平，作为员工的我谈过几个，怎么开始的，怎么结束的，您老知道得比我爸妈都清楚，我连你谈过几段恋爱都不知道。"

其实没什么不能说的，以前是不敢，怕说出来自己会崩溃，会坚持不住不管不顾地回去找他。

"我就谈过一段。"

"我天，真的假的？"小花很惊讶。虽然她知道老板肯定有一个曾经沧海难为水，但这颜，就谈过一段，说出去谁都不信。

春诺拿手帮她合上她张大的嘴："真的。"谈过一段恋爱是这么值得惊讶的事情吗？

"那个男的得好成什么样，才能追到你这棵铁树，还开了花。"这个问题真的不是小花八卦，她回想了一下这么多年追过她老板的所有男的，个顶个都是优质男，但都没有把她家老板给拿下，那证明那个男的比那些还要好。

春诺顿了一下，语气中带着涩："他的确很好，所以是我追的他。"

小花的嘴又自动张开了，能让"铁树"主动去追人，现在明显还在这边念念不忘，她很想问有没有照片让我瞅瞅，但她不敢，今天的信息量已经超标了，她要见好就收，方便下次能更深入地挖掘。

春诺拿起包："走了走了，男人有什么，工作才重要，我要挣钱，我要买房。"

爱情不重要，面包才是最重要的。

李靖聪定的地方是一个咖啡店，春诺特意早到了半个小时，结果她到的时候，他已经在了。春诺快走两步上前："抱歉，李导，我来晚了。"

李靖聪伸手示意她坐："没有，是我早到了，我习惯在这里写剧本。"

黑白格子衬衫，黑框眼镜，不像个导演，倒像个温润的大男孩，跟那天在片场严肃的样子天差地别。

李靖聪开门见山说想让春诺做他下一部电影的女主。春诺不是不震惊，也不是不高兴，这是对她这么多年来演技的认可。

但是，她犹豫了一下，还是说了出来："特别感谢李导对我的赏识，但是有一件事情李导可能不知道，我得罪过星凯的吴天昊，他放出过话，我担任主角的戏，他都会有办法让它上不了。我知道出一部戏有多不容易，我不想因为我产生任何不确定的因素。"

星凯是娱乐圈的巨头公司，吴天昊是副总，吴天昊这句话刚放出来的时候，别说女主，春诺就是去做个群演，人家都要犹豫一下，最后还是拒绝。

她那一段时间差点就熬不下去了，等过了一两年，他可能把她这号人物给忘了，她偶尔也能接到一个小角色。

后来她靠着经用、抗打、不挑戏，慢慢地也在二十线开外的圈里闯出了一点小名声，但是担任一部戏的女主，太招人眼了，万一又有有心人把这件事捅到吴天昊面前，她虽然不怕吴天昊，但她不想牵连整部戏。

李靖聪扶了一下眼镜："我既然想让你做我的女主角，自然事前了解过你的一些事情，这方面不是你需要担心的，你只要看剧本合不合你心意，想不想演就行。"

春诺愣了一下，问了一句："真的？"

李靖聪笑了。

"自然是真的。"他把旁边的剧本递给她，"看完之后给我答复。"

春诺从咖啡馆里出来，都觉得自己是踩在云朵里，半飘半飞地在走。她还使劲掐了自己一下，怕是在做梦。

小花在车外等着，看到她，迎了上来，着急地问："怎么样？"

春诺晃了晃手中的剧本："说让我担任女主。"

小花问出了跟春诺一样的问题："真的？"

春诺点点头："不过要先看剧本。"

小花激动得就差大叫了，如果不是在街上就直接把人抱起来转圈了。

春诺按住她的肩膀："淡定淡定，没有最终确定下来的事情不能高兴太早。"

"不管确定不确定，李靖聪，他想找你演女主角这件事，就是对你这些年来的肯定。"小花快速地抱了春诺一下，"老板，加油！"

春诺眼底有些酸涩，随后也笑出了声。两个女孩在人来人往的街道，笑了。路过的人看到她们灿烂的笑容，也被感染了，脸上带着笑奔向各自的方向。

春天真的是一个万物复苏的季节，不管是爱情还是事业。

李靖聪站在二楼的窗前，拍了张照片，给刚刚联系过的人发了过去。

第三章
想吃回头草

春诺回到家，窝到露台的沙发上，看了半天的剧本。故事她很喜欢，讲的是一个得了癌症的女孩，人生中最后六十天的故事。

她一口气看到结局才起身，天色已经有些发暗，拿起手机一看，都快七点了。她赶紧小跑进了屋，看故事看得太投入，都忘了这件大事。

下午回来的路上，她去了趟超市，买了现在桌子上放的东西，菜篮子、绳子、草莓和橙子。她把草莓洗好，放到盘子里拿保鲜膜封好，然后和橙子一起放到菜篮子里。

她又跑到露台，踩到三角梯上，通过绳子把菜篮子一点一点地放到那边的露台上。

他其实不爱吃水果，在一起的时候，如果不是她逼着他，他绝对不会主动吃。在众多的水果中，他只有在吃橙子和草莓的时候才会主动要求她喂第二口。

她如果直接把东西送上门，肯定会吃闭门羹，所以她选择了这种方法，借着还人情试探一下，再做下一步打算。

春诺拿出手机，在称呼上犯了难。他昨天才帮了她，再叫他徐先生，是不是有点挑衅意味，还会把她送水果的本意给歪曲了。但是，叫他名字又有点别扭，算了，称呼先跳过去。

文字删了又改，改了又删，大概来回了五次才编辑好。然后又跳回了称呼，她先打出了一个徐字，后面自动出现了"咣当"。

屏幕上突然跳出语音电话，是江念晚，一口气不带停地骂了他们领导三十分钟。在骂人这方面，春诺特别佩服江念晚，在这三十分钟里她愣是一句都没重复过，也没有带一个脏字，但听着还是让人解气又热血沸腾。

热血沸腾的春诺挂了电话，瞬间觉得自己满血复活了，不就是个称呼嘛，这有什么，她回到短信页面。

然后发现，短信已经发出去了。

徐咣当，我在你露台上放了点水果，感谢昨天的创可贴。PS：草莓已经洗了，可以直接吃。

春诺眨了三次眼，才确定了这个事实，又花了十五分钟，在百度、微博、知乎上搜索发出的短信怎么可以撤回，最终发现了一个悲哀的事实，已经发出去的短信是不能撤回的。

空荡的房间里，响起了春诺的一声哀号，她到底为什么没事要给人起外号玩。

她纠结了半天的称呼，最后却写成了"徐咣当"发了出去。她到底是做了什么孽，这应该比"徐先生"更挑衅。

她想要不要再发一条短信解释一下，但发了就更显刻意，还不如就当不知道这件事。

郁闷的春诺打开了微博，发了一条微博：

邻居是前男友的第十六天，徐咣当这个外号好听吗？

春诺主要想征求一下大家的意见，如果外号好听的话，是不是他就不会那么生气。

但是大家的关注点不在好不好听，下面一字排开的留言：徐小诺，你前男朋友也姓徐吗？

她回：不是，是别人给我起了这个外号。

春诺在客厅的沙发上郁闷了三十分钟，到后面肚子叫成了交响曲，才起来简单做了一碗西红柿鸡蛋汤面，连汤带面吃了个满头大汗，心里才稍微开怀点。

别人不开心的时候是吃甜点，她不开心的时候是吃面食。碳水这些东西永远是她的最爱，虽然这是女生减肥的天敌，但是如果人生连吃东西的快乐也没有了，那还有什么趣味。

得了趣味的春诺，又在跑步机上跑了一个小时，才去洗漱上了床。

这样折腾一晚上的后果是她直接睡到大天亮，一睁眼都九点多了，她很久没睡过懒觉了。

昨天半夜吃面，今天又起晚了，她的脸已经肿得不像样，根本没法看。

春诺迷迷糊糊地踢踏着拖鞋往客厅走，听见露台传来锤子锤钉子的声音。她出去一看，发现隔壁有几个工人正在往上架隔板，直接架到了顶，要给封死。

她有一瞬间的蒙，然后全身的血液往脸上冲。他什么意思？她在屋里转了三圈，转身往门口大步走去，不给自己反悔的余地，按响了隔壁的门铃。

等了好一会儿，她身上沸腾的血液差不多都快要熄了火，门从里面打开了。

他依旧是白衣黑裤，深邃的眸子没有半点温度地看向她，也不说话，似乎在等着她解释，一大清早按门铃所为何事。

在他开门前，她心里那股冲动的劲头已经快要下去了，现在见到了真人，还有一些余温的热血汹涌已经消失得无影无踪。

春诺一开口，就有些支吾，又因为刚起床，连口水都没喝，嗓音还带着些冒火的嘶哑："你为什么要把露台架高，是嫌我打扰到你了吗？"

徐言眉头微皱，嗓音清冽，瞬间把她对比成了唐老鸭："春小姐不是和房东说不安全，想要把隔板架高。"

啊，她都忘了这茬了，关键是她之前不知道隔壁住的是他啊。她怕他误会，着急地解释："不是，我之前——"

徐言不等她说完，打断了她的话："而且，我确实不喜欢被人打扰，更不喜欢别人爬我的墙。"

"哦。"春诺瞬间蔫了下去，跟熄了火的炮仗一样，"抱歉，我没有别的意思，就是想感谢一下你那天的帮忙。如果打扰到你，我向你道歉。"

徐言看着在他面前低下去的头，眼里的温度又冷了三分，问："还有别的事？"

春诺摇头，又随即点头："你为什么要搬到我隔壁？"

既然已经这样了，她干脆一口气问个清楚，也省得自己每天晚上翻来覆去地猜。

"我只是房子恰好买到了这里，难道春小姐买房子也要看隔壁邻居是谁？"徐言眼睛扫了一下腕上的手表，表示自己很忙，没时间跟她在这里扯闲天。

春诺怕他"咣当"一声又把门给关上，她眼疾手快地伸脚到门前，死死抵住，一鼓作气道："那现在你知道邻居是我了，不会要搬走吧？"

徐言的目光从门前的那只脚慢慢扫回她的脸，他眼睛往上挪一寸，她脚上的力道松一点。到最后别说脚了，她整个人都开始发软，嘴唇连带着牙齿都是软的，话不经大脑就脱口而出："我反正是不会搬走的，这个房子我都住惯了。"

徐言的视线最后落到春诺的眼睛里，她下意识地闪躲，最后发现自己也没什么可怕的，又重新看向了他，就是要一个答案。

徐言慢慢开口："我和你认识吗？我住在哪里，跟你有什么关系？你住在哪里，应该跟我更没有关系。"

春诺被噎了也不生气，反正这都是她当初造的孽，这都是她该受的，她伸出手，大义凛然："徐先生，那重新认识一下，我叫春诺，是你前女友，也是你隔壁邻居。"

恰好有一个工人要出门搬材料，听到了这句话，看看徐言，又看看春诺，最后又假装看了看左右的墙，喃喃自语："我好像落东西了。"他边说边转身进了屋。

大义凛然的春诺跟跄了一下，哪里还管谁住哪里，谁爱住哪里谁住哪里，反正她要逃离地球，搬到火星去。

春诺也假装看了看走廊里的天花板，又看了看地面的大理石，最后摸了摸头发，连个招呼都没打，快速跑回了自己屋，偏偏这个时候，密码又按错了。

她隐隐听到隔壁半掩门里的对话，好像是那个工人在说："徐先生，我刚才什么都没听到。"

大哥，你都这样说了，你这不是此地无银三百两吗？

然后徐言说了句话，他声音偏低，但是春诺支棱着两只耳朵还是听到了，他说"见笑了"。

见笑了，见笑了，见笑了……这三个字在春诺脑袋里无限循环，所以到底是见谁的笑了。

被人见笑了的春诺憋在家里画了一天的图，先是画耳坠，又是画项链，最后画纸上出现了一张人脸，很熟悉，今天早晨才刚刚见过。

刚分手那阵，她睡不着觉的时候，就习惯画徐言，各种样子，吃饭的样子，走路的样子，睡觉的样子，对她无可奈何的样子，还有吻她时的样子。那么冷清的一个人，吻起人来深情又温柔，恨不得让人溺死其中。

后来她意识到真的再也回不去了，也知道自己不能一直这样下去，才慢慢戒了这个习惯。

其实不管是戒掉一个习惯，还是戒掉一个人，都没有想象中的那么难，只要你下定决心，只要你咬着牙度过那个瓶颈期。

但是，成功戒掉某样东西的人有一件最怕的事情，就是重温，戒烟的人最怕闻到烟味，戒掉前男友的人最怕他又重新站在你面前。

本来活在记忆中的人，成了活生生的具象，那些压抑的思念和爱意便如汹涌的海水，排山倒海地扑面而来，从头到脚，浇一个透心凉。原来之前的一切努力都是徒劳，你根本忘不了他。

经历了好几重打击的春诺第二天从家里走了出去，去工厂转了一圈。这本来是小花的活儿，但是她觉得自己不能待在家里，再对着那个封死的露台隔板发呆。到最后，可能只有两个结果，不是她疯，就是露台疯。

今天外面的风有些凉，空气中有着春天特有的那种潮湿，天气有些阴沉，好像要下雨，春诺没有看天气预报的习惯，带伞和穿衣全靠缘分。

春诺开着车，手指跟着音乐有一搭没一搭地敲着方向盘。挡风玻璃上先是掉了三四滴雨，后来雨势渐大，直接来了一场狂风暴雨。

从工厂回来已经下午四点多，她去超市买了点菜准备晚上吃火锅。下雨天还有什么比在露台上吃火锅更惬意的事情，更何况现在露台被封得死死的，她又不用担心会影响别人。

她一边下电梯，一边看老春发过来的照片，全是他钓到的鱼。她家老春就是有本事，连钓上来的鱼都比别人花样多。

春诺的余光扫到隔壁家门口站着一位中年女人，五六十岁的年纪，不高很瘦，头发花白，脸色黝黑，头发和衣服都有些湿了，应该是被雨淋了，嘴唇有些发白。

春诺停下来："阿姨，您是在等人吗？"

余淑芳看着眼前这个俏生生的小姑娘，爽朗一笑："我等我儿子，他住这里，我等他下班。"

春诺仔细看过去，她的眉目中确实能看出徐言的样子，尤其是那双眼睛。

她把手机放进兜里："阿姨，我住隔壁，要不您先到我屋里去等？

我看您身上衣服也湿了，走廊里有点凉，万一着凉感冒了。"

余淑芳忙摆手："不用不用，我在这儿等他就行，他应该也快了。"话还没说完，一个喷嚏就出来了。

春诺上前一步："阿姨，您不用觉得不好意思，家里就我一个人。再说，徐言之前也帮过我，他说邻里之间就该互帮互助。"

余淑芳心里一动，她的儿子她最了解，他可不是会随便跟谁说互帮互助的人。眼前的姑娘高高的个子，皮肤白皙，眉眼精致，笑起来跟那六月的花似的，灿烂又喜人。

"阿姨不会打扰到你吧？"余淑芳松了口。

春诺帮她一起提地上的包："怎么会打扰，我一个人在家还无聊，阿姨正好给我做伴了。"

春诺心里还庆幸，幸亏昨天半夜睡不着觉，把家里给大扫除了一遍。她家平常虽然也不是很乱，但在大人眼里就不行，就比如她爹老春，每次到她这儿，都皱着眉头给她从上到下一顿拾掇。

春诺住的这儿不算太大，不到七十平方米，两室一厅。她当时一眼看上这间房子，是因为外边那个露台，夏天赏雨冬天赏雪，既可以火锅，也可以烧烤，也算是人间一件乐事。

她先给余淑芳拿了毛巾，让她擦头发，又倒了杯热水，最后跑到卧室，翻箱倒柜地找出两件衣服来："阿姨，这是我的衣服，都是洗过的，干净的，您去屋里换上吧，湿衣服焐在身上不好。"

这怎么行，余淑芳坚决摇头，她一个老婆子，怎么好穿人家小姑娘的衣服。

"阿姨，这就是外面湿了点，里面没事儿。"

最后春诺搬来了暖风机和吹风机，余淑芳看她脚不沾地一顿忙活："小诺，不忙了，阿姨没事。你在外面忙了一天，赶紧坐下歇会儿。"

春诺把暖风机打开，坐到余淑芳旁边。她虽然没有和余淑芳见过面，但是对余淑芳并不陌生，倒不是徐言经常提他妈妈，每次他放假回来都会带回一堆他妈妈做的好吃的，基本上三分之二都会进到她肚子里。

她不知道徐言和他妈提没提过她的名字，所以她只敢说自己叫小诺，不敢报上自己的大名，心虚什么只有自己知道。

徐淑芳看春诺是越看越满意，小姑娘长得好看，性格又好，会说话，还知道体贴人。

她现在只发愁一件事情，就是徐言的婚事，他大学的时候谈了一个，本来说要带回家里来，但是后来就再没了音信。她看着他颓废的样子，也不敢问，最后好在是走了出来，只是人比之前更沉默了。

家里不是没给他介绍，但都被她给挡了回去，他心里有放不下的人，强行逼他，对他对人家姑娘都不好。

不知道怎的，徐淑芳觉得她那个儿子喜欢的就应该是这个小姑娘这种类型的，徐言性子闷，有什么事儿都喜欢憋在心里，能把人给急死，闷的人都喜欢爱说的，就像他爹喜欢自己一样。

"阿姨，我晚上准备弄火锅吃，您和我一起吧，边吃边等他。火锅有人一起吃才有意思，我一个人吃太可怜了。"

春诺看天也不早了，老人家从老家折腾到这边，肯定都没怎么吃东西。

春诺扮可怜扮得一绝，把徐淑芳都逗乐了。她的手机上还是没有任何回电，她来之前都没有跟徐言说，怕他非要让人来接她，她又不是老得走不动了，按照他之前给的地址找过来，到了门口才给他打的电话，谁知道一直没人接。

"阿姨今天真的给你添了不少麻烦，回头得让徐言好好谢谢你。有什么是阿姨可以做的？"徐淑芳起身，要帮着她一起弄。

"阿姨您真不用放在心上，他之前也帮过我不少。"春诺也怕她待着不自在，"阿姨，那您帮我洗菜吧，我炒火锅料。"

"行。"

第一次见面的两个人，话头愣是没有掉下来过，等徐言电话回过来时，火锅已经吃上了。

门铃响的时候，春诺的筷子顿了一下："阿姨，我去开门，应该是徐言回来了。"

她踢踏着拖鞋，小跑着去开门，越到门口脚步越慢。在门口停了三秒钟，她才握紧门把，打开门。

"你回来啦。"

这句话，这个场景，春诺想象过无数遍。在一起的时候，她也给他描述过无数遍，他下班回家，她给他开门，然后他抱着她进门，给她一个亲吻。

隔着那么多的时间和人事，曾经的幻想最终落了空。春诺想到了过往，眼眶泛了酸，却坚持看着徐言，想从他的脸上找出一点熟悉的温度，他是否也记得他们说过的话。

徐言穿着一身灰色的西装，头发像是专门打理过，在灯光下润着光泽，眼睛仅在她脸上停留一秒，便看向了她身后。

"妈，我刚才去电视台录了一档节目，手机静音了。"他嗓音依旧清冷，但春诺还是从中听出了柔意。

"怪我，没有提前和你说，多亏了小诺，我给她添了不少麻烦，你回头一定得好好谢谢人家。"

徐淑芳看看自己儿子，又看看旁边的姑娘，不是因为是她自己儿子她才这么说的，她敢打包票，谁看到他们两个站在一起，都会觉得是郎才女貌。

"阿姨，没事儿。如果是我爸来，徐言看到了，也肯定会这么做。"春诺侧过身子，"你也进来吃点吧，做着你那份呢。"

徐言冷脸想拒绝，见他妈已经在后面跟他招手了："对，徐言，你也进来吃点，小诺做了好多。"

徐言嘴角抽了抽，不知道的还以为她们是母女，他是上门的客人，他妈明显没有要走的意思。

他无奈地进门，春诺弯腰从鞋柜底下拿出一双黑色的拖鞋，是男士的。他脱鞋的动作犹豫了下，这自然没有逃过春诺的眼睛，她知道他有轻微的洁癖。

"这是我爸的，穿过一次，你如果介意的话，直接穿鞋进也可以。"其实她想说的是，你可以从你家拿一双拖鞋过来，但是她没敢。

徐言低声说了一句："没事。"

他换好鞋，看她还在旁边等着他，眼神示意她往前走。

春诺还在愣神，因为他刚才靠近的时候，她闻到了他身上的香水味。

浓烈的，诱惑的，能喷这种香水的女人，一定是千娇百媚的。

徐淑芳时不时地看向两个人，她已经尽量克制了，不让自己盯得那么明显。当娘的直觉告诉她，这两个人绝对有问题，看来以后还是要多搞搞突然袭击，要不怎么会有今天这一出。

春诺不往前走，徐言怎么走，结果两人就堵在了门口，四目相对，已经快被香水味熏晕的春诺还是没有意会出徐言眼神里的意思，直愣愣地看向他。

眼睛黑白分明，透着水润。

徐言插在裤兜里的手动了一下。

"进屋。"他最终反客为主，让春诺进屋。

神游天外的春诺终于回了神，明白了眼前的状况。

"哦哦，进屋进屋。"她甩开他，快步向前走去。不过他腿长，一步能顶她三步，紧紧跟在她后面。

"你先坐，我去拿碗筷。"

春诺转弯进了厨房，站在碗橱前，轻拍了脸两下，让自己千万别掉链子，至少不要在他妈面前掉链子。

春诺回到客厅，母子两人站着等她。她原本是想在露台上吃来着，但是晚上天气有点凉，老太太又淋了雨，最后摆到了屋里。

她和老太太是面对面坐的，她以为徐言会坐他妈那边，结果他直接在她这边落了座。春诺心跳快了几拍，但闻到他身上的香水味，心跳慢慢又平静下来，还不动声色地往旁边移了移椅子。

连火锅味都掩盖不住的香水味，他到底是和人干了什么。

徐淑芳不过下了一个菜的工夫，就看见自家儿子刚才还算温和的脸上已经染上了寒意。她轻咳了两声，对面两双眼睛同时看了过来。徐淑芳冲春诺笑笑："阿姨没事儿，小诺你快吃，刚才忙活了半天都没吃几口。"

看春诺低下头去夹菜，徐淑芳拿手暗暗指了指徐言的脸，让他注意些，有哪个小姑娘会喜欢有事没事就摆脸色的男人。

徐言缓了下脸色，拿起旁边的水杯，喝了几口水，并没有起筷的意思。他其实一点都不饿，刚才回来的时候，四十分钟的车程硬生生被他压缩到一半。他没想到三个人的碰面会在这么多年以后还有机会实现，莫名地觉得有些讽刺。

还能和徐言坐在一起吃饭，是春诺想都不敢想的事情，更何况是这样三个人在一起，他和他妈。她筷子伸到锅里，夹上来是什么都不知道，就直接往嘴里塞，丸子里的汤汁在口中炸裂开来，她捂着嘴不由得"啊"了一声。

徐淑芳有些着急："怎么了？"

春诺捂着嘴"呜呜"的，说了半天徐淑芳也没听清她说了什么，更急。

徐言从座位上起身，扫了一眼屋子，看到了饮水机，去接了杯凉水过来，对徐淑芳说："她被烫到了。"

春诺接过他手里的杯子，一口气喝了下去，才觉得好点。

"我没事儿，阿姨，吃得太急了，被烫了一下，我经常这样。"她有些不好意思。她很少有不好意思的时候，但是面前的人太特殊，她想表现得好一点，但好像事与愿违。

徐淑芳看着自己儿子的神色，还有两个人之间自然的动作，心下一喜："慢点吃，不急哈。"

到最后，徐淑芳拉着春诺说话，让徐言把桌子给收拾了，春诺眼睛控制不住地往厨房那边瞟。

"不用管他，刷碗这些活就该男人来做。他爸在世的时候，也是这么教育他的。"

春诺身子一顿，握住徐淑芳的手。她知道徐言爸爸在他初中的时候就因病去世了。

徐淑芳反握住她的手，拍拍她的手背："阿姨不伤心，能有个人听我说说他，我心里还挺高兴。"

"叔叔一定对阿姨很好。"春诺看得出徐淑芳说到"他"的时候，眼里都透着光。

"是，特别好，虽然他性子比较闷，话也不多，但是知道疼人，知冷知热。徐言像他爸，样子像，脾气也像，什么都爱憋在心里，什么事儿都爱自己担着。我都替他发愁，你说现在的小姑娘谁不喜欢能说会道的，我看他这辈子能不能找到对象都两说。"

春诺受不了别人说徐言半点不好，从前是，现在也是。

"阿姨，他有才有貌，女孩还是喜欢踏实稳重的，那些能说会道的都是花架子，您不用担心。"

就冲徐言身上的香水味，他也不像是找不到对象的人。

徐言从厨房出来，徐淑芳问："都收拾好了？"

"嗯，回吧，人家明天还有工作，不好老打扰。"

徐淑芳跟着站起来："今天真的麻烦了小诺好多，回头让徐言好好请你吃一顿饭。"

春诺连连摆手说没事儿，知道老人家折腾一天了也不好再留，把人送了出去。

已经过了三分钟，两个人还在门口说话，徐言不解，为什么才第一次见面，就有这么多话聊。

他终于等到了他妈依依不舍往前迈的脚步，他跟在她后面，阻挡了两个人的视线，防止两人再搭上话。

等终于把人送进了屋，刚走没两步，徐淑芳又回头，徐言有些无奈道："妈。"

"你外套呢？"徐淑芳瞋他一眼，精神头儿都没了。

他刚才刷碗的时候，把外套脱了放在椅子上，出来的时候忘记拿了，他觉得他熬三天夜编程都没有今晚这么累。

他出门的时候，春诺正好也从屋里出来，一只手拿着外套，另一只手还拿着手机。看手机外壳就知道是他妈的，得，一个儿子一个妈，谁都别说谁。

两个人都没有说话，一人伸手，一人往前递，徐言拿到东西就准备转身，结果外套一半到了他手中，另一半还在春诺手中，她没放手。

徐言看向她，她却垂下了头。

他开口，声音冷淡："松手。"

春诺也不想碰这件沾着别人香水味的衣服，但她有话要和他说。

"你没女朋友的话，我想追你。"声如蚊蚋，除了她自己，没人知道她说了什么，哪怕近在咫尺的徐言也听不清。

徐言看着她越垂越低的后脑勺："看着人的眼睛说话，是最起码的礼貌，春小姐这点道理应该比我更懂。"

春诺又被那声"春小姐"刺激到了，再加上他衣服上的香水味一直往鼻子里窜，她猛地抬起头，还向前跨了一步："如果你没有女朋友的话，我要追你。"

声音在空荡的走廊里格外响亮，还带着回声，春诺自己都被吓了一跳，更别说刚打开门要说话的徐淑芳，她是出来拿她的手机的。

春诺看到徐淑芳，脸上红晕更盛，心里也起了委屈，因为徐言看向她的眼里带着明显的嘲讽，刺得她心里一疼。

像是幼儿园里告状的小朋友，她眼巴巴地瞅着徐淑芳："阿姨，我要追他。"

可他不让。

徐淑芳眼里起了笑，成了一朵花："好，阿姨支持你。他没女朋友，特别好追，你不用怕他冷脸，阿姨帮着你一块儿，绝对能把他拿下。"

徐言忍无可忍，衣服也不要了，推着徐淑芳要进屋。徐淑芳抵不过自己儿子，不过这不耽误她说话："小诺，你要加油，你肯定可以，他喜——"

他的额角一跳，拿脚踢上了门，又是"咣当"一声。

走廊里，勇气已经退却的春诺被"咣当"得一激灵。

屋里，得了自由的徐淑芳抬手拍了徐言背一下："关门关这么大声，在女孩面前，关门要特别注意，更何况你明明就对人家有意思，就更应该好好表现了。人家小姑娘红着脸都说要追你了，你半点表示都没有。"

徐言觉得他犯的最大的错误就是不该同意录那档节目，他不喜欢这种事情，但李靖明左求一遍右求一遍，说自己欠了人家人情，必须得还，为什么李靖明欠了人家人情，最后是他来还。

如果没有录那档节目，他的手机就不会静音；如果他的手机不静音，他妈就不会找不到他，然后进了隔壁的门。

徐言在徐淑芳的手机上输进了沈鹤臣的号码："这是我秘书的手机号，你以后找不到我就给他打电话。"

徐淑芳见他不接话茬，也就不再追问。她自己去参观屋子，唉，这么好的房子，再有一个女主人，还有一两个小朋友，热热闹闹的，该多好。

她没忍住，回头："你要是找对象，就该找小诺那样的，会说爱笑，多带带你这个性子。"

徐言"哧"了一声："她就是个骗子，你愿意让一个骗子当你儿媳妇。"

"她怎么是个骗子了？"

莫非她骗了你的身子？要是真那样才好，得多骗几次才行。

春诺回到客厅，身子抵在沙发里，恨不得拿抱枕捂死自己。

她一见到徐言，脑子就开始短路。她到底怎么想的，在人家妈面前说要追人家儿子。她出门的时候也没被雨淋啊，怎么就脑子进了水。如果喝酒了，还能拿醉了当借口，可她一滴酒也没沾。

火锅也能让人脑子不清楚吗？

邻居是前男友的第十七天，我又犯了和之前一模一样的错误。

当初那堂美术课结束之后，她没怎么费劲就打听到了徐言的信息，隔壁学校大三的学生，全国一流的理科学校，人工智能专业，学习成绩连续三年学院第一，最重要的信息，单身，而且是一直单身，爱好只有两样——学习和挣钱，特长是让女生望而却步。

春诺当时初生牛犊不怕虎，更何况她那颗沉寂了十几快要二十年的小心脏好不容易才躁动一回，哪里懂什么迂回婉转勾引诱惑这一个套路。

在一个雾气蔼蔼的早晨，她直接把人截在了操场。

朝霞的柔光透过雾气洒过来，徐言背光而立，寸长的黑发、清朗的面容、深邃的眼眸，被迷了心迷了眼的春诺，私下里演练了八百遍的话忘了个一干二净，大脑宕了机，嘴就不听使唤了，眼睛一闭，话脱口而出："徐言，我要追你。"

这句话一遍又一遍地回荡在没几个人的操场，春诺一战成名。

别的女生就算喜欢徐言，也是递瓶水、递点水果、递封情书，或者穿得美美的，在他面前时不时地晃两圈，含蓄又委婉。

就算是胆子再大一点，说要追人，也是在别人面前羞涩又温柔地说，然后通过同学、朋友、室友传到徐言的耳朵里。

还是第一次有人在当事人面前，把追人的话说得这么理直气壮。后来春诺逼着徐言对那天的表白做一个评价，徐言给出了四个字：匪气十足。

春诺刚才又匪气十足了，还是在人家妈面前。

放出话的春诺半夜得了通知，需要她提前进组。她那个角色有一个双胞胎哥哥，但是扮演哥哥的演员受了伤，不能参演了。吴成易最后直接拍板，就让春诺一人分饰两角，她的男装扮相英气十足，绝对能抓人眼球。

春诺自然求之不得，既能增加戏份，又能拓宽戏路，既有挑战性，还能多拿钱。其实还有最重要的一个原因，哥哥一半戏份的取景地是在徐言的老家，一个山清水秀的小县城，少年时的徐言生活过的地方，她一直想去又不敢去。

于是她和小花连夜打包行李，上了飞机。

她上飞机前，犹豫了半天，要不要给徐言发条信息，但她没有发的立场，谁会给自己邻居报备行程，再者，她的上一条信息是那条她不小心发的徐咣当，她不想再提醒他看一遍。要是有他的微信就好了，微信还有个撤回的功能。

在路上，她还有时间烦恼和纠结，一进了组，有点时间就只想拿来睡觉。妹妹的角色打戏已经够多的了，没想到哥哥比妹妹还要多，能自己上她尽量自己上。

小花去年专门找师傅学了全套的按摩，这次派上了用场。春诺本来就困，小花按得又很舒服，她有一搭没一搭地和小花说着话，眼睛已经和周公对上了。

"老大，和你说一个重大进展，我拿到沈鹤臣的微信了。"

春诺噌地睁开了眼，把周公给踢远了。

小花笑出了声："我表哥，你之前相亲的那个，沈鹤臣是他学弟，你说巧不巧，缘分来了挡都挡不住。"

"你表哥是哪个学校的啊？"

春诺不动声色，上次看徐言和小花的表哥很熟，他俩不会是一个学校的吧。

小花一脸骄傲："A大，厉害吧，要不你再考虑考虑，你们两个生出来的孩子，绝对的，智商、情商、外貌都是拔尖的。"

果然是一个学校的。

春诺重新闭上了眼睛："确实好厉害。"

小花加重了力道："你真不考虑？"

"我前男友也是那个学校的，我不能所有对象都拣着一个学校的祸害吧。"就算要祸害的话，祸害一个就好了。

小花也不按了，并排和春诺躺在一起。她老板第一次主动提起前男友，这事儿有点反常，她问："他叫什么名字，我回头问问我表哥，没准他认识。"

能让她老板这么念念不忘的，绝对是学校的风云人物。

春诺指指自己的脖子，让她继续按："你打听我前男友干什么，好好按摩，在我身上练习了，将来好用到你未来的男朋友沈鹤臣身上。"

然后要到徐言的微信。

小花被那个场景美到了，想象到一半，差点流了鼻血。她使劲摇了摇头，这一摇不要紧，把重要的事情给想了起来："还按什么按，我要收拾东西了，明天一大早的飞机。"

哦，对，这边的戏份拍完了，明天他们要去徐言的老家拍剩余的戏份。如果能挤出时间的话，她最想去徐言的学校看看。

但事与愿违，别说是徐言的学校了，她两眼一抹黑，直接被送到了大山里。

每天到得最远的地方就是山脚下那个饭馆，还是导演推荐的，说味道很绝。既然是导演喜欢的，剧组里的人，不管是拍马屁也好，还是真喜欢也罢，有时间就去饭馆里坐上一坐。

春诺也是其中一个，她是真喜欢，她本来就喜欢面食，再加上这个饭馆的名字叫"徐家嫂子饭馆"，她觉得她对"徐"这个姓氏，有一种与生俱来的好感。

更重要的是，这里的面是货真价实的手擀面，是用那种很粗的半人高的擀面杖擀出来的，面条筋道，汤料味又足。春诺每天都要挤出时间来吃上一碗，她临走之前要把这家店里所有口味的面都吃一个遍。

而且她也不用怕长肉，她现在每天的消耗量太大，已经比刚进组的时候瘦了五斤。

熬了一晚上的大夜戏终于拍完了，春诺已经被一遍又一遍的水浇得没了知觉。吴导平时人很温和，但一进入工作状态，用他老婆的话说就是六亲不认，严格挑剔。但春诺也知道好的作品都是这样磨出来的，所以她没有任何怨言，也坚持没有用替身，最终拍到导演嘴角带上了笑。

只是，她有点冷，不是有点，是很冷。她整个人都在打战，感觉全身的血都冻住了，寒气从骨子里都冒了出来。

小花拿羽绒服把人给包住，眼眶都红了，一个劲儿地问她："还好吗？"

春诺赏了她一个栗暴，说："这才哪儿到哪儿，怎么还哭上鼻子了，几岁了。"

她不说还好，一说小花眼泪都掉下来了："老大，我以后一定好好工作，不让你操心。"

春诺揉了揉小花的短发，捏了捏她有些红的鼻子："那就别哭了，你老大我现在急需吃点热的东西补充一下能量，我换衣服，你打电话去徐嫂子饭馆看现在可不可以去吃饭。"

饭馆虽说是二十四小时营业，但现在是凌晨五点多，太早了点。

等春诺换好衣服，吹好头发，眼角带红时不时还抽泣两下的小花回来了："老大，他们说现在只有热粥，没有面。"

粥也行啊，她现在胃里跟堵着万年冰块似的。

不大的门面里只有她们两个人，外面月朗星稀，里面的电视里放着广告，她和小花都饿了，闷头只顾着吃。她披着羽绒服，哆哆嗦嗦还是停不下来，热粥进到嘴里，才觉得缓过些心神。

电视里广告结束后是一个访谈节目，主持人说着一大段的头衔，最后说，有请新青年领袖，朗云集团的创始人徐言。

春诺埋在碗里的头抬了起来，小花也回身，一脸激动："哇哇哇，这就是打蒋樱绮脸的那个徐言，是不是很帅，这也太帅了！"

刚才还哭鼻子的人，见了帅哥，就不知道她老板叫什么了。

那人闲散地坐在沙发上，姿势慵懒却不散漫。

主持人问："您觉得您成功的原因是什么？"

徐言的声音清寂又冷淡，还带着那么一点点不在乎："要感谢我的前女友吧，因为她蹬了我，我才知道对我来说，什么是最重要的。"

主持人开玩笑："不知道她看到现在的您，会不会后悔得睡不着觉。"

徐言嘴角微微勾起："如果能再见，我会问问看。"

小花很是不解道："徐言，有才有钱有貌，他前女友是傻吗？"

春诺顶着鼻尖上的鼻涕："他前女友就是我。"

小花看向春诺，眼神充满怀疑，但又有一点相信，如果是徐言这种级别的话，她倒有点理解她老板的念念不忘了。

后厨的门帘被掀起，一个男人走了出来，把她们点的菜放到了桌子上。

小花看看眼前的男人，又看看电视，再看看眼前的男人，既惊又喜："我是做梦了吗？你是徐言吗？"

正在擦桌子的小姑娘抬起头，给出小花答案："对对，就是他，我们县城的骄傲。"

小花哪里还顾得上想徐言怎么会出现在一个饭馆里，还当起了服务员，现在她老大口中的前男友就在眼前，她拼死也要问出一个答案来："徐总，春诺说你是他前男友，是真的吗？"

春诺埋头喝粥。

徐言冷眼上下打量她："抱歉，我不认识这位小姐。"

春诺一直打战的身子，因为他这句话，竟然停止了哆嗦。她面色有些讪然，想说我开玩笑的。

门口的风铃响了起来，打断了她的话，进来一个人，那位小姑娘喊了一句："老板娘，您来了。"

徐淑芳摘下帽子："对。言言，我不是让你在家里好好休息嘛，这儿不用你帮忙。"

春诺傻眼了。

徐淑芳自然能看到这里面"唯二"的客人，她先惊后喜，跟小花刚才的表情一模一样："小诺，你怎么在这儿？"

春诺推开椅子站了起来："阿姨，我来这边工作。"

"是吗，这么巧，你要在这边待几天？"

擦桌子的小姑娘在旁边插话："这位姐姐已经在这边待了好一阵了，

老板娘您不在的这段时间，她几乎每天都来。"

徐淑芳听完更高兴，拉着春诺的手让她坐下。

"我刚从徐言那边回来，本来想临走之前，给你做一顿饭吃，让徐言去敲你家门，他说你人不在。我还以为他骗我，没想到你跑这边来了，这是阿姨开的饭馆，你说这是什么缘分。"

小花已经被这一波三折的故事走向给整蒙了，所以这到底是认识还是不认识，是前男友还是不是前男友。

春诺也不知道这是什么缘分，她最大的愿望只想逛逛他的学校，并没有打算攻他的老巢。

擦桌子的小姑娘又凑上前来："我知道这是什么缘分，前男友和前女友的缘分，老板娘，这位姐姐说她是徐哥哥的前女友。"

外面马路上的大货车呼啸而过，远处传来几声狗吠，墙面上古老的钟表在"嘀嘀嗒嗒"地走着，后厨里"刺啦"一声炝锅声连带着香味一起传过来。

小花拿在手中的手机掉到了碗里，又被她急急地捞上来，幸亏粥都喝完了，不然她得报废一部手机。小姑娘说完又高高兴兴地继续去擦桌子了。

徐言的手本想插进裤兜里，但今天穿的这条裤子没有兜，他的手擦着腿绕了一圈背到了身后。

但凡春诺脚下不是石灰板，她就已经开始刨坑了。

"真的？"徐淑芳看看徐言，又看看春诺，她就说两个人之间肯定有猫腻。

春诺不敢看任何人，只恨自己不能让时间倒流，就不应该被这个饭馆的名字给诱惑，天天往这边跑。

徐言余光里看到春诺低下去的头："不管过去是什么关系，我们现在就是陌生人，不过是她恰好住在了我隔壁。妈，您不用多想，我们什么事都没有，现在不会有，将来也不会有。"

隔壁？邻居？小花手里的手机又掉了下去，这下好，直接掉进了水杯里，合着她今天要在这里报废一部手机，为老大的爱情殉葬。

擦桌子的小姑娘"啊"了一声，对小花说："姐姐，我给你收点大米来，你把手机放大米里，放一段时间就会没事儿。"

小花拿起手机一边说好，一边快速逃离这个"腥风血雨"之地。

春诺对徐淑芳勉强一笑："阿姨，我欠您一句对不起，之前说要过来看您，却没能来。"

徐言直接冷了脸，转身大步往后厨走去，被掀开又落下的门帘，荡出了波涛汹涌。

徐淑芳拍拍春诺的手："没事，孩子，这有什么对不起的。之前没有见到，现在不是见到了，有些缘分躲都躲不掉。咱不理那块木头，阿姨知道，肯定是他给你委屈受了，你们才分手的。"

春诺摇头："没有，阿姨，他很好，他一直很好，是我不好。"

"一个人怎么可能只有好，他又不是什么圣人，肯定有做得不对的地方。但是阿姨知道，他心里还有你，他如果真把你当陌生人了，那他也就不会这么阴一阵阳一阵了。"徐淑芳放低声音，"阿姨和你说，你别惯着他，他给你冷脸，那你的脸比他还冷，就是要让他知道这年头谁离开谁还不能活了。"

春诺觉得有可能是自己冻出了幻觉，又或者她是在做梦，不然为什么她会在凌晨时分坐在饭馆里，听她前男友的妈在讲要怎么对付前男友。

回程的车上十分安静，小花在哀悼她的手机，她的手机还埋在大米里没有出来。春诺也不知道在哀悼什么，她以为两个人的关系算是有所缓和了，毕竟他们还坐在同一张桌子上吃了饭，筷子还伸向同一个锅里涮了火锅，为什么她又变成不认识的人了。

她想当他名正言顺的前女友，而不是什么陌生人。

昨晚淋了一晚上的雨，加上今天这一波三折的闹剧，导致的直接后果就是春诺感冒了，喷嚏一个接着一个不停，嗓子发肿，鼻尖发红，偏生她还不能吃药，因为她的角色淋了雨也染了风寒，她直接本色出演。

本色出演的春诺破天荒连着两天没有去山下的饭馆，她可以装乌龟逃避，但小花得去，她的手机还埋在大米里不知道怎么样呢。

小花对徐言是春诺的前男友这件事只有两个评价——

第一，她表哥输得心服口服。

第二，你们两个为什么做了邻居，是他贼心不死，还是你贼心不死？

春诺想，徐言对她肯定是没了贼心，她对他贼心一直都没死过，只不过他搬来她隔壁这件事情，成了她死灰复燃的导火索。

当然，这事儿她只能自己在心里想想，要是和小花说了，小花指定就嚷嚷得全天下都知道了。就徐言是她前男友这件事，还是她拿年终奖威胁让小花指天发誓不会说出去。

至于为什么不让说出去，徐言都不承认她是他前女友，有想当正牌女友被人打脸不承认的事情比比皆是，但上赶着当人家前女友，人家还不承认，那她也试丢人了点。

等感冒的戏份终于拍完，春诺整个人已经有点烧糊涂了。小花火急火燎地带着人去了医院，哪里的医院都是人挤人。

看医生，拿药，输液，没有床位，最后两个人找到了一个角落，小花把春诺搂到了自己怀里，想让她舒服一点。

春诺脑袋发晕，人也困，身上又冷，一瓶输完还有一瓶，迷迷糊糊中觉得小花的肩膀好像更宽了。她找了一个更舒服的姿势，往小花怀里深处钻去，闭着眼睛喃喃自语："小花，就冲你肯把肩膀借给我靠，你拿不下沈鹤臣，年终奖我也给你翻倍。"

小花敷衍了她两声。

春诺因为承诺了要翻倍年终奖，就有些得寸进尺："要是我醒来，再吃上一碗热乎乎的面条就好了。"

小花又敷衍了她两声。

春诺闭着眼睛"啧"了一声，有这么敷衍发年终奖的老板吗？不过她实在撑不住，不一会儿就又昏睡了过去。

鼻子不能呼吸，只能靠嘴，春诺被烧得发白的嘴唇一张一合，偶尔还"嗯哼"两声。周围有视线看过来，下一秒，一顶棒球帽盖到了她脸上。

春诺一觉醒来，她人已经躺到了床上，是在医院的病床上，但是身上盖的被子明显不是医院的，倒像是家里用的，又软又暖，还有一股淡淡的香味。房间里一个人都没有，小花也不知道跑哪儿去了。

她挣扎着要起来，倒是没那么难受了，但是身上有些烧过后的酸痛。

"老大，你可算醒了。"小花从门口跑进来，把手上的饭盒放到桌子上，扶着她起来，"怎么样，有没有好受点？"

春诺点点头："好受多了，怎么到病房里来了？"

"正好有一间腾出来。"

小花垂着眼睛打开饭盒，一一排列开来，西红柿鸡蛋面、凉拌黄瓜、凉拌海蜇。

这几样是她老大生病后吃饭的标配，家常又接地气，小花都不知道她老大这个习惯是从什么时候开始培养起来的。

而且她老大还有一个特点，就是口味万年不变，爱吃哪几样，就死爱吃哪几样，一个星期连着吃都不带腻的。

春诺看着饭盒里的面，就知道小花是在哪儿买的了。

"你去山脚下那饭馆买的？"

小花点头。

"没说我生病的事情吧。"

小花摇头。

"哦，我就是怕那个……"春诺拿起筷子，欲盖弥彰，"就是怕阿姨知道了，会担心。"

小花拿起勺子递给她："放心，我没说，你快点连汤带面趁热多吃点，发发汗，吃完再睡一觉，明天就又是一条好汉了。"

小花是没说，但她发朋友圈了，就是感叹了一下医院的人多，然后她新加的两个朋友，沈鹤臣老板的妈妈和沈鹤臣老板的妈妈饭馆里擦桌子的小姑娘，先后给她发了信息，问她怎么了，她总不能骗老人家，更不能骗小妹妹。

春诺确实饿了，她刚才在睡梦中好像就说要吃面来着。一碗面吃完，鼻尖上都带了汗，她去拿床头柜上的纸巾擦汗，眼睛扫过了那顶棒球帽，问："这是你的帽子吗，我怎么没见你戴过？"

小花被面呛了一口："新买的，第一次戴。"

员工可以对老板有秘密吗？肯定可以有，更何况事关沈鹤臣，所以她只能舍弃老板了。

吃饱喝足缓过劲儿来的春诺躺在了床上，问："我们什么时候走？"

"走哪儿去？"

"回酒店啊。"

"你要住两天院。"

"就一个感冒发烧还住什么院。"春诺不想住。

小花斩钉截铁道："不行，你没听医生说，差一点就肺炎了，这是普通的感冒发烧吗？"

"明天还有戏呢，我现在已经好多了，拿点药回去吃就行。"

"导演给了你两天假，把你的戏全部往后挪了，让你好好休息，养好精神再回去，你这样半死不活地回去拍戏更影响进度。"小花正经起来也是一朵严肃的花骨朵。

春诺被按死在了床上，哪里都不能去，老老实实地躺在床上刷起了手机。她看着外面的天色，对在旁边打字打得正欢的人说："你晚上不用在这儿陪我，回酒店去睡。"

"员工当然要和老板共患难，怎么可以你住院我回酒店睡大觉。"小花打字的手不停。

春诺看着她嘴角挂着的那抹笑，直起身子，放大声音："小花，你和谁聊呢，笑得这么不正经。"

"沈鹤臣啊。"小花连头都没抬。

春诺眯起眼睛问："进展这么快？"

小花高兴得有些忘乎所以，回道："我掌握了他的全部喜好，聊起天来自然就会有好多话题。"

"你从哪儿掌握的，你表哥那儿？"

小花快要飞到天的眉毛落了下来，回："对，我表哥，这就是有一个表哥的好处。"

春诺又躺了回去，长叹一口气："真好。"

为什么她也知道他的全部喜好，就死活聊不起天来，看来还是和对方想不想聊有关系。

春天真的是一个适合谈恋爱的季节，为什么自己就没有恋爱可以谈，春诺又惆怅起来。

这个惆怅的结果就是她失眠了，当然也可能和她白天睡太多有关系。

旁边床上的小花睡得香甜，春诺不好老在床上动来动去，最后干脆起了身，穿上拖鞋轻手轻脚地出了屋。

外面走廊里很安静，也有点凉，应该披件外套再出来，春诺双手揉了揉肩膀，朝着窗户那边走过去。

走廊拐角处坐着一个人，春诺吓了一跳，看清了是谁之后，被吓得狂跳的一颗心在胸腔里上下左右窜得更厉害了。

她屏着呼吸问："你怎么会在这里？"

徐言的视线落在她单薄的睡衣上，随即又转开。

春诺以为他不会回答。

"老师住院，我陪护。"

他的声音在暗夜里更显冷淡。

春诺"哦"了一声，她刚才看到徐言的那一瞬间，脑子里闪过无数个想法，每个想法都在提醒自己，不要自作多情。

她强打着精神问："老师不严重吧？"

"癌症，晚期。"

春诺从这四个字中，听出了他语气里的迷茫，他父亲也是癌症走的。

春诺不擅长安慰人，以前两人在一起的时候，从来都是他安慰她，她来"大姨妈"了，她脸上长了一颗痘，她考试没考好，她和老春吵架了，他会把她抱在怀里，从上到下一遍又一遍地抚摸她的头发，听她说着所有的抱怨。

虽然他不说一句话，但是春诺暴躁的心会慢慢平静下来。她喜欢他身上的味道，喜欢他的抚摸，也喜欢他的怀抱，能包容她的一切。

她走到他面前，张开双手。

春诺把人揽到怀里后，才意识到自己做了什么，立着的人和坐着的人全都僵住了。春诺硬着头皮，摸摸他的头发。

"一切都会好起来的。"

然后她松开人，后退一步，还无意识地拍了两下手，她也不知道自己在拍什么。

走廊里不知道从哪儿涌过来一阵凉意，春诺打了一个激灵，没话找话说了一句："好冷啊。"

眼睛落到了座椅边上搭着的那件外套上，她倒不是想穿，只是以前她爱美，不爱穿厚衣服，也不是在所有人面前爱美，只有在他面前，她只想让自己有多漂亮就多漂亮，不想有一点藏私。

结果就是，他的外套到最后总会穿到她身上。

他像是注意到春诺的视线，拿起了衣服。春诺心跳停了一拍。虽然他一直把她当作陌生人，但她总觉得他在不动声色地勾引她。

春诺心想他要是把衣服给我披上，我就要吻上去，反正是他勾引的，他要负责。

然后，她看到，那件衣服，他自己穿上了，而后起身，离开。

春诺被自己连续的自作多情给打击到了，触底反弹再加上窗外的月光给的勇气，她一咬牙，就问了出来，尽管压低着声音，但他绝对可以听得到。

"你为什么把我当陌生人？"

徐言的背依旧挺直，嗓音像从遥远的天际传来，虚无缥缈又带着冷硬，把她一下子拍回现实："不是你说的，就当我从来没有认识过你。"

她从来没有想过是这个原因，她那天太过混乱，语无伦次说了好多话，怎么狠怎么来，总之就是一个要求，分手。以至于到最后她都忘了自己说过什么。

她想解释，可他已经迈步走远，不给她说话的机会。

春诺懊恼地坐到了椅子上，上面还有他的余温。她能说她后悔了吗？她早就后悔了，世界上有谁能制出后悔药吗，她绝对是第一个去买的。

她坐在椅子上还没有吹够三十秒的冷风，值班护士过来，语气温柔，把她轰回了屋。

第 四 章
重新来过吧

春诺在床上硬挺到窗外都有些蒙蒙亮了，才迷迷糊糊地睡了过去。她醒来的时候，小花在旁边戴着耳机打游戏，看到她睁眼，问她："你醒了，还难不难受？"

春诺从床上起来，盘着腿，幽幽地盯着小花，她眼神太过幽怨。

"怎么了？"小花手上的动作慢下来，她好像也没干什么亏心事儿。

"徐阿姨是不是知道我生病了？"

小花放下手机，挠挠头，这也没什么不能说的："知道了。"

春诺昨天躺在床上摸着被子，越摸越不对。小花说是她买来的，可买的哪有这么蓬松、这么软和、这么实在，这明明像是家里老人做的。

"我昨天发了一个朋友圈，她看到后问我，我就实话实说了。她来的时候你在睡觉，没让我叫醒你。这不，今天一大早又把饭送来了，你还在睡觉，你说你怎么这么能睡。"小花说到最后有些气弱，这本来是她心里腹诽的话，一顺嘴就给说了出来。

春诺也想问问自己，她怎么这么能睡，该睡的时候不睡，不该睡的时候偏要睡。她问小花："你有徐阿姨的微信？"

"有啊，我给你，是得亲自谢谢人家，人家只是你前婆婆，做到这个份上，太够意思了。你说前婆婆都这样，这要是谁真当了他们家儿媳妇，还不得幸福死。"

小花神色向往，被春诺一个枕头扔过来给拍醒了。春诺拿下巴点着落到地上的枕头，让她捡起来，嘴上还不忘说："放心，是谁都不会是你。"

小花捡起枕头，放回了床上，又退了三步远："老大，你现在心里是不是有一个声音在喊，是我是我，只能是我。"

"对，我就是这么想的。"春诺语气正经又严肃。

小花愣住了，她本意是调侃，没想到她老大会大方承认，所以贼心不死的是她老大。不过也不对，昨天那个男人把她老大抱在怀里的时候，动作小心又克制，眼神深情又隐忍。所以两个贼心都没死的人，当初为什么会分手？

小花问出了自己心中的疑问："老大你既然心里有他，当初为什么会分手，他做了对不起你的事？"

小花眼看着枕头又要往外飞，她又没说什么，只是纯属好奇的疑问，至于护犊子护这么厉害。不过迫于淫威，她赶紧改口："那是你做了对不起他的事？"

往外飞的枕头又缩了回去，春诺回："对，我对不起他。"

我天！小花心里只有这两个字，她老大还能这么厉害，脚踩两只船。

春诺哪能看不出她心里所想，拿枕头威胁她道："把你心里的想法给我咽回去，你老板是那种人吗！"

"那是为什么？"小花不解。

两个人的事情，春诺不想对外人说，她又躺回了床上，语气敷衍："分个手哪有那么多为什么，当时在一起太长时间了，没感觉了，就分了。"

小花嗤她口是心非："我看你现在对他有感觉得很。"分开这么久还这么有感觉，当时得有感觉成什么样。

春诺拿被子捂着自己的脸，回道："感觉这东西，来来回回，我也说不准。"

半掩的门前停留的影子离开了，风过无痕。

吃完饭，春诺又输上液，她打发小花去楼下买个果篮，要大的，好看的。

小花指着桌子上放的水果，说道："这么多，你想吃什么，我去给你洗。"

"不是我自己吃，我要去看人。"

"看谁？这个医院里还有你认识的人？"小花狐疑。

春诺瞪她，说："让你去你就去，废话怎么这么多。"

小花看着她老大明显心虚地装强硬，敬了一个礼，道了一声遵命，肯定和她那个前男友脱不了关系。

春诺输完液，一刻钟都不多待，从床上下来开始换衣服，牛仔裤、白T恤，皮肤状态也可以，大概是这两天得到了充分的休息，粉嫩水润，黑眼圈也没有很严重，就是头发有一点不顺。她在病房里转了一圈，最后看到了桌子上的棒球帽。

"小花，我要借用一下你的棒球帽。"

小花正在喝水，现在的天气，春天就跟个过客一样，意思一下，就跑得无影无踪了，前两天还冷得不行，今天突然升了温，直逼夏天。

她喝完大喘了一口气，回道："送你了。"

反正也是你男人的，前男人的。

春诺把小花留在了房里，自己提着果篮上了楼。她从徐阿姨那里打听出了那个老师的病房，阿姨还告诉她徐言在陪老师。

能让他专程跑回来二十四小时陪护，一定是对他很重要的人，她想要去看望一下。

她站在病房门前，深吸了一口气，轻声敲了三下门，屋内传来一声进后，她推开门。

一位中年男人躺在床上，四五十岁，人已经瘦到了皮包骨的程度。徐言坐在床前的椅子上，正在削苹果，抬眼看到是春诺，柔和的一张脸瞬间变得冷峻。

中年男人开口："姑娘，你找谁，是不是走错门了？"

徐言推开椅子起身，说道："老师，我出去一下。"

他不等春诺开口说话，便把人拉了出去，春诺都来不及放下果篮。

"你来干什么？"他站在门口，轻轻关上门。

"我就想看看老师，没别的意思。"春诺的笑在他的眼神下逐渐淡了下来，随后又努力地扬起。

徐言一言不发，春诺手心开始冒汗，周围的视线时不时地落在两个人身上，俊男美女，两个人之间的气流又明显不对，自然更惹人注意。

"跟我来。"他转身往前走。

果篮有些沉，春诺从一只手换到另一只手，快步向前走去。没走两步，前面的人又回头，春诺手里一轻，果篮已经转到了他的手中。

春诺跟在他身后，看着他冷硬的头发，心里有一些小气泡开始往上冒，五颜六色的，"咕嘟咕嘟"的，在空中飘荡着，她仿佛闻到了楼下樱花的味道。

最后两人来到两幢楼之间的空中走廊，外面阳光很好，只是风有些大，所以没有人。

徐言突然停下脚步，春诺没有刹住车，直接撞到了他的背上。她本来想后退，最后眼睛一闭，伸手搂住了前面人的腰，她的脸埋到他的背上，声音有些瓮声瓮气："徐言，我后悔了，我早就后悔了，我为我曾经说过做过的所有道歉。我不求你原谅我，但是你能不能再给我次机会？"

"你未婚夫呢？"

徐言的声音和风一起飘到春诺的耳朵里，她僵在了原地。

"我们解除婚约了。"春诺嗓子有些哑。

徐言"哧"一声："所以呢，你解除婚约了，就又想起我了。春诺，你太想当然了，当初你说在一起就在一起，你说分手就分手，你现在来感觉了，又想回头了，我就得配合你？"

这是自重逢以来，徐言第一次叫春诺的名字，第一次没有把她当作一个陌生人，第一次没有阻止她的靠近，第一次和她说话不是一个字两个字往外蹦，也是第一次谈到他们那段过往。

徐言掰开她的手，转身，四目相对，他黢黑的双眸如星如冰："就算你养一只宠物，它也不是你想怎样就怎样。"

春诺眼眶发红，回道："我没有。"

天空朗如碧海，正午的阳光热烈又灿烂，他站在她面前，能挡住风，也能挡住直射而来的光线。两人近在咫尺，呼吸交错，她说过他们的高度差是适合接吻的，她稍微踮起脚，便能触到他的唇。

只是，此刻他沉默不语，薄唇紧闭，眉头蹙起，看她的眼睛不再有从前的温情，只有不耐烦。她不敢细看，她怕她会看到憎恶。

衣兜里的手机在响，她按掉两次后，又响了起来，拿出手机来看，是老春。她怕是有什么急事，赶紧按了接通。

老春明显是喝醉了，声音有些大："小诺，我在和世杰喝酒，聊到了你。"

话说到一半哽咽了起来，说他对不起她，因为他让女儿吃了这么多苦。

老春自从破产之后，身体一直不怎么好，年纪越大，心思也越发敏感。春诺对老小孩这句话深有体会，更何况是醉了酒后的老小孩。

春诺只能耐着性子先把人哄下来，等老春终于高兴了，她又和于世杰通了电话。于世杰去看老春，两个人喝酒没有控制住，喝多了些。她知道老春一直很喜欢于世杰，每次于世杰去看他，他们两个总要喝一顿。

等终于打完电话，手机都烫了，身边的人也走了。

春诺回到片场，被导演连轴转地操练了两天，在这边的戏份总算是拍完了。

男主魏钰说要请大家吃饭，女主云楚跟着拍手应和，最后是导演吴成易拍板，把聚餐的地点定在了徐嫂子饭馆，直接包了场。

一群人，几辆车把小饭馆围了个严严实实，知道的是来聚餐的，不知道还以为是来挑事的，饭馆里、院子里，甚至连后院都摆满了桌子。

主演和主创自然坐在最前面一桌，春诺在后面一个角落的位置坐下，她严重睡眠不足，想靠着墙打个盹。小花看饭馆里人手不够，直接去后厨帮忙了。

坐在最前面的吴成易扫了一眼全场，没看见人，最后直接站起来。

旁边的魏钰问："导演，您找谁？"

吴成易指着角落里正眯眼偷懒的春诺："我找她。"

春诺已经快要进入梦乡，猛一听到有人喊自己名字，还以为是在做梦。有人轻拍她的肩膀，她迷迷糊糊地睁开眼，才发现全场的视线都落在了她身上。是发生了什么？她心里一惊，不会是自己说梦话骂导演了吧。

远处的小花冲她使眼色，但是隔着那么远的距离，她完全不能从那双快要抽搐的眼里意会出什么。

"春诺，你坐过来，去那边躲什么懒，我又不逼你喝酒。"吴成易喊她。

春诺有点蒙，那一桌哪里是她可以插足的地方，周围看过来的视线不乏探究和意味深长。她摆手道："导演，我坐这儿就好了。"

吴成易"啧"了一声："还要我亲自过去请你。"

春诺哪里敢，快步走了过去，坐到了吴成易让服务员加的椅子上。好在位置不是很显眼，又是在上菜口，她就做好服务各位大佬的工作便好了。

吴成易只是把人叫了过去，后面也没有和春诺再搭话，她服务工作又做得很到位，水没了她喊服务员添水，酒没了她喊服务员上酒，谁筷子掉了，服务员忙不过来，她直接去拿筷子。大家看向她这边的探究和意味深长逐渐散了去，原来导演只是想找个干活的。

吃到了后半程，在后厨忙活得满头大汗的徐淑芳走出来招呼客人，吴成易看到她，站了起来："给嫂子添麻烦了。"

徐淑芳摆手："你这是照顾我生意，怎么是添麻烦，吃得还好吧？"

"好好好，离开了这儿，我都不知道再去哪儿找这么好吃的饭馆。"

徐淑芳道："等回头我去了徐言那边，请你去家里，我单独做一桌给你吃。"

众人了然，原来吴导和老板认识，怪不得来这边。

徐淑芳看到了旁边的春诺也没有惊讶，拉住了她的手，说道："小诺，你身体好些了没？"

"阿姨，我好多了。"春诺站起来，心里犯嘀咕，徐阿姨怎么会和导演认识。

众人的眼睛又活泛了起来，这到底是怎么一个关系。

这时，有人掀开门帘走了进来，是徐言和那天擦桌子的小姑娘。即使在这一屋子演员当中，徐言仍旧是显眼的，有几个女演员的视线从他进门就一直没有离开过。有人已经认出了他，开始拿着手机搜出来的照片做对比。

徐淑芳看到他，问："刚从医院回来？"

徐言点头。

旁边的吴成易见到他很惊喜："你什么时候回来的，怎么也不和我说一声。"

"前两天，我老师生病，我回来看看，这几天一直在医院。"

徐言的旁边就是春诺，两个人并肩站在一起，春诺已经被眼前的这一出彻底给整蒙圈了。

吴成易拍拍手，示意大家安静，说道："介绍一下，朗云集团的徐言徐总，大家欢迎。"

掌声自然热烈，朗云的徐言，科技新贵，近一阵财经新闻的热门人物。

只有春诺蒙了。

在热烈的掌声中，那个擦桌子的小姑娘看到了没有鼓掌的春诺："徐哥哥的前女友，原来你是演员啊，怪不得这么好看。"

本来她声音不大，但是她说话的时候，大家的掌声刚刚散去，所有的人听了个正着。春诺无奈地扶额，她可能和这个擦桌子的小姑娘命里犯冲。

角落里突然响起一个声音："要感谢我的前女友，因为她踹了我，我才知道对我来说什么是最重要的。"

不知道谁在看徐言的采访视频，一不小心放出了声音，正好应了眼前的景。

声音戛然而止，屋里一片静默。吴成易笑着打着哈哈，他显然也没有料到会是这么一个发展。

春诺挺直了腰背，让自己看起来尽量坦然一些。徐言不动声色地往前迈了一步，挡住落在她身上的目光。

魏钰拿着两杯酒走到徐言面前，说："来来来，我们大家一起敬徐总一个。"

云楚跟在魏钰后面，也拿着两杯酒，走到春诺面前，递给她一杯，凑到她跟前低声说："笑，越是这个时候，越要笑。"

春诺扯了扯嘴角。她和云楚的交情不是很深，这部剧中两人几乎没有对手戏，见面也只是点头之交，虽然不知道云楚这个时候主动靠过来是什么意思，但她觉得云楚没有什么坏心。

刚刚冷掉的场子又重新热了起来，大家的注意力不再放在春诺身上，纷纷去敬徐言酒，徐言几乎来者不拒。

春诺悄悄退了出来，小花和徐淑芳把她拉到了里屋。擦桌子的小姑娘有些不好意思，跟在后面道歉："对不起，姐姐，我不是故意的。"

擦桌子的小姑娘，大名叫徐阳，是徐言姑姑家的小女儿，偶尔在这里帮忙，要赚钱买门票去看偶像的演唱会。

徐淑芳训了徐阳两句，春诺给拦住了，她只不过是说了一个事实而已，也没有什么错。春诺让徐淑芳赶紧去忙，不用管她，这也不是什么大事，在这个圈子里混，什么尴尬的事情都会遇到，只不过是因为和徐言有关系，她心里才多少有一点难受。

小花见人走了，低声安慰："说起来，你也是甩了徐言的女人，多少人想撩都撩不到的徐言，连蒋樱绮都热脸贴了冷屁股还被打脸了，你不但撩到了，撩到后还把人甩了。他们是吃不到葡萄说葡萄酸，实际上羡慕你都来不及。"

春诺苦笑，她今天喝了些酒，刚才云楚递给她的那一杯，她直接干到了底，现在多少有些上头，看小花都有点重影，她道："麻烦你，去给你这个让人羡慕都来不及的老板倒杯茶水来，解解酒。"

外面还有想敬徐言酒的，但都被吴成易挡了下来，徐言左边坐着的是吴成易，右边坐着的是剧中的女二号黄成欣。

黄成欣看着眼前这个男人，他喝酒不上脸，越喝脸越白，只有脖颈有些发红，一抹红衬托着白皙的脸，人更显清俊淡然，偶尔不经意间抬头看得黄成欣心脏狂跳。

吴成易侧身去和魏钰说话，徐言背靠到椅子上，捏了捏眉头，黄成欣瞅准时机，拿起旁边的茶壶倒了一杯茶水给他递过去，道："徐总，喝点水，醒醒酒。"

徐言看着递到自己眼前的这杯茶，接了过去，说了声谢谢，然后放到了桌子上没有动。

黄成欣手托到下巴上，看向徐言，眼里带着点能让男人飘飘然的崇拜，说道："徐总，我是黄成欣，不知道徐总有没有看过我演的剧。"

"抱歉，我不太看剧。"徐言目光冷淡，不想交谈的意思表达得很明显。

黄成欣娇俏一笑道："是我唐突了。您用几年的时间就打造了一个商业帝国，自然不会把时间浪费在这些上面。有事业心的男人对女人的吸引力是致命的，春诺错过您是她的损失。"

她手遮在嘴上，看起来是不想让别人听见，其实声音并没有放小："她呀，不光在看男人上面没有见识，演技也不行。所以这人呀，不行就是不行，要我说呀，她就该找个有钱的男人养着她，好好在家里当金丝雀。她这种资质这种年纪，再在这个圈子里混，也不可能混出什么名堂了。您的采访我看了，错过了您这么好的人，她现在指定每天晚上都偷偷在被窝哭。"

坐在魏钰旁边的云楚把筷子一放，想要怼回去，她和黄成欣的不和已经摆到了明面上，自然听不惯黄成欣说的话，更何况是这种想勾引男人还要拉踩人家前女友的事情。只是她还没开口，已经被魏钰给按了回去。

徐言懒懒地靠到椅子上，嘴上牵起了一抹笑容，看得黄成欣心神荡漾。

他手里转着打火机，语气里带着漫不经心："看来黄小姐还是不够了解男人。男人越是追着前女友问一句她后不后悔，越能说明一件事情，他在意她。越在意，越说明她足够好，好到分手了这么多年，还能让我放不下，错过我是不是她的损失我不知道，但是没能娶到她肯定是我的损失。演技这种东西，我虽然不懂，但她既然是导演定下的演员，你觉得她演技不行，难道是在质疑导演的眼光？"

吴成易轻咳一声，黄成欣的脸已经僵住了。

徐言似笑非笑地继续道："关于她能不能混出名堂这件事情，人生还很长，黄小姐何必急于现在下结论，有关心别人前途的时间，还不如多多想想自己。毕竟以后怎么样，谁都不知道，人生际遇，不过是三十年河东三十年河西。"

黄成欣的脸红一阵白一阵，他声音虽然不大，但是这个饭馆太小，现在这个屋子里估计长耳朵的都能听到。她拉不下脸，最后干脆甩头掩面哭着跑了出去，当然至于到底有没有哭只有她本人知道。

徐言"啪"一声把手里的打火机扔到桌子上，本来已经安静下来的空气更加安静了。他扫了一眼全场，眼神温和，并没有什么压迫力，但无端让人生畏，不敢轻易直视。

"抱歉，扫了大家兴，只是谈恋爱分手这种事情，除了当事人，旁人应该也没有置喙的余地。"

魏钰挑眉，桌子下面云楚从魏钰的手中挣脱出了自己的手，尤不解气，还上手打了他一下。

吴成易又跟着打起了哈哈："护犊子护犊子，这男人护起犊子来，连自己前女友都护，只能自己说不好，容不得别人说半句，我也是这样，男人的劣根性啊，要不得要不得。"

小花去上了个厕所，屋里春诺靠在沙发上昏昏欲睡，两个人自然不知道外面所发生的一切。

春诺醒来的时候，睁眼看到的是一间陌生的屋子。屋子里很干净，墙角放着书架和桌椅，旁边的黑色沙发上，小花在呼呼大睡。

脑袋是宿醉后，生不能生，死不能死的疼，胃里还反着酸水。

她想喝口水，下了床，踢踏着鞋，揉着头发往外走，门推到一半，呆在了原地，眼睛对上了院子中一群围着长桌的人，开始大眼瞪小眼。

被酒浸泡的意识逐渐开始回转，她好像还在徐家嫂子饭馆里，难道她从昨天晚上一直待到现在？那她刚才睡的房间是谁的？

长桌的主位坐着的那个男人看到春诺："哎，这不是那天到我病房里来的那个姑娘。"

春诺有些蒙，是徐言的老师。她连忙挺直身子，还将了将头发，冲着老师那个方向鞠了一躬："老师好。"

标准的九十度，比最有礼貌的小学生还要标准，直板直线。

坐着的那一群人看到她这个样子，哄堂大笑开来。直起腰的春诺后知后觉，自己刚才的样子可能有点傻。

徐言端着菜从厨房里出来，春诺感受到他看过来的视线，脸腾地红霞漫天。她慢慢地后退，让自己表现得尽量得体，微笑着和大家点头打着招呼，然后慢慢地关上门。

小花顶着鸡窝爆炸头从沙发上起身，一边打着哈欠，一边说："老大，你醒了。"

春诺窜回床上，又觉得床上不能待，因为这床明显是徐言的，她又窜回地上："我们怎么睡到了这里？"

小花看着窜来窜去的自家老大，怎么喝个酒还能喝出个后遗症来。

"你昨天睡了，怎么叫都叫不醒，徐阿姨说喝了酒再来回折腾容易受凉，你身体刚刚好些，饭馆里正好有间他们平时休息的小屋，我们就睡这边了，反正是明早的飞机，待会儿回酒店收拾东西也来得及。"

门外响起敲门声。

"小诺，我可以进去吗？"

春诺忙说："阿姨，可以进。"

徐淑芳拿着一个包进来，问："睡得还好吗？胃里难不难受？"

春诺将人迎到了椅子上，背着手指挥着小花赶紧把被子叠了："睡得很好，给阿姨添麻烦了。"

徐淑芳笑着拍她的手，说道："傻孩子，这有什么。我给你们带过来了两身衣服，小花穿我的就行，你长得高，我怕我的不合适，就带了徐言的衣服过来，你应该能穿。"

春诺摆手说不用，她们直接回酒店就行。

徐淑芳嗔她："快中午了，怎么也得吃了午饭再走。你们导演不是说今天没什么事儿，你请阿姨吃了顿火锅，临走之前，阿姨怎么也得亲自做一顿饭给你吃。"

小花叠着被子还不忘插嘴："对啊，老大，离开了这儿，还能去哪儿吃到徐阿姨家这么好吃的饭。"

最后的结果就是，春诺穿上了徐言的运动裤和棒球衫。

裤子有些长，她挽起来做成了九分裤，棒球衫套在身上肥肥大大的，倒也别有一种感觉，素面朝天的一张脸，只抹了点唇釉。

春诺坐在床上，在出与不出之间徘徊，小花已经和外面的人打成了一片。今天是徐言他们高中同学聚会，她刚才在他全班同学面前闹了那么一个笑话，真的是又呆又傻。

但总不能一直这样不出去，又不是新媳妇儿不能见人，她深吸一口气，不给自己反悔余地，开门开出了上刑场的气势。

门外徐言在半空的手停了下来，他在她脸上停顿了三秒，移开视线，转身往桌子那边走去。

春诺看着他身上的棒球衫，和自己穿的这件是同款的，只不过她是灰色的，他是黑色的。

她快走两步和他并肩而行，问："叫我吃饭？"

徐言目不斜视，语气生硬道："都在等你。"

两个人接受了所有人的注目礼。

徐言人高腿长，人又长得好，学生时代就备受瞩目，更何况是沉淀了阅历和资本的现在。春诺一身宽宽大大的运动服，但掩盖不了姣好的身材，素面朝天，白皙莹润，清纯中透着妩媚。

两人走在一起，坐着的人都暗道一声般配。有男同学开始起哄："徐老大，这是谁啊？还不快给我们介绍一下，都带着见过老师了。"

徐言只说了两个字："春诺。"便再无他话。

有人大声问："是不是女朋友？"

两人坐下后，徐言修长的手指搭在椅背上，声音里没有任何波动和暧昧："就是普通朋友。"

春诺心底涩然，面上犹带微笑，说道："老师好，大家好，我是春诺，抱歉让大家等。"

她前面放了两个杯子，一杯果汁，一杯应该是这里特产的米酒，她之前喝过一次，又甜又糯。她的手伸向那杯米酒，还没有碰到，已经被旁边的人端起来放到一边，她只好端起果汁："我以果汁代酒，敬老师，敬大家一杯。"

坐在春诺对面的是个戴着小圆眼镜的男生，长着一张娃娃脸，样子看起来像是个大学生，起哄的时候，他嚷得最大声。

刚才两个人的动作他可全都看到了眼里，他道："欢迎春诺！托老大的福，让我有生之年能见一回。不过徐老大，你是不是也得一起，春诺可以喝果汁，但你得喝酒，你们两个一起敬大家一杯。"

徐言笑着看他："凭什么？"

眼里已经带上了"四眼"熟悉的威胁。

"四眼"别的时候可能不敢惹徐言，但现在班主任在呢，他还就要在老虎脸上拔一次胡须了："凭她是你的人啊，她是你带来的，我们当中就认识你一个。这种时候，你难道不得陪着一起，大家觉得我说得对不对？"

其余的人跟着异口同声地喊"对"。坐在主位上的老师，笑得眼睛都眯成了缝，说道："是得一起敬一杯。"

有了老师的发话，大家闹得更欢实了，一边拍着桌子，一边一起喊着"敬酒，敬酒"。

徐言拿手点"四眼"，满脸写着"你等着"，然后端起桌上的酒杯一饮而尽。

大家发出了长长的一声"哦"，然后又开始喊："春诺喝，春诺喝。"

这其中数小花嚷得最响。

春诺被刚才徐言拿手点人的动作给惊艳到，又被大家的气势给震到。她冲大家举了举杯子，"咕咚咕咚"喝起了果汁。但果汁倒得太满，她胃里有些不舒服，还没到一半就有些喝不下去，大家"干掉"的声音一直没有停，她只能闭着眼睛硬往下咽。

手腕被人虚虚地握住，她睁开眼睛，徐言拿下她手中的杯子道："她昨天工作聚餐，喝了不少，胃可能不太舒服，果汁也不能喝太多。"

"四眼"哪能放过这个机会，唯恐天下不乱继续添火道："老大，既然这样，我们不为难春诺，但是你得再喝一杯。"

他倒了满满的一杯酒递过来。

徐言笑骂："四眼，我可记住你了。"

春末夏初的阳光穿过层层叠叠的树叶斑驳了过往，漆黑的眸子带着涟漪，一波一波地漾出清泉，荡出潋滟的湖光。春诺在这个笑容里迷失了。

她从来没有见过徐言这样一面，轻松的，不设防的，有着少年人的意气风发，神采飞扬。

手机响了一下，是小花发来的信息：这样好的男人，你当初为什么要放他走！

当初啊，想当初没有用。现在她肯定不会放他走了，就算他变成了块万年的冰川，她也得给他焐化了。

春诺放下手机，看向身边的人，因为喝过酒，白皙的耳垂带上一点点红润，她忍住想要触碰的冲动，轻轻扯了扯他的衣袖。

徐言看过来，原本柔和的笑眼变得冷淡。

她眨着眼睛，用只有两个人听到的声音说："我们今天的衣服款式一样。"

她想说像不像情侣装，不过终究没敢说下去，话到嘴边改了口："你穿上比我好看。"

他脸上略带嘲讽，回她："谢谢。"

然后转身去和旁边的人讲话。

春诺心里嘀咕，他到底是怎么将黑脸和白脸转换得这么自如的，面对她脸沉得乌云密布，看向别人时就晴空万里。

她回小花刚才的问题：大概就是为了让他传承博大精深的非物质文化遗产。

小花：啥？

春诺：变脸。

因为春诺的加入，桌子上的气氛推向了一个高潮，他们需要一个人来为他们这场聚会做一个见证。

所有人都明白，这可能是有他们班主任参加的最后一场聚会了。

大家闭口不谈老师的病情，笑着说当初的糗事，谁逃课上网吧让班主任堵了个正着，谁在学校后门抽烟抽到一半，转身看到了班主任，然后被老班从一楼追到了三楼，谁和谁上午闹了别扭打了架，下午就在篮球场上联手把隔壁班级虐到爆。

人们为什么会永远怀念青春，因为那个时候的我们有最纯的心、最热的血、最勇敢的梦想、最可爱的同学，那是我们最快乐的时光。

聚会结束前，老师举起了杯子，他脸上的笑一直没有停下来过，是真的发自内心地开心着。

"你们毕业的时候，我们也是在徐言家这个院子里聚的会。转眼已经十年过去，我们又聚在了这里，还是那批人，一个都没有少。当初那一帮小崽崽现在都已经在社会上独当一面了，身边也有了爱人陪伴，你们不知道我心里有多高兴，你们都长大了。

"你们会长大，我自然也会老，也会生病。生老病死是人之常情，我不希望你们伤心难过，我活到这把年纪没有任何遗憾，因为我教出了你们这帮好学生。每个人为了我的病忙上忙下，徐言他们几个带着我去国外，老师没想到自己这辈子还能坐着飞机横跨一次大西洋。留在县城里这几个，松霈的媳妇儿每天送饭，小惠每天接送你们师母去医院，'四眼'他们几个轮流守夜。谁说老师没有孩子，老师可是有你们四十几个孩子，你们师母说这是我上辈子修来的福分，我觉得也是。"

老师说到最后，声音有些哽咽，每个人都红了眼眶。

徐言攥着杯子的手松了又紧。春诺最终握住了那只在颤的手，他没有回应，但也没有挣开。

聚会散去之后，徐言和"四眼"负责送老师回家，其他的人帮着徐淑芳一起收拾。

徐淑芳悄悄把春诺拉到一边道："小诺，阿姨想请你帮个忙。"

"阿姨，您说。"

"你可不可以晚点再走，徐言他心里藏着事情。"徐淑芳轻叹一口气，继续道，"他爸当年得的也是癌症，当时他初三住校，我们怕耽误他学习，没敢跟他说，最后人实在不行了，才把他叫回来见了最后一面，我知道他心里一直过不去这道坎。唉，这次他们老师的病也是，其实检查出来得挺早，但是他们老师瞒着没说，觉得反正也是没治了，白花那钱干什么。等徐言知道的时候，带着他找国内外权威的专家看了一个遍。有一个专家说，如果再早一些时候，可能还有治。这一阵他情绪很低落，觉也睡不好，所以我前些天才去看他的。他有什么事儿都爱憋在心里，跟谁都不说，我怕他再憋出事来，你能不能帮阿姨陪陪他劝劝他。"

徐淑芳握着春诺的手，眼巴巴地看着她。

春诺点头应下，虽然她也不知道徐言想不想让她陪，但是她不想让他难过的时候自己一个人。

她先让小花回酒店去收拾东西，小花顶着一双红肿的眼睛，一步三回头地走了。

徐言回来的时候，天已经擦黑了，他身上的酒气有些重，应该是和同学在哪儿又喝了些。看到春诺时，他竟然笑了一下，不是那种嘲讽和冷漠的笑，而是真正的笑，温暖的、带着柔意的，跟好多年前一样。她知道他醉了，如果是清醒的话，他不会对她这样笑。

"要不要出去走走？"春诺走上前，仰头看着他。

漆黑的眸子因为酒意的浸染更黑了，眼角带着些微红，徐言没有说话，转身往门外走去，走到门口半掀着帘子没有动。

她才知道他是在等她，她快步走上前去。

两个人出了饭馆，她不认识路，他去哪儿，她自然跟到哪儿。两个人漫无目的地跟着月亮走，星星一颗两颗多了起来。小路上没有多少车，昏昏暗暗的路灯把两个人的影子拉长，他在外侧，她在里侧，谁都没有开口说话，谁也不想打破这难得的宁静。

两个人走进一个小区内，是那种很老的小区，五层的红砖瓦房，小区里很热闹，人三三两两聚在一起，大声说着话，小孩子三五成群，打打闹闹。

他抬起手，指着一个没有开灯的窗户："那是我小时候的家。"

春诺没想到他把她带到了这里。

"我爸是在这里走的，我当时初三，正在参加模拟考试，老师把我叫了出去。我到家的时候，他已经只有进气没有出气了，我连最后一句话都没有和他说上。其实我能理解他们不和我说的原因，因为那时候我还小，什么忙都帮不上，只会担心。所以我就拼命学习，拼命让自己快点长大，我想成为可以让家人依靠的人，不想什么忙都帮不上，最后只能被通知结果的那一个。这么多年过去了，我以为我做到了，可还是不行，留不住的人还是一样留不住，我是不是很没用。"

他的背有些弓，连路灯下的影子都生出了脆弱。他语气中没有疑问，也不需要别人回答，自己给这件事下了一个最终的结论，也没有给别人留反驳的余地。

春诺心里被揪得一疼，拉住他的手，拇指轻轻摩挲着他的手背："尽人事听天命，你已经做了你所有能做的事情，剩下的不是你可以左右的，你不要把所有的责任都揽到自己身上。"

徐言深深地看着她，像是要看到她心底深处。

"春诺，如果重新来过，你会不会还做同样的选择？"

春诺摩挲的手指顿住。

那段日子，她很少去回想，埋藏在记忆深处，轻易触碰不得。

当初好多事情铺天盖地砸过来，公司出事情，爸爸昏倒住院，从云端跌到谷底只不过是一个电话的时间。家里和医院全都是要债的人，尽管有叔伯挡着，她还是被人推了好几下。

最后于世杰赶了过来，说春诺是他马上要订婚的女朋友，春家的事情，于家会解决。于世杰的父亲于富民是老春几十年的好友，于氏集团的实力在全国都排得上号，债主们的情绪这才安稳下来。毕竟如果春诺真是于氏集团未过门的儿媳妇，这些钱不过是毛毛雨而已。

叔伯没有任何主意，只是时不时地转到春诺面前，说一说公司的情况。这么大的资金缺口，只有于家愿意伸手帮忙，也只有于家可以帮忙。

春诺知道他们的意思，也知道于世杰的心思，只是头怎么也点不下去。

于世杰一天三次来医院报到，也没有逼她。他说如果她不愿意，那就不订婚，就算不订婚，事情他也会帮忙解决。可是天下哪有白吃的午餐，更何况生意人最注重利益得失。

老春依旧昏迷在床，医生都不确定他什么时候能够醒来。公司是老春一辈子的心血，她不能让他醒来的时候，什么都没有了。

手机的余温还没有散去，她刚刚和徐言通过电话，他代表学校去参加一个国际比赛，得半个月后才能回来。家里的事情她没和他说，有些事情爸爸解决不了，她解决不了，他也解决不了，何必多添一个人来承受本来不属于他的烦恼和负担。

在一起的时候，他虽然没有说过什么甜言蜜语，但大大小小的节日和纪念日他都记得，每次都会准备一份礼物，不是贵重的那种，但是心意很足，一点都不敷衍。其实她对过节这种事情并没有那么在意，更心疼他同时打几份工，有次她搂着他的脖子撒娇提议："不如礼物就用吻代替，每次给你准备礼物，我想得头都疼了。"

他揉着她的头发，轻吻着她的唇，声音低沉喑哑："你给我的可以用这个代替，但我给你的不能少，省得老了的时候，你翻旧账。"

她竖起自己的手指："我保证不翻，我是那种翻旧账的人吗？"

他看着她的眼睛，很郑重地说："春诺，我知道你的意思，但这是我作为一个男朋友该做的事情。你说过和我在一起你不怕委屈，我也想说，既然我决定和你在一起，就不会让你受任何委屈，别人该享受的恋爱的快乐你都该有。如果和我在一起，反而让你的生活质量降低了，那你何必要谈这场恋爱。"

他是那么好的一个人，没了她，肯定也会有更好的人陪在他身边。一辈子很短，少了谁都可以过下去。

徐言回来的时候，她去机场接的他。

深夜的大厅，匆匆的旅人和归客，重逢和离别中交织着欢笑和泪水，他推着行李箱从出关口走了出来。

汹涌的人潮中，她一眼就看到了他。

他笑着放下行李箱，张开双臂，她奔跑上前，跳到了他的身上，两个人紧紧拥抱。

周围传来善意的笑声，领队老师和同行的队友都没有想到，一向沉稳内敛的徐言会有这么情绪外放的时候。

两个人晚上没有回宿舍，以前快要到最后一步的时候，徐言总会停住，不是起身去洗手间，就是抱着她吻到舌根发麻。任凭她怎么引诱，他始终守着那一条线。

那天晚上，或许是在一起后第一次分开那么久，又或许春夜的空气太甜，外面的星空太美，总之两个人都失了控。

灼热的呼吸交错缠绵，她双手揽着他的脖子，吻上了他脸上滑落的汗珠。

沙哑低沉的声音落到了她的耳边，徐言说："春诺，我爱你。"

那是她第一次听到他说爱，其实她不是很执着于这句话，因为她知道，对于不擅长表达的他来说，爱意全都藏在他一点一滴的行动里，这些远比嘴上说说要来得更重要。

可当她听到这句话时，眼泪还是掉了下来，她想说"我也爱你"，可她说不出口，她已经做出了选择，她舍弃了他，舍弃了他们的曾经，也舍弃了他们的未来。

他看到她的眼泪，立刻停了下来，捧着她的脸问，是不是有哪里不舒服，她摇头，埋到他宽厚的胸膛，搂紧他的背。

一夜的疯狂过后，两个人都深深地睡去。

暴风雨来得比春诺预想的要更快一些。

她醒来的时候，他坐在床边。她去吻他的唇，他避开了："有人一直给你打电话，我接了。她说订婚的请柬设计好了要你确认，我说她打错了。"

她起身拿起床边叠放整齐的衣服往身上套，手在颤，但是声音十分平静："没有打错。"

"我怎么不知道我们要订婚？"

"不是和你，是和别人，从小一起长大的，也算门当户对。"

他眼眶里布满血丝，漆黑的眸子中翻滚着汹涌情绪。他问，一字一句："你当我是什么，春诺？"

"人生中的一段体验？你知道我这个人的，又懒又爱玩，做什么事情都是三分钟热度，有些感觉可能来得快去得也快。其实我早就想和你说分手，但你一直在准备比赛，我们毕竟好过，让你安安生生比完赛，这段时间我还是可以等的。"

"那昨晚算什么？"

她穿好所有的衣服，转身冲他一笑，回道："算是一个句号吧，总归是有始有终。既然你已经知道了，也省得我绞尽脑汁在想怎么和你说这件事了。我们好聚好散，我相信你也不是纠缠的人，我不想闹得太难看。"

屋里静到连呼吸声都听不到，她挺直腰背，拿起床头柜上的手机，往门口走去。

"春诺，你不能这样对我。"他的声音很轻很轻，像是在做一场梦。

"我就是这样的人，没心没肺，不值得你浪费任何时间和感情。你就当没认识过我，继续过你的人生就好了。"

她打开门，走了出去，又关上门。不过是隔了一道门，便隔开了两个世界。

订婚前的一个星期，老春醒了，没有同意这件事情，他和于世杰谈了一个小时，最后婚事取消。老春虽然一直想让于世杰当他女婿，但是并不想用这种方式让春诺嫁过去，这和卖女儿没有什么差别，更何况他清楚自己女儿不喜欢于世杰。

公司清算，变卖所有家产，债务虽然还清了一大半，但剩下的仍是一个不小的数字。

在医院的走廊春诺遇到了一个人，是一个导演，带着她拍了人生中的第一部戏。那部戏的反响出乎意料地好，她本以为可以搭着这股风走一段，她不奢求要多大红大紫，只是想着让她可以挣到还清债的钱，她就知足了。

星凯的吴天昊打电话说想要签春诺，她去赴了他的约，结果被他堵在了屋子里，她先是拿防狼喷雾剂一通乱喷，又拿花瓶把人给砸了。当时事情闹得很大，吴天昊说她是勾引不成反诬陷，最终的结果就是她以卵击石被拍了个粉碎。

她以为路走到了尽头，可谁知，最后债主给了她一个十年的协议，说看在过去交情的份上，也体谅她一个小姑娘不容易，让她十年内还清就行。

因为这份十年协议，她又开始相信天无绝人之路，她和老春用了四年还清了家里所有的债。在还清债的那一天，她把自己关在屋子里喝了个昏天暗地。那是家里出了事情后，她第一次哭。以前，她不能哭，因为她怕她一哭，就会崩溃，就会想要去找徐言。

如果重新来过，她会不会还做同样的选择？

虽然她对当初的分手后悔过很多次，但是如果重新来过，她应该还是会做同样的选择。她不敢拿自己的事情去赌徐言的前途，如果当初她选择和他摊牌，她相信他不会逃避，会和她一起承担。那他是不是会走上一条完全不同的路，是不是就不会有现在的朗云，也不会有这么成功的他。

春诺看他的表情，疑心他是不是知道了些什么，可她不敢问，有他爸爸和老师的事情在前，她有些拿不准是让他继续误会当初分手的后果更严重些，还是让他知道当年的实情更严重些。

她握紧他的手，向前又迈了一步："徐言，我——"

"我知道了。"他打断她的话。

什么都不用再说，他已经从她的表情中得到了答案。

醉酒后的头针扎一样疼，他像是又回到了那个早晨，电话那头的人有一种稳操胜券的笃定，他说："不管过程如何，最后她选的人会是我。"

如果重新来过，她还会做一样的选择。

"回去吧。"徐言转身，顺着路灯大步向前走去。

春诺看着他的背影，有一种感觉，他这次是真的不会再回头了。

她快步去追他，旁边突然跑过来一个小男孩，撞到她腿上，小男孩跌了个结实的屁股墩。

春诺赶紧把人扶起来，问有没有摔到哪儿，小男孩的妈妈从后面跑过来，春诺道歉："对不起，我没有看到，撞到了他。"

"没事儿没事儿，让他长个教训，我让他慢些看路他就是不听，闷头往前跑。"小男孩的妈妈摆手表示没事儿。

小男孩三天两头挨摔，都摔皮实了，连眉头都没皱一下，拉着春诺的手说姐姐好漂亮。春诺满心的愁绪被冲得哭笑不得，等她再追到门口，连人影都没了。

她垂头丧气地站在路边，踢了一下马路牙子。马路牙子没怎么样，她自己疼了个半死。缓了半晌，她最后一瘸一拐地伸手拦了辆出租车。

司机师傅问："要去哪儿。"

她犹豫了两分钟道："去星际酒店吧。"

不远处的柳树下站着一个人，指尖的烟头在暗夜里染出点点猩红。

春诺在床上辗转反侧到半夜，最后起身，换衣服，不给自己反悔的余地，下了电梯，让前台给叫了辆出租车直奔山脚下的饭馆。

饭馆里依旧灯火通明，橘黄色的灯光在黑夜里温暖又平和，她踩着台阶一步一步地靠近。门是半掩的，里面坐着一个人，背影是她熟悉的，染上了一层柔软的光晕。

她敲了两下门，他回头，动作有些迟缓，眼神中有明显的醉意，盯着她看了好久，最后才起身。

"你来干什么？"他嗓音沙哑，带着倦意。

春诺几步走到他面前，抬起头。两个人的呼吸近在咫尺，她只要稍微踮一下脚，就能吻上他的唇。

她靠近，他退后；她再靠，他再退。但他身后就是桌子，春诺踮起脚，吻了上去，他侧开头，她的唇落到他的下巴。她双手揽上他的脖颈，唇顺着下巴往上，一下一下地轻啄，直到吻上他紧闭的唇。

他没有任何反应，不拒绝，不主动，任她为所欲为。

春诺在他古井无波的眸中，最终泄了气，脚跟落地，双手离开，喃喃低语："对不起。"

下一秒，她双脚脱离地面，徐言提着她的腰，欺身压下，唇舌相抵，缠绕卷吸。春诺的呼吸、心跳全部被夺走，只能感觉到腰间的那双手越握越紧，唇齿交缠间炽烈的温度，似火山爆发的岩浆，能融化一切坚硬和冰冷。

遥远的记忆被唤醒，熟悉的味道重新注入身体，在她昨晚睡过的房间里，身上的衣服被一件件脱下，短暂分离的唇又立刻相接在一起。

低沉的喘息掺杂着娇吟，他的手蒙住了她的眼睛。昏黄的灯光在指缝中时远时近地穿梭，春诺想去触碰他的脸，手被压到了床上，湮灭心跳的快感让她害怕，心里起了委屈，声音里带上了哽咽，断断续续地叫着他的名字。

手离开眼睛的那一刻，她被拦腰抱起，坐到了他的腿上。他额间起了密密麻麻的汗珠，顺着坚毅的脸庞，滑过棱角分明的下巴，落到了她的手背。她像是被烫到了，身上起了一个激灵，他抓起床边的毯子，裹到了她的身上，然后是更猛烈的狂风暴雨。

春诺到最后抵不住，直接昏睡了过去。再醒来时，外面天色还有些发青，身体似被碾压一般，比吊了一天的威亚还要酸痛。

手机一直在振动，是小花，应该是催她起床的，她们一大早的飞机。她挂掉电话给小花回了条信息。

徐言躺在她身旁，头发散乱地搭在额前，眉头有些微皱，眼睑盖住了清冷的眸子，睫毛又密又长，随着一呼一吸轻微颤动，少了些凌厉，多了些孩子气。

春诺的手抚上他的唇，落下了一个吻，很轻，似羽毛扫过湖面，风吹过柳絮，雨滴到云间。

如果可以，时间能够长长久久地停留在此刻该有多好。

　　春诺轻手轻脚地穿好衣服，出了门，叫的车已经在路边等着。临出门前，她想着要不要留张字条或者留条信息，但又不知道说什么好，她怕他只是醉酒后的一夜情乱。如果是那样的话，两个人都会难堪。

　　她到的时候，小花已经在门口等着了，满脸的亢奋和八卦。

　　春诺提前捂住了她的嘴，把人带进了屋。

　　"小花，从现在开始，员工守则里要加上一条，不准打听老板的私生活。"春诺摆出一张老板的扑克脸。

　　小花比了个"OK（好）"的手势，表示自己绝对不会打听。她根本不用打听，她老大明显恼羞成怒的反应，和瓷白的脖颈上衣服都掩盖不住的红痕，足以说明一切。

　　得到了保证的春诺松开人，小花迅速逃离了春诺的触碰范围，说道："老大，这是人之常情，有什么可害羞的。"

　　确实没什么可害羞的，只是耳边还萦绕着粗重的喘息声，手上的触感还没有消失，身上还残留着一些未散去的热，春诺故作镇定地向洗手间走去。

　　留给小花的只有"咣当"的关门声，春诺看着镜子中的自己，眉眼中带着些不易察觉的春色，她双手捂住自己的脸，把哀号闷在了心底。

　　小花在春诺的威胁下虽然闭上了嘴，但眼神里满是暧昧和调侃。春诺直接把桌子上的墨镜架到了她鼻子上，来一个眼不见为净。

　　两个人拖着行李箱走到电梯口等电梯，小花推了推鼻子上架的墨镜，抬了抬下巴，摆出一副很拽的表情道："老大，不知道的还以为我是老板，你是助理。"

　　春诺嗤了小花一声，电梯门正好打开，黄成欣在前，她三个助理在后面，大大小小的箱子占了三分之二的电梯。黄成欣听到那声嗤，以为是在嗤她，再看到人是春诺，她的脸色登时就不好了，回嗤了更大的一声，大力地按了几下关门键，电梯门又关上了。

　　春诺和小花不明所以，面对面同时用口型说了一句"神经"，移到旁边去等隔壁那部快要下来的电梯。

　　电梯门一打开，里面一男一女明显是刚刚分开的状态，两人虽然戴着帽子和墨镜，但是有眼睛的都能认出是云楚和魏钰。

　　春诺觉得自己今天出门可能没看皇历。她和小花进也不是，不进也不是。

魏钰手按着开门键，云楚跟她招手道："春诺，愣着干什么，进来啊。"

里面的人都这样说了，春诺再不进去更不好。

小花低着头刷手机，春诺低头看着自己的脚尖，反观两个当事人非常淡定，在后面悄声细语地说晚上吃饭的事情。

春诺带着那颗蠢蠢欲动的八卦心，从车上睡到飞机上，最后一路睡到了片场。

她上飞机前看了眼手机，没有任何信息，下飞机后手机开机，依旧没有任何信息，最后她干脆把手机给了小花。她知道自己在期待什么，也知道这种期待成真的可能性几乎为零。

片场里，关注春诺的目光多了起来，她也能感到背后的指指点点，她一点都不在意。毕竟人人都有一颗八卦的心，吃别人的瓜永远是一件快乐的事情。

她也爱吃瓜，就当给大家枯燥的生活添点乐趣了，反正也没有人在她面前吃，苏瑶笑她心大。苏瑶是这几天才进的组，那天晚上的事情她虽然没有亲眼所见，但也听别人讲了个七七八八。

"哎，他是不是很厉害？"苏瑶碰了一下春诺的肩膀，凑到她耳边低声问。

春诺叼着吸管，有一搭没一搭地翻着手机："嗯，他很厉害。"

怎么会不厉害，没有背景没有资源，能在几年之内把朗云做到这个地步，世上能做到的又有几人。

苏瑶凑得更近，问："真的？那他一天晚上缠着你几次……"

春诺后知后觉地明白她说的是什么，奶茶呛到了嗓子，咳得惊天动地。

苏瑶轻拍着她的背道："这么厉害，你想想都能激动成这样。"

春诺推她："都什么跟什么，离我远点。"

苏瑶看着她脸上飞起的红霞，怎么会放过她："我看了他的采访，他的鼻梁高，手又长，绝对是极品。我不管，你要和我说说。"

春诺要疯了，拿手指了指苏瑶，指尖还发着颤："你个色女，整天都想些什么。"

两个人一时间闹成一团，不小心碰到了路过的人，春诺和苏瑶同时回头道歉。黄成欣一张脸拧成了二十七褶的包子，从头到脚连发丝都写着"厌恶"两个字，拿白眼瞟了她们一眼，扭着腰走了。

苏瑶暗"嘁"了一声："你说导演怎么这么会找人，她完全本色出演，演这个角色真的是半点演技都不需要。"

春诺转身想趁苏瑶不注意离开，谁知道苏瑶脑袋后面像长了眼睛，一把抓住了她的衣服："你至少得告诉我，他接吻能接多长时间吧。"

这个问题一直持续到杀青，苏瑶都没有得到答案。

第 五 章
我对你负责

　　小花瞅着自家老大在座椅上坐一会儿躺一会儿，屁股底下跟长了刺似的。

　　"小花，我今天晚上去你家睡。"春诺闷闷的声音从棒球帽底下传来。

　　"好啊，我妈应该也想你了。"小花准备变道。

　　春诺的手从衣服里伸出来，拿下脸上盖的帽子，重新戴到了头上："算了，还是先回家吧，等我单独找一天再去看阿姨。"

　　"也行。"小花看了看春诺的脸色，问道，"老大，你是不是有什么事儿？"

　　春诺心不在焉地回答："没事儿，我有什么事儿，就是太累了，回家睡一觉就好了。"

　　她打开微博，发了一条：

　　邻居是前男友的第六十八天。如果和前男友意外接吻了，要怎么办？工作日的下午大家依旧活跃，不到十秒钟，就有粉丝留言：如果你对他有意思，那还等什么，把他扑倒啊。如果没有意思，那就当什么都没有发生过就好了，省得双方都尴尬。大家都是成年人，别说接吻，上一次床又怎么样，彼此都开心就好。

　　成年人的世界都好精彩，她以前过的难道都不是成年人的生活？

　　春诺没让小花上来，自己拉着两个大行李箱出了电梯。迎面走来一男一女，男的高女的美，一黑一白，春诺心里只有两个字：般配。

　　她拉起箱子向前，与白色连衣裙的女人擦肩而过，浓郁的香水味扑鼻而来，她闻过一次，果然是个千娇百媚的美人。美人的眼睛在春诺戴的帽子上顿了一下。

三个人谁也没有停下脚步，春诺目不斜视地向前走去。

"那我先走了，你好好休息，药要记得吃。"女人的声音娇软又黏糯。

"路上小心。"徐言的声音依旧低沉，但是很温和，没有面对她的冷淡。

春诺快速按下了密码，推着两个箱子进了屋，关上门，打开电视，整理行李箱，打扫屋子，洗衣服，洗澡，吹头发，护肤，最后还在电视的背景音下，做了一组瑜伽。

最后上床，关灯，竟是这段时间难得的一夜好眠，梦里再没有扰人的喘息声、沾着汗珠的胸膛和满是情热的黑眸。

果然现实最能让人幻灭。

就当作那件事情没有发生过，看来谁都比她熟悉这个成年人的世界，小花是，江念晚是，他也是。可她就算再当作什么也没发生过，也做不到他那样坦然。

春诺准备今天去城外看老春，她打开衣柜，眼睛掠过白色的连衣裙，最后选了短裤和T恤，一身黑色，披肩的长发扎成了高马尾，又花了半个小时化了一个烟熏妆。

细腰长腿，烈焰红唇，和昨天千娇百媚的小白花完全不是一个风格，她很满意。

老春看到她自然高兴，亲自下厨做了一桌子菜，说她这一阵太瘦了，要多补补。

春诺昨天晚上没吃饭，今天早晨也没吃，早就饿得前胸贴后背，不用老春催，她自己续了两碗米饭，吃到最后摸着肚子在院子里转了半天圈，胃里才舒服一些。

下午她跟着老春去钓鱼，她和老春离着不过一米的距离，老春那边的鱼一条又一条地上钩，她这边整整三个小时，连个鱼渣渣都没钓上来，鱼饵还被鱼全都给吃了。

男人也就罢了，为什么连鱼都要避着她走！春诺心里来了气，连晚饭都没有在老春家吃，一路快车回了市内，晚上的路十分顺畅，没有堵车，甚至几乎都是绿灯。

到了门口，春诺直接上手拍，很大力。门从里面打开的时候，春诺心里起了要逃的冲动，但对上眼镜后面那双清冷的眼睛，勇气又瞬间满格。

"你有女朋友了？"她抬起头，表现得满不在乎。

徐言看着她，好像他没有义务回答她这个问题。

"我怀孕了，如果你没有女朋友，就得负责任；如果你有女朋友，我明天就上医院去把它打掉。"她拇指掐着自己食指，不让自己退缩，"你记得吧，那一晚，我们发生过关系。"

他黑色的眸子里闪过一丝慌乱，里面的客厅发出震天的响声，还有女生捂在嘴边的叫声。

春诺僵在了原地，本就不坚定的脚步开始后退："对不起，我都是骗你的，刚才说的都是谎话，我们没有发生过关系，也没有孩子，你就当我疯了吧。"

她的胳膊因为刚才拍门太大力，又麻又疼，似针扎，开始没有知觉，后劲却很大。她转身往自己家门口走去，越走越快。她家的门从里面开了一条缝，看门把上的那只手就知道是小花。

小花开门，春诺进去，一把推上了门，挡住了后面的脚步声。她和小花的默契总能在这种时候体现。

小花有些担忧道："老大，你没事儿吧。"

春诺扯了扯嘴角，像是认了命："我又把事情搞砸了，他有女朋友了。"

小花手忙脚乱地递给她纸巾："别哭，老大，你这样我也难受。"

春诺摆摆手道："我没哭。"

但她伸手抹了一把脸，才发现上面都是泪。

"我大概是疯了吧。"春诺拿手胡乱地擦了两下。

门铃声响起，春诺的手顿了一下。

"别开。"她对小花说完，就进了卧室。

门铃响完，停顿了几秒，然后是大力的拍门声。

小花的心脏都跟着一跳，她今天只不过是在妈妈的逼迫下，来给她老大送点吃的，她按门铃没人开门，打老大电话没人接，便直接进了门。她老大家对她是永远开放的，这是来自春诺的原话。她准备放下东西就走，谁知东西还没放下，走廊里便传来震天的拍门声。她以为发生了什么，结果看到了刚才那一幕。

安静的房间里只有拍门的声音，小花脆弱的耳膜都被震得发疼。她觉得这个门再不开，没准会把警察给招来。

小花轻轻打开了一条门缝。

"她呢？"徐言站在门外，声音沙哑。

"在卧室呢。"小花指指卧室的门，说，"哭得特别厉害。"

徐言握住门把的手一紧，问道："我可以进吗？"

小花犹豫道："我老大都不让我开门。"

连门都不让开，肯定不会同意让人进。

外面的拍门声停了好久，春诺以为人已经走了，她拿着换洗衣服准备去洗澡。

"小花，你要不今天晚上别走了。"瓮声瓮气的嗓音，是哭过之后的哑。

门内门外四目相对，中间夹着一个想从门缝里逃走的小花。

"我们谈谈。"徐言看向春诺。

"没什么好谈，我刚才都是骗你的，我不知道你已经有了女朋友，也不知道你女朋友在。如果需要我出面解释的话，我可以和她解释，也可以道歉，对不起。"春诺用指甲掐着自己掌心。

"徐洛，过来。"徐言喊门口往外冒的那个脑袋。

徐洛看着她哥风雨欲来的脸色，乖乖地小跑过来。

"我姑家的大女儿。"

是那天在超市里喷了她一脖子的那个小姑娘。

"姐姐好。"徐洛冲里面的人打招呼，仔细一看，吓了一跳。美女姐姐顶着一张油彩盘的脸，眼角发红，烟熏妆被眼泪冲了个乱七八糟。

"现在可以谈了？"他挥手让徐洛回去。

小花也瞅准时机从屋里溜了出去，与同病相怜的徐洛一起进了隔壁的门。

屋里只剩下两个人，春诺的气先弱下来，问道："那昨天那位白色连衣裙女士呢？"虽然气弱，但也不耽误她把想问的问清楚。

"普通朋友，合作方的律师，她过来送一份文件。"徐言自己从鞋柜里拿出上次穿过的拖鞋，换上，进了屋。

他眼睛扫过她白皙的长腿，隐隐露在外面的腰线，最后落到那张谁都看不清的脸上，轻轻叹了一口气。

春诺被那声叹气给刺激到了："为什么你对她说话那么温柔，对我说话就得带着冰碴。"

"对于甩掉我的前女友，我难道还要笑脸相迎？"

"那你还和我睡过呢。"春诺心里的话不经大脑，脱口而出。

徐言第一次被堵得没有话说。

"你，"他顿了一下，问，"怀孕了？"

"我怀了又怎么样，没怀又怎么样，这都改变不了你和我睡过这个事实，你得负责。"春诺梗着脖子，强装镇定，但脸、耳朵、脖子连带着脚底板都是烫的。

"你想我怎么负责？"徐言看着那两只滴血的耳珠，轻声发问。

"结婚。"

不过是两个字，可春诺说完觉得自己全身都虚脱了。

时间停止了流逝，空气凝结成冰，大概是过了一个世纪那么久，春诺听到了一个字。

"好。"

很轻，但春诺知道不是幻觉。

她一时间有些错愕，虽然是她提出的结婚，但她没有想过他会同意。

"你为什么会同意？"她反问，随后想起来，"因为我说我怀孕了？"

"不是你说怀没怀孕都需要我负责？"徐言干脆坐到了沙发上，他的双腿从刚才听到那句话就有些脱力。

"成年人的世界，这种事情都是你情我愿，你不想负责也可以不负责。"春诺也跟着坐到沙发的另一边，说道，"只不过就是被别人叫作渣男而已，反正这个世界上渣男很多，多你一个也不多。"

徐言被气笑了，说："第一，我不懂你那种成年人的世界；第二，我很在乎自己的名声，不想给我爸妈脸上抹黑，更不想被别人叫渣男。"

春诺不服气，小声嘟囔："你不是渣男，为什么这么多天也没一个电话、短信。"

"因为我不确定春大小姐需不需要我负责，毕竟这种事情，对于你来说，只是玩玩而已，我太认真，显得我傻。"

这次轮到春诺哑口无言了，过往是她的死穴。

"我没怀孕。"

今晚的一切都很混乱，这混乱的起点源于冲动上头那一句话。

春诺余光里看到徐言从沙发上起来，往门口走去。她丧气极了，自己最好今天晚上就找好房子，明天就搬离这儿。再这样下去，她觉得自己会疯。

"你的户口本在哪儿？"徐言站在门口，背光而立。

春诺抹了一下眼角，问："干吗？"

"明天我只有上午有时间。"他声音平静得好像是在说明天我们一起去吃个早餐，"明天早上八点半，我在门口等你。"

关门声落下，屋里重新陷入了安静。

春诺起身，朝洗手间走去。镜子中那张鬼画符的脸都没有给她太大的冲击，直到热水冲上头的那一刻，她才知道自己不是在做梦。

徐言回到屋，徐洛和小花已经聊得热火朝天。徐洛指着桌子上的手机道："哥，你手机一直在响，好像是舅妈给你打电话了。"

徐言给她警告："如果你还想要零花钱，今天晚上的事情别再和别人说。"

徐洛在嘴上做了一个拉拉链的动作，反正该说的人她都已经说完了。

徐言给徐淑芳回拨电话。

"言言，小诺怀孕了？"电话刚响起一秒，徐淑芳就接通了电话。

徐言捏捏自己的眉头，走向卧室："徐洛什么性子您不知道，您听她瞎说。"

徐淑芳心里提着的那口气才落了下来。

"言言，一辈子很短，你自己想要什么，要想清楚，不要因为一时的意气，错过了什么。你读的书要比你妈多得多，这些道理应该不用我教你。"

"知道了，妈。"

小花按了半天门铃都没人来开门，最终又自己输了密码，进了屋。

"老大？"

屋子里静得吓人，客厅里没人，厨房里没人，卧室里也没人。工作室传来细微的响动，小花推门而入，差点脱口而出的叫声被捂回了肚子里。

春诺围着浴巾，顶着一头湿发和鬼画符的脸在翻箱倒柜地找什么。

"老大，你还好吗？"

小花现在完全摸不透两个人谈话的结果是什么，徐总那边一张脸毫无表情，她老大这边是已经疯了吗？

春诺回："好。"

她只是找不到户口本了，上次她用完就随手放到了一边，至于放哪儿了，她现在一丁点也想不起来。

"老大，你怀没怀孕？刚才差点没把我给吓死。"小花拿来一条干毛巾把春诺的头发包裹上。

"没怀孕，但是现在有一件更严重的事情。"春诺的身子都埋到了柜子里。

"什么？"小花的心脏一揪，什么事情能比怀孕还严重。

比怀孕更严重的事情就是找户口本。

两个人一起翻箱倒柜半宿，最后是在鞋柜上方的置物盒里面找到的。

小花瘫倒在沙发上，原本想吐槽，谁会把户口本这么重要的东西随手放在这种地方，但她太累了，以至于都忘了问她老大这么着急找户口本是要干什么。

等小花第二天醒来，已经快上午十点了，屋子里里里外外半个人影都没有。

睁眼到天亮的春诺六点就起了床，在沙发上坐到七点，化完妆后才八点。

墙上钟表的指针指向八点半的时候，屋里没有任何动静，钟表的指针"嘀嘀嗒嗒"一分一秒在往前走，外面的阳光越来越热烈，带着点温热的夏风拂过白色的纱帘，扬起微微的波动，像是在平静如镜的湖面投下一颗石子，漾起一圈一圈的水纹。

九点的阳光是金色的。

春诺打开门，走廊里空空荡荡，没有任何人。这本是她预料之内，也是她想要的结果，她不该失望。既然已经出来了，那就下楼买趟早餐，春诺强打起精神，她昨天晚上应该是着了凉，鼻子有些发堵，头还有些昏昏沉沉，吃一碗热热烫烫的云吞最好。

她没想到的是，电梯口靠墙站着一个人，长腿微屈，手里把玩着打火机，他抬眼看到她，便站直了身体。

"你在等我？"春诺的声音有些迟疑。

他伸手按下了电梯下行键："东西都带了？"

春诺的头越发沉得厉害，她点点头。

"春诺，婚是你求的，你现在是要反悔吗？你如果不想去，我没有意见。"他看着电梯上方慢慢增大的红色数字。

春诺急急地摇头道："我只是怕你不想。"

他扯了一下嘴角："难为你还在乎我怎么想。"

电梯到了，他按着开门键示意她先走。春诺腿有些重，最终迈了上去。

光滑的电梯壁面映出并肩而立的两个人，他身穿白色衬衫外搭灰色西装，长身玉立，她一身白色衬衫连衣裙，长发披肩。

随着电梯一层层往下，电梯里的人逐渐多了起来，每一个上来的人，都不由自主地看一眼里面的那对男女，明明离得不近，中间也没有说一句话，但是两人之间有一种奇怪的气流，像是刚刚吵完架闹别扭的小情侣，看都不看对方一眼，可对方的一举一动都不会错过。

今天是工作日，日子也没有什么特殊含义，所以民政局的人不多，一项一项的流程进行得很快。工作人员很亲切，钢戳被高高地举起，又重重地落下，春诺的心都跟着停跳了一拍。她装作不经意间侧头看了一眼旁边的人，从那张毫无表情的脸上探究不出任何情绪。

两人一前一后走出民政局的门，阳光绚烂又耀眼，从开了冷气的室内走向满是燥热的室外，冷热交替，春诺没有忍住，打了一个喷嚏，紧接着又打了一个。

她从包里拿出纸巾捂住鼻子，说了声抱歉。

"那我回家了。"

春诺想徐言应该很忙，电话已经被他按掉了好几个。

"我送你回去。"

春诺忙摆手，说："不用，我自己打车就行，离得又不远，你有事情快去忙。"

他的手插进裤兜里，睨她一眼，说："再忙送自己太太回家的时间还是有的。"

春诺擦鼻子的手一顿，看着已经走远的背影，迈步跟了上去。她嗓子里从昨天晚上就开始堵着的那块石头被人轻轻挪开，踩在云朵里的双脚终于落到了实处，她快走两步。

坐在副驾驶座的春诺绞尽脑汁想着话题，却不知道拿出哪一个来合适。她的眼睛落在他骨骼分明的手上，白皙修长的手指紧紧握住黑色的方向盘，她的脑中突然闪现出那一晚，他的手抚过她的黑发。

春诺拿手拍了一下自己额头，想清醒一些，清脆的声音在安静的车内格外响亮。徐言侧眼看过来，春诺意识到自己的行为可能有些奇怪，便道："有蚊子，夏天到了，蚊子也多了起来。"

徐言看了一眼她莹白额头上留下的红色痕迹和红红的鼻尖，没有说话。车停在了路边，他打开车门下了车。

"哎，你去哪儿？"春诺伸着脖子，"哎"声出了口，才觉得有些不礼貌，"你去哪儿"四个字变成了蚊子音说给了车内的蚊子听。

他回来得很快，上车后递给她一个袋子。春诺有些呆愣地接过来，是感冒药，她常吃的那一种。

他还记得。

春诺喃喃出声："谢谢。"

他回："徐太太客气了。"

春诺侧身稍微降下了一些车窗，外面的汽车声、人声、音乐声混在一起飘进了车内，遮掩住了她过快的心跳声。

车稳稳地停在了小区楼下，春诺解开安全带道："那我上去了。"

徐言看着前方，没有说话。春诺去开门，发现车门是锁着的，她看向他。

徐言朝春诺伸出手，她不知道是什么意思。

"怎么了？"

"结婚证。"徐言转向她，说了三个字。

春诺虽然不知道他要结婚证干什么，但还是条件反射一样，从包里拿出自己那一本递给了他。

"结婚证放我这里，我不想以后想用的时候找不到。"徐言接过去甩到中控台上。

春诺看着他甩的动作，并不觉得放在他那儿有多好，但又想起昨天晚上自己半宿的翻箱倒柜，又觉得放在他那边确实会比放在她这边好一些。

车都没有了影子，春诺依旧站在楼下一动不动，不过是出去了一趟而已，她已经从未婚变成了已婚。

冠名徐太太。

春诺在心里回味着这三个字，突然从身后伸出一只装鬼的手，不用回头，也知道是谁。

小花看没吓到人，自己主动从后面跳出来，上下打量春诺。

"老大，你一大早打扮这么漂亮去了哪儿？"

"我去吃了个早餐。"

春诺往楼里走去。

小花不信，说："你去哪儿吃早餐，需要穿成这样。"

白色连衣裙加上七厘米高跟鞋，是去天上吗？

"不要过问老板的私事。"春诺摆出严肃脸。

小花心里犯嘀咕，绝对有鬼。

"你不回家跟着我上楼干吗？"春诺斜眼看小花。

小花"嘿嘿"两声："我今晚要和沈鹤臣一起吃饭。"

春诺"哦"了一声表示知道了。小花瞅了自家老大两眼，她老大今天绝对不正常。

但直到小花从春诺家离开，也没有看出她老大不正常的地方在哪里。因为她老大一回家，就把自己关进了工作室，让她不要进去打扰。

春诺从工作室出来时已经快要下午一点多，她连着打了两个喷嚏，吃了药没有好转，感冒的迹象反而有点加重。

她简单熬了点粥，喝完后又吃了两颗药，顶着发昏的脑袋上了床。她要好好睡一觉，昨天晚上几乎都没怎么合眼。

隐隐听到门铃的响声，春诺以为是在做梦，翻了一个身又睡了过去。等她再醒来，外面的天已经完全黑了下来。

浑身酸痛，嗓子干到像是要着火一样，肯定是发烧了，她拿起床头柜上的手机看了看，没有信息，也没有电话。

春诺打开床头灯，踢踏上拖鞋，把屋里所有的灯全都打开，又找到遥控器打开电视，放着无关紧要的电视节目。她去厨房倒了杯热水，嗓子可能肿了，咽水都有点费劲，耳朵还很疼，看来是扁桃体发炎了。

都这个时间了，徐言应该下班了吧。春诺摩挲着手机，来到露台，隔壁有轻微的音乐声。

他回家了。

他回家了，没有联系她，所以领证后的第一晚，是各自管各自的意思，又或者是在这不到十二个小时的时间里，他已经后悔了。

春诺靠近隔板，先是轻轻咳嗽了两声，然后又加大了力气，结果一发不可收拾，本来是假装开的头，可能是引发了嗓子深处的痒意，根本停不下来。

手机"嗡嗡"地响起来，屏幕上显示出的是"徐咣当"三个字，春诺轻拍着自己胸口，咳嗽渐渐平静下来。她按下接通键，电话那头传来轻微的呼吸声。

春诺软着嗓音："徐言，我有点难受。"

"穿好衣服出来，我带你去医院。"他声音清冷，听不出任何情绪。

"不想去医院。"春诺头抵着隔板，声音里有不自觉的娇意。

如果她是徐太太的话，也是可以对他撒娇的，对吧？这是她的权利，领完那张证之后的权利。

"吃饭了吗？"

春诺摇摇头，摇完之后才后知后觉地意识到人不在她面前，根本看不见她摇头。

她还没来得及说没有，那边又开了口："过来这边，我做了些。"

他的话音还没有落地，春诺的"好"字已经从嘴里出来了，好像说得太快了，她又给自己找补："我是有些饿了，中午喝了些粥，就再也没吃过东西。"

"过来。"

"好。"

春诺看了看镜子中自己的脸，一点血色都没有，嘴唇因为烧得发干，还起了皮。她本来想涂点唇膏，拿起来唇膏又放下，干脆就这样过去。

她刚要敲门，门已经从里面打开，徐言应该是刚洗完澡，头发有些湿润，散乱地搭着，少了些拒人千里的冷淡，多了些居家男人的烟火气。

"密码是 123456。"

这密码设得也太随意了些，不过她家的密码也没强到哪儿去，她家的是 654321，两个人在某些方面有一些奇怪的默契。

春诺脚一踏进门，就被屋里的装潢吸引住了。

她有一阵特别着迷房子的装修，有点时间就翻找各种装修图片。她在微博上收藏了好多，其中最迷的就是这种北欧风，原木的桌椅，占据半面墙的飘窗，暖黄色的灯光。

她仰着头看向徐言，眼里有亮晶晶的光，嗓音带着感冒后的哑："我好喜欢你家的装修风格。"

徐言看她一眼，没有回应，转身去了厨房，端出来一个瓷白的砂锅，桌上已经摆了几样小菜，他道："先吃饭，吃完饭后去医院。"

春诺央求："今天已经好晚了，就不去医院了，我吃完饭，再吃点药，好好睡一觉就会没事儿。"

她实在不喜欢医院，当年老春住院，整天都待在医院里，以至于现在提到医院两个字，她都有些排斥。

她忙着逃避这个话题："碗在哪儿，我去拿。"

砂锅里飘出了鸡汤的味道，她原本不是很饿，闻到这个味道，肚子就开始叫。

"上面第三个柜子。"徐言下巴点着厨房的位置。

春诺跑去厨房，打开柜子："没有。"

"左边第三个。"

春诺听出了些许的不耐烦。

"哦。"她小声嘟囔，"你也没说是左边还是右边，这是你家，我不问你问谁。"

她端着碗，一转身，他就立在她的身后，手里的碗没有端稳，差点滑出去。徐言一双大手抓住她的胳膊稳住她的身体，然后把碗接过去。

"你如果没有失忆，应该记得我们上午刚领完证。"

春诺大力点头，表示自己绝对记得。

"所以这是我们家。"

春诺听到我们两个字，心跳有些快。

徐言看着她飘忽的眼神道："你有一结婚就分居的打算？"

怎么可能。

"结婚了当然要住在一起。"

"所以，委屈你搬进来。"徐言下了结论。

春诺话接得格外快："不委屈。"

两个人面对面坐着，徐言盛好鸡汤递过来，春诺端着碗迫不及待地喝了一口，问："好鲜，这是你做的吗？"

过了大概有几分钟，等春诺碗里的汤快要见底的时候，徐言才勉强"嗯"了一声。

"你好厉害。"春诺起身又盛了一碗，为了吃上这鸡汤，她也要早点搬进来，"那我明天就搬吧，我正好这两天有空。"

"明天沈鹤臣会安排人过来。"

"不用麻烦他，我一个人反正闲着也是闲着，慢慢弄就好了。"春诺勉强咽下一口米饭。她嗓子太疼，也就只配喝点汤，但她越喝越饿，又想吃点东西。

徐言看着那张皱成一团的脸："嗓子难受？"

春诺摆手道："不难受。"

徐言推开椅子，站起身，绕过桌子走到她面前。随着他的靠近，春诺的身体开始往后仰，她问："怎么了？我脸上有东西？"

他站在她面前，慢慢弯下腰。春诺手握紧椅背，闭上了眼睛。

"张嘴。"

声音就在耳边，呼吸轻拂着发，春诺大脑跟不上身体，在他的指示下，乖乖张开了嘴。她张开之后才反应过来他要做什么，要闭上已经来不及，她的嗓子红肿得厉害。

"去医院，现在就走。"

春诺看他严肃的样子，不敢再推托："我去换衣服。"

徐言拿自己的外套披到她身上，从上到下系上扣子，拉着她的手，往外走去。春诺侧脸时不时地瞅两眼，他薄唇紧闭，眉宇间散发出显而易见的烦躁。

春诺晃动了一下他的手，问："生气了？"

"身体是自己的，难受的也是你自己，我有什么气可生。"他直视前方。

医生自然是没有好话，直接说怎么不等到咽不下水再来医院，她这种情况，如果再拖下去，以后稍微有些感冒，就会体现到扁桃体上。

徐言坐在边上，眉头越皱越紧。

春诺也知道自己任性了，医生说什么她都点头称是，拿药，输液，两个人之间没有任何对话。

春诺想开口，张了几次嘴，话都没有说出来。

病房里异常安静，液体一点一点往下滴，春诺看着站在窗前的那个人，他很明显是生气了。

"对不起。"春诺道歉。

徐言转身要往门外走去。

"徐言，"春诺叫住了他，"你是因为我生病没及时来医院生气，还是因为我生病没跟你说生气，抑或是因为我刚才说的那声对不起让你生气？你为什么生气，总要跟我说，我才能知道。你不说，我有可能真的不知道哪一点惹到了你，下次没准还会这样做，这样气死的只有你自己，你英年早逝的话，我就直接守活寡了。"

徐言手握着门把，直接被气笑了："我为什么会生气，你不是知道得很清楚，你既然这么清楚，该做的不照样一样都没落下。"

"那以后不管是生病还是遇到什么事情，我都第一个联系你？"春诺试探着问。

他没有说话，但也没有再往外走。

"可我只有你电话，连你微信都没有，要不，我们先加个微信？"

徐言回看她一眼。

春诺轻咳两声道："嗓子好疼，我想喝水，你能不能帮我倒杯水？"

他看着她，看起来并没有去给她倒水的打算。

"麻烦徐先生帮徐太太倒杯水。"春诺迎着他的目光，不闪不避，反正论两军交战这种事情，她绝对不会是先败下阵来的那一个。

隔了几秒钟后，徐言端着水走向她。

春诺仰着头道："我右手在输液，左手有点不方便喝。"

所以呢，徐言用眼睛问。

"你喂我。"

春诺抻着脖子，摆出一个方便他喂的姿势，手不灵活的人，脖子倒是很灵活。

徐言默不作声地看着她白纸一样的脸，最终把水递到她的唇边。

春诺喝了一口便止住了，其实她现在连水都不太能喝下去。

"不喝了？"徐言脸色有些发沉。

"嗯。能帮我擦一下嘴吗，水流出来了。"

殷红的唇瓣刚刚被水浸润过，似一夜过后被雨打过的樱花，泛着诱人的光泽，水珠顺着嘴角沿着白皙的皮肤留下痕迹，垂在下巴上，要滴不滴，在灯光的照耀下，水珠里闪出绮丽的彩虹。

他的喉结不自觉地动了两下，春诺眼角染上了笑意："快点。"

徐言大力地抽出两张纸，不知道跟谁在赌气一样，盖上了她的嘴唇和下巴，敷衍地擦了两下。要离开的时候，春诺用自己不方便的左手按住了他的手，她的唇隔着薄薄的一张纸印到了他的手背上，只轻轻一下。

"以后，我想说对不起或者谢谢的时候，就用这个代替，怎么样？"

唇上沾染着白色的碎纸屑，水珠里的彩虹跑到了黑色的眼眸里。

徐言的眸光微动，想要逃离，却最终靠近，唇落樱桃，辗转间低声呢喃："不要再用以前的手段，我已经不是那个随你摆弄的傻小子。"

风雨停歇后，她半喘着呼吸，埋在他颈窝弱弱地反驳："我怎么敢摆弄你，你说往东我都不敢往西。"

他的侧脸在灯光下更显冷俊，唯有耳后的一抹红，能找到几分熟悉的曾经。她伸手摩挲着他的耳垂："你现在都好会亲亲，你是在我之后又交了好多女朋友吗？"

他似笑非笑道："我应该没有跟你交代过往的必要。"

"怎么没有，我们领证了，是夫妻了，夫妻之间要相互坦白。我先来，我在你之后，没有再交过男朋友，一个都没有。"春诺看着他的眼睛，声音很轻。

徐言垂眼睨她："你交没交过男朋友，交过几个，发展到什么地步，我不关心，徐太太只需要确保不会再冒出一个什么未婚夫就行。"

春诺被戳到了心虚的地方，瞬间泄了气，手上也松了力道。徐言抽出自己的手，开门走了出去。

皮肤上残留的温热渐渐散去，春诺虚握了一下自己的手，胳膊盖住眼睛躺了下去，他真的变了好多。

回去的车上，静寂在蔓延，春诺看着窗外的霓虹灯，眼皮渐渐垂了下来。大概是药劲儿上来了，她怎么努力，还是抵不住困意，最后干脆睡了过去。

她没有睡实，车停下来的时候，已经清醒了，但是没有起身，依旧半躺在座位上，做熟睡状。

车在停车场停了大概有十分钟，春诺心里默数的数字已经上了五位数，旁边的人还是没有任何动作。春诺实在装不下去了，想着要表现得尽量自然地醒来。旁边的人突然动了，徐言打开车门下了车，春诺赶紧双眼紧闭。

眼睛看不到的时候，耳朵会变得异常灵敏，她听到她这边车门打开的声音，安全带解开的声音，温热的呼吸洒到她的头发上，她身体腾空，落到一个温暖的怀抱里。

春诺自动找了一个舒服的姿势，窝到了他的怀里。他的脚步很稳，身上有一股清冽的味道，胸膛比以前更宽更厚，也更能给人安全感。她突然觉得这个胸膛这个味道都很熟悉，好像自己不久前才在睡梦里闻到过。

春诺猛地睁开眼，落到了一双深似海的眸子里，那双眸子在她睁眼的那一刻，转向了别的地方。她双手挂在他脖子后面，拉高自己的身体，凑到他的耳边问："徐言，那次在医院的是不是你？"

徐言侧过自己的脸，远离她的触碰："醒了就下来自己走。"

春诺双手交叉搂得更紧，说道："我走不了，刚才在车上把腿给睡麻了，现在根本走不了路。"

"那你就好好待着，别乱动。"他声音里有警告。

春诺看着他棱角分明的下巴，"哦"了一声，识趣地没有再说什么。

他停到走廊里，问："你晚上睡哪儿？"

春诺看看左边的门，又看看右边的门，最后看看眼前这张毫无波动的脸道："当然是睡在我们的婚房。今天是我们结婚第一天，我怎么能让自己老公独守空房。"

抱着春诺的双手微微收紧，虽然不是很明显，但是春诺感觉到了，她手指刮了刮他的耳垂："喜欢我叫你老公？"

徐言挺直身体，再次拉开两人之间的距离道："按密码。"

春诺不做过多纠缠，见好就收。密码打开的清脆铃声响起，春诺手握着门把道："哎，你这个密码也太随意了些，要不我们改一个吧。"

徐言指望不上她，干脆自己腾出一只手打开了门。

"就改成今天这个日子怎么样，结婚纪念日。"

春诺被人放下来，双脚落地，双手没有松开，仍旧搂着他的脖子，微微踮着脚，征询他的意见："怎么样？"

徐言的手伸到自己脖子后面，掰开她的手："随你。"

春诺拉住他要离开的手道："怎么能只随我，这是我们两个的家，自然要两个人都觉得好才行。"

徐言眉头拧成了"川"字，周身的烦躁像是压抑不住："你想怎么样都可以。"

春诺抚上他的眉头，一点一点地抚平他眉间的褶皱："我想怎么样都可以？"

徐言冷眼看她，她的唇慢慢贴过来，先是落到他的眉毛上，顺着高挺的鼻梁慢慢向下，在他微抿的唇上辗转，最后落到他的耳后，凉凉的唇碰着温度渐渐升高的皮肤："我想洞房花烛夜，可不可以？"

他变得再多，有些地方不会变，比如敏感点。

黑夜寂静又漫长，相对于在饭馆中的那次，他这次多了些不易察觉的温柔，或许是顾及她生病的身体。

"徐言，"春诺嘴边溢出的声音里带了些哭泣，哭泣在越来越快的撞击中支离破碎，"你叫一下我的名字。"

徐言俯下身子，直接堵住了她的嘴。

第 六 章
你后悔了吗

春诺在迷迷糊糊中睡得不踏实，床边传来轻微的响动，她努力睁了一下眼睛，但实在太累了，又睡了过去。等再醒来的时候，外边的天还是黑的，旁边的人还没有回来，春诺伸手摸了一下床单，连余温都没有了。

她披上了床边散落的衣服，找不到拖鞋只能光着脚，里里外外看了每个屋子，都没有找到人。

一点猩红倒映在窗户上，她看到了坐在外面露台的那个模糊的影子，在黑暗中落寞又虚幻。

春诺裹紧身上的衣服，一步一步走到徐言身边道："不睡觉在这边吹什么冷风。"

他抬头看了她一眼，深深吸了一口指尖的烟，又看向了远处的天空。春诺坐到他旁边，从他手里拿过烟，作势要放到自己嘴中，他一把夺了过去，按灭在地上。

"什么时候学会的抽烟？"她握住他垂在膝盖上的手，来回把玩着。

春诺没有指望他会回答，只是觉得两个人这样静静地待在一起，十指相握，沐浴在黎明的晨光里，心里踏实又平和。

"睡不着的时候，自然而然就学会了。"他的声音在有些凉的清晨里格外清澈。

春诺的手顿了一下，问："你经常失眠吗？"

徐言忍住想要再抽出一根烟的冲动，眼睛扫到了那双裸露在外的脚，本来靠烟才刚刚压下去的烦躁又冒了出来。他直接把人提了起来，打横抱回了屋里，扔到了床上。春诺在床上颠了两下，最终陷到了床里，一时无法起来。

"我想了一下，我们还是分开睡比较好，以后你睡这屋。"

春诺从床上挣扎着坐起来，他已经关门出去了。

留下了一室的清冷。

春诺最终又躺了下去，有气无力地踢了两下被子，她怎么觉得他现在吃完之后不认账，这不是要流氓是什么。

被认定是流氓的某人转身摸到了一手的头发，徐言以为自己还陷在昨晚香腻的梦中，睁开眼才发现梦中的人就在身旁，顶着一头散乱的发窝在他的胸前，微微张着嘴睡得香甜。

扰人却不自知。

春诺再次醒来，屋里依旧漆黑一片，抓起旁边的手机看了看，瞬间惊醒，已经快要上午十一点。她跌跌撞撞地爬下床，拉开厚重的窗帘，太过耀眼的阳光刺得双眼紧闭，身上因为生病起的酸痛已经消失，转而被另一种酸痛代替。

纵欲伤身啊，纵欲伤身。

家中早已经没有了始作俑者的身影，餐厅的桌子上放着没了热气的白粥和一张字条，字条上面只有龙飞凤舞的两个字"吃药"。

春诺撇了一下嘴，把粥放到火上重新热上。她划拉着手机，闲着无聊在微信的搜索框里输着徐言的手机号，然后意想不到的事情出现了，竟然出现了搜索结果，蓝天的背景图案，徐言两个字。

春诺从沙发上跳起来，她之前用他的手机号搜索了好多次，都没有搜出任何东西来，今天竟然搜出来了，这是天降红雨了吗？

她快速地打着字：徐言，你微信是对我开放了吗？

春诺粥都喝完了，难吃的药也拼命咽下去了，微信上还是没有任何消息。她不死心，又重新加了一遍好友：我是你太太。

结果还是没有回复，春诺干脆把手机扔到了沙发上，回到自己那边东一件西一件地开始收拾。

可东西越收拾越乱，越收拾越多，到最后根本无从下手。反正她这个房子交了一年的租金，倒也不用太着急，一点一点地往隔壁挪就好了。

春诺看着外边的天色，换了件衣服去超市买了些菜和日用品，回来的时候按的是123456的密码。

变了很多的人，不知道现在的口味变没变，他以前是无辣不欢。

春诺按照徐言之前的口味做了几个菜，等差不多快要做完，想着要不要打个电话问问他什么时候回来，却忘了自己把手机放在了哪里。角角落落一通找，最后在她快要绝望的时候，在沙发的抱枕下面发现了手机。

她打开手机意外地发现微信里多了个联系人，他通过了她的申请！还破天荒地发来一条消息，是一个小时以前发过来的：还难受吗？

春诺躺在沙发上回他：刚才去超市了，没有带手机。还是很难受。

那边回得很快，是语音："我大概还有半个小时到家，你穿好衣服下楼，医生说如果不见好，还要接着输液。"

春诺打字很快：嗓子不难受了，就是身上难受，你昨晚做了什么都不记得了。

那边再没了消息，春诺全当他是在开车，没有时间回。

春诺的汤刚端上桌，门外响起了按密码的声音，但好像是密码按错了。

春诺小跑过去，从里面打开门，门内门外四目相对，她本来想嘲笑他，连自己家门的密码都能记错，在看到他眼睛的那一刻，突然明白他为什么会按错了。

"我还没有来得及换密码，主要我不太会弄，你家这个和我家那个不太一样。"话出口才意识到自己好像又说错话了，她吐着舌头偷偷看他一眼，他表情没有任何变化。春诺就当他没有听到，自动把这篇给掀过去了。

"你教我怎么设置，我下次就会了。"她把人拦在门外。

他把手中的外套递给她，她顺手接过来。他没有说话，只是每做完一步看她一眼，最后密码设置成了昨天的日子。

两个人进了屋，徐言先去卧室换了衣服。他眼睛扫过衣帽间，衣帽间没有任何变化，依旧只有他黑灰白的衣服。

"吃饭了。"春诺喊。

徐言挽着袖子走到外面，她的脸相较于昨天的惨白，多少带上了血色。

"嗓子怎么样？"

"没事儿了，起得快消得也快，应该是前天着凉了，我下次会注意，不会拿自己的身体开玩笑。"她举着勺子保证。

徐言看着她忽闪的眼睛，不动声色地问："你东西都收拾好了？"

"我那边东西有点多，还很乱，一点一点地挪吧，反正我房租是交了一整年的。"

该接她话的人没有发表任何意见，话题就此冷了下来，只有盛汤和摆碗筷的声音。

春诺没话找话道："我就瞎做了些，不知道合不合你口味。"

徐言夹了一口菜放到嘴里，给出评价："还行。"

"真的？"春诺亮着眼睛确认。

徐言点点头。应该算是很合他的胃口吧，毕竟最后几乎都光盘了，连汤都没有剩一口。

"你如果喜欢，我明天还给你做，我这一个星期都没有工作。"春诺看他夹完最后一口菜。

徐言起身收拾碗筷。

"我会让沈鹤臣找一位钟点工，负责三餐和家里打扫的工作。"

"为什么要找钟点工，我做饭不好吃吗？"春诺有点受伤。

徐言停下收拾的动作："你结婚之前不需要做的事情，结婚之后也不需要做。"

春诺明白了他话中的意思，也摆出认真的脸色，说道："对于我来说，做饭是一件很快乐的事情，我并不觉得这是什么负担。我自己没事儿的时候，就会想鼓捣一些东西。我现在没有工作，比较空闲，所以才有时间做饭。等我忙起来，你相对没有那么忙的时候，那就由你来做饭。我发现你做饭也很好吃，鸡汤做得尤其好。我不太喜欢家里有外人来，所以我的意见，能我们自己干的事情就我们自己上手。徐言，有些事情不是靠结婚前结婚后区分的，而是看愿意不愿意。我愿意做饭，但是不愿意收拾刷碗，所以以后不管是不是我做饭，刷碗的事情你得全都承包。"

春诺把筷子当作话筒伸到他嘴边问："你有没有意见？"

徐言继续收拾碗筷："我没有意见，洗碗机没有意见就行。"

这算是冷笑话吗？春诺看着他走向厨房的背影，翘起了嘴角。

徐言蓦地转身，春诺上扬的嘴角来不及收回，只能继续上扬，给他一个大大的笑容。

"记得吃药。"

春诺灿烂的笑容变成了苦笑，对，还有药。可是药好苦，她本来还想自己没什么事儿，能逃一顿是一顿。

徐言直接把水和药放到了桌子上，春诺逃走无门，只能闭着眼睛，一口气咽下去，脸皱成蔫了的苦瓜。

世界上有没有一种药是不苦的，大概是没有。

春诺睁开眼睛看到站在旁边的监视官，双手搂住了他的脖子，把人逼到了墙的角落，踮脚吻了上去。一个人的苦两个人来分担，苦味也变成了甜津。

由意外引起的前奏已经很火热，正曲自然高昂，两人不需要熟悉彼此身体的时间，多年前的记忆经由之前两晚的重温已经彻底复苏，身体的结合总是比感情更快一步。

春诺又一次在半夜醒来。她睡眠质量本来就没有太好，更何况是新换了一个地方，旁边的位置空了下来，几个小时之前的缠绵仿佛是在做梦一样。春诺抱着自己的枕头再一次来到隔壁的房间，在他怀里找了一个舒服的位置，慢慢睡了过去。

她是被门外的铃声给吵醒的，半夜睡不着的后果就是早晨起不来。门外没有谁，春诺揉着自己散乱的头发，以为自己是在做梦，准备到床上再回一下神。

"老大，你怎么从这里出来了？"

已经按了半天门铃的小花从隔壁窜了过来，一脸惊悚又惊喜。她因为有了上次的教训，没有直接按密码进去，怕再经历什么尴尬的事情，没想到尴尬的事情没有经历，万万没想到的事情竟然发生了。

她看着自己老大脖子上又长出的"草莓"，恨不得摇着她的脖子问："你和人同居了？"

春诺把长发甩到后面，伸出一根手指左右摇了两下："不是同居。"

小花翻白眼，都当场把你给堵在了别人家的门口了，还死鸭子硬什么嘴。

"是结婚，你老大我领证了。"

小花的白眼翻了过去，人差点也背过气去，又被自己的口水呛了个半死，在见到阎王之前，春诺拍着她的背把那口气给顺了过去。

"这么激动？"

小花咬牙切齿低声说道："我这是激动吗？我这是差点没被吓死！你认真的吗，老大？你确定自己是睡醒了，没有在做梦，还是说发烧了。"

春诺拍开放在自己额头上的那只欠揍的手："没有做梦也没有发烧。"

小花不信，说："你的结婚证呢，拿来我看看，我看到实物才能相信。"

这把春诺难住了，结婚证没有在她这儿。最关键的是，她上交结婚证之前，连张照片都没有留。

"结婚证不在我这儿。"

小花眼里满是怀疑，问："没有结婚证，总归该有戒指吧？"

戒指也没有。

小花郑重其事道："老大，虽然我知道你很想把他变成你男人，但是咱们总归还是要实事求是，这年头，同居也很正常，你不要不好意思。"

虽然春诺觉得自己没有非要证明什么的必要，但是一大早，她脑子不是很清醒，觉得这是她第一个分享结婚消息的人，就碰了壁，这怎么行。不蒸包子争口气，总要证明给小花看。

她拿出自己的手机，拨出徐言的电话，开始拨得还很有气势，到后面就有些心虚，但又不好在小花的眼皮子底下挂掉，只能内心祈祷他不要接电话。

但可能两个人分开太久，才睡了几晚还没有睡出该有的默契，在快要挂断的前一秒，电话接通了。

"怎么了？"

不知道是不是因为隔着手机，还是昨晚有过深层次交流后第一次通话，她从他的声音中听出了几分温柔。

开弓没有回头箭，他既然接通了，春诺不打算让自己退缩："老公，你晚上想吃什么，我给你做，昨天晚上应该累坏了，今天要好好补一补。"

春诺只听出了徐言声音里的温柔，并没有听出声音的空旷。偌大的会议室里，主位上的人手上举着手机，话筒里的声音不大，但由于会议室里过于安静，后排的人虽然听不太清楚，但前排的人却是听得真真的。

坐在旁边的沈鹤臣眉毛跳了几跳。

徐言放下手中的笔，靠到了椅背上，揉了揉自己的太阳穴："做你想做的，我在开会，待会儿给你回电话。"

春诺终于意识到有什么不对，她不等他说完已经挂掉了电话，虽然想装死，但是又想死得明白一些，她发微信过去：你不要告诉我，你刚才在会议上接的我的电话。

徐言示意会议继续，他回她信息：你既然有胆子说，又在怕什么，反正该补的是我。

沈鹤臣看着明晃晃开小差的自家老总兼师兄，轻轻咳了两声提醒，项目经理还在等他的意见。

会议结束不过才不到三十分钟，朗云上下已经传遍了，他们老大好像结婚了！

秦苒一身白色套装，踩着十厘米的高跟鞋来到秘书处，把沈鹤臣叫了出去。她今天来朗云办事情，无意间听到了这件事，急急忙忙来找沈鹤臣确认。

"徐言结婚了？"秦苒眉头有些皱。

沈鹤臣摇头道："我不知道。"

"你不是他秘书吗？"秦苒提高音量。

"秦律师，我作为徐总的秘书，只负责他工作中的事情，至于他私人的事情，我并不清楚。"沈鹤臣一板一眼道。

秦苒知道自己太急了，她放软声音："鹤臣，我对他什么心思，他不知道你还不知道吗？我等了这么多年，有没有结果，总得给自己一个交代。他如果又重新和那个女人在一起了，我一百个不甘心。"

沈鹤臣也缓下语气来，轻叹一声："学姐，徐总是什么性格，你应该比我更清楚，不然你不会这么多年都一直没有戳破。他心里有的、意难平的也不过就是那么一个，你何必把心思浪费在一个从头到尾都不可能的男人身上，生活有许多快乐，我不希望你把路越走越窄。"

秦苒轻呵一声道："所以，你不想浪费心思了，开始约会别的女生了？"

沈鹤臣身体一僵，随后大方承认："是的，我不可能永远只当你的备胎，学姐的饵放得太久，我有些累了，其实不是有些，是很累。所以学姐以后也不要借着醉酒再给我打电话了，我不会再接，这对我正在约会的女生不公平。"

秦苒看着沈鹤臣远去的背影，有些烦躁地甩了甩手。她拿出手机，拨通了李靖明的电话："靖明，是这样，徐言不是新搬家了嘛，我们要不要组织一下，去温个居，给他房子添添人气？他上次生病，我去他家给他送文件，他家未免也太冷清了些。"

李靖明最喜欢这种凑热闹的事情，立马同意："我来组织，我来组织，争取这周末就把这件事情摆上日程。"

习惯的养成是一件很自然的事情，不过才短短几天，徐言已经习惯了身边人的长发，但是今天早晨却没有摸到。徐言睁开眼睛，床上少了那个蜷缩的身影。

他下床推开房门去了主卧，她的脸连带着头发全都钻到了被子里，背拱起来裸露在了外边，这到底是冷还是热。

徐言扯了扯被子，盖住她的背，露出她的脸，好让她的鼻子呼吸顺畅。

他拨开她脸上盖住的头发，看着她的睡颜，睡得未免也太香了些。

在睡梦中的春诺自然不知道这一切，她这几天晚上睡得晚，早晨懒觉也多了，再加上她因为需不需要补的问题，好像把徐言给得罪了，所以昨天晚上格外凶狠。

在国外出差的江念晚从小花那里得到了春诺领证的消息，后半夜先是连给她打了几个语音电话，又差点把她给拉黑了。这么重大的消息，她竟然瞒着所有人。春诺哄了好久，才把江念晚心气给哄顺当了，割地赔款答应了一大堆条件。

小花问她："老大，你这算是闪婚吗？"

春诺觉得不算，她和他又不是认识几天，他们认识了很久，只不过中间断了一段时间的联系，这怎么算是闪婚，这顶多算是破镜重圆。

但是已经破碎的镜子再重新粘合起来，无论技术再高超，总会留下或大或小的裂痕。春诺觉得他们之间的裂痕，可能堪比黄浦江了。无论身体贴合得再近，心总归是没有跳到一处。

他们两个现在的情况与其说是结婚，不如说是饭搭子，还只是晚饭的饭搭子。

两个人在一些事情上很快达成了高度的默契，白天他去公司，她在家，几乎很少有电话或者信息的交流，晚上她做饭，他刷碗，然后就是饱暖思个欲，思完之后，各回各床，各入各梦，日子倒也算逍遥自在。

周六徐言照常去公司，快中午的时候春诺开车去了老春家。她本来想陪老春吃个午饭，然后再去钓个鱼。谁知道她去的时候，于世杰也在，老春正在厨房忙活着做饭，见到她更是高兴。

"院子里好些菜都熟了，我还说找个时间给你送一些过去，你来了正好，省得我再折腾一趟。你和世杰聊会儿天，饭马上就好。"

春诺和于世杰只拣着工作上的事情说。

她和于世杰小时候还算亲近，她是真把他当哥哥，自从知道他的心思后，就逐渐淡了关系。后来家里出事情，无论他的目的是什么，她都感谢他，只是从那以后，两人很少见面，但是他经常来看老春。

于世杰看着她白皙的脸，轻声说："你上的那个综艺节目我看了，你演得很好，我身边好多人成了你的粉丝，尤其是我侄女她一帮同学，知道我认识你，追着让我找你要签名，你应该很忙，我就没打扰你。"

春诺知道这可能是于世杰实在没话聊了的客气说法，那个节目虽然给她带来了一定的热度，但也没有火到他说的这种地步。

在厨房忙活的老春跑了出来，说道："小诺，你回头把你家里的那些照片签上名给世杰送过去。我看电视里的演员签名不都是那么签的，你就算再忙，签名的时间总是有的。"

春诺挠了挠额头，想跟老春说，人家那都是大演员，我就是一个小透明的路人甲。不过看着老春脸上高兴的神色，她还是点头应下了。当父母的，孩子取得一点成绩，他们就会放大十倍地高兴，她总不能连这点高兴都不满足老春。

饭桌上，话题绕来绕去绕到于世杰的妹妹于世慧马上要结婚的事情。

于世杰端起酒杯道："我也是发愁，我妹妹都要结婚了，我这个当哥哥的连个女朋友还没有，我妈给我下了死命令，在我妹的婚礼上，一定得让我带个女朋友回去。"

"孩子到了年纪，老人们都着急，不过缘分这种事儿，急也急不来，找个适合自己的，比什么都重要。"于世杰一个月几次几次地来，春山自然知道他的心思，他也明里暗里地说过，但是不管用。

"确实，我也是这么想的，不过这一阵她身体不好，我也不敢惹她。实在不行，我还想能不能让春诺帮我一下，当我半天的女朋友，等她身体好点，再说分手就行了。"

春诺放下筷子道："世杰哥，不好意思，这个忙我应该帮不了，我有男朋友了。"

老春很意外，他说是不着急，其实也着急："什么时候的事情，你怎么也不跟我说？"

"有一段时间了，他这一阵比较忙，等他空下来，我带他回来见您。如果可以，我们想尽快定下来。"

她只说是男朋友没说结婚的事情，因为她如果说结婚了，老春现在绝对就要杀过去。见家长这件事情，她至少要先跟徐言通个气。而且她之前一直没有男朋友，现在突然就跟老春说结婚，老春肯定接受不了，结婚这件事情还是得一步一步提上日程。

于世杰不动声色道："也是演员？"

春诺摇头道："不是演员。"

"你们怎么认识的？"老春怕春诺接触什么不好的人。他知道娱乐圈比较复杂，但自己家闺女自己最了解，她喜欢这一行，所以就算再担心，也不想给她拖后腿。

"就是我前男友，前一阵遇到了，解开了一些当年的误会，我们又重新在一起了，他人很好。"春诺喝了一口水，脸有些发热，她不太习惯在她爸面前说自己恋爱的事情。

"那回头把他带到家里，我们一起吃顿饭。"春山总归是相信女儿的眼光，但也得自己亲眼看一看到底是什么人，才会放心些。

对面的于世杰把杯中剩余的酒一饮而尽，眼里闪过一丝不易察觉的恼意。

于世杰在，春诺便也没有多待，吃完午饭就撤了。她到家后换了身衣服，回到隔壁继续收拾东西。门铃响起，她还以为是徐言提早回来了，兴冲冲地去开门，结果门外是于世杰。

"你手机落下了，我正好顺路，就给你送过来。"于世杰递手机过来。

春诺简直服死自己了，她到现在都没有发现自己手机落下了，还以为就在包里呢。

"太麻烦你了，我还不知道。"

于世杰眼睛扫过旁边的鞋柜："就是顺路的事儿。不过有人给你打了好几个电话，我怕有急事儿，就替你接了。"

于世杰话音刚落，从电梯里出来一群人。徐言和一个女人走在前面，后面是三个男人，女人春诺见过，是那个"千娇百媚"。

两两对望，本来还说着话的几个人停了话头，空气一时安静下来。

后面的李靖明最先察觉到不对，问徐言："认识？"

"我太太，春诺。"

徐言的语气里透着些许漫不经心，但"我太太"三个字又多了些郑重。

春诺第一次从他口中听到这个词，心咚地一跳，脸染上了红晕。她从屋里走出来站到徐言旁边，笑着跟他们打招呼。

秦苒和于世杰身体俱是一僵，李靖明倒是很兴奋。

徐言的手虚虚地揽住春诺的腰。

"我朋友，过来温居。"他的目光落到她手里握着的手机上，"给你打电话一直打不通。"

春诺小声解释："我中午去我爸家吃饭，手机落在他那边了。"她这才想起,她门口还有一个于世杰,于是介绍,"世杰哥是我小时候的邻居,他正好来市内,顺路把我送过来。"

徐言对上旁边于世杰投来的目光,眼神陡然锋利。

于世杰,他当然认识,他们六年前通过一次电话,刚刚又通过一次电话。

于世杰虽然竭力控制,但还是被"我太太"这三个字打了个措手不及。他不想让别人看出自己的失态,伸出手:"徐总,久仰大名。"

徐言也伸出手:"于总,幸会。"

两只手敷衍地相握一下便离开。

春诺没想到他们两个认识。

李靖明已经感受到暗潮的涌动,公司里传徐老大结婚了,他还不相信,因为他知道徐言心里有一个爱恨不得的前女友,又怎么会突然结婚。本来也想借着这次温居一探究竟,没想到竟是真的。公司里的小姑娘们如果知道这件事情是真的,得心碎成什么样。

不过先不管公司里的小姑娘,眼前的场面就够有趣的了。

徐言的手插进裤兜里,说道:"麻烦于总特意跑一趟,给我太太送手机,进家里喝杯茶吧。"

于世杰额角跳动得厉害。

"不了,我后面还有事情。"他转向春诺,告别道,"小诺,我先走了。别忘了我侄女签名照的事情,我回头再找你取。"

"啊。"春诺没想到这时还能提一嘴签名照的事儿,"我回头给你寄公司去吧,省得你跑一趟。"

于世杰勉强一笑道:"好。"

"你先领着人进去,我送送于总。"徐言拍拍春诺的腰。

春诺有些迟疑,她不太想让两个人单独碰面,徐言应该不知道于世杰是她曾经要订婚的人,但她总觉得两个人之间的气流不对付,她又怕自己多说多错,只能先领着人进门。

走廊里两个男人无声对视,于世杰先移开视线道:"没想到我们还能有见面的一天,也没想到我还能叫你一声徐总。"

徐言慢声轻笑道:"这才哪儿到哪儿,于总后面应该还会有很多没想到的事情。"

"你们结婚了?"于世杰终于问出自己最想问的问题。

"对。"徐言一字成定局。

"这就奇怪了，中午吃饭的时候，她只说新交了个男朋友，并没有说结婚。看来，徐总的地位还没有很稳固。"

"我们夫妻两个的事儿，就不劳于总操心了。"

电梯门开了，徐言伸手摆了个请。

于世杰轻嗤一声，冲徐言露了个挑衅的笑容。随着电梯门慢慢关上，他脸上的笑容一点点掉下来，烦躁地扯了扯衬衫的扣子，嘴里不自觉地飙出一句脏话。

春诺看徐言一直不回来，开门看了一下外面。他靠在墙上，手中夹着一根未点燃的烟。

"怎么不进来？"

徐言看她一眼，没有说话，眸光中多了些她看不懂的冷淡。

春诺走出来，拉着他的手问："怎么了？"

徐言的拇指一下一下地摩挲着她的手背问："你丢三落四的毛病什么时候才能改？"

她丢三落四很严重，以前在一起的时候，无论去哪儿，他总是会从头到尾帮她确认一遍东西，这么多年，她还是没有任何长进。

"我以后一定一定一定注意。"春诺连声保证，她只觉他情绪不高跟她落了手机有关，"你刚刚给我打电话了？"

徐言沉默半晌，他只听过一次于世杰的声音，但是刚才电话接通的时候，只凭一个"喂"字，他就认出了于世杰的声音。他不想再回想一遍刚刚的感觉，自万丈悬崖坠落也不过如此。

"李靖明他们几个非要闹着来家里，我怕你不方便。"徐言对所谓的温居半点兴趣都没有。只不过李靖明太能折腾了，这次不答应他，指定后面没有安生日子。

"不会啊，就是家里的菜没多少了，我得去趟超市。"他朋友第一次来家里，总不能随便凑合。

"不用，我点外卖了。"

"啊，点外卖会不会不好？"

徐言没好气道："喝水他们都乐意。"

春诺看他，他好像在朋友面前会多一些孩子气，虽然说话很不客气，但是他们的关系应该是极为亲近的，上次见他高中同学也是。

"那进去？"春诺问。

"徐言，你们夫妻两个在外面站着说什么悄悄话呢？"李靖明打开门，一脸八卦地扫过徐言和春诺。

"嫌你太吵了。"徐言嫌弃的语气根本都不加掩饰，他推开李靖明，拉着春诺进了屋。

"王方元，崔自默。"他随意地指着沙发旁边站着的一胖一瘦给春诺做介绍。

王方元长得很喜庆，笑起来像弥勒佛；崔自默高高瘦瘦，一双丹凤眼很像一个演员。

"嫂子，我叫李靖明。"李靖明不用徐言介绍，自己凑过来。

他白白净净的，像是在校的大学生。春诺觉得他的样子有点眼熟，名字也很耳熟。

"徐老大这金屋藏娇，瞒得可够紧的。我们朗云的第一黄金单身汉，就这么悄无声息地把婚给结了。"李靖明的嘴根本闲不下来，又冲外面喊，"秦苒，别在外面晒太阳吹风了，要不是你提议说要温居，我们还发现不了徐老大这个秘密。"

秦苒站在外面露台上，她已经听到徐言进屋了，但是心情一时半会儿平静不下来，暂时不想回屋。

春诺对徐言说："你陪他们坐，我去弄些喝的。"

王方元看着春诺，终于想起他在哪儿见过了。他的小女友这一阵疯狂喜欢一个演员，好像就是叫春诺。他问："徐老大，嫂子是演员？"

"对。"徐言跟在春诺后面也进了厨房。

"徐言，你能不能别跟你老婆跟那么紧，她还能跑了不成。"李靖明看不得无所不能的徐老大这副样子。

徐言懒得理他，他是唯恐天下不乱。

"你去和他们聊天，我能弄得过来。"

"天天见，没什么好聊的。"徐言在杯里放着冰块。

春诺的手一顿，问："他们……都是你同事？"

"李靖明和王方元是，崔自默是医生，秦苒是律师，和我们公司有合作，我们几个当初在一个城市留学。"

"那你们感情应该很好。"春诺一边倒着水，一边状似无心地问。

"还行。"

春诺琢磨着这个"还行"的意思，还行应该是很好了。

秦苒从露台走进来，视线正好和春诺对上。女人最懂女人，只一个眼神，春诺就能感觉到，秦苒对她有敌意，两个没有见过面的女人之间的敌意，大多数是因为男人。

　　秦苒喜欢徐言，春诺可以肯定。

　　这不奇怪，以前的徐言就不缺人喜欢，更遑论现在，一个成熟稳重还有财力的男人，外加一副上好的皮相，他只要站在那里，大概就会让女人趋之若鹜。之前的蒋樱绮，眼前的秦苒，还有其他她不知道的人。

　　饭桌上很热闹，徐言点的外卖是火锅，李靖明和王方元一唱一和地说着相声，他们对春诺演员的身份很好奇，问题一个接一个，春诺耐心解答，眼睛的余光看向那两个从上了饭桌到现在都没有说过话的人。

　　秦苒在闷头喝酒，徐言在下菜。

　　后来秦苒慢慢参与到他们的对话当中，把话题引向了他们在国外的那些日子，徐言时不时也会接上两句话。

　　那段日子、那段日子中的徐言，对春诺来说是完全空白的，她插不进话，也没有可以插进去的余地，只能努力做一个好听众，面带微笑，时不时地点头，其实心里走神得厉害。春诺不喜欢从别人口中听到徐言过往的生活，其实也不是别人，只是不喜欢从秦苒嘴里说出来，秦苒每次张口就是"我和徐言"或者"我们和徐言"，轻易画出了一条线，好像徐言和她才是一国的。

　　春诺扯了扯嘴角，她承认秦苒言语中暗戳戳的挑衅惹到她了，可她又不能做什么，只能化悲愤为食欲，可藕片似乎也和她作对，夹了几下都没有夹起来。

　　她手还没来得及伸向漏勺，几片藕已经落到了她的盘子里。春诺冲徐言甜甜地一笑，然后把藕片嚼得"嘎嘣"脆响。

　　秦苒脸色变得难看，端起旁边的酒杯一干到底。

　　李靖明开始进入正题："还没说你们是怎么认识的。"

　　"之前就认识。"徐言一句话概括。

　　李靖明停下了筷子，和崔自默对视一眼。

　　秦苒明知故问："前男女朋友？"

　　徐言"嗯"了一声。

　　饭桌上陷入了几秒钟的静默，很诡异的静默，随后又立刻在李靖明的带动下热闹起来，这种不自然地刻意转换，春诺想不注意都难。

前女友，踹掉徐言的那一个。看来大家都知道她，不知道名字，不知道样子，但是知道有这样一个人的存在。

饭后，王方元有些不好意思地开口，想要春诺的签名照，回去讨小女友欢心。

今天是签名照开花的一天，春诺没想到自己还有在一天之内连续被人要签名照的时候。

"你稍等我去拿一下，照片没在这边。"

王方元有些蒙。

春诺解释："就在隔壁。"

王方元"哦哦"了两声，表示自己明白了，其实也没有很明白。这两个人是没住在一起吗？所以这婚是结了还是没结，还是玩什么新潮的分居游戏？

他挠着头转身，看到了站在桌子边出神的徐老大，有心想问一句，可他还没有开口，徐言已经被李靖明给拉走了，两人去了露台。

"你玩真的？"李靖明眯着眼看向徐言。

"什么真的假的。"徐言有些烦躁。

李靖明追着问："不是，你如果玩真的，为什么还结婚了？结完再离？那你这玩得未免也太大了，虽然这样杀伤力的确会更大一些。"

"闭嘴，不该你多话的地方别多话。"

"我是不想多说，我是怕你伤敌一千，自损八百。"

伤敌一千，自损八百。徐言轻嗤一声，他怕是还没伤到她分毫，自己已经一败涂地了。她和于世杰站在一起的画面，他想象了千百遍，还是没有现实来得有冲击感，就算他不承认，他也知道自己是嫉妒了。

跟着两人出来的秦苒站在露台的不远处，没有上前，但是两人的谈话一字不差地落到了她的耳朵里。她轻轻转着手里的红酒杯，不知道在想些什么，然后走了过去，挤到两人中间："说什么呢，表情这么严肃？"

徐言往旁边移了移，隔开两人的距离。

李靖明擅长打哈哈："公司的事情，乱七八糟，烦心事比较多。"

拿着照片回到屋子的春诺恰巧看到这一幕，她若无其事地签着名，每一笔又大力又潇洒。

秦苒的眼睛由亮变暗，蒙上了一层雾蒙蒙的灰，他还真是铜墙铁壁，就连一点风都钻不进去。

热闹过后的屋子显得格外寂静，往常春诺会不断找话题，但今天春诺很安静，一句话都没有。换衣服，卸妆，洗漱。面膜没有了，她又跑回隔壁，拿了一盒面膜过来。

徐言坐在沙发上醒酒，看着她手里的东西，气到极点声音反而更加平静："你是有多少东西，搬个家有这么难，你如果觉得麻烦，沈鹤臣可以找搬家公司，连打包带搬，不用你沾手，不到半天就能搞定。"

春诺边撕面膜盒边回："别人搬的话，东西放在哪儿我都不知道，还得一点点找，更麻烦，还不如我自己来。"

徐言轻笑了一下，春诺抬眼看过去，从那张冷峻的脸上看到了嘲讽。

"春诺，你在给自己留什么退路，你当这儿是哪儿，酒店吗？"

春诺撕到一半的手停了下来，她嘴唇动了一下，又闭上了，继续撕盒子。

她站在灯光下，坐在暗处的徐言把她脸上的表情看得一清二楚。他直起身子道："说话。"

春诺撕了半天也没有撕开，干脆也不撕了，直接把盒子甩到了桌面上，发出了闷闷的响声。

很好，原来大家都有怨言，那还粉饰什么太平。

她语气同样平静："那你当我是什么，睡完就走人，很爽是吗？我去找你一次，两次，三次，难道我要一直去找你？我也会想，你是不是讨厌我，是不是不想和我待在一起？既然要分床睡，当初为什么要领那张证？毕竟如果你提议当情人，凭你现在的身价和条件，我没准脑子一热也会同意。那样你自然不用担任何责任，也不用耐着性子应付我，我也不用抱着任何不切实际的奢望。"

春诺后面情绪有些起来，她两步走到徐言面前，他也在看她，清冷的眸子闪过昏暗不明的情绪。

既然到了这一步，春诺不想猜，干脆问个明白："当初你答应结婚，是头脑发热，一时冲动吗？"

徐言沉默半晌，薄唇轻启，吐出两个字："不是。"

"那你现在后悔和我领证了？"

"没有。"他的眼神没有躲避，只是好像有些不耐烦。

"那你为什么要去别的屋子睡？是你说让我搬进来的，转头就打了自己的脸，不对，你是打了我的脸。你知不知道你这样做很伤人，特别伤人。

我跟你说，也就是我，一直忍到现在才说，要是别的女人，早就上手打人了。你这明显是爽完就走人，翻脸不认账，叫你渣男都不为过。"春诺眼角泛红，本来是五分的委屈再加上五分的演技，被他这样看着，越说越觉得委屈，于是五分变成了十分，并且还在继续往上涨。

她眼角挂着莹莹的泪珠，每句话都是对徐言的控诉，徐言全身的烦躁被压了下去，无声地叹了一口气。

春诺怒了："你叹气，你还叹气，你觉得我说得不对？"

徐言伸手抹去她眼角快要掉下的泪珠回："一半对，一半不对。"

还一半一半，明明是全都对。但他的指尖很温柔，温柔到春诺决定给他个解释的机会："哪一半对，哪一半不对？"

"我不应该去别的屋子睡，这样确实很伤人，我道歉。"

哦，这还差不多，春诺看在他还知道道歉的份上，勉强降了降火气。

"我去别的屋子睡，是因为我失眠严重，我不想扰了你休息。"

"骗人。"春诺不服，"我每次去找你的时候，你都睡得很香。"

"你不是演员吗，真睡和装睡看不出来吗？"

春诺凑到他跟前，眼里的委屈换成了担心："你每晚都失眠吗？"

徐言看她一眼："几乎。"

"那你怎么不早说，你之前睡眠质量很好，什么时候开始失眠的？"

失眠的痛苦春诺深有体会，只不过她是时断时续的，好一阵，坏一阵，好在她自己也在慢慢调节，这两年有在转好，要是每晚都失眠，那得痛苦成什么样。

徐言垂下眼眸道："你说的'之前'是多久之前？春诺，我们分开六年，不是六天。"

徐言一叫她的名字，春诺就心虚，更何况又回到这六年的分离，她是心虚加气短。

她只能小声反驳："你不说，我怎么会知道。"

刚才还剑拔弩张的气氛，不到十分钟，已经快要停战修和。空气中有些尴尬，两个人都不再说话。

徐言状似不经意地问："你和于世杰，很熟？"

春诺坐到他腿上，手揽上他的脖子回："于世杰是我爸爸朋友的儿子，小时候很熟，长大后就很少碰面了。他今天去看我爸，恰巧碰到，我手机落在我爸那儿，他就顺路给送过来了。"

订婚的事情说与不说在她嘴边徘徊，现在坦白或许会好些，但又潜意识觉得不能让徐言知道，他本来对当初的分手就有心结，现在两个人的关系进进退退，平静的湖面总隐藏着暗火，她不想在这个时候火上浇油。

"就这么简单？"徐言一字一句地问，语气里已经带上了春诺没有察觉到的危险。

春诺硬挺着："就这么简单。"

她决定先发制人道："你吃醋了，看不得我和别的男人站在一起。"

徐言看着她。春诺梗着脖子，不让自己退缩，心里在敲着小鼓，他这个样子是不是知道了什么，但他对她家的情况了解得并不多，不知道她爸是谁，不知道她爸的公司，更没有相熟的人，他应该不会有知道的途径。

徐言看着她乱转的眼睛，扯了扯嘴角，起身去了洗手间："既然知道我会吃醋，麻烦徐太太下次和别的男人保持距离，别随便把什么人都往家里带。"

春诺逃过一劫，心里松了一口气，既然他提了要求，那她也可以提。春诺跑去洗手间，嗖地打开门："那麻烦徐先生也和——"

她话说到一半，又嗖地把门给关上了，"咣当"一声，震天响。

这一震，她又后悔了，有什么好关的，她拍了拍自己浮上热气的脸，大惊小怪，又不是没见过，只不过是这次在灯光下，看得更清楚了一些……而已。

充盈了满脑子的画面挥之不去，她已经忘了自己要提的要求是什么。

春诺回到卧室，连面膜也不敷了，直接上了床，从头到脚把自己裹了个严严实实。

过了一会儿，床的另一侧微微塌陷下去，带着些湿润的潮气。春诺忽然有些后悔了，刚才不应该说在一起睡这件事。其实两个人分开睡也挺好的，家里这么大，房间这么多，何必要挤在一张床上，要学会充分利用可用空间，自己真的是脑子抽筋，一时想不开，才会执着于这件事情。

徐言靠在床头，看了看旁边蠕动的"蝉蛹"："你是准备明天化蝶吗？"

"蝉蛹"停止了蠕动，开始装死，最后实在装不下去了，掀开被子，狠狠吸了几口外面新鲜的空气。

"徐言，要不……我们还是分开睡？我突然觉得，分开睡也挺好的。"春诺盘腿而坐，拉开谈判的架势。她现在脸皮有些厚，所以对打自己脸的行为做得特别顺手。

徐言拿起床头柜上面放着的平板电脑道："你在害羞什么，被看的是我。"

春诺的红脖子上顶着一张红脸："我有什么可害羞的，再说了，我又不止看过。"

反正在较劲这件事上，春诺的嘴从来都是硬的。

徐言睨她："那你脸红什么？"

"我这是热的。"

徐言点头表示认可她的说辞，他点得特别认真，反而有一种讽刺的效果，春诺脸上的红晕又增加了一个度。

她看他是不会离开了，只能认命地躺下去，过了几秒钟，又直起身子，和他一样，肩并肩靠在床头。

"哎。"她捅捅他的肩膀。

"说。"徐言眼睛不离平板电脑，只有他自己知道他已经盯着第一行读了不下十遍。

"我东西没有全搬过来这件事，让你很生气吗？"

徐言没有说话。

"徐言，我没有给自己留退路，我收拾东西本来就很慢。还有一点，"春诺清了一下嗓子，"就是以后的日子，夫妻两个哪有不吵架的啊，万一我们吵得很凶，我离家出走，连个可以去的地方都没有。虽然很俗气，但是房子这个东西给我的安全感有的时候比男人还要更大一些。所以就算你很生气，那边的房子我暂时也不会退租，但东西我会尽快搬过来。"

很好，原来在她心里，他连个房子都比不上。

徐言放下平板电脑，语气认真道："第一，我不会和你吵架；第二，你都多大了，还动不动就离家出走。"

"吵架这种事情可说不准，再说了，你是没看到你刚才有多凶，我虽然不介意去哄你，但是万一碰到我心情也不好的时候，那不就跟今天一样，吵起来了。还有，离家出走这件事，跟年纪有什么关系，你以为八十岁的老奶奶，吵了架，就不会离家出走了。"春诺耐心讲道理，凡事不能说这么绝对。

"你今天……心情不好？"徐言从她那段话中摘取了关键的信息，她今天情绪确实没有很高。

要问吗？春诺犹豫，其实也没什么好问的，他不是会随便和别人搞暧昧的人，纵使他以前和谁有过什么，那也是无可厚非的事情。

　　"女生的心情都是这样啊，时好时坏，再加上一个月一次的'大姨妈'，更会是一波三折，所以你要做好我们会吵架的准备。"春诺提前打好预防针。

　　被打预防针的人没有回应，春诺看过去，说道："是不是后悔了，娶了个心情不定的老婆，总想着吵架。"

　　隔了好久，徐言才回："你现在学会了动不动就掉眼泪这一招，还怎么吵。"

　　春诺钩了钩他的手指，不怕死地问："你不是说我的眼泪对你不管用吗？"

　　她的皮肤温度偏凉，要碰不碰地点着他的手指，她现在不但学会了动不动就掉眼泪，还把勾人这一套学得炉火纯青。

　　徐言不急不缓地放下平板，关了床头灯，翻身将作乱的人压到身下，他摸着那双在黑暗中格外亮的眼睛，里面藏着算计得逞的笑容。

　　"那要看，你的眼泪掉在什么地方。"

　　"比如呢？"

　　"比如，床上。"

第 七 章
只对她认输

春诺正在搬东西的时候，接到一个陌生的电话，她直接开了免提。

"喂，嫂子，您好，我是沈鹤臣。"

春诺被这声"嫂子"叫得一惊，小花的暗恋对象，徐言的秘书沈鹤臣。

"你好，有什么事情吗？"她硬着头皮接下了这个称呼。

"您下午时间方便吗？"

下午啊，下午应该没什么事情，她现在正在两个房子里来回折腾，她仔细想了想，徐言说得也没错，她可能潜意识里多少抱着点退路的心态，也不怪他会生气。

"我下午时间可以，怎么了？"

"徐总说下午要办一下房子过户的手续，让我去接您。"

"房子过户，什么房子？"春诺停下手上的活。

"就是你们现在住的房子，徐总说要过户到您的名下。"

春诺拿起手机道："沈秘书，我先给你们徐总打个电话。"

"好的。"

春诺刚要拨出手机号，最后又改成了微信：为什么要把房子过户到我名下，是因为昨天晚上的事情吗？

隔了几分钟，徐言那边才回，只有两个字：聘礼。

他成功地用这两个字让她把刚刚打下的一大段话又给删除了。

春诺：可我都没有准备嫁妆哎。

她现在虽然没有穷得叮当响，但是也没有很有钱，而且她都没有想过聘礼、嫁妆这些事情，所以她还是把结婚这件事想简单了吗？

徐言：隔壁屋的东西不都是你的嫁妆。

沙发上坐着的两个经理对视一眼，他们徐总在拿手机打字，看脸上认真的表情和双手捧着手机的样子，能得到这个待遇的，手机那头会不会就是传说中的那位新上任的神秘老板娘。

春诺看着手机屏幕上的那一行字出神，房子确实能给她安全感，但得是用她自己的钱买的房子。

春诺：房子还是不要过户了，既然我们都结婚了，你的当然就是我的，所以在谁名下都是一样的，何必又费劲多跑一趟房管局，外面怪热的。

两个经理眼睁睁地看着他们老大脸上的神情由柔变冷，这是怎么了？变天这么快。

徐言：春诺，你又在避重就轻什么？我们结婚不是儿戏，聘礼是很正常的事情，还是说你觉得结婚好玩，又是在玩玩，所以现在连一套房子都不敢接。

隔着屏幕和文字，春诺都能察觉到徐言在生气，他现在好爱生气。

徐言：总之，我下午会在房管局等你，来不来随便你。

他现在还好爱用"随便"。春诺叹一口气，现在这年头，还有强送聘礼的吗？

徐言将手机扔到桌子上，两个经理自动挺直了腰背。他们老大很少有把怒气摆在脸上的时候，也很少对他们发火，怎么今天就靠着一部手机，脸上的神色能一变再变。

那位神秘老板娘绝对不是一般人，能把一向温和的徐总给惹成这个样子。

不是一般人的春诺到底还是去了房管局，只不过她没让沈鹤臣来接，是自己开车去的。她到的时候，徐言已经在大厅里坐着了。尽管里面的人很多，她还是一眼就看到了他，他正好也抬眼望过来。

春诺露出一个笑容跟徐言摆手，徐言的视线在她身上停都没停，就掠了过去。

她刚要过去，旁边有人拍了拍她的肩膀，她回头一看，是她那个房子的房东。

"阿姨？你来办事情吗？"

"小诺，不是今天要办过户，你要买那套房子，你助理一直和我联系。"房东阿姨看春诺好像不知道的样子。

"啊！"

沈鹤臣走了过来，房东指着他道："这不是你的助理吗？"

这不是她的助理，这是她结婚证上另一个人的秘书，所以徐言到底要干什么。

她走过去，站到徐言身边低声问："你要买隔壁那套房子？"

徐言看着手机，可有可无地点头。

"你为什么要买？"春诺有点抓狂，买房子是买鸡蛋吗？

"聘礼。"他又甩过来两个字。

"你疯了，一套不行，还两套，你现在是不是有钱烧得慌？"春诺声音压得很低，只有他们两个人可以听到。

徐言抬头看她："我确实是有钱烧得慌。"

好吧，没钱的春诺能说什么。

她坐在他旁边的座位，两只手拉扯了半天，最后还是说了出来："不是，徐言，房子这种事情很麻烦的，你说，万一以后……"

她话还没说完，就被他眼里的冷意给吓了回去。

"继续说，万一以后怎么了。"他的语气很平静。

春诺小声嘟囔："你明明知道，反正到时候吃亏的是你。"

"我不知道你说的万一是什么，而且我从来不会干吃亏的事情，不然你以为朗云是怎么起来的。"

春诺闷在一边，看来他是打定主意了。

两个人一个脸上苦闷，一个脸上冷峻，一看就是吵架的气氛。旁边坐着一位中年妇女，凑到春诺旁边问："和你老公吵架了？"

春诺勉强一笑道："没有。"

她没有和陌生人交谈的习惯。

不过中年妇女不放过她："我跟你说，别怕他，就算是吵架，也得在房产证上加上自己的名字，只有明明白白摆在纸上握在手里才是真的。我和我老公又是打又是吵，折腾了快一年了，他才同意，别管过程怎么样，结果才是最重要的。"

春诺敷衍地点点头："您说得太对了。"

沈鹤臣领着房东正好过来，徐言站起来和房东握手，表情温和："你好，我是春诺的丈夫。"

房东阿姨又惊又喜道："小诺，你结婚啦！"

她一眼从头扫到尾，暗叹小伙子也太周正了点："真是个俊俏的小伙子，你们两个这郎才女貌的，将来生出来的小宝宝，肯定漂亮极了。"

春诺除了点头还能怎么样，她只觉得今天一天都乱极了，她瞄了一眼旁边的徐言，他的表情转换未免也太快了点，刚才还跟个深冬的冰块一样，到了长辈面前，又笑得跟三月的春风一样。

所以她不配拥有三月的春风吗，她都处处为他着想了。

她确实不配有，他对别人明明是笑着的，到了她这边就直接冷了脸，写申请，签文件，提交资料，有沈鹤臣和中介在，她就是一个无情的签字机器，旁边还站着一个随时散发冷气的冰柜。

不过是短短的一下午，她已经从没房一族变成了一个即将有两套房子的女人，虽然房产证还没有到手，但她觉得自己肩上已经有了沉重的负担。那以后他们吵架，她是不是不能理直气壮地说"离婚"两个字了，毕竟拿人家的手短。

她又掐了自己一下，确定自己不是在做梦，虽然这一切就跟在做梦一样。

徐言从她身边径直走过，连个再见都不说，啧，这种拿钱砸人的感觉很爽是不是。她也想砸人，而不是被砸。

春诺直接驱车去了江念晚公司楼下，让江念晚出来陪她喝个下午茶。

江念晚推门而入咖啡厅，先给了春诺一个拥抱："春小诺，你真的是解救我于水火，要不是你电话及时，我还得听我领导在那儿扯裹脚布。"

"为什么你每次说你领导，都能带出一股味道来。"春诺脑中自动浮现又长又臭的裹脚布。

"因为他就是一个有味道的人。你今天怎么有时间过来找我？"江念晚一口气干掉半杯冰美式。

"想你了，不行吗？"

江念晚"喊"她："信了你的鬼，你会想我。和你男人吵架了？"

"哪有，我们都不会吵架。"

"真的没有？"

"真的没有，就是……"春诺顿了下，还是把事情的来龙去脉说了一遍。

听完之后的江念晚只想用咖啡浇自己的头。

"春诺，你想气死我是不是。"江念晚咬牙切齿道。

"啊，你是不是也觉得我不该收，但他当时冷着一张脸，你是不知道他现在冷起脸来有多吓人。你说他以前那么温和的一个人，现在怎么

/ 129 /

学会的动不动就冷脸，而且他只对我冷脸，对别人态度别提有多好了。"

江念晚扶着自己的额头，防止自己会把自己磕死在桌子上。

"所以，你为什么觉得不该收，他说了这是聘礼，你就该收得理直气壮啊。你在纠结什么，你是对他没信心，对你自己没信心，还是说你对你们结婚这件事没有信心？"

江念晚一针见血。

春诺反驳："我不是对他没信心。我当然想和他过一辈子，只是我有的时候觉得他答应结婚这件事答应得太快了，他之前明明连我的面都不想见，然后就突然同意结婚了。我是怕他万一以后后悔了，那他这两套房子一给，不就抓瞎了。"

江念晚控制住自己的手，防止自己想要上手敲她的头："他还没有后悔，你就先替他后悔了，你是不是闲的，不怪他对你冷脸。他搬到你隔壁，你觉得这件事会是偶然？根本是他忘不了你，想和你重归于好。我看这就是他设好的套，套着你一步一步往里钻，现在你们证也领了，房子你也收了，你以后只能在人家的五指山下过一辈子了。他绝对爱你爱得要死，你还从哪里去找这么好的男人，你个身在福中不知福的女人。"

春诺捂着自己的脸道："他变太多了。以前他在我面前就是一张透明的白纸，他爱不爱我一眼就能看出来，但现在我根本看不透他，不知道他在想什么，猜不到他要干什么。我有时候觉得他还在意我，有时候又觉得他像一个旁观者一样看着我在那边上蹿下跳。"

"他，徐言，朗云集团的老总，平地起高楼，短短几年时间就干出一个上市公司来，这种人的心思绝对比五千里的深海还要深。他以前在你面前透明，那是因为他想透明，你们分开太长时间了，中间又有这么多的隔阂。而且，你这个样子，进一步还想着退三步，他不跟你玩深沉才怪，他要是想玩，绝对能玩死你。我看你就是那个上蹿下跳的孙猴子，他就是如来佛，你肯定翻不出他的手掌心，所以不管是两套房子，还是十套房子，你该收收啊。你要是嫌烫手，过户给我，多少我都不嫌多。"

挨了江念晚一通教育的"春猴子"开车回家，顺便在回去的路上取了趟戒指，她自己设计了两个戒指，已经做好了。

春诺眼睛时不时落在副驾驶的袋子上，她要怎么给，要不要把自己也包装成一件礼物，正好她有一条背后是大蝴蝶结的裙子，连带着戒指一块儿送给他。

春诺又被那个场面给恶寒到了，最后直接把盒子摆到了客厅的桌子上，看起来很随意的样子。喏，这是我从路上捡的，送你的礼物。送不起房子的春诺，决定要把戒指送出霸道总裁的架势。

徐言回家的时候，春诺已经在脑子里演出了无数个场面，但她没想到的是，对手演员根本不配合，他一回家就进了书房，一直没出来，根本不给她发挥的机会。

春诺在书房门口转了一百八十圈，也没有推开门的勇气。在春诺转身要转第一百八十一圈的时候，门从里面打开了，两个人的视线正好对上。

"你忙完啦？"春诺先开口。

徐言点头，走去衣帽间，拿换洗衣服。春诺跟在后面道："我把我衣服什么的都搬过来了，你的衣服我也都重新整理了下，以后你用这一面的柜子，我用那一面的柜子，我的衣服比较多，所以占的地方要大一些，你觉得这样好不好？"

原本黑白灰的房间，多了斑斓的色彩和淡淡的香水味，好像从灰沉的冬天一下子迈向了五颜六色的春夏。

"你觉得好就行。"徐言拿着衣服走去洗手间。

"不行，也得你觉得好。这是我们两个人生活的房子，当然得两个人都满意才行。如果你有意见的话，也可以提。"春诺继续跟在他后面。

徐言在洗手间门口站定："我没意见，你安排得挺好。"

这就完了？春诺看他一直看着她，以为他还有话说。

"想和我一起洗？"徐言开始解衬衫扣子。

春诺这才看清两个人站的地方，她光想要怎么哄人了，哪里注意到他们已经到了浴室，而且她就堵在门口。

她仓皇逃离："你洗你洗，你好好洗，我去看看饭好了没。"

徐言洗完出来，饭已经摆上了桌子，时间掐得刚刚好。

"我下周就要进组了。"春诺递给他饭，然后接过他递过来的筷子。

"要去多长时间？"

"大概两个半月。"

徐言点头。

饭桌上安静了下来，两个半月，他们马上要分开这么长时间，他好像对这件事没有太大的反应。

戒指盒子依旧放在茶几上，正在刷碗的人像是根本没有注意到那个可怜的盒子。要不她干脆放床头柜好了，这样他怎么也能看到了吧。

春诺可以确定徐言正在看平板电脑上的文件。戒指盒就放在平板电脑旁边，她不信他看得到平板电脑，看不到那个盒子，但他就是不问。

好吧，他连个话头都不起一句，那她要怎么说，总不能手捏着他的下巴说："看，我送你的礼物，喜欢不喜欢？"

这一幕真的在春诺的梦中上演了，她醒的时候，身上都是被那句话给激起的鸡皮疙瘩，她觉得自己骨子里可能有一个霸道总裁的梦。

这是破天荒的一次，她醒的时候，他还在床上。他睡觉的样子很板正，不屈不弯，直挺挺正面朝上躺着，双手放在两侧，他睡着的时候可比醒着的时候可爱多了。春诺吹了吹他的长睫毛，眼睛落到他骨骼分明的手指。

她越过他的身子够到那个戒指盒，从里面拿出男款戒指，很简单的设计，一圈素银，里面是三个字母 CYN。

她小心地拿起他的手，把戒指慢慢地套进去，尺寸刚刚好。

"在做什么？"头顶传来徐言的声音，刚刚睡醒，带着一点慵懒的沙哑。

春诺一把攥住他的手道："没什么，你昨晚睡得怎么样，有没有失眠，要不要再睡会儿？"

"还好。"他往外抽自己的手。

春诺不放："再睡一会儿吧，时间还早。"

外面天色已经大亮，徐言不知道她这个"天色还早"的结论是从哪里出来的。

春诺直接翻身到了他的身上，冲着他的嘴就压了上去，不过起势太猛，牙齿碰到了嘴唇，一股血腥味涌到了嘴里。春诺本来还想不管不顾，奈何嘴上太疼，她停在了半空，手捂上了嘴。

徐言坐起来，掰开她的手："我看看。"

春诺摇头。

他眼睛落到了无名指上，一圈素戒，很简单，戴在手上并不突兀，好像它一直都在。

"这是什么？"

这是什么，这很明显就是戒指啊。

"你不会看吗？"春诺唇上顶着血珠，虽然是喊，但是撒娇意味十足。

他双手把她举到自己跟前，两人面对着面，仅仅隔着一寸呼吸的距离："我不会，你告诉我。"

"嫁妆啊。"春诺垂下眼睛，小声说，"总不能白得你两套房子。"

"你设计的？"

春诺点头，唇轻轻地擦过他的唇，血珠蹭了上去，竟多出了几分魅惑。她不知道可不可以用魅惑形容一个男人，但是她确实实被蛊惑了，不管不顾地吻了上去。

朗云的会议室里，一屋子的人在等着他们老大的到来，他们徐老大虽然平时都是和风细雨的，但是有一条铁律，就是做任何事情都不能迟到。

今天这条铁律被他们徐老大自己给破了。临开会前五分钟，他们都坐到会议室了，一向稳重的沈秘书，顶着一脑门的汗过来宣布，会议要延迟半个小时才能开始，徐总有点事儿耽误在路上了。

至于什么事儿他们并不知道，只不过，徐总左手的无名指上多了一圈素戒。大家你瞅我一眼，我瞅你一眼，看来他们徐总结婚这件事情是板上钉钉了。

直到徐言坐上了主位，沈鹤臣脑门上的汗才开始往下落。他今天遇到了他进入朗云以来最大的职业挑战，他找不到徐总了。

徐总如果没有其他的行程安排，会上午九点准时到办公室，徐总不习惯用司机，他们公司的司机基本都是接待用。

今天直到九点半，徐总还没有到，他打电话也没人接，十点还有一个重要的会议，他昨天晚上才提醒过，徐总应该不会忘。难道是生病了，还是路上出事情了？沈鹤臣最后通过小花，联系上春诺，才跟他可亲可爱的徐师兄联系上。

沈鹤臣隔着手机，他一个大男人竟然从他老板的声音里听出了几分慵懒的性感，他老板说："抱歉，我起晚了。"

得，老板起晚了他能说什么，老板就是不来，他一个打工人也说不了什么。

小花给她老大发信息：老大你可以啊，才结婚几天，就已经成了苏妲己，君王都开始不早朝了。

春诺缩在被窝里，翻了一个身。她能说什么，她也知道自己的日子过得太堕落了，但是这又不是她一个人能办到的，她就算是苏妲己，商纣王难道就没有责任。更何况商纣王什么时候敢给苏妲己冷脸，人家那是捧在手里怕摔了，含在嘴里怕化了，她可担不起这么大个帽子。

春诺在剧组的日子过得不轻松，她时隔这么久，再一次担任主角，压力可想而知，而且李靖聪的作风完全承袭了他师父吴成易，私下随和，工作起来六亲不认。

她每天一大早起床，晚上凌晨回酒店，一整天连看手机的时间都没有，只有躺在床上的时候，才能回些消息，有江念晚的，有老春的，还有其他好多人的，除了一个人。

开始的时候，她消息发得很勤，几点起床了、上午干了什么、午饭吃了什么，连看到路边的小野花都要拍一张照片发过去，徐言会在她的消息下面回几个字。

有一天，她的戏连夜了，直到第二天中午才结束，她感觉自己的魂已经飘到了半空，马上就要往天堂跑了，回到酒店简单地洗漱了下就直接昏了过去。等她再醒来，一天一夜，他别说半条连半个字的信息都没有。

春诺突然就与自己打上了赌，她想看看她如果不主动发，他会不会发一条信息过来，结果……然后就没有结果了。

两个人就此断了联系。

他不发，她也不发，反正也不知道是谁跟谁赌气，他们已经有两个星期没有联系了，没有信息，也没有电话，原来出了那个屋，他们连个陌生人都不如。

小花看她老大每天定时定点地倒腾朋友圈，但是小花点进自己的朋友圈，并没有看到她老大发什么。

她老大平时都很少发朋友圈，一个月一次都是多的，所以她觉得老大每天倒腾朋友圈这件事情很奇怪。

难道她被老大屏蔽了，不应该啊。小花问江念晚：老江，你能看到我老大发的朋友圈吗？

江念晚回：你老大？朋友圈？她知道朋友圈怎么发吗？

李靖明眼睛凑到徐言手机前，徐言长腿敞开，连人带椅子一块儿给端了八丈远。

被端走的李靖明将将扶着桌子才没摔倒："徐老大，你还会看朋友圈呢，你知道朋友圈点进的入口在哪儿吗？"

徐言到家已经快要晚上十点，外面的灯光透过窗户洒到地上，更显得屋里空荡。不过是少了一个人而已，屋里异常冷清，明明已经到了夏天。

兜里的手机在"嗡嗡"作响，他拿出来，接通道："喂，妈。"

徐淑芳道："言言，我给你寄过去了些吃的，还有小诺那一份，明天应该就能到，你记得拿给她哈。"

徐言坐到沙发上，按了按太阳穴："您给她寄什么寄，她又不惦记您。"

"她怎么不惦记我，我不给你发信息，你从来都不知道给我发一个。小诺比你这个亲儿子贴心多了，问我身体好不好，还给我寄了好多东西。你说我养你干什么，光挣钱有什么用，你什么时候能把小诺娶回来给我当儿媳妇，才算是孝敬我了。"

徐言按压的手停了下来，问："她寄了什么？"

"一些穿的，一些养生的、吃的，还有一些化妆品，总之，周到极了。"

"她怎么称呼您的？"

徐淑芳没好气道："能怎么称呼，当然是阿姨。我倒是想让人家叫我妈，可我得有个给力的儿子才行啊。"

不给力的儿子半夜给沈鹤臣打电话，让他把明后两天的行程给空出来，再订一张机票。

春诺觉得今天小花神神秘秘的，一直在背着她打电话。

"小花，你给谁打电话呢，还非要出去？"春诺把人叫住。

小花晃了晃手机道："还有谁，沈鹤臣啊，我这不是怕影响你看剧本嘛。"

"速度够可以的，电话都打得这么勤了，你这不会背着我已经跟人谈上了吧？"

"哪能呢，我要是谈上不得第一个告诉你。哎，老大，"小花凑到春诺跟前道，"你说就冲你跟徐老大这速度，徐老大也不能够是个慢性子的人，那他用的这秘书性子怎么这么慢热。我觉得你孩子出生了，我都不一定能把人给搞定。"

春诺瞅了小花一眼，还孩子，她都不记得那人长什么样了，还生什么孩子。

小花怎么觉得她老大这一眼多少有些幽怨，不应该啊！

春诺回到酒店已经快要十二点，本来今天不应该这么晚，但是李靖聪死磕一个场景，磨了快二十遍，磨到春诺都快怀疑人生了。不仅仅是人生，她都快怀疑整个宇宙的起源了。

小花跟她到房间门口："老大，你早点休息，我先回房间了。"

春诺不想让小花走，她现在一点都不困："你要不今天在我房里睡吧。"

小花摆手道："我回去还要和沈鹤臣聊会儿天呢，我先走了，老大，你也赶紧进屋。"

春诺看着头也不回的小花，叹了口气，人慢热怎么了，慢热的人都知道打电话，还知道晚上睡觉前聊会儿天。

春诺走进屋里，发现灯是亮的，难道是她走之前忘记关灯了？还是打扫的工作人员忘记关灯了？

春诺连站着脱鞋的力气都没有，干脆直接坐到了地上。她划拉着微信，划拉了好久才停在那片蓝天上，他的头像都跑到了她微信的最下面，可见他们多久没有联系了。这么久都没联系的人，她为什么要把他给置顶，她是闲得慌吗？他就应该永远在微信的最下面待着，有本事永远都别翻上来。

将手机甩到柜子上，春诺单手解开胸罩，从领子抽出来，抽到一半的时候，是真的一半，一半在她衣服里，一半挡到她脸上，在间隙中间，她看到沙发上坐着一个人，正在似笑非笑地看着她。

春诺脱口而出的尖叫被胸罩捂回了嘴里。

"你是不是想要吓死我。"春诺差点把手里的东西朝徐言扔过去，随后又赶紧背到了身后。

"你胆子那么小。"

春诺的心脏都快从嗓子眼里面蹦出来了："你也这样让我吓一下试试。"

徐言摊手表示随时欢迎。

"你来干什么，来装鬼吗？"春诺翻他白眼。

"你给你婆婆寄了一堆东西，你婆婆不得给你回礼。"他下巴点了点小冰箱，"都给你放那里面了。"

春诺背有些僵，然后又装着若无其事地朝里面走去，边走边道："我是给徐阿姨寄的，我连老公都没有，哪儿来的婆婆。"

"要不要去民政局查查你配偶那一栏写的是谁。"

"民政局现在不上班。"

"明天查也行，反正民政局在那儿又跑不了。"

春诺伸手摆了个请的姿势。

徐言挑眉道："什么意思？"

"徐总，慢走不送，现在谁也不能证明我们有任何关系，怎么能睡一个屋。"

徐言点头，起身向门口走去。

春诺看着他的背影，嘴角动了动，转身去柜子里拿衣服。结果想找的一件都找不到，她烦躁地扒拉着衣架，"哐哐"的声音跟要拆衣柜一样。

她随便扯了一件衣服，一转身撞进了一个宽厚的胸膛，死硬死硬的，他怎么不去当个石头。

春诺直接抬脚踢了上去，说："你是不是就想今天吓死我，好再娶一个进门。"

"你气什么？"徐言没有躲，任她的脚踹上了腿，"话是你说的，生气的还是你。"

"我气什么你不知道吗？徐言，你当初答应和我结婚，是不是就为了报复我？"春诺的手摩挲着他的衬衫扣子，轻声问。

徐言呼吸微微停滞，随后低头一哂："我要报复你什么？"

春诺在他满是嘲讽的眼神下泄了气，声音里全是委屈："这么多天，你都不知道给我发一条信息，打一个电话，有你这么当老公的吗？回头我死哪儿了，你都不知道，你到时候哭都没地儿哭去。"

"这个你不用担心，你每天定时定点发朋友圈，到时候根据你发的朋友圈也能找到你。"

春诺拿手指他，本来是装委屈，这下真委屈上了："你完了，徐言，我要打电话给我婆婆告你的状。"

徐言握住她的手指，把人拉到跟前，说道："你婆婆都不知道谁是她儿媳妇，你怎么告状。"

春诺觉得她今天晚上要心肌梗死了，她脑袋本来就晕，被气得更晕了。

徐言轻描着她的眉眼道："你知道她儿媳妇是谁吗？"

"我怎么知道，这你得问徐阿姨那个冷心冷肺的儿子。"

"我怎么冷心冷肺了？"

"这么多天，你都不给我发一条信息。徐言，如果我们现在有十步的距离，我可以走九步，甚至我走九点九步都没有关系，但是你总得给我一个起始的方向，让我知道该往哪儿走。我的要求也不多，你难道不关心你老婆每天都在外面干了什么，工作累不累，生没生病，吃没吃饭。"委屈都是越说越多，说到最后，春诺鼻头又犯了酸。

为什么在徐言面前，她的眼泪就会这么多。

"嘘，"徐言轻吻着她微微噘起的嘴角，哄道，"别哭，我不是来了嘛。"

我认输了，所以我来了，以前是，现在也是，所有的赌气和分离，我都是输的那一个。

春诺侧头避开他的吻："你得先说你错了，才能亲我。"

徐言直接拦腰把人抱起，如果答案注定只有一个，他又何必再浪费时间。

春诺甩着两条白生生的腿道："我还没洗澡。"

"一起。"徐言呼吸渐重。

凌晨天空的黑总是一层叠着一层，给万事万物都增加了一层屏障，看不清本来的面目，只徒留了一个模糊的影子。

徐言站在窗前，这样的天空他看过无数次，在每一个睡不着的晚上。

春诺在迷迷糊糊中伸手，没有摸到旁边的人。她努力睁开困顿的眼睛，看到了窗前的人影。

"徐言？"

浓密的黑发披散在光滑的肩颈上，是睡过之后的凌乱，黑与白的错落间，点缀着星星点点的粉红樱桃，清纯又魅惑。

"你睡不着？"

徐言隔着温暖的灯光和静谧的空气与她无声对望。

春诺伸出两只胳膊。

徐言站在原地没有动，眸色中翻滚汹涌情绪。

"快点，过来抱我，我手都酸了。"红润的唇瓣一张一合，轻柔的嗓音带着些哭过后的沙哑。

徐言一步步走过去，把人揽到了怀里。

紧紧的。

春诺的下巴搁到他的宽肩上，手轻拍着他的背，诱哄中带着几分温柔："我哄你睡，我可会唱《摇篮曲》了。"

可会唱《摇篮曲》的人，把一首歌唱出了全新的版本，词不对，曲也没调，奇怪的是，徐言在这七零八落的《摇篮曲》中，慢慢地闭上了眼睛，进入了梦乡。

春诺的耳朵贴到他的胸膛，感受了一下平静的心跳和均匀的呼吸，确定人睡着了，才放任自己千斤重的眼皮落了下来，嘴角微微上扬，看来她还真的挺会唱《摇篮曲》的。

徐言这一觉睡得意外的沉，他醒的时候，旁边已经没了人，枕头上有一张字条——

睡美人好好休息，爷去挣钱养家了，争取早早收工，晚上爷带小美人去吃香的喝辣的。

徐言轻嗤一声，眼里闪过几分微不可见的笑意。他能想象得到，春诺写这张字条时脸上的表情，几分鲜活几分狡黠。

床头柜上的手机"嗡嗡"作响，他接起来。

"徐言，我助理说他昨天好像在酒店见到你了，你过来了？"李靖聪虽然是问句，但是语气里已经有了确信。

"昨天下午到的。"

李靖聪调侃："可以啊，这才进组多长时间，就眼巴巴跟过来了，要不要我今天让人早点收工？"

"就按照你正常安排走就行。"

"你可以来现场玩，来看你老婆演戏，友情提醒，今天有重要戏份，不来会后悔。"

"导演好。"春诺和李靖聪打招呼。

李靖聪应完春诺，和电话里的徐言说："你老婆到了，我不跟你说了。你要是来的话，跟我助理联系，他去接你。今天外面可太热了，估计你老婆会很辛苦。"

一向不怕苦的春诺，觉得自己今天可能要虚脱在这儿了，三十七八摄氏度的高温，拍穿着羽绒服跑步的戏份，她觉得自己不是在流汗，而是在淌水。

等导演终于喊出"卡"的时候，春诺恨不得瘫倒在地上，直接与世隔离。

李靖聪拿着喇叭喊："今天天气太热，大家辛苦了。后面有春诺为大家准备的自助餐，咱们先休息一个小时，大家去补充补充体力，然后再拍室内的戏份。"

春诺有些蒙，她看向小花，问："你准备的？"

小花一脸激动道："徐老大安排人送过来的，以你的名义。"

春诺镇定自若地在大家的掌声中连连摆手。

小花看着占满半个场地的吃的喝的，连饭后水果甜点和咖啡饮料都一应俱全，她感叹："这到底是什么人间好男人啊。老大，你说你上辈子是不是拯救了什么，这种绝世好男人才会落在你手里。"

"我也不差啊，人美性子又好嘴巴还甜，他肯定上辈子也拯救了个什么，才会娶到我。"春诺一边回小花，一边拿手机发信息。

春诺：你醒了？

徐言：嗯。

春诺撇嘴，手有那么金贵吗，多打一个字是怕累到还是会怎么样。

春诺：小花说你是绝世好男人。

徐言：我不是吗？

春诺：不是。

徐言：为什么？

春诺：她只看到了你的糖衣炮弹，没有看到你是怎么冷落我，你两个星期都没有理我。

春诺还想要继续控诉，那边打过来了三个字——

我错了。

春诺的拇指停在了手机屏幕上方，心底微微发热。

春诺：我也错了，你不给我发，我也就赌气没给你发，我也两个星期没有理你，所以我们两个这次都有错。

徐言：我的错更大一些。

春诺的手指都跟着轻快起来：你一个人会不会无聊，要不要来现场玩？

她突然想起了什么，又赶紧把消息给撤回，说：你好好在酒店休息，我很快就会回去，我们晚上出去吃好吃的，我掏钱。

徐言看着撤回又发过来的消息，他本来没有想去现场，但现在改了主意。

小花觉得自从徐老大探过一次班之后，她老大的心情那是乘着火箭直接嗖嗖地往上飞，马上就要冲破地球，飞向太阳系了。

"老大，你能控制一下你的嘴角吗？"小花语气泛酸，发个信息就能笑成这样，腻不腻人。

春诺大眼翻她："你懂什么。"

"老大，说件正事，我怎么觉得你老公跟李导也认识啊。"

"他跟吴导认识，李导又是吴导的徒弟，他们两个认识也不奇怪吧。"

小花一脸我老大怎么这么迟钝的表情："我专门查了一下，朗云旗下去年新成立了一个影视公司，你说朗云一个搞人工智能的，跟影视这边也挂不上钩，为啥要搞一个影视公司，不会是专门为的你吧？"

春诺心里一动，把听到的话删删改改发给手机那头的人。

不到一分钟，徐言的回复就过来了：你上次见过的李靖明是李靖聪的弟弟，李靖明对影视这块感兴趣，他专门负责这个公司。

春诺就觉得李靖明有些眼熟，原来还有这么一层关系。她把手机伸到小花眼睛底下，告诉小花一个事实，凡事不要自作多情，他那么理智的一个人，会为了谁大手一挥成立一个公司。

小花摆手不认同道："你说李靖聪找你当主角，是不是因为徐老大这层关系？"

春诺怒了："那不能是因为我有演技有实力吗？"

实际上她心里也发虚，就算她厚脸皮觉得自己有实力，但是有实力的多了去了，为什么李靖聪会单单找上她。如果说仅仅是因为《梦若星河》那次合作，好像确实有那么一点牵强。

肯定不能再问徐言，她刚刚已经自作多情了一次，不能在这么短的时间内，再自作多情一次。

春诺旁敲侧击地问李靖聪。

李靖聪神色很认真道："我选角色只有一个标准，那就是这个演员合不合适，我不会拿自己的剧本开玩笑，这是我师父教给我的第一课。春诺，你不应该怀疑自己，你是最适合这个角色的人。"

春诺好想给李靖聪一个拥抱，最后鞠了一躬，道谢："谢谢导演。"

这一鞠躬，把李靖聪给鞠得退了三步，他发信息给徐言：你以后一定要多夸夸你老婆，她在这个圈子被打压太久了，对自己的信心也差不多快被打压没了。我不过是说了一句实话，她差点就要给我一个拥抱了。

徐言：她抱你了？

李靖聪神色一凛：哪能呢，被我给拒绝了。

晚上春诺和徐言视频，他那边有些吵。

"你在哪儿呢？"

"客厅。"

"为什么那么吵？"

徐言把摄像头转换，回道："在看电视。"

看电视，他还会看电视。

"让我看看，你看什么呢。"

摄像头拉近，春诺看清了电视里演的是什么，她一把攥住手机："你为什么要看这个，赶紧关了。"

"你徐阿姨推过来的，说你演得特别好，让我也一块儿看看。"

春诺捂住自己的脸，真的好丢人。

"能让徐阿姨——"

徐言神色一顿。

春诺赶紧改口："能让我婆婆别看了不，我怕她看完这个，下次见了我，就不喜欢我了，主要这个角色太招人恨了。"

这种只能他说，她不能说的毛病到底是什么时候养成的。

"下次见是什么时候？"他问。

"这不都得听你安排吗？"春诺把主动权交给徐言，虽然他们两个领了证，但是正式拜见家长有着完全不同的意义。

"你这次回来后，先去你家，我把你婆婆也接过来，然后两边老人正式见一下面。"

"好啊。"春诺表面上很随意地点点头，实际上心里的鼓已经敲出了一首交响乐。

"我让工人在露台上打通了一个门，省得你以后拿东西再从外面跑来跑去。"

"哦。"春诺眼睛一转，凑近屏幕道，"哎，也方便我们玩那种偷香窃玉的情节，很刺激的那种。"

徐言直起身子，咬了咬后槽牙："你脑子里整天都在想什么？"

春诺一脸单纯无辜道："都在想你啊，我还能想什么。"

回答她的是视频挂断的声音。

啧，保守的男人，她只是说说，又什么都没做。

　　春诺提前一个星期杀青了，她没有和徐言说，准备给他一个惊喜。

　　小花在旁边絮絮叨叨："老大，这年头惊喜往往会变惊吓，我看你还是少玩的好。"

　　惊吓倒不至于，就徐言那种保守的男人，顶多是擅长玩冷战。

　　春诺洗完澡，换上了一条黑色真丝睡裙，是江念晚给她的礼物。江念晚说她穿上后，保准会把人迷得神魂颠倒。她喜欢徐言为她神魂颠倒，虽然大多数时候是她为他神魂颠倒，所以她才更需要挑战。如果有效果的话，以后这种裙子干脆每种颜色买一条。

　　她收拾好屋子内自己回来的痕迹，然后躺到了床上，等着人回来，他正常的话晚上八点之前肯定会到家，现在才六点多一点儿。床上太舒服了，春诺陷在柔软的被褥之间，刷手机刷到一半迷迷糊糊地睡了过去。

　　等她再醒来，已经快要八点，人还没有回来，她打开微信。

　　春诺：出公司了吗？

　　徐言：我出差了。

　　徐言刚下飞机，正打算给春诺发信息。

　　春诺的视频电话打过来，只露出一个毛茸茸的脑袋："你为什么出差没有和我提前说？"

　　"临时决定的，一个星期。"那个时候，她应该也就回家了。

　　春诺摆高手机，让他看了一眼屋里。

　　"你回家了？"

　　春诺眼神哀怨道："你好没福气，我还给你准备了惊喜。"

　　徐言坐进车里，问："什么惊喜？"

"你又不在，知道了又有什么用。"春诺觉得小花说得对极了，千万别搞什么惊喜之类的，搞来搞去失望的只有自己。

　　"那我现在订机票回去？"

　　"算了，留着下次再惊给你看。"

　　春诺刚要躺回床上，外面传来什么响动，"咣当"一声，吓了她一跳，她套了件外套，准备出去看看。

　　徐言喊住她，语气又急又严肃："春诺，你别出去，把卧室的门锁上。"

　　他又对旁边的人说："鹤臣，给物业打电话，让他们马上安排人上去看一下。"

　　"应该没事儿吧，这是高层，门禁都挺严的。"应该不会是什么小偷之类的。

　　徐言示意司机靠路边停车，说："你别出去，别挂断电话，戴上耳机别说话，卧室的门锁好，物业的人马上就到。"

　　"哦。"春诺乖乖听话。

　　屋里陷入静谧，外面的响动格外大，好像是从露台那边传过来的，还有人说话的声音，她听不清在说什么，但肯定是个男的。

　　"别怕，我一直在呢。"徐言的声音沉着镇定，带着安抚。

　　春诺托着下巴，眨眨眼睛，透过手机屏幕看着他难得温柔的眉眼，张口说了三个字，只有口型，没有声音。

　　徐言脊背挺直，手无意识地摩挲着椅背，侧头转向了窗外，不再看她，也不再说话。

　　春诺鲜亮的笑容渐渐暗淡下来，眼眸低垂。

　　两个小小的窗口，冷峻的侧颜对上委屈巴巴的后脑勺，再没了刚刚的温暖。

　　"徐总，物业的人到门口了。"沈鹤臣低声汇报。

　　徐言对着后脑勺说："物业的人要开门进了，你穿好衣服。"

　　后脑勺不说话，直接把镜头对准了天花板，只有窸窸窣窣穿衣服的声音，脱下的衣服盖住了手机，遮住了灯光，只留一片黑暗。

　　春诺换好衣服，听到人已经进了屋，她打开了卧室的门，手里还拿着床头灯。

　　"徐太太。"物业来了五个人，四男一女。

　　具体的情况电话里的人已经说过，四个男员工去了露台，女员工留下来陪春诺。

　　女员工提醒自己要保持专业的工作态度，但眼睛还是控制不住往春诺那边看过去。

　　十六楼的徐先生搬进来的时候，公司所有女员工都疯了，朗云的徐言哎，神一般的存在，住到了他们小区。因为徐言的到来，她所有的女同事每天都精神抖擞，上班动力十足，就算提前半个小时起床化全妆也不觉得困。

　　可她刚刚得知，他竟然结婚了，这到底是什么晴天霹雳，为什么世界上所有优秀的男人都会英年早婚。不过这位徐太太倒真是好看，素颜都能这么漂亮的人才是真正的美人。

　　"徐太太，麻烦您过来看一下。"露台上的工作人员进来喊人。

　　看他表情，情况好像不是很严重。春诺到了露台，然后傻眼了。

　　"爸。"

　　老春也是一脸蒙，问："小诺，你怎么会在那儿，你什么时候回来的，这儿怎么会有一道门？"

　　她爸在她进组的时候，会偶尔心血来潮，帮她来给露台上的植物浇水。

　　四目相对，春诺不知道该怎么解释。

　　徐淑芳和徐洛一下电梯看到家里大门敞开，露台上还有几个陌生人，她以为徐言在家："徐言，这是怎么了？"

　　两个人匆忙来到露台，徐淑芳没有看到徐言，倒是看到了春诺。

　　"小诺？"

　　徐阿姨，她婆婆。

　　饶是春诺心思一向机灵活泛，也一时不知道该怎么应对眼前的局面。

　　春诺在旁边和老春低声解释："爸，这是我男朋友的家，就是上次和你说的男朋友。"

　　春诺瞅着老春已经严肃起来的脸色，又添了一把火："我们领证了。"

　　徐淑芳在接徐言的电话："妈，我和春诺领证了。"

　　徐洛活跃在徐家的聊天群里：徐言哥真的和他邻居在搞对象！被我和舅妈堵家里了！我上次说你们还不信，我什么时候说过谎！

　　老春咬牙切齿道："那他人呢？"

　　他闺女领证了，他连人长什么样都没见过。

　　徐淑芳问："那你人呢？"

她前几天好像才说过她儿子办事不给力，没想到这才几天就给了她一个惊喜，她就说她这个儿子从来没有让她失望过。

在出差的徐言，连酒店都没到，又返回了机场。

春诺又回到了隔壁，老春拒绝和她说话，徐言在微信上只给她留了一句：在回来的路上，明天早上到。

她在床上辗转反侧，最后抱着爱咋咋的的心态睡了过去。

小花说话从来没有错过，惊喜最终还是变成了惊吓。

春诺一晚上的梦都没有断过，一会儿是分手那晚的场景，一会儿是她对徐言说"我爱你"，他却转身离开，一会儿是老春死活不同意她和徐言的婚事，最后是徐言冷眼冷声对她说："春诺，我当初受过的，你都要受一遍。"

春诺从梦中惊醒，脖子、额头上都是汗，整个一个头昏脑涨。

她顶着一头散乱的头发走到客厅，沙发上坐着一个人，春诺以为是老春，她立刻装乖卖巧："老春，你早饭想吃什么，我下楼去买。"

晨光中，那人看过来，春诺弯起的嘴角一点点抿成一条线，她忘不掉他昨天晚上突然冷下来的脸。

"什么时候到的？"

"言言一大早就到了，我们早饭都吃完了，还在公园溜达了一圈。你的饭在桌子上呢，赶紧去洗漱然后吃饭。"老春突然从春诺的身后冒出来，手里拿着一个象棋盒子。

春诺一时不知道是突然冒出的老春更吓人一点，还是老春嘴里的那声"言言"更惊悚一点。

她不过是睡了一觉，怎么天地都发生了变化。昨天黑脸赛锅底看起来马上就要和她断绝父女关系的老春，现在不仅换了一张脸，还给她买了早餐。

这是她还在梦中没醒吗，还是老春过了一晚得了失忆症？虽然没这么咒自己亲爹的，但这事儿也太玄幻了点。

春诺嘴里塞着电动牙刷，扒着洗手间的门，看着专心下象棋的那两人。

老春下一步能想三分钟，还爱悔棋，下十步能悔五步，不知道是不是在徐言面前忍着，这么半天了，还没悔一步。

徐言看着那只停在半空上上下下的手，开口道："爸，您可以重新走。"

老春呵呵一笑道："那我就重新走了。"

满嘴的牙膏沫子顺着嗓子"咕咚"一下就咽了下去，春诺重重地拍了一下头，让自己赶紧清醒过来，这一定是个梦，这种一声"言言"一声"爸"的事情只能在梦里出现。

拍的声音过于响，徐言和老春同时看过来，春诺脑子里飘过两个词：老丈人和女婿。

她尴尬地挥手道："有蚊子，夏天到了，好大一只。"

春诺早饭磨磨蹭蹭吃了将近一个小时，那两人还在下。徐言昨天在路上折腾了一晚上，应该没怎么睡觉，眉宇间带了些倦色。

"爸，我中午想吃鱼，我们现在去趟超市吧。"春诺坐到老春旁边，挽住他的胳膊。

老春眼睛不离棋盘："已经买回来了，中午两家一块儿吃，言言已经猜到你想吃鱼，专门去菜市场挑的，又肥又鲜，肯定好吃。"

春诺心里被什么东西拂过，又暖又痒。她看向徐言，他的眼睛在看棋盘。但春诺敢打赌，他一定能感觉到她在看他，因为她的眼神可以用"炙热"两个字来形容了，他明明知道，却不回应。

是因为昨天晚上那句话吗？

"小诺，你去泡杯茶。"老春受不了自家闺女那黏腻的眼神，指使她去干活，"算了，我自己去泡吧，你每次都能把好茶给糟蹋了。"

老春离开后，围绕着两人的是静悄悄的空气。

春诺受不了这种安静，说道："要不要去躺一会儿，我陪我爸下。"

"没事儿，我不困。"徐言按按自己的太阳穴，说是不困，但折腾了一晚，其实也有些累。

春诺钩钩他的手指，他眼神看过去。

"你跟我进屋，我有话和你说。"春诺又冲老春喊，"爸，您先喝杯茶，我有个着急的东西想让徐言帮我看一下。"

徐言顺着她的力道站起来，跟在她后面进了卧室。春诺直接把人抵到门上，抬脸问他："你看起来不是很高兴？"

他面色清淡，如墨的瞳孔里倒映出她的影子，静默许久才开口说道："没有。"

她踮起脚亲他唇，他也回应，只是有些敷衍。春诺眼里的热意淡了下来，她刚要往回撤，他又追了过来，反客为主，掐着她的腰把人提起来，唇紧跟着呼吸，天罗地网地撒下来，让她无处可逃。

热吻的间隙，春诺的声音断断续续，却也坚持说完："是因为我昨天晚上那句话吗，你不信我？不信我爱你？"

徐言慢慢放过她，但是揉着她腰的力道没有松，像是要把人压到自己身体里去："我想信你的，春诺。"

不然，我们为什么要结婚。

想信却还是不信，春诺听明白了他的意思，她有些气馁，但也不是不能理解，毕竟……她曾经那么伤过他。

徐言的声音里有一些不易察觉的自我厌弃："我有的时候分不清你是爱我还是在讨好我，你就当……我自己的别扭吧。"

春诺轻抚着他嘴角的手一顿，她看着他的眼睛道："没关系啊，反正我们还有一辈子的时间，可以慢慢磨。老话说得好，日久见人心，对吧？"

徐言看着她的眼睛，她也回看他。

午饭是徐言和老春一起在做，徐淑芳拉着春诺的手说话。

"小诺，你不知道我有多高兴。见你第一面的时候，我就觉得和你有缘，没想到我们缘分这么深，徐言能娶到你，是他的福分。"

春诺有些不好意思："阿姨——"

徐淑芳嗔她："是不是要改口了。"

春诺不自然地抓了抓头发，喊："妈。"

"哎哎。"徐淑芳的嘴都合不拢了，她从兜里掏出一个红包，"这个你收下，虽然不多，但这是我的一点心意。"

春诺推拒："妈，我不能收。"

"你都叫我妈了，当然要收下，这是老礼，不能废。"

饭桌上很热闹，其实就是两个老人之间的热闹，徐淑芳夸春诺，老春夸徐言。春诺能看出老春是真的喜欢徐言，不过就是短短一个早晨的时间，她有些想不明白，他这么个别扭的性子是怎么把老春搞定的。

心不在焉的春诺耳朵里听到了"婚礼"这个词，抬起头。徐淑芳正在看着她："秋天举行婚礼好不好？时间不会那么紧张，可以好好准备，天气也好，适合穿婚纱。"

春诺下意识地看向徐言，他也回看过来，他们两个还没有说过有关婚礼的任何话题，她从他神色不明的脸上读不出任何信息。

"妈，我今年下半年的工作都已经排满了，不好推掉，要不等明年再说？"这是事实，春诺后面几个月的工作满满当当的，这是她的常态，年前安排工作的时候，哪里想到会再遇到他，更没有想到两个人会领了证。

"准备婚礼不麻烦，找一个专业的公司，他们会从头管到尾，你就空出几天时间来就行。"老春在旁边帮腔。

"对对，小诺，不会耽误你工作的，让婚庆公司多出几个方案，挑一个你满意的出来。"

春诺有些为难，这些为难不仅来自已经安排好的工作，还有徐言不明的态度。

徐言停下筷子，说道："爸，妈，我们之前已经商量好了，明年春天举行婚礼，婚纱要提前定制。今年的话，时间可能来不及。"

春诺发现，他无论说什么，都很有说服力，他不过是信口胡扯了几句，两位老人就点头同意了婚礼的时间。

定制婚纱，还什么明年春天。他是和谁商量的？

午后的房间静悄悄的，老春和徐淑芳都走了。春诺紧张了好久的双方家长会面，就这样轻轻松松地结束了。春诺只能说可能是因为孩子年纪大了，父母都着急结婚的事情，有人终于要接手了，都乐得放手。

徐言躺靠在沙发上闭目养神，春诺不知道他是睡着了还是没睡着，她看着他的侧脸有些出神，最后扯了一条毯子胡乱地盖到他身上。

他眼皮微动，像是要醒来，春诺转身轻轻地快走两步，与沙发拉开距离。

"几点了？"刚醒来的人声音有些懒懒的哑。

春诺看了看墙上的钟表道："啊，哦，快三点了。"

他眉头轻蹙，像是睡得很不舒服。

"要不要回房间睡？"春诺指着卧室。

他看她一眼，随后又收回视线："不用，我晚上的飞机，马上要走。"

春诺迟疑道："你是还要出差吗？"

"会议时间改到了明天，我今晚还要赶过去。"

"哦，其实……"春诺顿了一下，"你不用特意赶回来，我能应付得来。"

"睡觉前锁好门，关好窗户，有什么事情给我打电话。"徐言看了一下手机，司机到楼下了。

"好。"春诺跟在徐言身后，送他到门口。

"徐言。"春诺叫住他，他停在原地，没有转身。

"不是讨好，是关心，我为什么要讨好你，我又没做错什么，昨天我说的那句话是真心的，不是骗你。不然我为什么和你结婚。"春诺一鼓作气道。

"知道了。"他留下了三个字，就开门走了。

知道了，她说了那么一堆，他就回她三个字。

他知道个啥啊。

春诺发信息给江念晚，男人真的是一个神奇的物种。

她早晚有一天得扒开他的脑袋看看，到底每天都在想什么。他现在闹脾气闹得真是自然又顺手，都是惯的，都是她惯的。

她再也不要惯他这个臭毛病，她发誓。

发过誓的某人在收到某人飞机落地的消息时，心里的气消下去了那么一点点。他到底是怎么做到的，这样冷一阵热一阵，松一阵紧一阵，让她一颗心也跟着上下左右的乱窜，他真是玩弄人心的一把好手。

说他和她闹别扭吧，她之前要求的那几个时间点，他都有信息发过来，也不多，就一句话"起床了""吃饭了""到家了""睡觉了"。一个动词加一个"了"，连个标点符号都没有。

春诺心情好时多回他两句，心情不好时，就回他一个标点符号，给他那句话一个结尾。每个字每句话都是有尊严的，它们不是那些编码，它们需要标点符号赋予它们情感和色彩。这件事情她一定找机会和他说清楚，让他一个理科生明白汉字的魅力。

两个成年人闹起别扭来连小学生都不如。

两条腿累得快要废了的小花没有时间管她幼稚的老板，她近一阵快要忙死了。网店的订单突然增多，找过来的本子也多了，她又要跑工厂，又要催她老大上新品，还要催她老大确定新的剧本。

小花突然想起来一件事，问："老大，你们婚礼什么时候举行？你工作的安排是不是要空出一段时间来，准备婚礼加上蜜月的，少说得空出两到三个月的时间来吧。"

春诺正在做瑜伽，伸出了两根手指。

"两个月吗？两个月会不会太短了？我表姐之前提前半年就开始准备了。而且老大你这几年都没怎么休息过，正好趁着这段时间好好休一个长假。"

"两个星期就行。"春诺结束一套动作，趴在瑜伽垫上休息。

小花无语道："两个星期？你是准备就婚礼当天出席一下吗？"

"对啊，你不知道现在婚庆公司都有一条龙服务吗，全包。"春诺觉得两个星期都有点多。

"老大，你都结婚了，还要这么拼吗？你现在是朗云的老板娘。"

春诺语气郑重道："你知道我家里的事情，我以前也觉得在家的时候让我爸养，结了婚之后让老公养是天经地义的事情，但经历老春破产的事情以后，我明白，人不能一味地指望别人。事业这种东西，不管是大或者小，不管是男人女人都要有，握在自己手里的东西才是最重要的。你老大我刚有一点起色，再停两三个月的话，在这个瞬息万变的圈子里，一朝就又有可能回到解放前了。

"而且，他优秀，我就更得努力了，我希望我是可以和他并肩的，而不是做躲在他身后的那一个。"

小花就差给春诺一个拥抱了："老大，我就知道我眼光很好，当初一眼就相中了你当我老板。我们不靠男人养，我们以后养男人。"

春诺给了小花一个栗暴，她就知道这是只不靠谱的花骨朵，无论说多么正经的事情，最后总能给你歪了楼。

小花不知道她老大心里的腹诽，她心潮澎湃地瘫坐在沙发上环顾四周道："老大，徐总家里的装修风格完全是按照你的喜好来的，这不会是专门给你装的吧。"

春诺也瘫在沙发上："小花，你知道有一句话叫孔雀开屏吗？"

"什么意思？"

"千万别自作多情。"春诺意味深长道。

昏倒。

小花又想起一件事情："老大，你真的不考虑进一个经纪公司吗？有好几家都在和我联系，照现在这种情况，还是有专业的团队会好一点。或者去朗云旗下的那家公司。他们发展超猛的，春节档火上天的那部电影就是他们投的，现在还有几个大的IP在制作当中。他们虽然还没有开始签演员，但相关的资源已经配齐了，据说都是业内顶级的，你老公的公司，你进不是理所当然的。"

春诺摇头道："如果可以的话，我想建自己的工作室，进谁的公司，都不如给自己当老板来得自由。"

她现在也有一个所谓的工作室，但完全是草台班子，她是老大，小花是老二，就是充门面用的。

"你老公的公司，你也可以自由，想多自由就有多自由。"

"他是他，我是我。"先不说她和徐言的关系给她一种风雨飘摇的感觉，而且她总觉得自己的工作不能借他的助力，那会有一种她在占他便宜的感觉。就好像是他奋斗的时候，她没有在他身边，他成功了，她就来享受他的成果一样。

"嘀嘀嘀！"

门口传来密码的声音，春诺和小花同时直起身子。

"徐总回来了？"小花压低声音道。

"不知道。"春诺扒拉自己的脸。

小花又昏死，自己老公出差你不知道他什么时候回来，她也开始扒拉自己的脸。两个人脸上都抹着绿色面膜，不用照镜子也知道跟鬼一样。

脸扒到一半，门口进来两个人。

徐言后面跟着沈鹤臣，两人均是西装革履，一灰一黑，身材挺拔。

春诺和小花半边脸顶着绿色面膜，半边脸面膜还没撕干净，留着点点痕迹。

春诺挥手道："你回来了。"

徐言长眸扫过她，"嗯"了一声，转身接过沈鹤臣手里的东西道："你回吧，明天不用去公司，休息一天。"

沈鹤臣点头应是，余光里看到那个拿手忙着挡自己脸的人，眼里带了笑。

"徐总，嫂子，我先走了。"

小花在沈鹤臣离开后，马上起身，一边继续撕自己脸上的面膜，一边往外走："老大，徐总，我也撤了。"

"小花。"徐言开口。

小花停住脚步，有些狗腿道："是，徐总，您有啥吩咐。"

徐言提起一个袋子："一些特产，给家里老人尝尝。"

"啊，哦哦哦。"小花要感动哭了，她竟然能收到来自徐老大的礼物，忙道谢，"谢谢徐总。徐总，我们老大嫁给您，肯定是她上辈子拯救了银河系，功德无量。"

春诺手里的面膜差点没扔过去，这个没出息的，一点特产就能把她给收买了，是有多没见过世面，平时她老板送她的东西还少吗？

沈鹤臣走了，小花也走了，屋里静悄悄的。

浴室里有水声，洗衣机在转动，厨房里的砂锅在"咕嘟咕嘟"地冒着热气。

春诺摸着下巴围着桌子转，徐言进去洗澡前，指着带回来的几个盒子，这个是给老春的，那个是给她婆婆的，连小花都有。

他什么意思，故意的？

绝对是。

徐言拿毛巾擦着头发从浴室出来，被春诺堵在了门口。

他漆黑的眸子因为刚刚被水浸润过，蒙上一层薄雾，坚硬黑发上的水珠滴落到脸上，顺着如刀刻般的下颌最终落到宽厚的肩膀上。

好一个美男出浴。

春诺嗓子发紧，徐言不动声色。

"你是不是故意的？"春诺清了清嗓子，让自己保持头脑清醒。

徐言挑眉，边继续擦头发，边问："故意什么了？"

头发上的水珠随着他的擦拭甩了过来，春诺轻轻"呀"了一声，闭上了眼睛，睫毛微颤，如清风吹过轻羽。

徐言抬起她的下巴道："睁眼，我看看。"

春诺慢慢睁开一只眼，再睁开一只眼，他似笑非笑的眼睛近在咫尺，很显然已经看穿了她的把戏。春诺鼻头微微皱起，踮起脚，双手挂到他的脖子上，问："为什么所有人都有礼物，就我没有？"

"你想要什么礼物？"他配合她的高度微微弯下腰。

这倒是把她给问住了，她之前满脑子都是为什么只有她没有礼物，现在她一半的心神陷在他如墨似海的眸子里，另一半的心神被一张一合的薄唇牵引。春诺脑袋里成了糨糊，没了半点自制力，直接吻了上去。双唇轻碰间，她喃喃自语："要你就好了。"

舌绕千遍，吻诉万语，小别胜新婚。她都忘了问，不是说要出差一个星期吗，怎么才不到四天就回来了。

春诺是被饿醒的，昨晚迷迷糊糊中，被人喂了几口粥，马上又睡了过去。

两人相处不过短短的时日，春诺已经明白了一个道理，人为什么会失眠，可能是因为运动量不够。当你的运动量达到一个度的时候，你就会直接昏死过去，哪还来的什么失眠。

已经快要上午十点，旁边的床铺早就没了热气。春诺在宽大的床上翻了个滚，踢踏着拖鞋出了卧室。腰酸腿疼嗓子还哑，礼物没收到不说，老本还全都赔了进去。

男色不仅诱人，还误人。

春诺半睁半闭着眼睛，跟跟跄跄地撞到一个人的怀里，熟悉的味道。

"你怎么没去上班？"她的头抵在他的胸前，双手搂住他的腰。

"今天休息。"

徐言任她搂着，抬起的手在空中滞了半秒，最终落到她的头上，轻揉了两下。

春诺抬起头，问："今天不是周四吗？"

往常周末都不休息的人，工作日竟然不去上班。

"公司规定，出完差可以在家休息一天。"徐言掰开她的手，"去洗漱，吃饭。"

"哦。"春诺双手松开，反握住他覆上来的手，"你们公司好人性化，可以把我招进你们公司吗？"

徐言挣不开她纠缠过来的手，干脆拉着人往前走："你能做什么？"

有这么看不起人的吗？春诺冲他眨眨眼，说："我可以当秘书，老总的秘书。"

她暧昧的眼神加上她暧昧的语气，不用想就知道她在想什么，徐言忍住敲她额头的冲动。

"你天天睡到这个点，别人都快下班了你还没起床，谁敢雇你当秘书。"

春诺的拇指摩挲着他的手背："我晚上陪老总工作了，白天自然可以睡会儿懒觉。"

她胆子大到根本不知道适可而止是什么意思，徐言忍无可忍，把人推到了洗手间，"咣当"一声关上了门。一个人在门这边，另一个人在门那边。

春诺被人关住了，也不老实，她敲了两下门道："徐总，你害什么羞，你说我是不是个好员工，陪老板又是熬夜又是加班的。"

徐言眼角跳了几跳，屈起手指敲了两下门，声音很大，憋着火气："你老实点吧，昨晚怎么求饶的忘了。"

被人抓住短处的春诺哑了嗓子，也歇了挑衅的心思，老老实实地挤牙膏刷牙洗漱。

春诺握起拳头也只敢对镜子耍狠，突然她的视线定住，空荡荡的脖子上多出了一条银色的项链，项链上挂着一枚戒指，泪珠形的钻石在日光下闪着光泽。

春诺攥住戒指，匆匆漱了一下口，两步跨到门口。门外已经没了人，她稳了稳脚步，故作淡定地往客厅走去。

徐言坐在沙发上，鼻梁上架着一副平光眼镜，在专心致志地看电脑。她在他面前转了两圈，人家连个眼风都没抬过来。

春诺轻咳了两声："不是说今天要休息吗，怎么还这么忙？"

徐言"嗯"了一声，算是回应。

春诺不死心，绕过桌子，直接坐到了他身边道："我昨晚睡觉的姿势可能不太对，脖子好像落枕了，又酸又疼，你帮我揉揉。"

徐言看她一眼，手放在键盘上没有动。

他耳朵里塞着蓝牙耳机，春诺以为他没听清，凑到耳边："你昨晚折腾我折腾得那么狠，现在给我按摩一下脖子当补偿不过分吧。"

她话音刚落，余光里看到电脑屏幕上有几张放大的脸看过来，在大声说着什么。春诺还没反应过来，徐言已经把她挡在了身后，伸手关上了电脑。

屋内静到了极点，春诺半抵在他的背上，问："你刚才是在看电影对不对？"

徐言有些无奈地揉揉她的头发，成全她的自欺欺人："在看电影。"

春诺捂着脸哀号一声："你能让时间倒流吗？"

"脖子不疼了？"徐言帮她轻按着脖子。

她现在不是脖子疼，是心脏疼。

"你送个礼物为什么要偷偷摸摸的？"她声音里有埋怨的娇意。

"不是我偷偷摸摸，是你睡得太死。"

春诺无法反驳，只能装死道："那现在要怎么办？"

是他的员工们，她干脆丢死人算了。

"他们不敢说什么。"徐言想了一下，又加了一句，"当着我的面。"

这句话起不到任何安慰的效果，反而让春诺更想埋在沙发里，谁会当着人家的面说八卦，流言都是背后起的。

算了，抑郁到极点反而想开了，反正她又和他们见不到面，再说夫妻之间有什么不能说的，他们又没做什么过分的事情。

春诺已经人间超脱，也不搞什么迂回婉转了，她从他背后离开，直接从衣服里拿起那条项链，笑意盈盈地看着他道："我很喜欢。"

她的目光直白又大胆，眼里的光炽烈又灼热，一如从前。

他买的时候就知道她会喜欢，在异国的街头，一个很不起眼的古董店里，他一眼就相中了这枚戒指。

她说等她毕业就结婚，她要做九月的新娘，她总是在不经意间说以后会怎么样，以后她是什么样的，他是什么样的，他们的家是什么样的，他们的孩子是什么样的。她曾经许给了他好多个未来，每一个未来的场景里都有他和她的影子。

他曾经以为那好多个未来里，总有一个是他能给的。因为她看向他的时候，目光里总是带着无限的信赖，仿佛他是无所不能的。他曾经以为她是真的信他。

他在看着她，又像是看别人，眼里的温热隔着镜片慢慢散去，又换上了她已经熟悉的那种冷。她的手覆上他的手，仰着头撒娇："你不高兴我喜欢。"

徐言抽出自己的手，拿着电脑起身道："你喜欢就好，我还有个会。"

春诺看着他冷峻的背影，有些无力地趴在沙发上，他这冷热交替循环倒是很规律，冷一下又热一下，然后又会冷一下。

冷热交替好啊，有益身心健康。要不以后叫他"徐冷热"？

春诺心里的憋闷无处发泄，只能登上微博看别人的段子排解一下。她太久没有上微博，竟然有不少人给她留言，催她现身，其实关心的也不是她，而是她和她那前男友的邻居发展到哪一步了。

看来世界上所有的人对别人的八卦都很感兴趣。

她统一回复：我和他已经不是邻居了，所以记录生活到此结束。

有粉丝立刻留言：他搬走了？还是你搬走了？

下面开始盖楼：要搬也是他搬，你先住进去的。

盖楼+1：你们怎么知道是谁搬走了，不是邻居可不是只有搬走这一条路。

盖楼+2：还有什么路，房东和租户？

盖楼+3：楼上太单纯了，有可能他们已经暗度陈仓，两户变一户，前男女朋友成为邻居是意外的可能性太小，明显是一方有所图。

盖楼+4：楼上真相了。

……

下面的楼越盖越高，楼主已经跑路了。春诺昨天晚上就没吃饭，刚才又被人给了冷脸，更需要吃点东西补充一下能量。

锅里的粥还是热的，餐桌上摆着烧卖、茶叶蛋，还有几个小菜。看在早饭都是她喜欢吃的份上，春诺决定去贴一下徐言的冷脸，她把烧卖放到微波炉里转了三分钟，跑到书房门口去敲门，轻声问："还在开会吗？"

他手都没有停，回道："开完了。"

"要不要吃早饭？"

"我已经吃了。"

春诺小小地"啊"了一声，满是遗憾道："我一个人吃不下去饭，你可不可以陪我一起。"

徐言抬起头，靠到椅背，摘下眼镜扔到桌子上，发出小小的声响，正好对上她那声"啊"。他双臂交叉，对她的遗憾不为所动："你以前难道没有一个人吃过饭？"

"我以前又没有老公。"她靠在门框上，学着他的样子，也双臂交叉。

徐言深如湖水的俊眸难得一见地起了波动，随后又恢复了平静，说道："我出差的这几天，你不吃的都挺好。"

"你在家和不在家能一样吗？"春诺眨了眨眼睛道，"要不你去餐桌上工作，你陪我吃饭，我陪你工作，你去哪里找我这种体贴的老婆。"

她有一个有趣的发现，当她说到某些词语的时候，他眸子里会起一些细微的变化，虽然小，但是她能够捕捉到。

"老公，陪我，好不好？"

她声音很轻很柔，咬着唇，看起来有十分的委屈，但是眼神里的狡黠是藏不住的。徐言静静地看着她，显然已经看穿了她的心思。

春诺在他的注视下渐渐收了笑容，垂下了眼眸，抓了两下头发。人家不接她的话茬，她只能自己给自己找台阶下，但台阶搭得太高，她一时也找不到合适的话。

她的脸由灿烂到黯淡转换得太过明显，徐言提醒自己不能上当，但最终还是拿起电脑起了身。

春诺眼睛虽然看着地面，但余光不离他左右，他擦着她的肩膀要走过的时候，她抓住了他的手腕，凑到他耳边："我就知道老公对我最好了。"

徐言回看她一眼："你能不能不要——"

春诺接过他的话："能不能不要什么？不要叫你老公，还是不要使坏撒娇？"

他本想挣开她的手，眼睛锁住了她嘴角的伤口，被她拿捏的满腔郁结化为无声的叹息，他拿她能有什么办法。

徐言伸手揉乱她额前的头发，一点都不温柔，像是在跟谁置气一样："去吃饭了，你不饿？"

春诺达到目的，见好就收，眼睛眯成夜空中的月牙。

本来两人是面对面坐着，春诺吃到一半，拿着碗绕过桌子，坐到了徐言的旁边，夹起一个烧卖递到他的唇边，眼神示意他张嘴。徐言抵不过她的执拗，最终嘴里被塞进了一个烧卖。

"你怎么知道我最爱吃他们家的烧卖？"他们家是指楼下张记，她是他家的常客，在家的日子，一个星期至少要叫三次外卖。

她嘴里塞满了烧卖，两颊鼓鼓的像是贪吃的松鼠，徐言细嚼慢咽地吃下烧卖："他家最近。"

言下之意，不要自作多情，他不知道这是她喜欢吃的。

好吧，张记确实是离他们楼最近的早餐店，不过这不影响她的高兴。

"为了感谢你买了我最爱吃的早餐，中午我给你做大餐。待会儿我要去一趟超市，你有没有要买的东西？"

徐言看了看手表，合上电脑，问："要买的东西多吗？"

春诺看着他的表情，忍住想要捏他脸的冲动，他这副别扭的样子真的是好可爱："要买的挺多的，吃的喝的还有要添补的日常用品，我一个人肯定弄不了，你陪我一起？"

徐言不说话，春诺默认同意。

她抽出两张纸巾胡乱地擦了擦嘴："我收拾完，咱们就出发。"

徐言拦住她的手："我收拾这儿，你去换衣服，节省时间。"

春诺踮脚亲上他的下巴道："谢谢老公，辛苦老公。"

徐言到底没忍住，轻弹了一下她的额头。春诺佯装被弹疼了，微瞋他一眼，转身去了衣帽间。在收拾碗筷的徐言脸上没有任何变化，眼底却染上了笑，如掉入石子的静湖，细微的涟漪在一圈圈放大，漆黑的眸色晕出了亮光。

工作日的上午，超市的人不是很多，徐言推着车，春诺挽着他的胳膊，两个人都在配合对方的脚步，不急不缓地穿梭在货架中间。

春诺每拿一个东西，都看一眼徐言，他眼里没有表情就是没有意见，他眼睛微微眯起来，就是不满意。他不满意的东西很多，西蓝花、啤酒、可乐，还有薯片，他不满意他的，她拿她的。她问过他的意见，他长着嘴不说，光用眼神表示谁能懂，就算她懂她也装不懂。

到了日用品区的时候，家里的计生用品需要补充，之前都是他买，这次既然两个人一块儿来的，索性就多备一些。她找到他们惯用的牌子，扔了几盒进去，然后挽着他继续往前走，却被人拽在了原地。春诺回头，问："怎么了？"

她的表情纯真又无辜，徐言咬了咬后槽牙，挤出来两个字："不对。"

"什么不对，牌子不对吗？"春诺一脸懵懂地拿起盒子，还专门看了两眼。

徐言懒得废话，直接把购物车里的那几个盒子重新放回货物架上，又重新拿了几盒放进去。春诺装作恍然大悟："原来是型号不对。下次我就知道了。"

她声音压得很低，配上她暧昧的表情，很难不让人遐想。

这还用下次吗，徐言想说你没眼睛看，还没感受过吗，拿个特小号就敢往车里扔。她真的是时时刻刻都在挑战他的底线。

"我老公这么厉害，我真的是捡到宝了。"春诺还想说什么，已经被人捂住了嘴，等到了一个没人的角落，她才得了自由。

徐言的表情很严肃，只是耳朵连带着耳朵后面的皮肤都染上了红。春诺趴到他的肩膀上，伸手摩挲着他的耳垂："哎，你在床上的时候怎么不害羞，我不过说两句，你耳朵就能红成这样。"

"春诺！"

"在在在，不说了，我闭嘴。"春诺见把人真惹恼了，在嘴上做了一个拉拉链的动作，"走走，结账，回家，做大餐。"

他们领证的日子不算长但也不短了，满打满算下来，已经有三个多月，但真正单独相处的日子连一个星期都没有。

现在两个人这样窝在厨房，对关于她和他结婚了这件事突然有了实感，就好像是他一直在做一个美梦，有人突然告诉他，梦里的一切都是真的，心里的喜悦可想而知。

本来是春诺放出大话要做大餐，但她刚切完一个菜，就接到小花的电话，等她和小花说完回来，他已经接替了她的位置。

他切菜的样子很认真，眼神专注，嘴唇微抿，像是在做什么研究课题一样。春诺干脆托着下巴欣赏起他切菜的样子来，刚刚因为电话产生的一点烦心也被盖住了。

徐言停下手上的动作，问："你怎么了？"

"嗯？"春诺思绪微微收回。

"你情绪不对。"

在这个圈子，这样的事情是避免不了的，总会出现莫名其妙的脏水，你不去理，情况会愈演愈烈，你发了声明，他们会说又没有说是你，你自己就跳出来认领，明显是做贼心虚。

遇到这样的事情，难免会心烦，不过春诺已经有了应对措施，也不想让别的事情扰了两个人难得温馨的相处。

她露出一点担忧道："就是很有危机感，我老公这么好，要才有才，要貌有貌，在外是商界大佬呼风唤雨，在家又能上得厅堂又能下得厨房伺候老婆，觊觎你的女人肯定都排了几十米的长队了。万一你被什么妖风迷了眼，找不到回家的门了，我可怎么办，哭都没地儿哭。"说完还长叹了一口气。

徐言拿过边上放着的葱白，切成几段，刀起刀落间，他的声音传过来，清冽中透着些漫不经心："你只要别走远，我肯定能找到回家的门。"

春诺愣了一下，她本是为了转移话题才胡扯了几句，没想过他会理她这茬，更别说还能得到他的回应作保证。

"真的，不骗我？"

徐言看了她一眼，又移回案板道："我有骗过你吗，骗人的不一直是你。"

"哦。"春诺瞬间蔫了下来，"我以后肯定不骗你了。"

她的头埋下去，只露出后脑勺，像是一只要缩回自己壳子的小乌龟。徐言手指微动，敲了敲案板："把这几瓣蒜头给剥了。"

"嗯？哎，好！"春诺身上的失落一扫而光，她拿起蒜头，"剥蒜我最拿手了。"

三下五除二，不过几分钟，她便剥了五六颗出来，送到他面前讨赏："我是不是很厉害？"

小小的手掌包裹着莹白饱满的蒜头，看向他的眼睛里闪着亮晶晶的光，他不由得顺着她的话夸奖："嗯，确实很厉害。"

春诺嘴角笑意放大，别过身子，吻上他滚动的喉结，殷红的唇瓣贴着他的皮肤模模糊糊道："奖赏，给我的。"

徐言握着刀柄的手收紧，战栗顺着脊背向下，只觉得全身的血液都往一个地方翻涌而去。

春诺感受到他起势的昂扬，有些呆住，她没想做什么，只是单纯地想讨一个吻而已。

"徐先生，你自制力什么时候变这么差了？"

徐言有些羞恼，干脆也不反驳了，直接把人抱起来，架到了自己腰上，压着她的头吻了过去。他是自制力差吗？在她面前他根本没有自制力，要不然怎么会走到结婚这一步。

温柔都是假象，只有自己知道，他体内的暴戾和控制欲在面对她时，越来越控制不住。他要她全身心的信任，从头到脚的归属，无论发生什么事情，他必须得是她首位的选择，而不是被推开的那一个。

如果她做不到，那他就慢慢教，反正一辈子很长，以前是他没想明白，才放任她在外面浪荡了六年。

小花和春诺互相对望，一个眉梢带愁，一个眉梢带情，对比异常明显。小花心理不平衡，在情路这条跑道上，明明是她跑在前面，最后却被她老大超了前，人生真的是变数无常。

春诺挑眉，问："怎么，还没拿下你的鹤臣？"

小花长吁短叹："若即若离，他给我的感觉。"

春诺勾勾手指，小花靠近，就算她不服，但是能拿下徐总的女人，总是有两分真章，小花愿意听听她老大的高见。

"他可能有一个放不下的白月光。"

小花慢慢坐直身子，脸上的神情也渐渐严肃起来："我天，老大，让你这么一说，还真的是。如果真是这样，那我还磨什么磨，心里有白月光的男人最要不得。"

春诺本是猜测，不过也有十之八九的肯定。她不想让小花陷太深受了伤，又怕小花错过了缘分："要不你就约他出来，当面锣对面鼓地问清楚。如果他真是有放不下的人，你也就不必浪费时间在他身上了。"

小花心里有了决断，便不再犹豫，决定和沈鹤臣说清楚。

第 九 章
原来是误会

朗云这几天热闹得很，是上上下下都很热闹，起因在前几天朗云高层和他们老大的一个视频会议上，他们新上任的神秘老板娘现了身，虽然只是一个侧脸，但是可以肯定绝对是个美女。

而且他们老板娘说了一句话，至于是什么话，高层领导已经被他们老大下了死口，不能外传，但是再被下死口，也有不怕死的，比如李靖明李总。

现在朗云上下全都知道他们徐总很厉害，特别厉害，相当厉害，至于是什么方面厉害，也能意会出。

总之徐言所到之处，背后皆是窃窃私语，不管是男的还是女的，眼神都暧昧至极。但徐言一派从容镇定，风轻云淡，大家也渐渐失了趣味。也是，徐总都是徐老大了，自然样样都是厉害的，这有什么值得大惊小怪的。

李靖明敲了敲桌子，问："网上有关你老婆的事情，你不打算管？"

徐言眼睛不离文件，回道："我老婆的事情，你着什么急。"

"你这人，我这真是皇帝不急太监急，哎，什么皇帝太监。"李靖明打了一下自己的嘴，他这张嘴，一着急，连自己都伤。

徐言合上文件道："我知道，你这个大内总管当得很称职。"

李靖明跷着的腿放下来，说："嘿，好你个徐言，你是不是觉得我打不过你。"

"好了，事情我已经安排人去处理了，多谢你。"徐言说得郑重。

李靖明心里的躁动因为他一个"谢"字给安抚了。

"不容易，还能从你徐言口中得一个'谢'字。"李靖明转了转手机，

"所以你这婚到底是动真格，还是逢场作戏的？"

徐言把文件"啪"一声扔到桌子上，说："民政局开着是给你逢场作戏的？"

李靖明不明白了："所以你是怎么想的？"

徐言送他四个字："你管不着。"

"完了完了，徐言，今天我们必须打一架。"李靖明捋起了袖子。

"徐总，开会时间到了。"沈鹤臣敲门而入。李靖明抬起的脚停在了原地，差点栽了过去。

"走了，我去开会了，鹤臣你给李总备壶茶，李总一个人打架可能会有点累。"徐言起身系上西装扣子往外走。

"好的，徐总。李总最爱喝大红袍，专门备着呢。"

"沈鹤臣，你也帮着你老大一块儿气我，是吧。"

李靖明拿手指他们两个，最后眼里泄了笑意。以前的徐言，虽然也待人亲切，但总是隔着一层云一层雾，你觉得他离你很近，但是中间隔着千山万水的屏障，少了一些活人气儿。如今的徐言才是真正的徐言，活着的，有血有肉的，满是烟火气的。

所以啊，说再多的恨，终归是因为爱没有消尽。

男人，最擅长口是心非。

沈鹤臣跟在徐言身后汇报情况："徐总，网上的事情已经处理好了。"

"知道了。"徐言手中的手机响了一下，是春诺发来的微信：你今天要加班吗？

徐言回：不加。

春诺：太好了，那沈鹤臣是不是也能正常点下班？

沈鹤臣？她怎么会突然关心起沈鹤臣来，徐言回头看了一眼沈鹤臣。

沈鹤臣不明所以，他应该没有做错什么事情吧。

他要加班。徐言打过去四个字。

春诺回：你好无良啊，你正常下班，让你秘书加班。

徐言眉头微皱，这还抱起不平来了。他直接拨通了语音电话，那边很快接起："你关心他加不加班做什么？"

那边不知道说了什么，沈鹤臣看他老大微沉的脸色慢慢舒缓下来，还眼底带着笑意上下打量了他两眼，沈鹤臣不由得扶了扶眼镜。

徐言挂完电话，对沈鹤臣说："你今天正常下班，不准加班。"

"嗯？"一向精明的沈秘书有点蒙。

"你年纪也不小了，不能整天工作工作，有时间的话去约约会，谈谈恋爱。"徐言语重心长道。

"嗯？"沈鹤臣彻底蒙了，他怎么觉得徐总这个语气跟他妈有点像。

来朗云办事情的秦苒自然也听到了这些，心里又恼又气。看到迎面走过来的徐言和沈鹤臣后，她一改脸上的愠怒，换上笑容打招呼："徐言。"

"来办事情？"

"对，和你们法务部对几个文件。我们好久没聚了，今天晚上要不要一块儿吃顿饭，叫上李靖明，还有鹤臣也一起。"秦苒余光扫过正在看手机的沈鹤臣，眼底一沉。

"我今天还有事情，你问问李靖明。鹤臣你是不是也有事情？"徐言看了眼沈鹤臣。春诺让他保证今天一定要放沈鹤臣去约会，答应过她的事情总要办到。

沈鹤臣锁上手机，点头道："对，我今天晚上要和我女朋友一起吃饭。"

徐言长眉微挑，到底没忍住问："你女朋友是春诺的那个助理？"

沈鹤臣隔了几秒钟，才点头算是默认。

秦苒笑容一僵，随即恢复："那看来就只有我和李靖明两个单身人士一块儿吃了。"

"我还有会，先走了。"徐言看了看表。

"好。"秦苒嘴角的笑容已经有些勉强。

徐言边走边给春诺发信息：你的担心多余了，沈鹤臣说他女朋友是你助理。

春诺：真的？

徐言能够想象得到她现在的表情，不禁有些好笑。

秦苒看着那两个背影，脸上的笑容彻底消失不见，扭身向前走去，高跟鞋踩在大理石地板上格外响。

江念晚抱怨春诺见色忘友，结了婚之后，连见她一面约她吃个饭都难。春诺为了证明自己不是见色忘友，在她进组前一天，约江念晚出来吃饭，徐言恰好也有推不开的饭局。

她把吃饭的地点定在了离徐言饭局不远的地方，想着结束后，两个人还可以一块儿回家，相处的时间能多一点是一点，毕竟她马上就又要离开一个多月。

　　结果她人到了，菜都点好了，在半路的江念晚被他们领导抓回去开会了，直接放了她的鸽子。春诺面对一桌子菜欲哭无泪，拍了张照片给徐言发过去：一个人的晚餐，好可怜。

　　徐言大概在忙，没有回她。她拿起筷子准备开干，菜都点好了，总不能浪费。

　　"春小姐？"

　　埋头猛吃的春诺抬起头，抽出两张纸巾擦了擦自己的嘴，露出最完美的笑容道："秦小姐，来吃饭？"

　　秦苒一身白色套装，笑意盈盈地站在桌子前面。她真的好喜欢白色，春诺见过她为数不多的几次，她穿的都是白色衣服。

　　"对。春小姐一个人？"秦苒扫了一下桌子上的情况。

　　"朋友临时有事不能来。"

　　"那春小姐介不介意我一起？我也是一个人，刚下班，本来想打包点东西带回去吃。"秦苒已经把包放下了。

　　春诺只觉秦苒来者不善，不过她也想会一会秦苒，便道："那太好了，我自己一个人在这儿吃，又尴尬又无聊。"

　　春诺让服务员拿菜单过来，顺便再上一套碗筷："秦小姐看看有没有想吃的，可以再加，我口味偏重，点的都是些辣的。"

　　"那春小姐和徐言的口味倒是不太合，徐言口味偏清淡，和我一样。"

　　春诺倒没想到挑衅来得这么快，椅子都没坐热，就已经开始了，她未免太心急了些。

　　"是，不过口味这种东西，多吃吃也就习惯了。我这个人比较任性，所以平常是他迁就我多了一些，在这点上倒是委屈他了。"春诺夹了一口青辣椒放到嘴里，吃得特别香。

　　秦苒拿着水杯的手一僵，随后莞尔一笑："春小姐好像对徐言一直有一种笃定的自信。春小姐难道不好奇，你们这么多年不联系，他为什么会突然出现在你的生活里，突然做了你的邻居？当初分手是你蹋的他，按说这种事情放到任何一个男人身上，他们都不会再去吃这个过了期的回头草，更何况是自尊心这么强的徐言。春小姐难道是觉得徐言爱你爱到不行，才会甘愿吃回头草，甘愿受这委屈。"

　　春诺干脆放下了筷子，看来今天这顿饭是吃不安生了。她双臂交叉，背靠到椅子上，似笑非笑地看向秦苒，让秦苒继续说下去，表示自己在洗耳恭听。

秦苒觉得春诺这一套动作十分刺眼，像极了徐言不耐烦的时候。秦苒直接点开手机，播放一段录音，里面传出的声音是春诺熟悉的，带着微微醉意。

"如果可以，我也想让她尝尝我当初受过的滋味，甩出一个饵，慢慢钓着她往前走，让她以为我爱她爱到不行，给她描绘一个美好的未来，以为自己是这个世界上最幸福的人，然后再突然抽身离去。那种'砰'的一声，整个世界都在坍塌沦陷的感觉，我也想让她感受一下。"

声音戛然而止，秦苒按上了手机："本来我无意参与别人的家事，但我也是女人，最看不得男人的欺骗，所以想来想去，还是决定告诉春小姐比较好。春小姐知道了事情的真相，也好早做打算，省得被蒙在鼓里，最后落一个身心两失。"

春诺觉得自己应该张口说些什么，但是直到秦苒离开，她嘴里也没有发出任何声音。其实她心里不是没有这种想法，毕竟当初的分手分得太过惨烈，徐言重新来到她身边也来得太过突然。如果不是他做了她的邻居，给了她一点又一点的希望，她一辈子都可能不会迈开这一步去和他圆这所谓的破镜。

她想他做到了，那种整个世界都在坍塌的感觉她又一次体会到了，只是此刻他不在她身边，是不是有点太过可惜了。毕竟如果他真的想让她尝尝这种滋味，亲眼看到才会更解气一点。

"春诺？"

于世杰身后跟着一群人，从二楼下来，看到角落里发呆的春诺。

春诺慢慢回神，看清眼前人，强挂上笑容，问："来吃饭？"

于世杰示意身后的人先出去："怎么了？和人吵架了？"

她精神萎靡，对面明显是有人坐过的痕迹。

"没有，刚刚吃辣椒辣到了。你有事情的话就赶快去忙吧，我什么事儿都没有。"春诺现在并不想应付任何人。

于世杰不走反坐："你一个人来吃饭？"

"和朋友，她有事，先走了。"春诺招手示意服务员结账，又道，"我吃好了，时间不早了，我先走了。"

于世杰看她避他不及的样子，心底有些恼，跟着起身："你开车了吗，我送你。"

"不用不用，我打车很方便的。"她本来是想做徐言的代驾，所以没有开车过来，但她现在还没有想好要怎么面对徐言，是干脆摊牌问个清楚，还是就做当作什么都不知道的一条鱼，跟着他的饵，走到何处算何处。

"走吧，这么晚了，你一个女孩子打车不安全，反正也是顺路。"于世杰是铁了心非要送人。

春诺心下无奈，也无力再争："那就麻烦你了。"

沈鹤臣跟着徐言提前从酒桌上离开，他本来以为徐总会直接回家，结果徐总却让他开车来到了附近的另一个餐厅。

下了车，看到推门而出的春诺，沈鹤臣才知道提前离席到这里来的缘由。徐言自然也看到了春诺，不过也看到了她身后的人，眼底的温柔瞬间凝结。

那两个人一前一后走到一辆车前，于世杰打开副驾驶的门，手挡在上面，春诺坐进去，不知道的人还以为是一对羡煞旁人的情侣。

沈鹤臣本来想说些什么，但是徐总周围的空气已成深海寒冰，他便老老实实地闭上了嘴。

餐厅距离春意雅苑并不远，纵使于世杰开得再慢，半个小时也就到了。春诺从于世杰车上下来后，没有上楼，漫无目的地在小区里闲逛。夏夜的空气燥热炎炎，连迎面拂过的风都带着一股黏糊的气息，拉扯着皮肤和心脏。

小区里的公园很热闹，三五个老人聚在一起聊着天，小朋友你追我赶的笑声脆如银铃。她坐到长椅上，将自己融入这黑暗当中，望着楼宇间的窗口里散发出的暖黄灯光，渐渐迷成一片模糊的霓虹。

在她爸昏迷的那些日子里，她也经常在晚上一个人坐在楼下的公园里，看着别人的幸福和温暖，仿佛自己也是其中的那一个。她靠着过往的回忆一点点地支撑着自己度过那一段日子，她曾经以为那样无望已是尽头。

春诺惨然一笑，她本没有奢求过和徐言再续前缘，毕竟当初就抱着老死不相往来的决心。

周围的热闹渐渐散去，楼阁间的灯光也纷纷熄灭，一位老太太拉着自己的孙子从春诺身边经过。

"姐姐，天晚了，回家了。"小男孩的声音糯糯的，把后面三个字拉得又软又长。

老太太笑着摸了摸自家孙子的头，说道："对啊，姑娘，天晚了，回家吧，有什么不开心的事情回家睡一觉就好了。"

春诺摩挲着安静了一晚上的手机，也摸摸小朋友的头："好，天晚了，姐姐也该回家了。"

走廊里很安静，春诺站在门前深呼一口气，换上一副轻松的面容，演戏演了这么些年，也不是没有用处的。

屋里黑暗一片，春诺脸上的轻松瞬间落了下去。她身体有些无力，最后干脆坐到了地上，头埋进膝盖里，静默无声。

客厅里传来"啪嗒"的声响，像是打火机点燃的声音，春诺握着包的手一紧。屋里灯光突然大亮，一直在黑暗中的眼睛突然见到光明，有些不适应，春诺踉跄一下站起来。

"你什么时候回来的？"她声音清亮又明快，一如往常。

徐言将手里的遥控器扔到桌子上，隔着烟雾和满室的灯火通明看过来。

春诺眼角发红，额前的头发被汗浸过，有些散乱。

春诺注意到他的视线，拨了拨头发道："这天气太热了，就走了几步路，已经出了一身汗，我先去洗澡了。"

"为什么不接电话？"

春诺拿出包里的手机看了看，回道："关机了，我都没注意到。"

"不是说等我去接你？"

她拍了一下自己的头道："抱歉啊，和江念晚玩得太开心了，我都忘了。她非拉着我去唱歌，折腾到这个点，你没去找我吧。"

"没有。"徐言不再看她，起身进了书房。

春诺泄了全身力气，挺直的肩背塌了下来。她在浴室里磨蹭了将近一个小时，确保脸上的笑容没有任何异样，才出来。

她看到卧室里没有人，心里多少松了口气。她走到床边，躺到了左侧。她睡在左，他睡在右，这件事两个人没有特意说过，好像从第一晚开始就是这样的，后来便一直这样。

春诺辗转难眠，电子钟表的数字已经变成了"0"点。门口传来动静，春诺立刻闭上了眼睛。他应该已经在别处洗了澡，身上是和她一样的沐浴露的味道。随着他那边灯的熄灭，屋里陷入了彻底的黑暗。

两个人，两处呼吸，两处心跳。

春诺本是装睡，装着装着便也真的睡着了。

徐言睁开眼睛，看着暗处渐渐均匀的起伏，眼里清冷一片。

于世杰，他第一次听这个名字是在春诺生日的时候，她手机响起，他本是无意，屏幕上"世杰哥"三个字就这样落到了眼里。她当着他的面接起了电话，不难看出是关系很亲近的人。徐言让自己尽量不去在意，但到底还是期待着她解释几句，她好像是看出了他的心思，一口一个世杰哥有多好，小时候教过她好多东西，世杰哥多厉害，年纪轻轻就接管了公司。

说到最后，他直接把人拉到怀里，吻住了那张喋喋不休的小嘴。唇齿交缠间，他抵着她的额头问："既然他那么厉害，那么好，你干吗追着我不放？"

她双手揽住他的脖子。

"他再好也没用，在这个世界上，我只喜欢一个人，他的名字叫徐言。"她嗓音婉转，又娇又媚，勾得他心里发痒，"他现在已经很厉害了，以后会更厉害，无论做什么，他在我心中都会是最厉害的那一个。"

情话最好听，说的人不过是随口哄人，听的人却当了真。

后来徐言才明白，以后代表着当下不能，所以在那个时候，她才会选择当下更厉害的那一个。

今天朗云的会议室气压有些低，大家都提着一口气，一向嘻嘻哈哈没个正行的李总都难得正襟危坐，因为主位上的徐总手里把玩着打火机。

徐总很少发火，对人从来谦和有礼，可朗云所有的人，就连清洁的阿姨都知道，徐总如果转打火机，那是他极为不耐烦或者烦躁的表现。每当这个时候，连李总都得夹起尾巴，老老实实做人。

技术总监正在做汇报，徐言摆在桌子上的手机振动了一下，所有人一起看过去。他拿起手机，所有人的视线都放在手机上，李靖明看得尤其明显。

所有人都恨不得有一双火眼金睛，能够透过手机看看屏幕上到底写了什么。徐言看着手机上那行字看了整整有一分钟，然后手机被甩到了桌子上，"啪"的一下，所有人的心都跟着一跳，这还是徐总第一次发这么大的火。

"继续。"徐言看向技术总监。

大家低着头，你对对我眼神，我对对你余光，这个能惹他们老大如此动怒的人不会就是他们那位新任老板娘吧。李靖明点点头，表示这个可能性十之八九，这个世上能乱徐言心神的大概只有那一位了。

春诺下巴支撑在手机上，百无聊赖。小花递过水杯问："老大，你'大姨妈'提前了？"

春诺摇摇头道："我'大姨妈'一向准得很。"

那小花就奇怪了，她老大也只有来"大姨妈"的时候才会蔫到这种地步。

"离登机还有多长时间？"

"还有半个小时。"小花看了一下表。

"哦。"春诺把手机递给小花。

小花接过手机，不明白春诺是什么意思。

"你帮我拿着手机，我要做一项实验。"

"啥实验？"

"离开手机到底还能不能活。"

"啥？"这都啥玩意跟啥玩意啊，小花彻底蒙了，这是在家里和徐总腻歪几天腻歪傻了吗？

小花发信息给沈鹤臣：我老大很不对劲，你老大怎么样？

沈鹤臣发她三个字：不对劲。

小花诊断，这可能是分离焦虑症。

春诺觉得甩饵的人甩得一点都不尽职，颇有些三天打鱼两天晒网的不务正业。她给他发了要上飞机的信息，他最起码也要回一个知道了吧。想当初她钓他的时候，可是嘘寒又问暖，信息电话不断，回他信息的时间从来没有超过五分钟。

还是说他对她有一种势在必得的笃定，觉得他只要勾勾手指，她就会把饵咬得死死的。

春诺苦笑，事实证明，也确实如此，他之前的种种做法让她觉得，他虽然性子别扭又时冷时热，但他心里还是有她的，她在他心里是特殊的。

事实证明也确实是特殊，特殊到他愿意用结婚来导完这一场戏。

他们好像也没有签婚前协议。是他现在财大气粗已经不在乎这点钱了，还是说他觉得她人品好，离婚的时候不会要这些东西。那他就大错特错了，真等到那一天，她绝对要分走他一半的家产，然后靠着他这些钱躺平后半辈子。

想让她体会世界坍塌沦陷，除非是世界末日，不然谁都做不到，就算你是无所不能的徐言又怎么样。

小花看着自家老大一会儿萎靡到不行，一会儿又振奋到不行，有些担心。

"老大，你真没事儿吗？"

"没事儿，我提前进入状态。"春诺一口气把杯里的水干完，喝出了一种气吞山河的架势。

演戏嘛，她最擅长，他想当导演，可以。不过从现在开始，她绝对不会再去主动，不是他要勾着她往前走吗？不是要她爱他爱到不行吗？那需要好好表现的是他，可以甩高贵冷艳的是我。

于是一个甩高贵冷艳甩得很尽责，一个甩饵甩得颇为敷衍，两个人便彻底断了联系。

春诺的手机交给小花保管，她根本不碰手机，所有信息都是小花代为回复，除了老春和徐淑芳的。

起初小花觉得，这不太好吧，万一春诺和她老公说些啥少儿不宜的甜言蜜语，自己看到岂不是要长针眼。后来，她觉得自己多虑了，徐老大根本没有信息发过来，微信首页那一列的联系人里小花划到了底部都没有找到徐言。

小花点开自己的置顶联系人，得出了最终的结论：两个人吵架了。

沈鹤臣回她：你有点知后觉。

朗云现在连门口的保安都知道徐总在和他的新夫人闹冷战，而且这场冷战的时间持续得很长，现在已经到第三周了。徐总不愧是徐总，能把和老婆吵架的战线拉到这么长，是他们所有男人的榜样。

小花手速极快地敲回给沈鹤臣：我确实有点知后觉，不然为什么我是你女朋友这件事情还是从别人嘴里知道的。

沈鹤臣：是我做得不够好才让你后知后觉，以后不会了，女朋友。

小花看着沈鹤臣回过来的信息，脸上笑成了花，看得春诺心烦。春诺现在最看不得恋爱的酸腐味，她踢小花的椅子："能不能好好吃饭。"

小花眼睛不离手机道："老大，你说春天举办婚礼怎么样？"

春诺的筷子停在了半空："春风日暖的，举行婚礼最好了。"

"我觉得也是，我决定要和沈鹤臣在明年春天把婚给结了，我一定要让他进了我花家的门。"小花信誓旦旦道。

"加油，我支持你。"春诺握起拳头给她加油打气，"到时候你结婚我离婚，春天是个干什么都合适的季节。"

"什么？"小花只听清了前半句，后半句春诺说得太小声，她没听到。

"没什么。"春诺低头继续夹菜。

她仔细想了想，如果这真是徐言导的一场戏，他会在什么时候喊"卡"。最有可能是在举行婚礼的前一夜，直接摊牌把她给踹了。如果在她不知情的情况下，那样的杀伤力是最大的，就像是她在睡了他的第二天早晨把他给踹了，产生的效果大概是一样一样的。

"春诺？"蒋樱绮摘下墨镜，居高临下看人。

春诺扫了蒋樱绮一眼，真是天上下红雨，一向都不正眼看她的蒋樱绮竟然会主动打招呼，这是要作什么妖。春诺颇为敷衍地跟她点了一下头，继续吃自己的饭。

蒋樱绮直接拉开小花旁边的椅子坐了下去，问："你来这边拍戏？"

"对。"春诺擦擦嘴，准备迎战。以她对蒋樱绮的了解，蒋樱绮绕圈子不会超过三句。

蒋樱绮转着墨镜，眼里全是倨傲，她问："听说，你是徐言的前女友？"

"我是谁的前女友跟你应该没什么关系。"春诺背靠到椅子上，面无表情。

"那就是真的了？"蒋樱绮凑过身子来，"哎，你现在是不是悔得肠子都青了。"

"对啊，不但青了还紫了，要不要掏出来给你看看？"

合着这是给人抱不平来了。给徐言抱不平的女人还真是多，走一个又来一个。所以他何必亲自下场，只要他放出话去，说她是他前女友，自然会有无数个女人过来把她踩到脚底下。

"不管你青了还是紫了，我警告你，不要再借着扮演什么落魄大小姐的楚楚可怜来接近他，你缺钱你想要钱为了钱什么都能干得出来我知道，但是他不是你能碰的，否则我会让你在这个圈子混不下去。"蒋樱绮压低声音威胁。

春诺脸上挂上了极其甜美的笑容，小花默默离春诺远了些，她知道她老大一这样笑，就要火力全开了。

"蒋樱绮，你以什么样的身份在说这些话，他的现女友？现老婆？"

春诺歪了一下头，又道："还是他仅仅是你的幻想对象？你连他的手都还没有摸过，就在这儿打肿脸充胖子给我来当大婆。我碰不碰他，轮得到你在这儿来跟我画线。"

"你不是想知道我是不是他前女友吗？告诉你一个秘密，我呢，不但占了一个'前'字，还占了一个'初'字。你能想到的但凡带'初'字的，他都是跟我。我知道他怀里的温度。你知道吗，你不知道。

"不过，你要是想知道也不是没有办法，毕竟我这种喜欢钱的穷人，什么都能干得出来。你掏钱，我提供情报，肯定把你想知道的一切细节都告诉你，毕竟女人最了解女人。价格嘛，绝对合理公道，看在我们曾经是一个学校的份上，我怎么也得给老同学的幻想提供一个具象的画面，不然光靠想象，也太可怜了点。"

春诺说到最后还摇着头"啧啧"了两声。

蒋樱绮拿着墨镜的手颤着，连说了两个"你"字都没有说出一句话来。

"怎么，要让我在这个圈子混不下去？那不好意思，你可能要失望了。"

"你要不要脸？"蒋樱绮睚眦欲裂。

春诺轻笑一声："你这话说得可真有意思。我凭自己本事养家糊口挣钱吃饭的，怎么就不要脸了。"

不知道从哪里传来"扑哧"一声，蒋樱绮狠狠瞪了春诺一眼，戴上墨镜，留下三个字："你等着！"然后一扭一扭地甩手走人了。

小花在边上差点都要鼓掌了："老大，你今天战斗力怎么这么猛，少见啊。"

春诺大多数时候都是夹起尾巴做人的，毕竟在这个圈子，能不树敌就不树敌。

但是今天蒋樱绮撞她枪口了，她这些天心里的憋闷正愁没地方发。再者，她不和蒋樱绮起冲突，蒋樱绮就把她当朋友了？蒋樱绮都快骑到她脖子上了，她不把蒋樱绮给撅下去，还真当她是只病猫呢。

"可能快来'大姨妈'了。"春诺甩锅甩到了"大姨妈"上。

她看了看，四周没有人，刚才那阵笑声，应该是从围挡的屏风里面传出来的。白让人看了场笑话。

春诺拿包收拾东西道："走了。"

小花老老实实跟在后面，在心里默默地记了下来，老大快来"大姨妈"的时候，千万别惹她。

屏风后面的李靖明已经快笑抽过去了，冲徐言竖大拇指，夸道："嫂子厉害。"

徐言睨他一眼："不然呢。"

李靖明和徐言一块儿过来出差，本来这种事情，用不着徐言亲自过来，但临出差前一天，沈鹤臣过来跟他说，徐总也要去，他当时就觉得有猫腻，没想到猫腻在这儿。

"你怎么知道你老婆会来这儿吃饭？"不可能是提前联系过，不然春诺和她助理进来的时候，他们就直接出去一桌吃了。

"心灵感应。"徐言放下筷子。

春诺窝在沙发上看剧本，外面有敲门的声音，她以为是小花，踢踏着拖鞋慢悠悠地去开门。门开到一半，她愣在了原地，手一点点地握紧门把问："你怎么来了？"

徐言直接推开门，擦着她的肩膀走进房间。他回她："探班。"

这是来放饵了吗？隔了快要一个月了，他倒是不怕鱼跑了。春诺关上门，若无其事地窝回沙发，继续看自己的剧本，看了没两分钟，她抬眼瞪过去："你干吗一来就调我空调？"

"冷。"徐言把遥控器扔回桌子。

春诺直起身子，把遥控器拿过来，又调回十八摄氏度道："我热。"

"你穿着毛衣外套，开十八摄氏度的空调，到底是冷还是热？"徐言拿下巴点她的外套。

春诺怒了，合着他这不是来放饵的，是来找她不痛快的。

"我的身体，我觉得热就是热；我开的房，空调我想调几度就调几度。"

徐言看着眼前人，黑白分明的眸子因为生气微微上挑，额前散落的碎发随着她一字一顿轻轻颤动。他长叹一口气，拉住她的胳膊，把人拽到怀里问："所以，你又在别扭什么？"

春诺挣不开他，或者根本不想挣开他。她心里沮丧极了，想得再多再狠，见到他的人，闻到他身上的味道，她心里就开始止不住地发软。他如果真的是提刀而来，那她最后大概会选择迎刃而上，如他所愿，如果这真的是他想要的结果。

徐言看着那颗越来越低的头，有些恼地揉了揉她的头发，也不知道是在恼她，还是在恼自己。

"我想问一下，你准备把我卖多少钱？"

春诺心里本来就乱，他一揉她的头发她心里就更乱了，刚想拍开他的手，听到他的话，她的手停在了半空。

"我怀里的温度，接吻的力度，这些，你准备卖多少钱？"

他一个顿句一个顿句，春诺全身的沮丧和恼意仿佛被瓢泼的大雨浇了个透心凉，小炸毛一绺一绺地耷拉下来，不过有一绺特别倔强，还能不怕死地问一句："屏风后面是你？"

看徐言的表情也知道自己问了一句废话，她心虚又气愤道："所以，你就眼睁睁地看着我被你外面的女人欺负，你是不是特别爽，一个两个的女人都踩着我的脸来给你抱不平。"

"第一，她不是我外面的女人，我跟她不熟，也就见过两次面，还有好多人在场；第二，刚刚我没有错过什么，明明是你拿我在踩她的脸，还踩得特别爽。"

"你心疼了？"

"是。"

春诺眉毛竖成八字，他还敢回是。

"我心疼我自己。"徐言挑过她额前的头发别到耳后。

他身上有一些轻微的酒气，就算是现在，她都对他讨厌不起来，这是她最生自己气的地方。

"那天晚上，我看到你和于世杰一起离开餐厅。"他声音很平静，没有任何起伏，只有他自己知道"于世杰"这三个字，是他心里不可触碰的逆鳞。

春诺身体一顿，最后那绺小倔毛也耷拉了下来，所以他那天不但去了餐厅，还看到她和于世杰了，他什么意思。

"我们在餐厅碰到，他送我回家，仅此而已。"春诺理直气壮，她又加了一句，"我回去得晚是因为我在楼下公园。"

"我知道你们不会做什么，我对你这点最起码的信任还是有的。但是春诺，我知道他是谁，他差一点就成了你未婚夫，我想你知道，我很介意，仅仅是你们走在一起我就很介意。你接他的电话我介意，你叫他的名字我介意，你上他的车我更介意，你不能想象的介意。"

他把玩着她的手指，语气轻描淡写像是在话家常，低垂的侧脸清冷又深情。

春诺心里"咚"的一声又一声，像是青鸟闯入了空旷的山谷，撞上了万丈绝壁，头昏目眩，眼冒金星。

她告诉自己，这是他给的饵，他在装示弱，他在装深情，他在装吃错，你千万别上当，你上当了就完蛋了，会万劫不复的。

可她的嘴根本不听脑子使唤："我和他什么都没有，我平时已经很注意了，但是他经常去看我爸，有的时候也不是我想避开就能避开的。我以后肯定不上他的车了，那天晚上我脑子有点乱。"

话一出口，她就想打自己的嘴，解释什么，有什么好解释的，他误会了才好。

徐言看着她的眼睛问："那天晚上为什么脑子乱？"

春诺半张着嘴定住了。

要问吗？要问吗？要问吗？她的心里一遍又一遍地重复着这句话。

她双手揽上他的脖子，眼里有迟疑："徐言，你为什么要搬到我隔壁，不要说凑巧，我不信凑巧。这个城市这么大，小区这么多，怎么就凑巧到你买了我隔壁的房子。"

徐言沉吟半晌，道："不是凑巧。"

听到答案的春诺心里的那口气没有松下来，反而提得更紧了，她怕猜想最终成了真。

"怎么不继续问了？"徐言一下一下顺着她的长发，清冷的声音里有着若有似无的诱哄。

他的指尖很温柔，春诺却不敢沉溺，如果这一切都是假象，她又该怎么办。

她轻咬下唇，眼角带了红："徐言，当初分手……当初分手是因为我爸爸公司出了事情，特别大的资金缺口，我没有办法，我真的是没有办法，没有办法跟你开口，没有办法眼睁睁地看着公司倒闭，我只能推开你，我不想你被我拖累。那天我说的每一句话都不是真心的，我知道我伤害了你，我道歉，但是，你能不能不要报复我？我真的承受不住，我已经体会到你说的那种感觉了，当初分手的时候已经体会到了，那天晚上也体会到了。如果你想报复我的话，你已经成功了，你不用再假装着对我好了，我怕我会当了真。"

春诺眼泪"噼里啪啦"地往下掉，她觉得好丢人，干脆窝到了徐言颈窝里，上气不接下气地哭了个昏天暗地，她真的是难过死了。

徐言眼底一点一点覆上寒光，问："谁跟你说的我要报复你，于世杰？"

他说什么做什么都抵不上别人一句话，因为别人一句话她连问都不问，就直接冷他一个月，难怪她那天晚上怎么那么反常，原来如此。

"说话，谁说的？"徐言嗓子里压着怒火，把人从自己怀里拉开，他真的想看看她的心到底是什么样的。

春诺搂着他的脖子不松手，眼泪带着鼻涕一块儿流了出来，回道："你的'小白莲'给我听了录音，你亲口说的……你亲口说的。"

她的嘴贴着他颈间的皮肤，一张一合间刮蹭着皮肤带起了灼热，声音模糊不清，徐言根本听不清她说了什么，心中恼怒更盛。

他直接叉着她的胳膊，把人给提起来，扔到了沙发的角落里，说是扔，到底是雨声大雷点小，起势大，落地缓，重拿轻放，手还托了一下她的腰。

"大点声。"

春诺手背抹了一下自己鼻子，拿带着鼻涕的指尖大声控诉："你说的，'小白莲'给我听了录音，我不会听错你的声音，你还不认账。"

徐言忍了忍，大力抽出几张纸巾，先是胡乱地擦了擦她的手，又用纸巾包裹着使劲拧了几下她的鼻子："脏死了。"

"我就是脏，没你的'小白莲'干净。"春诺顶着红彤彤的鼻尖准备和他撕破脸皮。

徐言的心肺已经被火烧成烟灰场，本就断着线，再被她这么一气，全身被激起了漫天扬尘。他这辈子大概所有的失控都是因她而起。

他竟然还能耐下性子问："'小白莲'是谁？"

"就是那个'千娇百媚'。"春诺脑子里现在也是糨糊，一时想不起秦苒的名字。

徐言直接被气笑了："'千娇百媚'是谁？"

"你不要装傻，你每次跟她在一起，身上都能沾上香水味，为什么她的香水专往你身上飘。她就那么喜欢白色，每次见面都是白色衣服，你明明说过我穿白色最好看。"她东扯一句西扯一句，想到什么说什么，根本没有任何语言逻辑。

徐言听出了些蛛丝马迹，问："你说的是秦苒？"

"你看，我一说你就知道是谁，你介意于世杰，我还介意她呢。"

徐言拉扯话题往回走："她给你听了什么录音？"

"你说要给我放饵，要钓我进坑。"春诺哭累了，干脆盘腿坐在了沙发上，反正她今天要和他掰扯清楚，大不了一拍两散。

徐言的记忆力一向好，只几个字就猜到了出处。他扯开了衬衫的两颗扣子，摸出手机想给李靖明打电话，可看着眼前这个红鼻子红眼的泪人，又觉得和李靖明算账不是现在最重要的事情。

　　他坐到了沙发的另一边问："我难道不该报复你？"

　　春诺被他的理直气壮给堵得眼泪都倒流回了肺里，盈着泪眼，想反驳又没有办法反驳，憋着一张通红的脸低下了头："你觉得应该就应该吧。"

　　徐言叹一口气，他拿她能有什么办法："春诺，你有心吗？"

　　"有的。"春诺掰着手指不服气，说完没控制住还抽泣了一声。

　　"那你的心在哪儿？"徐言轻声问。

　　春诺抬起头，对上他深邃的双眸，她卡了壳："一半……在老春那儿，他是我爸爸，我走到哪儿肯定都得想着他。"

　　"那另一半呢？"

　　春诺抵不住他的眼神，想要移开视线。

　　"别低头，别再用你那后脑勺对着我，春诺，看着我说，你的另一半在哪儿？"徐言伸长胳膊，托住她的下巴，不容许她再逃避。

　　春诺低声嗫嚅："在你那儿。"

　　"那为什么我感受不到？"徐言松了对她的钳制，道，"当初，你擅自给我们的关系定了一个结局，我们分开了六年，如果不是我搬到你隔壁，你这辈子都不会想着去找我。你说你追我，可你追一步退十步，时时刻刻给自己留着一条退路。你说结婚，好，那结婚，可你又退了，我在走廊里等的时候，你知道我在想什么吗？我想算了，算了吧，这个世界上谁离开谁活不下去，你活得很好，我也可以活得很好，所以何必又去执着什么，可你又出来了。你每次都是这样，没有想好结果就先去招惹，可你既然招惹了，为什么又不负责到底？"

　　春诺的眼泪挂到了鼻尖，说道："我没有追一步退十步，说要结婚的那天早晨我也没有退，我从六点就开始等了，但我怕你会后悔，因为你之前连话都不想跟我说，然后你突然就答应结婚了，我怕你是冲动。"

　　徐言气急道："你不是我，不用你替我怕，也不用你替我做决定。我是一个成年人，从我嘴里说出去的每句话，我去负责就好，你只需要负责你说出口的部分，不用抢着操你操不着的心。"

　　徐言说到最后，有些控制不住地烦躁，因为她口中的录音里的话，也是他说的。

　　他听过那段话，李靖明录下来的，是他生日的时候，几个男人聚在一起喝酒，喝到最后李靖明非要揪着大家说说初恋。他端着酒杯，坐在局外听着他们你一言我一语，突然也就释了怀，原来所有人的初恋都没有一个好的结局，不是只有一个他。

李靖明最后把矛头指向了他，死活非要逼着他讲一讲过往。如果不说，那就喝酒，他以酒代故事，被灌了好多杯，到最后都喝蒙了。

他很少喝醉，那是她和他分开的第五年，大概是因为想起了她，又或者因为太想她，借着别人的手给了自己一个放纵的理由。

第二天醒来，头针扎似的疼，旁边还依偎着一个李靖明，他没有客气，借着疼劲直接把人踹到了地上。李靖明扶着自己的老腰给他放了一段录音，他从自己嘴里听到了他们的故事，很短，不过三言两语便说完了两年的时光。

他听到自己说，如果可以，他也想让她体会一下那种感觉，如果可以……如果可以，可狠话在心里回转千遍，在见到她的那一刻，如果终究只能成为如果。

"你说报复，你知不知道，我要是想报复你，你早就不知道死了几百次，我还用得着费劲进一趟民政局，浪费国家资源也浪费自己的时间。你是不是拍狗血剧拍多了，所以脑子里自动就能编出一段剧情来。"徐言越说越气，"嘴长着是给你说话用的，你不管遇到什么听到什么，至少要先来问我一句再做决定，好不好？"

春诺被他的话给打击到了，眼泪顺着鼻尖掉了下来："我怎么问你，我没法问你，当初的事情我本来就理亏，所以你做什么都是应该的。"

她仰着头，眼角挂着泪珠，嘴里说着你做什么都是应该的，可语气里全是委屈。徐言轻叹一口气："别哭了。"

哭得他心都乱了。

春诺胡乱地抹了一下脸，声音里带着哽咽："我控制不住。"

徐言像是认了命，把人拉到了怀里，问："春诺，你爱不爱我？"

春诺背僵了一下，留在外面的后脑勺上下起伏，闷闷的声音从他怀里传出来："爱的。"

多年前那个夜晚，她堵在心里没有拿出来的话终究是说出了口："徐言，这么多年，我只爱你一个。"

徐言拉开两人的距离，抬起春诺的下巴，看着她的眼睛："如果你真的爱我，就要把我放在首位，有了高兴的事情后，第一个要分享的人是我；难过了，第一个会想起的人是我；出了事情了，第一个要问怎么办的是我。爱人家人，不管是好还是坏都得要一起承担。遇到事情，不要再打着爱我的名义把我推开。如果你爱我，那替你担忧着急想办法都是我应该做的事情，不然我跟陌生人有什么区别。以后，再不要替我做选择，你能不能做到？"

春诺双手搂上他的脖子，泣不成声："我能做到的，徐言，我真的知道错在哪里了。"

她哭得太厉害了，徐言强装着的冷脸已经败得一塌糊涂。他把人压到怀里，抚着她的背帮她顺气："你哭什么，该哭的难道不是我。"

"徐言，我有没有跟你说过我妈妈？"春诺抵着他的肩，嗓子里哽咽着抽泣，试图让自己平静下来。

"说过一次。"

她轻描淡写地说过一次，说她妈妈在她小时候和她爸离婚出了国，后来就再没了联系。他能看出她不愿提，所以就再也没有问过。

"她很厉害的，跳舞特别厉害，我小时候看过她的演出，当时我就想我以后也要跟她一样当一个舞蹈家。我很爱她，老春应该更爱她，他这辈子所有的爱大概都给了我和她。

"我从没有见过他们吵架，有一天晚上，他们吵得很厉害。起初我不知道他们在吵什么，我躲在门后只觉得很害怕，后来慢慢听懂了，她想要离婚，她收到了一个国外什么舞团的邀请，她想要去。她可以去啊，老春一向都很支持她跳舞，她要做什么他从来没有说过半个'不'字，可为什么非要离婚。

"她说她去了那边就不想再回来，老春的根基都在国内，不可能跟着她一起过去，所以还不如彻底分开。她不想因为我和老春分心，让她不能集中全部的精力到她的事业上去，她说我们两个会成为她的拖累。我从没有想过要拖累她，她每次去外面巡演，一走就是一两个月，我就算特别不想让她走，特别想她，我也从来没有哭闹过，我不知道她为什么会觉得我会成为她的阻碍和拖累。她走的时候，我都那么求她了，她都没有回过一次头，到现在我有的时候做梦都会梦到她的背影，特别决绝。她出去后的前两年一次都没有和我联系过，我有的时候想，她怎么那么狠心，我不是别人，我是她的女儿啊。从那个时候，我就发誓，我一定不要成为谁的累赘，永远都不要。

"我们家出事的时候，我脑海中的想法只有一个，就是把你推开。

我真的不想再经历一次那种事情，所以我先一步做出了选择。我知道你不是她，可我怕，我真的很害怕。徐言，我怕我的爱会成为谁的拖累，我也不想被谁再丢在原地。"

　　窗外的夜黑得静谧，徐言的手一点点收紧，再收紧，想把怀中的人嵌到自己身体里去。他心里除了有快要将他湮灭的后悔，还有后怕。如果他没有回头的话，如果他没有回头的话，他怀里的女孩儿会怎么样。

　　"春诺，你从来不是我的拖累，无论是你在高峰还是低谷，都不会是。你只会是我前进的动力，我所做的一切都是为了你。"

　　春诺回抱他，搂得更紧，哑着嗓子开口："你做的一切不能只为了我，还有妈，她如果听到你这么说会难过的。"

　　徐言无奈地轻叹一口气，忍不住啄了她的鼻子一下，最后又流连到她的嘴角："你婆婆要是知道你这个时候还能想起她，她得乐死。"

　　他亲到最后又有些发狠，拿牙齿去磨她的唇："我最后说一次，我不会拿结婚开玩笑。"

　　春诺也跟着做保证："我也不会拿结婚开玩笑。"

　　"你懂我的意思？"徐言怕她现在哭得脑子短路。

　　春诺乖乖点头道："懂的，你录音里说的是赌气的话，你搬到我隔壁是蓄谋的，你这么多年只爱我一个，你结了婚就不会离婚，我都懂的。"

　　徐言这段时间堆积的恼怒，被她这一连串的排比句给说得上也上不去下也下不来，他还怕她脑子会短路，看来她就算脑子哭成了糨糊球，也不会有短路这一说。

　　"我说得对不对？"她睁着一双迷蒙的兔子眼睛求一个确认。

　　徐言抚上她的眉眼："你为什么不该聪明的时候这么聪明，该聪明的时候却不聪明。"

　　她歪着头，真的认真地想了一下这个问题："大概是因为智者不入爱河，傻子才会在爱河里浪打浪。"不等他说什么，她又飞快地加了一句，"我愿意做个傻的。"

　　春诺觉得这样说好像也不对："你为什么一直这么聪明？"

　　徐言按着她的头，把人闷到自己怀里，他聪明吗？他要是聪明就不会这么多年一直陷在过去，走不出来。

　　空气是静悄悄的，心跳是闹哄哄的。

灯光下的两个人相拥很久，隔着经年的时光，两只相合又分离的小船真正地又重新汇聚在一起，涌向愚者的爱河里。

只是本该温馨甜蜜的场景，响起了不和谐的声音，春诺的肚子里发出了叫声，安静的房间里那几声显得空荡又响亮。

春诺在徐言怀里继续装死，好像只要她不认，就可以当作这事儿没有发生一样。

徐言无奈，大力揉搓了一下她的头发："你晚上不是吃了好多吗？"

"我才没有吃好多。"

"两个人五个菜，还不算多？"

哦，对，他当时也在餐厅里，还就在她们隔壁，想抵赖都抵赖不了。

"吵架很累的，要消耗脑力想着怎么反驳，还要消耗体力来流眼泪，这是一项体力活，我能不饿吗？"

她的声音瓮声瓮气，脑袋已经过了迷糊阶段，回起嘴来异常利落。

徐言静静地看着她的表演，她以前每次做明知道自己不可以做的事情的时候，前面都会铺垫一大堆。

"可都这个点了，我不能再吃东西了。"

"那就洗漱，早点睡觉，睡着了就不饿了。"

"可半夜饿醒，岂不是更惨。"

"所以呢？"

"我们点外卖吧，你吃我在旁边看着，解馋也能解饿。"

她眼里还带着未消尽的潮气，撒娇来说话软中透着糯。

徐言拿出手机才想起自己没有外卖 APP，春诺手一挥道："我点，这附近我都吃遍了，哪家好吃哪家不好吃我门儿清，你有什么想吃的吗？"

"点你想吃的，我不是要替你解馋解饿吗？"

春诺想起了秦苒的话，手上停下了动作："你现在是喜欢吃清淡的吗？以前不是爱吃辣的。"以前她口味偏淡一点，他是无辣不欢，怎么现在好像是反过来了。

"我都行。"徐言的手滞了一下，随后继续挽着袖子。

"我现在特别爱吃辣的，每次做饭或者点菜的时候，总想着你爱吃什么，结果出来的菜全是辣的，又不能浪费，而且我就想搞明白你为什么爱吃这么辣的东西，慢慢地也就适应了，后来觉得还挺好吃，又爽又解压。现在的我顿顿饭都离不开辣椒，它已经融入了我的灵魂。"

她话还没说完，天旋地转间已经被人抵在了沙发的角落里。

他眼里有浪潮在翻腾，一浪压过一浪。春诺从他黢黑的眸光中明白了些什么，她轻轻地问："你也跟我一样吗，所以现在才喜欢吃清淡的？"

徐言抚上她瓷白的脖颈，声音里有凶狠也有威胁："春诺，别再离开我，也别再推开我，否则我——"

脑海里闪过千万种狠话，仅仅是从嘴里说出来，他都做不到。

他不舍得。

春诺吻上他嘴角道："否则我就是宇宙第一超级无敌大傻瓜。"

无厘头的话配上她郑重的眼眸，会让人……心动。

前半夜没有吃成的夜宵，在后半夜吃上了。两个人穿着浴袍顶着微湿的头发盘腿坐在地毯上，肩并着肩。

春诺嘴里塞着东西，拱一拱旁边的人："徐言，我们这算是床头打架床尾和吗？"

"不算。"徐言睨她一眼，伸手揩去她嘴角的残渣，慢悠悠地说出两个字。

为啥不算，我老腰都快赔上了，还不算床尾和。

徐言解释："我们床尾之前不是已经和了。"

春诺的嘴角颤了两颤，在这种时刻，需要把时间点卡得这么严格吗？

第 十 章
当年的故事

　　小花早晨来敲门，春诺已经收拾妥当，连门都没让她进，就直接下了楼。

　　"老大，你今天怎么这么利落？"小花不解，之前都是她帮她老大从头到尾确认一遍东西再出门的。

　　春诺腹诽，因为今天有人干了你的活啊。

　　小花狐疑地瞅她老大两眼，她怎么觉得那张脸上没化妆就已经荡起了桃花。

　　"老大，你昨天晚上是不是凌晨点外卖了？"难道春心荡漾是因为半夜吃了夜宵，要知道半夜偷偷吃东西最治愈。

　　春诺被人抓了包，只能狡辩："昨晚运动量太大了。"

　　"你干啥了，瑜伽有这么消耗体力吗，要不我也练练，我感觉我最近肚子上都长肉了。"

　　"我没事儿就多练了几组，电梯来了。"春诺说得含糊其辞，转移话题转移得贼快。

　　徐言站在窗前看着楼下那个身影，拨通了李靖明的电话。

　　李靖明大清早被人吵醒，满肚子起床气，可又不敢发出来："徐老大，你现在不应该还在春宵中吗，还是说你没把人哄下来。"

　　"之前的录音，我让你删你没删？"

　　李靖明从徐言语气里听出了危险，只是他脑袋有点蒙："什么录音？"

　　"我生日那次，你录的音。"

　　"哦哦哦。"李靖明直起身子，打开扬声器，快速地划着手机，"我删了删了，早就删了，你下的命令我什么时候敢不听。"

他找出文件，赶紧按了删除键，晚一秒就怕小命不保。

当初留下这份录音就是想着徐言难得真情流露一次，本来打算以后在关键时刻拿来逗他玩，不过他是怎么知道自己还留着的。

"那秦苒怎么会有？"

"秦苒，不可能啊，我没发给过任何人。"

"所以你还是没删。"徐言下了结论。

"删了删了，刚刚真删了，不信你回来检查。秦苒怎么会有那个录音，你等等啊，我想起来了，我之前给她发文件，她说我发错了，我也没看我给她发错的是什么。我现在看看啊，哎呀，我天，我错了，徐老大，真的是我发给她的，但我绝对不是故意的，我发誓！"李靖明指天发誓，就怕徐言让他以死正身。

"她拿那录音干什么了？"李靖明心思一转，好像知道了这一个月徐老大异常的出处，"她去找你家明星了？所以你家后院才起的火？不是，她不是对你没那心思了嘛，后面男朋友也交了好几个，怎么突然招惹起你的人了，我问问她闹的哪一出。"

"不用，和他们公司的合作什么时候到期？"

李靖明抓了抓自己混沌又清明的脑袋回："到今年年底。"

"付违约金，解除合同，该赔多少赔多少。"

"这样好吗？"李靖明迟疑道，"反正也快到年底了，不差这么几天，不至于非要闹到这么僵吧。"

"李靖明。"

清冽的声音在这个阴沉的早晨格外提神。

"在在，我马上给法务部那边通知。"

这么多年，徐言真生气假生气他还是能听出来的，也是，他们徐老大这个性子，护短得厉害，更何况是自己老婆被人惹到了，肯定要护到天上去。

"你别忘了我们下午的飞机。"

手机里有几秒钟的静默。

"你先回吧，我航班改了。"

李靖明听着电话挂断的声音，忍不住"啧啧"了两声，又忍不住长叹一口气，所以秦苒这是在搞什么，关键是你搞什么，也不用把我拉下水吧。

导演一喊"卡"，小花还没有跑过去，春诺就已经跑向了小花。

小花还是第一次见她老大这么着急。

"怎么了，着急上厕所，这边。"小花递给春诺纸巾。

春诺拍开她的手道："什么啊，手机。"

"手机？"小花手忙脚乱地翻着自己的包，"你不是不看手机吗？"

老大的手机已经在她这边放了快一个月了，平常谁发过来信息，也是她读给老大听，然后她替老大回，她就是一个无情的手机替代机器。

"现在打算看了。"春诺等不及，已经自己伸到她包里去拿了。

她走到背阴的角落里，打开微信，拇指如飞：在干什么？

信息回过来得很快，只有一张电脑屏幕的照片，字虽然她都能念下来，至于是什么意思，她应该也不需要懂。

春诺：无不无聊？

光看字，春诺都觉得无聊了。

徐言：工作怎么会无聊。

春诺看着那几个字，这就是人和人之间的不同吗，虽然她没有当过上班族，但是光听江念晚每天念叨上班的事情，她都会觉得无聊。

徐言：你演戏会无聊？

春诺：不会，我喜欢演戏。

春诺明白了：你喜欢工作就跟我喜欢演戏一样。你是神人，江念晚说喜欢工作的都是神人。江念晚是我闺密，她一直都想见你，我拦着没让。

徐言：等这次你回去了，可以带她来家里见见神人。

春诺轻笑出声。

小花看着她老大的背影，给沈鹤臣发信息：你老大心情怎么样，我老大的心情突然陡转直上，要冲破大气层了。你说奇不奇怪，这是不是冷战冷超脱了。

沈鹤臣：徐总出差了。

小花来了感觉：你们老大到哪儿出差了？

小花看着手机上她的亲亲男朋友回过来的信息，联想到凌晨的外卖和今天早晨她老大的反常，终于反应过来。

小花：世纪大冷战要结束了，我敢打赌，你老大现在绝对在我老大的房间里，他们昨天晚上绝对暗通款曲了。

沈鹤臣问她：你知道暗通款曲是什么意思吗？

小花：这个重要吗，这个不重要。

成语是什么意思确实不重要，重要的是小花晚饭的时候，体会到了电灯泡的快乐，可能是那种十万千瓦的电灯泡吧。

其实两个人之间也没有表现得多腻歪，也没有过多的身体接触，但就是感觉两个人看向对方的眼神里都拉着丝，那种细细的银丝，在空气中一颤三颤的，断也断不了，透着一股黏糊的劲儿。

小花三两筷子塞完饭道："老大，徐总，我吃完了，我和沈鹤臣约好待会儿要视频，我先走了。"

春诺还没来得及说话，小花已经跑得人影都不见了，比兔子还快。

"这个小花，她喜欢的甜点还没上呢，人就跑了，我又不能吃。"

徐言给她夹了一块菠萝鸡道："你不是也喜欢吃这种酸酸甜甜的东西。"

"可现在是晚上，我就是再作，甜点还是不能吃的，不然明天绝对胖四斤。"春诺脸上都写满了"我想吃"。

徐言慢悠悠地端起水杯，说："想吃就吃，待会儿加大点运动量就能消耗掉。"

春诺一口菜卡到了嗓子里，没有嚼就直接吞了下去，她控诉："你偷听我讲话。"

"你说那么大声，我不想听也不行。"

春诺反驳不能，她有的时候一心虚，确实就会加大说话的音量。

最后甜点还是进了春诺的肚子，但是甜点里的卡路里也被消耗掉了，因为她第二天上秤的时候，不重反轻。

"你什么时候回去？"春诺挂到徐言身上。

"今天下午的飞机，明天有一个会议。"徐言托着她的腰把人抱起来，让她挂得更轻松一些。

春诺舍不得他走，可也知道他不能一直待在这边。

"你这边还有多长时间结束？"

春诺用脑子掰着手指头算了算："二十九天。"

四个星期，还挺长。

"我周末的时候过来。"

春诺大力地点点头，随后又有些担心："你这样来回折腾，会不会太累了。"

徐言把她掉下来的一缕头发顺到耳后："你补偿我就好了。"

春诺吻了他十下当作盖戳："没问题，我就当减肥了，流汗消耗卡路里，健康又环保。"

徐言眼底溢出几分笑意问："明年春天举行婚礼，好不好？"

"好，我爸已经找人看了好几个日子。"老春已经把日期发过来好久了，但是那个时候他们还在冷战当中。

"爸也发给我了，我看了一下，其中有一个日子还不错。"

"哪一个？"春诺从他身上跳下来，拿起手机翻出老春发给她的微信，她当时就敷衍了老春几句，都没有仔细看老春发过来的好日子。

徐言修长的手指伸向屏幕，春诺看到了他指的方向，三月十四日。

春诺看看手机，又看看徐言，再看看手机，欲言又止，三月十四日是他们六年前分手的日子。他是记得这个日子，还是不记得这个日子。

"想说什么？"徐言抬起她的头，"以后你想说什么就说，想问什么就问。"

他手指摩挲着她的下巴道："还有，相比较你的后脑勺，我还是比较喜欢看着你的眼睛说话。"

春诺握住他的手问："你喜欢这个日子？"

"以前不喜欢，不喜欢是因为有不好的事情，但我不想以后我们在一起的三百六十五天中，有哪一天是不开心的，不好的事情就用好的事情来覆盖，我们六年前是在那一天结束的，再在那一天重新开始，也算是一个圆满。"他反握住她的手，把人拉到眼前，问，"你怎么想？"

春诺手指轻轻描摹着他的唇，人人都说薄唇薄情，可他的感情却深如汪洋大海。

"我想，我来策划婚礼怎么样，我一定会给你一场最美的婚礼，把那一天变成最幸福的一天。"

他的吻落到她的指尖道："我觉得可以。"

小花觉得她老大这两天有点异常的安静，但这种安静也不是前一阵那种沉闷的安静。她一有时间就写写画画，嘴角还带着笑。起初小花以为她老大是在设计新产品，后来发现纸上画得乱七八糟，根本看不出什么是什么来，问她老大也不说，小花只能说，陷入热恋的女人可能神经都有点不正常。

"老大，有一个本子过来了，说是明年三月份进组，我发你了，你先看看。你之前说明年春要空出两个星期的时间，要空哪两个星期定了吗？早点定下来，我们好早做安排。"

春诺抬起头："春节过后到三月份的工作都先帮我拒了吧，婉拒。"

"今年春节是一月底，到三月有两个多月的时间，你要干啥，造宇宙飞船吗？"

"我婚礼不得好好筹备筹备，两个月我都觉得有些短了。"

小花的胳膊肘杵在膝盖上差点栽下去，这才没过多长时间吧，这是失忆了，还是怎么着。

"您老不是说，有婚庆公司一条龙服务吗，您出席一下就行了。"

"虽然有婚庆公司，但是这种一辈子的大事，怎么可以用一条龙服务，还是亲自参与其中会比较有意义。"

小花只觉得她老大打起自己的脸来，一点都不含糊，一点都不怕把自己的脸给打肿了。她竖起一个大拇指道："你牛，你是老大，你说什么都对。"

"你这是明显的讽刺，我本来准备那段时间给你带薪休假来着，看来你不想休，想继续工作。"

小花赶紧凑过来："别啊，老大，你休假我当然也跟着休假了，我们同甘共苦。"

春诺"哼哼"两声："看你表现。"

"我最爱你了，老大。"小花要蹦起来了，她老大说看她表现就是百分之百同意的意思。

小花给沈鹤臣发信息：我明年要有两个月的假期，你说我干什么好。直到临睡前，小花才收到沈鹤臣发来的信息，然后房间里发出了一声尖叫。正在隔壁屋做面膜的春诺吓个半死，她对着手机那头的人说："你等我一会儿，我去看看小花抽什么风。"

结果她人还没出去，小花已经跑过来敲门了。

"怎么着，你要死啊，大半夜的，你是要把警察招来吗？"春诺敲给她个栗暴。

"老大，我被求婚了！我跟沈鹤臣说我明年有两个月的假期不知道干什么，他说要不就结一下婚。我就说按照徐总和你这么速战速决的性子，他秘书也不该是慢性子啊。"小花搂着春诺的脖子吵得她耳膜疼。

春诺用手推着小花的额头拉开两人的距离，说："恭喜，但我只有一个问题。"

"啥？"

"他知道你本名叫花朵开不？"

春诺开枪正中靶心，小花之前交过的几个男朋友，小花越是喜欢，她越不敢和人说她本名叫啥。

"那你跟他说你叫什么？"

"花小花。"小花有点惆怅道，"老大你说我现在去改名还来得及不。"

"你老大我说，如果他真的爱你，你就是叫'花小猪'他都不介意。再说你这个名字多好听，花朵开，让人想到漫山遍开的花团锦簇，我不知道你为什么这么介意这个名字。"

"因为我小时候曾经有一个很喜欢的小男生，他听到我这个名字后，笑抽过去了，就是那种很明显的嘲笑。我当时和他打了一架，还把他给揍哭了，但是他那个笑给幼小无助的我留下的伤害太大了，我后面一跟别人说我的名字就自动想到那个笑，我想改都改不过来。"小花三言两语说得轻描淡写。

春诺使劲胡噜胡噜她的短发道："乖，你的名字绝对是我听过的最好听的名字之一，生机盎然又浪漫诗意，你男朋友肯定会喜欢的。鹤臣和朵开，再没有比这更般配的名字了。"

小花鼻头发酸，问："为什么不能是最好听，还非得挂个'之一'？"

"确切地说不是之一，是排名第二，在我这里，第一好听的当然是我老公的名字，你要是想争第一，去找你的男朋友。"

"哦。"小花勉强接受。

"所以，沈鹤臣求婚，你答应了没有？"

"啊？啊！我还没有回他。完了完了完了，这都五分钟过去了，你说他该不会觉得我不同意吧。我不跟你说了，我回去了，回去了。"小花又一溜烟跑了。

春诺笑着摇摇头，准备回去继续给徐言拨视频电话，等她回到床上，才发现视频根本没有挂断。

"你没挂断啊。"

春诺的脸在手机屏幕里放大："我发现你戴起眼镜来，特别有那种劲儿，就是那种想让人压在床上，又踩又躏的劲儿。"

徐言眼睛从文件上离开，看向屏幕，她眼神飘忽不定，明显顾左右而言他。

"我刚才都听到了。"

"听到什么了？"春诺装傻。

"你老公的名字最好听。"徐言直接点破。

春诺是那种你如果跟她装傻，她会装得比你更傻，但是一旦被人点破，脸皮反而会厚起来的人。

"那当然了，我老公的名字当然最好听，而且我跟你说，我俩名字是绝配。徐徐风来对冉冉春生，海誓山盟对千金一诺，我俩在娘胎的时候，绝对被月老牵过线。"

徐言看春诺认真的神色，直接推开文件，拿起平板电脑道："你如果认识月老的话，怎么不让他把时间过快点。"

春诺隔着屏幕点点他的唇："可月老也不管时间，他只管姻缘。"

今天才周三，离周六还有两天，四十八个小时，两千八百八十分钟，度日又何止如年。

"我很想你。"春诺说出自己心中所想，好像从分开的那一秒起就已经开始想了，其实以前也是，只不过以前她不敢说出心中所想。

"睡吧，你不是明天一早的戏。"徐言摘下眼镜。

"你不想我吗？"她都表白了，他都没有半点反应。

徐言眼神锁住她，里面有不再克制的汹涌："春诺，你要知道，我对你不是只有想。"

不是只有想，那还有什么，春诺永远是言语上的巨人，行动上的矮子，徐言才是闷头不语干大事的那一个，空想家哪里能比得过实干家。

春诺老实了，她觉得自己被他的眼神给调戏了，但是她又没有证据，只道："睡吧睡吧，睡着了时间就过得快了。"

睡着了不只是时间过得快，还会见到想见到的人。

沉浸在美梦中的春诺被闹铃扰醒，有些气恼地蹬了两下腿，最后还是老老实实地起床，准备开工。睡觉时间过得快，进入片场努力工作时间也会过得很快，这样周六马上就会到。

敲门声响起的时候，她还在想小花今天怎么这么早，大门敞开，她人愣在了原地，以为是在梦中还没有醒。看着慢慢张开的双臂，她把尖叫压在心底，跳着蹦到了他身上，紧紧搂住他的脖子。

"你怎么来了！"

徐言抱着人走进了屋里："不是说想我了。"

春诺何止惊喜，说道："你好像从天而降的圣诞老人一样，全世界最帅的圣诞老人。"

她去碰他的唇，唇齿纠缠的间隙还能想到问他累不累："要不要去床上睡一会儿？"

凌晨的飞机是会要人命的。

"不睡了，陪我坐一会儿。"徐言抱着她坐到了沙发上。

"你马上就要走吗？"春诺看他身后连行李都没有。

"只能调出半天的时间来，"他看了看表道，"我一个小时后就得走，可以陪你吃个早饭。"

春诺抚上他的喉结："时间好短，我可以不吃早饭。"

徐言握住她作乱的手："你也知道时间短，所以别招我了，我不想你连拍戏的力气都没有，去洗漱，然后吃饭，我叫了早餐。"

"哦。"春诺十分听话，只不过从他腿上下去之前，又给了他一个深吻。

春诺剥好鸡蛋，一半喂到了徐言嘴里，一半塞到了自己嘴里："我得给小花发个信息，让她不用帮我买早餐了。"

徐言伸手拿过她的手机："她不会去买的，沈鹤臣也来了。"

"真的？"

"快吃，不要扰了别人的好事。"

"唉，我白白做了半夜的美梦，结果有好事的是别人。"春诺做可怜状。

"陪你吃早饭不算好事？"徐言递给她抹好果酱的面包片。

春诺没有接，就着他的手咬了一口道："再没有比这更好的事儿了。"

"嘴上有果酱。"徐言眼神示意她擦擦。

"哪儿？"春诺坐近，"你帮我擦，我看不到。"

徐言要去抽纸巾，春诺按住他的手："不要用纸，用手，纸擦得不舒服。"

她心里在想什么，徐言自然清楚，只是他心里在想什么，她不知道，所以才这么肆无忌惮。

"快点。"她还火上浇油地催。

徐言拇指抹过她的嘴角，还没撤离已经被她含进嘴里，眸光似水，红唇似焰。徐言喉结滚动，声音染上她熟悉的哑："春诺，你知不知道，有一个成语叫作无知者无畏？"

春诺放过他的手指："我不知道，要不你教教我。"

徐言双手拉着她的椅子扶手，连人带椅子拉了过来："你惹火的时候，是不是不知道火烧到自己身上有多疼。"

春诺沐浴在晨光，撒娇中带着明目张胆的挑衅："要说惹火也是你先惹的火，你昨天晚上说，对我，可不止有想。"

她这个毛病可能永远不能改了，惹起事儿之前胆子比谁都大，把事儿惹起来了逃跑的时候，速度也比谁都快。

情人之间的一个小时比常人的一分钟还要快，上一分钟才见了面，下一分钟就要离开。春诺嘴上说得很洒脱："走吧走吧，不要误了飞机，我也要开工了。"

但是留恋全都藏在了指尖，她的指尖摩挲着他的手背，画出了长长的飞机线。

徐言揽人到怀里，不知道是在安慰她还是安慰自己："两天很快过去。"

两天的确很快，只不过说好要来的人，临时出了差，两个人只能在电话里耳鬓厮磨。

"抱歉。"

"没事儿啊，你就算过来我也没多少时间陪你，我这几天收工都好晚的。"春诺语气轻快，不想把自己的失落传递给他，"怎么办，因为我这个工作，把夫妻生活过成了两地分居。不过这样也挺好，有一个词叫作小别胜新婚，这样我们就可以一直过新婚生活了。"

"春诺。"

"嗯？"

"其实，不别也可以一直过新婚生活。"

我对你的爱不会随着时光减退，所以不需要距离产生的美将爱意重燃。

好多年后，三冠影后春诺接受记者采访："这么多年来，您每年都只拍一部戏，是有什么特殊的缘故吗？"

"也没什么特殊的缘故，第一大概是因为我比较懒，还有就是因为我们家有一只猫，不能离开我太长时间。"

记者不明白，问："猫不可以带到片场吗？"

春诺摇头，眼神里全是温柔："不能，太大了，带不动。"

春诺在回程的飞机上遇到了当初的债权人郭鲁岳，就是他把债务延长到十年内还清，两个人正好邻座。

郭鲁岳见到春诺很高兴，说道："春诺，你现在发展得很好啊，我闺女喜欢你喜欢得很，我跟她说我认识你，她还不信。"

春诺对郭鲁岳永远存着一份感激，如果不是他把还债的时间延长，她都不知道他们家能不能挺过来。

"郭叔，这都是因为有您当年的帮忙。"

郭鲁岳摆摆手道："过去的事儿，都不说了，大家都不容易。其实啊，"郭鲁岳话到嘴边，又止住了，转了话头，"春诺啊，现在谈朋友了没？"

春诺抿嘴一笑："谈了，我已经结婚了。"

"是吗，那太好了，恭喜恭喜。"

两个人后面的话题大多落在老春身上，一路聊了过来，两个多小时的时间倒也不无聊。

"你住哪块，我让我司机送你。"

"不用，郭叔，家里有人来接。"

"哦哦，你老公，对吧？肯定想你想坏了。"

春诺一眼就看到了徐言，冲他招手："对，他已经到了。"

郭鲁岳顺着春诺招手的方向看过去，有些惊喜："哟，徐言是你老公，你们两个说开了，重新在一起了？"

春诺挥手的动作顿住，问："您认识徐言？"

郭鲁岳面上惭愧，说："何止认识，你们重新在一起了就好，要不你每次一说感谢我的话，我都受之有愧。当初其实我也很难，要是拿不到你们那笔钱，估计我也会完，所以我刚开始逼你们逼得很紧，后来徐言找到我，他一次性把钱都还给了我，还不让我和你们说，只让我和你签个十年协议。"

郭鲁岳这辈子经历的事情也算不少，但是当初徐言找到他的时候，他还是被徐言的话给震惊到了。徐言提出春家欠的钱他会一次性全部还完，让他不用再去逼春家，也不用和春家说这件事，只让他把春家还款的时间宽限到十年。春家到时候能还多少算多少，春家还上的那部分钱就当是他对他们公司的投资。

二十岁出头的年轻人，看起来也就是刚出校门的大学生，背挺得笔直，干干净净的样貌，言谈举止不卑不亢，有礼有节。

虽然徐言提出的方案对郭鲁岳的公司百利无一害，但他开始不信徐言说的话，他能看出徐言绝对不是于世杰那样的富二代，就算徐言出自一个稍算富足的家庭，砸锅卖铁也不可能一下子拿出那么一大笔钱来，可第二天他就准备了钱和相应的协议过来。

郭鲁岳让律师专门过了两遍协议的内容，律师没有找出半点漏洞来。律师甚至问徐言协议是让谁帮忙拟的，徐言说是他自己，律师当时很是惊讶，说这个水平就能够到从业律师了。

郭鲁岳看着他眉眼中的气度，当时就有一种感觉，这个年轻人绝非池中物，再过几年，于世杰怕是望其项背都不能。

说实话，他有点看不起于世杰，于世杰为了得到春家那闺女，明里暗里来给他施压，让他先去逼春家还钱，于世杰自己再装大尾巴狼去春家当好人，简直下作至极。

他不知道春诺和徐言当初有什么误会，但是现在两个人能修成正果，他太乐见其成了。

徐言看到春诺和郭鲁岳出来时，就已经意识到了不对，迈脚大步走了过去，却还是晚了一步，春诺看过来的眼角已经带了红。

回去的路上车里很安静，春诺的眼泪就没有停下来过。

徐言停车靠在路边，松开两人的安全带，把人抱到自己怀里道："哭什么，回头眼睛又该肿了。"

春诺看着他的眼睛问："你怎么会知道我家的事情？"

徐言避开她的视线，说："你说分开说得太突然，有些事情想查自然能知道。"

春诺去追他的眼睛："你那个时候怎么会有那么多钱？"

徐言捏着她的手，没有说话。

"告诉我，徐言。"春诺哽咽着揽上他的脖子，不让他回避。

"放心，肯定不是卖身。"徐言抹掉她的眼泪。

春诺晃动着他的脖子："徐言。"

她心里现在有说不出的慌，身体像是陷在沙坑里，不停地往下坠落，她不知道自己当年都错过了什么。

"有人买了我当年比赛得奖的那套 AI 算法。"

春诺有些蒙。

徐言轻叹一口气，使劲揉了几下她额前的头发："没有人跟你说过我很厉害吗？"

"我知道的，你很厉害的，特别厉害。"春诺搂紧他的脖子。

"春诺，我是真的恨过你，轻易就否定我们之间的过往。如果以后再发生什么事情，你不第一时间告诉我，自己私自做决定，我绝对不会原谅你。"徐言说到最后，又有些咬牙切齿。

春诺泣不成声："对不起，徐言，真的对不起。"

徐言轻触她的唇，说道："多相信我一点，也多相信自己一点，嗯？"徐言看向春诺的眼睛，认真又严肃。

"你不要因为这件事情觉得欠我什么，钱是你们自己还清的，我的那笔钱投给了郭鲁岳的公司，到现在为止已经翻了倍，反而是我要谢谢你，我娶了个有福气的太太。"

他本不想让她知道这件事，当初不想让她知道，现在更不想让她知道。

当初不想让她知道，是因为她从一开始就选择了推开他，如果她知道后，要怎么办，再来找他吗，是因为感激还是愧疚？那个时候他还年轻，一身的骨气，自尊心比天还要高，无论是哪一种他都接受不了，他要的是她最初的信任和没有任何杂质的感情，既然她做不到，那索性就不要再在一起。他甩出了那笔钱，就当是用钱买断了两个人的曾经，不想也不允许自己再回头。

可是说再多的不允许，不由心也不由身，他还是一点点回了头，也幸亏是回了头。

现在不想让她知道，是根本没有让她知道的必要，两个人已经和好如初，他不想她再因为这件事难过伤心或者有一点点的心理负担。

好多年后的一个人工智能领域的高峰论坛上，徐言作为主讲人接受大家的采访，一个大学生模样的女生提了一个问题："徐总，现在 AI 领域的两大龙头企业一家是朗云，另一家是星际，业内人士都知道，星际当年起家就是因为重金购买了您当初创立的一套算法。如果您当年没有卖掉那套算法，朗云上市的时间应该至少提前五年，这五年所产生的价值可能会比您卖掉那套算法得到的钱多出几十倍不止。对此，您有没有后悔过当初的做法？"

徐言握着话筒，听完问题后，低头浅笑，台下传出不少的惊呼。

岁月并没有在这个男人身上留下多少痕迹，四十而立的男人，清俊的相貌，从容的气度，举手投足间都令人神往。

"我知道对我来说什么是最重要的。当初是，现在也是，所以，我从来没有后悔过。"

第十一章
牵最初的人

刘老师是在深冬的一个早晨走的，徐言在医院发病危通知书的时候就连夜赶了回去，春诺从深山老林里往回赶，葬礼当天才到。

满目的白色，漫天的飞雪，春诺一步一步走到徐言面前，不过才短短几天，他已经瘦了一圈，眼窝深陷，下巴起了青色的胡楂。

春诺伸手拥他入怀："徐言，难过的话，哭出来就好了，我会一直在，一直陪着你。"

埋在她肩膀的人弓着身子，紧紧地搂住她，像是要把她嵌到自己身体里。

葬礼过后，徐言表面无异常，但是整个人比以往更要沉默，春诺便推掉了所有能推的工作，留在家里陪他。

这些年，春诺有在剧组直接过年的时候，又或者大年三十晚上才赶到老春那儿，陪他吃一顿年夜饭，第二天又飞回剧组。还是第一次年底空出这么多时间来，可以好好准备年货。

好多老礼她都不懂，但她有两个坚强的后盾，老春和徐淑芳。

她大多时候都是问徐淑芳，主要是她现在一给老春打电话，不管开始的话题在哪儿，最后总能扯到生孩子上。

他的鱼友家刚得了一个白白胖胖的大孙子，他眼馋，开始还能忍着不提，但是他那鱼友一天发十回朋友圈，全是大孙子的照片。老春心想，就我女婿那气度，我女儿那相貌，生出来的不管是儿子还是闺女，不比他家的好看一百倍。春山先是隐隐约约地提了几次，春诺根本不接他的招儿，后来春山干脆就直接挑明了。

关于生宝宝的事情，春诺和徐言提过一次，也不是特意的，江念晚有一次推荐了一个APP给她，说是上传两个人的照片，便可以出来宝宝的样子。她试了一下，出来了一个虎头虎脑的小男孩，漂亮极了。

她拿照片给徐言看，他只看了一眼便放下了，拉她坐到自己腿上，问："你想要宝宝？"

也不是，春诺想象不到自己当妈妈是什么样子，所以多少会有些害怕，但是一想到有一个和徐言一样的宝宝，不管是男孩还是女孩，就又有几分期待。

"春诺。"徐言靠到她的肩上。

"嗯？"

"再等一两年吧。"

"你不喜欢小朋友吗？"他和别的小朋友玩的时候，温柔又有耐心，她还以为他很喜欢小朋友。

徐言俯身到她耳边："我现在只想过二人世界，暂时还不想让别人来分你的心思。"

春诺摸摸他的头发，和他提前保证："就算有了小朋友，我也最爱你，这一点永远都不会变。"

徐言轻吻上她的唇："我也最爱你。"

冬天是一个最适合在床上耳鬓厮磨的季节，徐言犯起了懒，根本不想去上班，最后干脆直接给全公司提前放了年假，让大家回家好好准备过年的事情。

小花帮春诺整理衣服，还不忘损她："老大，完了，你真的成了祸国殃民的苏妲己了。"

春诺回她："如果你不想你的沈鹤臣休假，我也可以跟徐言说让沈鹤臣到公司值班。"

"别别别。"小花的骨气连一秒钟都挺不过。

春诺参加了一个新剧的发布会，这部剧是去年拍的，她可能连个女七号都算不上，本来不用她参加，但是剧组方把她也叫上了。小花说这大概就是火和不火的区别吧。

结束的时候，春诺在酒店门口碰到了云楚。云楚先和春诺打的招呼，春诺开始都没认出云楚来，一身黑色衣服，黑帽子加黑口罩，这是玩什么碟中谍吗？

云楚也知道自己这个样子很奇怪，不过她管不了那么多，她拉住春诺，开门见山道："春诺，我可以借住你家一晚吗？"

春诺本来有些迟疑，但是看到云楚苍白的脸色和发红的眼角，觉得云楚可能是遇到了什么事情，她对云楚的印象不坏。

车上很安静，云楚一直望着窗外不说话，春诺和小花对望几眼，她俩都不是会安慰人的人，而且云楚应该也不想让人打扰。

春诺给徐言发信息：我今天晚上要带一个朋友回去，她遇到了点事情，到时候让她住隔壁。

徐言：好，那晚上我做几个人的饭？小花要在这儿吃吗？

春诺：三个人就行，小花还急着回去陪沈鹤臣呢。

云楚的手机一直响，她最后直接关了机。春诺摸摸自己的鼻子，她刚刚无意中看到屏幕上的名字，是魏钰。

所以，是吵架了吗？那这架吵得可能有点严重。

春诺先带着云楚去了隔壁："你如果不想人打扰，我晚上就睡隔壁；如果你想有人陪，我可以留下来。"

云楚声音有些沙哑："隔壁也是你家？"

"对，我和我老公住那边。"

"你结婚了？"云楚红肿的眼睛里有惊讶。

"对，你想单独一个人我就把饭送过来，或者你和我们一起吃？"

"一起吧，不好意思，我不知道你结婚了。"云楚是真的没有想到。

云楚见到徐言，先是诧异，随后露出了然的笑容："没想到你们动作这么快，我当时就觉得你们缘分未尽。"

春诺这才想起来，云楚见过徐言一面，在他们家的饭馆。

云楚看着眼前的两人，心里有些酸楚，两人之间虽然没有很多交流，但一个动作一个眼神，都流露出默契和浓情。

"徐总，如果不介意的话，我可以借用你老婆一晚上吗？"云楚晚上实在不想一个人待，她怕她会疯掉。

徐言举着水杯的手一顿，看向春诺。她只说要带朋友回家，没有说还要陪朋友睡觉。

"他不介意。"春诺直接替徐言做了回答，因为她怕徐言真的会说出介意两个字，那就尴尬了。

春诺去衣帽间拿衣服，徐言将人堵在了角落里："我介意。"

春诺摸摸他的头："乖，我知道。但你也看到了，她情绪很不好，我陪着她会好些。"

"我情绪也不好。"

"回头我补偿你，好不好？"春诺知道他只是想撒个娇，她现在已经能摸清他什么时候是在撒娇了。

徐言低头吻她："别回头，就现在。"

春诺出去的时候，在镜子里照了又照，怕云楚看出些什么。

"好了，别照了，你再不出去，她怕真的是要看出些什么了。"

春诺瞪他一眼，眼波流转，似嗔含娇。

徐言想出去对她那个朋友说，他是真的很介意。

春诺和云楚窝在沙发两头。

春诺倒了两杯红酒，她觉得对于现在的云楚来说，喝点酒可能会好一些。

"你一定很爱他。"云楚晃着酒杯。

春诺大方承认："对。"

云楚眼里有羡慕，说道："真好。当初拍戏的时候，你们是不是还没在一起？"

"嗯，他那个时候对我爱搭不理的，可傲娇了。"春诺想把气氛搞轻松一些。

"他也很爱你，在你不知道的地方，他一直护着你。"

云楚的记忆力一向很好，演起谁来都入木三分，那晚徐言在饭馆里说的话一字一句从她嘴里说出来。

春诺像是回到那个夜晚，徐言就站在她眼前。她一直知道他很好，可他的好远远超过她的想象，她知道他一直在护着她，在一起后，过往的一切点点滴滴串联起来，她才知道他曾为她做过那么多，可原来她知道的还只是冰山一角。

"感动了？"云楚看着春诺发红的眼角。

春诺点点头道："我很幸运，还能重新找回他。"

云楚放下酒杯："春诺，你知道吗，我一直都在关注你。"

春诺有些不解："为什么？我应该没有什么值得关注的地方。"

云楚的声音很平静："吴天昊，我曾经遭遇过和你一样的事情。"

听到那个名字，春诺握紧酒杯。

"可我没有你那么勇敢，我没有反抗，他在这个圈子的影响太大了，我根本不敢，而且我还想继续在这个圈子待下去。事后他给了我几个资源，说是补偿，我接受了。我确实也靠着那几部戏火了起来，我一直告诉自己，这是我该拿的，我这么做没有错。因为我如果反抗，可能会落得和你一样。"云楚自嘲一笑，"是不是觉得我很坏，不该带我回来？"

春诺喝了口酒："每个人的选择不同，结果自然也不一样。你有你想要的，我有我坚持的，没有对与错。虽然我可能在这个圈子发展得没有很好，但我从来没有后悔过。如果再来一次，我照样还会砸他一次。"

"所以，我很羡慕你。你坚持了你所坚持的，被打压了这么多年都没有向他屈服，现在你事业也渐渐起来了，以后肯定会越来越好。这都是靠你自己的坚持和努力换来的，你所得的一切都问心无愧，所以遇到爱人的时候，能够堂堂正正地拉住他的手，堂堂正正地说爱。"

云楚的声音有些缥缈："可我不行，我也遇到我爱的人了，本来只想玩玩，没想到动了真情。真情好烦的，它会让人心虚，越爱他，越心虚。他那么好，我却这么糟。"

春诺看着将头埋在膝盖里的云楚，不知道该说些什么，只能给她再倒了一杯酒，喝醉了睡一觉，明天醒来或许会有一个答案。

最后云楚慢慢睡了过去，春诺抱出一条被子盖到云楚身上。她自己喝得也有些多，身体有些发飘，脑子倒还算清醒，躺在露台的沙发上给徐言发信息：你睡了吗？

信息回得很快：你不在，我怎么睡得着。

春诺抿嘴微笑，小心翼翼地穿过露台的门，进到屋里，踮着脚来到卧室门口，准备开门吓他，结果门从里面突然打开了，她被抱了个满怀。

"你怎么知道我来了？"

他轻轻闻她的颈侧："因为我闻到酒味了。"

"我身上酒味有那么重吗？"春诺闻了闻自己，好像没有吧。

"怎么过来了，不陪你朋友了？"徐言抱着人往床边走。

春诺搂上他的脖子，唤道："徐言。"

"嗯？"

"谢谢你，肯回头。"

他迫不及待地撬开她的唇，去吮吸她的舌尖，轻轻地道："也谢谢你，没有走太远。"

生命脆弱又无常，趁时光还青，岁月未老，去告白，去相爱，去幸福，然后一直到老。

除夕那天下午，客厅的电视里放着往年的春晚，老春和徐言在厨房里做菜，徐淑芳和春诺在外面边唠嗑边包饺子。

徐淑芳把徐言小时候的糗事都拿出来溜了一圈。

"言言呀，小时候吃饺子只吃饺子皮不吃饺子馅，我问他为什么不喜欢吃馅儿，你猜他怎么说？"

春诺好奇极了："他怎么说？"

徐言围着小熊围裙从厨房出来："妈，您过来帮我看看，我这个菜调不对味。"

春诺看他着急出来打断话题，更想知道："调不对味找你老丈人，我和妈正说话呢。"

徐淑芳爽朗一笑，兜了自家儿子的老底："他说皮儿不好吃，馅儿好吃，他要把好吃的留给他媳妇儿。"

春诺呆了一下，然后爆笑出声："徐言，你可以啊，从小就知道疼媳妇儿。"

徐言闷回厨房里不出声，春诺知道他肯定是害羞了，她举着沾满白面的手跑去厨房。谁知道老春正在讲她小时候的糗事，春诺想阻止已经来不及。

"小诺上幼儿园的时候，每天早晨都跑到家里的花园，摘朵花放到书包里，我问她摘花干什么啊？她说她要送给她喜欢的小朋友，我以为是小女孩，等开家长会的时候才知道是个漂亮的小男孩。你不知道我这个当父亲的那把辛酸泪，我这还没等到女儿长大，就已经体会到了女大不中留的滋味。"

徐言看向她，眼里不乏酸意："徐太太，我到现在都没有收到你半个花瓣。"

"这个简单，我现在就送你一朵。"

春诺揪来一块面团，三秒钟捏出了一朵六瓣花："喏，送你一朵可爱又美丽的玫瑰花。"

徐言还没说什么，老春在旁边幽幽地来了句："你这也太敷衍了，我都看不下去。"

晚饭过后，一家人在客厅里守岁看电视，两位老人守到一半就撤了，年纪大了，没有那么多的精气神，老春回了隔壁，徐淑芳去了次卧。

春诺也有些困，但是怎么也得等到十二点的钟声敲响才能去睡。她躺到徐言腿上，有一搭没一搭地看着电视，电视里在演一对男女初见时的场景。

她揉捏着徐言的手，问："徐言，你还记得我们第一次见面的时候吗？不是在画室，是在食堂。当时我的头绳蹦到了你的碗里，你有没有印象？"

徐言看向她的眼睛："那不是我们第一次见面。"

春诺猛地起身："你之前见过我？"

徐言点头。

春诺勾住他的下巴："什么时候？好啊，徐言，你是不是对我一见钟情，早有预谋，就等着我上钩。"

徐言有些好笑，但又不能否认。

第一次见春诺，是在照片里。

学校校庆，道路两边全是宣传展板，两个小朋友围着展板打闹，他远远地看见展板有些倾斜，大步跑过去把两个小朋友推开，自己却被砸到了腿。

他最后躺上了救护车，两条腿生疼，边上还有一大一小两个小朋友抹着眼泪听妈妈训，当时的场面滑稽又好笑。

来参加校庆的人和车很多，救护车堵在刚出校门口的那一段路根本出不去，堵了大概有十分钟。在他快要疼死过去的时候，司机有些惊喜地说，路通了，有个小姑娘在前面帮着疏通道路。

室友们得到消息过来看徐言，只说今天论坛上火了两个人，一个是他，见义勇为，不惜用自己的老胳膊老腿去抢救祖国的花朵，他笑骂他都这样了，还被他们拿来取乐，简直是毫无人性。

另一个是一位至今都没人查到是哪级哪届的女生，黑衣黑裤，黑发披肩，骑着山地车，一辆一辆地敲着车窗，在前面为救护车开出一条路来。

室友发给他一张照片，拍下的是她无意间回头的样子，他透过照片，正好对上她的视线，清澄的瞳眸，一眼入梦。

那是初见。

春诺直接扑到徐言身上，把人压倒在沙发上，掐着他的脖子，假装恶狠狠道："你为什么不早说，你肯定是对我一见钟情。"

徐言伸手揽佳人入怀："当时就觉得那么酷的一个姑娘，骑一辆通身粉的山地车，我第一次知道了一个词。"

"什么？"春诺很是期待。

徐言给出了三个字："反差萌。"

什么嘛，春诺晕死，不应该是惊艳绝伦之类的吗？

她不会轻易放过这个机会，她突然觉得以前说是她追着他跑，凭他的智商没准就是他真的放了饵，在勾着她去追他，天蝎座最腹黑。

"那为什么我最开始追你的时候，你对我爱搭不理，我都对你英雄救美了。"

徐言将她垂下的头发别到耳后，吻上她光洁莹白的额头："那个时候觉得，我们两个不是一个世界的人，你应该只是贪图我的美色，追着我玩玩而已，你仔细想想你当时难道不像调戏良家妇男的小痞子吗？"

春诺简直要暴走了，这都是什么形容词，她撒娇让他抱她回卧室，最后压倒他，把人扒了个精光。既然她已经顶上了这个名头，不干点落到实处的事儿，岂不是冤枉了他给她的这个称呼。

过年期间发生了两件事情，云楚宣布无限期退出娱乐圈，吴天昊因为涉嫌迷奸被警方逮捕。

两件事情看似没有关联，但是有人传，吴天昊是云楚向警方举报的。

云楚离开这座城市之前见的最后一个人是春诺，两个人约在春诺家附近的咖啡馆。

春诺对她有怜惜也有佩服，当你到达顶峰后，再放弃一切回归到平凡，需要的何止是勇气。

"你还好吗？"

云楚素颜白裙，人看着瘦了好多，但是精神气很足："我很好，从来没有这么好过。"

"那就好。将来有什么打算？"

"我家乡在海边，小时候的愿望就是在海边开一间花店。以前觉得愿望就是愿望，它只存在你的脑海里，不一定非要实现它。但是当周围的喧嚣都安静下来，你会发现，你真正想要的是什么。"

"你和魏钰？"春诺无意打听别人的隐私，但是魏钰不知道从哪里拿到了她的联系方式，三番五次向她打听过云楚的下落。

云楚拿汤匙轻轻搅拌着咖啡："我们结束了。以后他的世界是耀眼的星光璀璨，而我的世界是平凡的一日三餐，我们不会再有任何交集。而且我的事情迟早会被扒出来，我不想拖累他，也不想他的身上因为我有任何污点。现在他爱我，自然觉得可以包容我的一切，可两个人单凭相爱又能走多远，就这样结束吧，我不想他将来怨我。春诺，不是谁都能有你的那一份幸运，好好珍惜身边人。"

　　春诺看着她恬静的侧脸，静默了几秒，然后开口："云楚，我以前和你是一样的想法。你也知道，我和他分开过一段时间，我家里出过事情，当时我心里只有一个想法，就是不能因为我和我家里的事情连累到他，所以我自己做了决定，以我认为对他好的方式结束了两个人之间的关系，然后我们分开了六年。我们重新在一起后，他跟我说过，在知道我和他分开的真相后，他确确实实地恨过我，因为我不是他，遇到事情，不能连他的想法都不听，就以为他好的名义，擅自替他做出决定。爱人，不是只有在高兴的时候说一句我爱你，还要在难过的时候想到我有他。

　　"或许每个人的想法会不同，但魏钰不止一次找过我，就是想知道你的下落，我能看出他是真的担心你。所以你何不听听他的想法，听听他对你们未来的打算。人生很短的，不要把时间浪费在误会和猜测上，将来的事情谁都说不好会怎么样，但是我们至少不要把遗憾留给现在。"

　　春诺其实不习惯在别人面前说她和徐言感情的事情，一口气说完之后，脸上起了些不自然的热。

　　"当然，这只是我自己经历的一点儿体会而已，感情说到底是两个人的事情，你自己的想法最重要。"

　　云楚笑眼弯弯，只是那双盈盈的眸子里满是水汽，她道："谢谢你，春诺，我可能需要一点时间来想想我到底要怎么做。"

　　两个人在咖啡馆门口分开，春诺看了看天色，拿出手机来，想要问一问在家工作的某人要不要出来散散步，顺道去一趟超市换换脑子。号码还没有拨出去，屏幕亮了起来，春诺边接电话边想，这难道就是传说中的心有灵犀。

　　"你怎么知道我要给你打电话？"她声音里满是雀跃。

　　徐言轻笑一声道："左转。"

　　春诺顺着他的声音看过去，他站在街边，喧闹的人群成了背景色，黑色的大衣更显得他身材挺拔，脖子上围着她织的歪歪扭扭的灰色围巾，但也遮挡不了他清俊的容貌。

　　四目相对，他眉眼里皆是笑意，像是要融化掉这个寒冬的傍晚，来往行人的视线止不住在他身上停留，可他眼里毫不遮掩的温柔和宠溺只看向一处。

春诺扑向了徐言的怀里，仰着头问他："你怎么来了？"

徐言给她戴上羽绒服上的帽子，然后拉起她的手放到自己大衣兜里，余光里看到旁边卖冰糖葫芦的小车。

"想吃冰糖葫芦了，就下来转转。"

春诺皱了皱鼻子，嘴硬的男人，八百年都没有见你吃过一次冰糖葫芦。

她拽着他走向卖冰糖葫芦的小摊，豪气升天，像是要买下这一整条街："想吃哪个，我买给你。"

卖冰糖葫芦的大妈在这条街上来来往往见过多少人，还是第一次见到这么好看的一对男女。不过，不都是男朋友问女朋友想吃哪个吗，这怎么还反过来了？也有可能是好看的人就特立独行一些。大妈笑得快要眯成一条缝的眼睛里闪过无数个想法："小伙子想吃哪个？"

冰糖葫芦的种类五花八门，橘子的、葡萄的、草莓的，还有香蕉的。徐言对冰糖葫芦的印象还只停留在山楂，充其量就是中间再加个糯米或者豆沙，他一时有些傻眼。

春诺看着他呆愣的样子禁不住笑了出来，谁能想到无所不能的徐总会在冰糖葫芦面前傻了眼。她细心地给他解释每一种是什么味道："每个口味都很好吃，不过我最喜欢的还是糯米山楂。"

徐言终于听到了自己想听的话，对大妈说："两根糯米山楂。"

"哎，好！"大妈利落地打包了两根递给徐言，"小伙子，你女朋友对你可真好。"

徐言接过冰糖葫芦道："不是女朋友。"

嗯？大妈的笑容僵在了脸上，眼里的怒火都快要飙出来，你都拉人家的手了，而且你吃个冰糖葫芦的钱都是人家小姑娘付的，你还不承认人家是你女朋友，长得那么好看居然是渣男。

"是我老婆。"徐言认真纠正道。

大妈眼里的怒火急转而下，被从天而降的一盆狗粮给浇得稀里哗啦。

"哎哟，真是郎才女貌，般配得很，小姑娘有福气，小伙子更有福气。"

春诺在旁边用手机付完款，佯装镇定地把手机塞到兜里，冲大妈笑了笑，拉着人赶紧逃离了现场。他第一次叫她老婆，苍天啊，她为什么觉得老婆这个词好像比太太更有杀伤力，尤其是从他嘴里一本正经地说出来，简直要让人心跳过快而死。

徐言看着暴走的某人快要着火的侧脸："你脸红什么？"

春诺紧了紧自己的帽子，死不承认："我哪有脸红。"

"不喜欢我叫你老婆？"徐言在后面不紧不慢地被她拽着往前走。

春诺简直快要疯了，这哪里是喜欢不喜欢的问题，这可能是她马上就要从这个世上消失的问题。

那天晚上，她被人按在床上，亲一下叫一声老婆，美其名曰要让她适应这个称呼。春诺躺在床上看着眼前这张脸，绝望地想，自己这辈子可能都适应不了这个称呼了，因为她一听到这两个字，脑子里绝对会想到今天晚上的场景。

是真的会死人的。

春诺和徐言的婚礼是在徐言的老家举行的，很小型的婚礼，只邀请了两家的亲朋。

三月春景，漫天花海，春诺和徐言携手走来。

春诺在他耳边低声许下自己的誓言："徐言，我们错过的六年，我会用以后的六十年来弥补。"

徐言拥人入怀，回道："春诺，我要的，不只是一个六十年。"

婚礼结束后，春诺一整天都提着的心才放了下来，只有一个感觉，除了累还是累。到了门口，她干脆双手挂到徐言脖子上："我好累，你抱我。"

她的敬酒服是一身红色旗袍，长长的黑发用白玉簪子绾起，仰头看过来，眉目间若有似无的风情牵缠出无限的娇意。

徐言架着她的两条腿环到自己腰上，按下密码，推开门后，连灯都没有打开，直接把人抵到了墙上。

黑暗中他准确无误地寻到了她的唇，连半分喘息的机会都没有给她，舌撬唇齿，卷津入喉。她起初还能跟上他的节奏，三秒都没到就举了白旗，任他为所欲为。在她觉得自己快要窒息的时候，他终于良心发现放过了她的唇，转到了她莹白小巧的耳垂。春诺根本受不住，只能拿手抚摸着他的脖颈，企图舒缓一下他的情绪。

她的声音断断续续，软着嗓子求："徐言，我们去床上。"

可只顾埋头干活的人根本听不到她的话，她去拧他的胳膊，但拧到最后只有自己的手疼，眼看他要上手撕旗袍，春诺急了，一把拍开他的手："你别撕，还要留着呢，以后老了拍婚纱照的时候还要穿。"

徐言总算回来三分清明，伸手去解旗袍上的盘扣，可他根本不得要领，解了半天也没解开一颗，最后一手搂着她，一手去摸旁边的开关。灯光骤然亮起，春诺嘤咛一声，拿胳膊挡住自己的眼睛："徐言，我们回床上好不好？"

他今天真的是要疯。

徐言的唇印在她藕段似的莹白胳膊上，模模糊糊的声音也遮挡不住他语气里的酸意："你敬酒的时候，为什么对周弘庭笑得那么开心？"

春诺简直要冤枉死，她哪有笑得那么开心，人家过来参加婚礼，她去敬酒总不能板着脸吧。她控诉加辩解："我哪有。"

徐言由吮吸改为啮咬，狠狠地道："你就有。"

春诺怒了，因为周弘庭起的别扭从写结婚请束的时候就开始了。

那天两个人肩并肩趴在地毯上写请束，徐言写完一张过来亲春诺一下，春诺被闹得根本写不下去，最后逃到了沙发上，远离他的骚扰。

写到一半的时候，他侧过身子，胳膊半支着头看向她问："周弘庭要不要邀请？"

春诺一时间有些蒙，总觉得这个名字在哪里听说过，可又想不起来："周弘庭是谁？"

徐言狭长的眼尾慢慢挑起："你不记得他了？你当时和他吃饭可是吃得很开心，笑了起码有不下八次，你还上了他的车，让他送你回的家。"

春诺遥远的记忆慢慢回笼，周弘庭，小花的表哥，他们以相亲的名义吃过一顿饭，从开始到结束加上他送她到家的时间不超过两个小时，她笑得有八次吗，她记得她全程都挺严肃的啊。

春诺埋头装死道："我不记得有这么一号人，和我吃过饭的人多了去了，我哪儿能谁都记得。"

徐言语气里已经带上了十足的危险，问："这么说来，你和很多人相过亲？"

春诺急了："我就只和他吃过饭。"

话一出口，想收回已经来不及。

"你不是说你不记得他了。"徐言坐起来，勾指让她过去。

春诺哪能自寻死路，她慢慢挪着身子往卧室里跑："是小花非要逼着我去的，你也知道小花有多厉害，跆拳道那各种招式要起来，我哪里能招架得住。我绝对不是自愿的，我发誓。"

徐言三步并作两步就捉住了想要逃跑的人，半扛半抱地把人扔到了床上，欺身压了过来困住了她，问："那你说要不要邀请他？"

春诺钩住他的脖子，主动献上自己的唇："你决定啊，他是你朋友，我和他一丁点都不熟，连他的名字是哪三个字都不清楚。"

"我不想邀请。"徐言任她一顿乱亲，不做任何回应。

"那就不邀请。"春诺亲累了，又重新躺回了床上，把玩着他的手指，用实际行动表示自己完全尊重他的决定。

徐言对她的讨好不为所动，半挑着她的一绺头发抛出下一个问题："可不邀请怎么宣示主权。"

春诺睁大眼睛，不承想他还有这么幼稚的时候。

"宣示什么主权，我们就吃过一顿饭而已，他对我没意思，我对他更没半点意思，而且我是你老婆，我们的关系都是受法律保护的，这根本就不用宣示。"

徐言俯身捉住她的唇，把她所有的话都吃到自己肚子里去，腹诽：我知道你对他没有意思，可是他对你可不见得，你难道不知道自己有多招人？

春诺不知道为什么好好地写着请柬，最后会演变成这样，她忍不住抽泣："你不讲理。"

徐言语气凶狠道："你教教我，这种事要怎么讲理。"

春诺不知道，她也不想知道，随便他邀请谁不邀请谁，她都不想管，她只想睡觉。

结果就是不讲理的某人把周弘庭还是给邀请来了，然后他现在又打算把这件事的罪名安在她头上，春诺怎么能不怒，她挣不开他，只能拿圈在他腰上的脚踢他："徐言，你有完没完，你干脆把我圈在屋里，谁都不用去见岂不是更好。"

徐言第一次被人踢屁股，还是冷不丁的，整个人当下有些征住。春诺心里的怒气撒了出来，看到他人有些愣，以为自己没有控制住力道，把人给踢疼了。她又有些后悔，伸手轻轻地给他揉了两下："踢疼了？我不是故意的，给你揉揉，乖哈，揉揉就不疼了。"

她话还没说完，天旋地转间被他扛在了肩上，等再反应过来的时候，人已经落到了床上，从他翻涌的眼神中，她知道自己死定了。

是真的死定了。徐言想，她真的有一种无知者无畏的不知死活。

最终那件旗袍被撕成了两片扔到了角落里，又可怜又惨烈。

本来是第二天的飞机要去蜜月，但两个人谁都没起来，最后干脆把蜜月的全部行程都给取消了。

春诺想的是她拖着这副身体，再坐十几个小时的飞机简直就是活受罪。徐言想的是，反正去了之后也是窝在酒店里，还不如省下在飞机上来回的十几个小时都用在床上。

两个星期的时间，两个人也就去了一趟超市，补给了点食物和日常生活用品。

等小花再见到春诺，上下左右地仔细打量着她家老大："老大，你用的什么防晒，出去这么多天愣是没晒黑，还更白了，你发我发我，我蜜月的时候也要用。"

春诺拉拉帽子盖到自己脸上回："这跟防晒没有关系，你老大我是天生丽质，太阳见了我都得躲着我。"

挂在天上的太阳如果能开口说话的话，绝对会说，我不躲你也不行啊，你这脸皮太厚了，你不害羞我都替你害羞。可惜太阳不会说话，它只能晃晃自己的身子让光散得更猛烈一点儿，想用实际行动证明，她如果要出门的话，也是能被晒黑的，再天生丽质的人也能。

于世杰是在春山的朋友圈里知道春诺的婚礼的，天蓝云清，她依偎在那个人的怀里，笑得幸福灿烂。

最初知道徐言的时候，于世杰心里何止是愤怒，他等了这么多年，她最后选择的却是一个除了脸长得好看点一无是处的穷小子。他就当她图一时新鲜好玩，冷眼看着他们能走多久，再长能超过三个月？

可是三个月之后又三个月，等到最后他快绝望的时候，她家里出了事情。

或者说他本来就知道春诺家的公司会出事情，在该出口提醒的时候选择了沉默而已。

一切如他所料，全都在他的计划内，包括春山会昏迷，他知道春山有高血压，一受到刺激必定会急火攻心，有没有得命都两说。

他许给她叔伯重利，让他们去给她施压。他知道她对她爸的感情，知道在她爸昏迷的情况下她不会轻易舍弃公司，更笃定她不会将这件事告诉她那个小男友。就算告诉了也没关系，徐言能做什么，没有钱的话，徐言什么都做不了。

他是掐着时间给徐言打的电话，在他们见面后的第二天早晨，不过两句话，就能探出徐言对春家的事情一无所知，那就更好办了，他语气里的挑衅根本不加掩饰，他也不想掩饰。

"我们两家早有婚约，她只是图你新鲜而已，有钱家的大小姐和一无所有的穷小子，想来玩一玩也是很刺激的一件事情，我让她玩，因为她玩够了，还是会回到我的身边。你要相信，不管过程如何，她最后选择的都会是我。如果你时间方便，可以来参加我们的订婚典礼。"

于世杰想要看徐言失控，想要让徐言体会一下他当初知道春诺有男朋友时的愤怒，可最后回答他的只有电话挂断的声音，反而是他没有忍住把手机扔到了墙上。

春山醒来在于世杰的意料之外，最后没有同意订婚也在他的意料之外，放了半辈子心血的公司，说舍就舍，他都快要被气笑了。不过没关系，舍掉了公司，舍不掉山一般的债务，她想要靠拍戏挣钱，他就去堵她的路，堵到最后她无路可走，还是要回到他身边来。

他没想到的是，徐言能在短时间内凑够那么一大笔钱还给债权人，关键是还不告诉她，让债权人和她签什么所谓的十年协议，简直是傻到家蠢到骨头里了。

他承认他小看了徐言，无论是当年筹到的那笔钱，还是在短短几年时间内就白手起家出一个朗云，现在朗云的市值已经远远超过于氏集团。他更没有想到徐言还会重新回头，在时隔六年之后，徐言又重新回了头。于世杰心里的怒火快要将他湮灭，他直接把春山拉黑，尤不解气，大力甩出了手机，七零八碎的零件散落到了地上，他又上去狠踹了几脚。

老春不知道自己的朋友圈让一部手机魂归西天了，他在忙着回各路人的留言信息。春诺看着底下那一长串的留言，私信她爸：老春，咱能低调点不？

老春直接把春诺的信息截图发到了四个人的家庭群里：@徐言你老婆让我低调点儿，我就在朋友圈里发了，又没有在抖音里发，这还不低调还要怎么低调。你有时间管管你老婆，她越来越过分了。

徐言在下一秒立刻回了老春，还附带一个视频：爸，能在网上发的视频我已经做出来了，您看看哪儿不合适，我再修改。

老春回了徐言一连串的大拇指：不愧是我女婿，做出来的视频看着就高端大气上档次，能甩出别人几十条街。

徐淑芳没有说话，默默地存了视频，上传到了网上。

春诺也没有说话，因为她现在根本说不了话，某人还不忘给她上教育课："咱爸想炫耀女婿这种事儿怎么能低调。"

春诺感觉她的前路会是一片惨淡，因为她在老春心中的位置已经严重下滑，直线下降到了第二位，并且跟第一位的差距越拉越大。

婚后的生活是平淡的也是幸福的，一日三餐，清晨日落，四目相对，无限缱绻。

当然"无限"这两个字中总会有一两个不那么缱绻的时刻，可徐言之前做梦都没有想过，这种不缱绻的时刻中的一两个是由自家秘书引起的。

自家秘书的媳妇儿，也就是自家媳妇儿的助理，名叫小花，虽然名字很小花，但是脾气很暴躁，一言不合就能跟自家秘书吵一架。当然是她单方面吵，自家秘书自己了解，沈鹤臣就不是那种会吵架的人。关键是你们吵你们的，床的四个角随便你们吵，可战火偏要蔓延，要问谁家秘书吵架会殃及老板家里，就是他们家。

小花一吵架就爱拉着春诺和她一顿说，说到最后春诺都有些气愤，直说沈鹤臣太直男了，根本不懂小女生的心思。可她捞不着沈鹤臣，但她能捞到徐言，于是便成了自家秘书惹出的祸，他一个当老板的要出来听训，这事儿搁哪儿都说不过去，而且他也没有办法和谁去说理。

徐言最后只能在网上下单各种谈恋爱的书送给自家秘书，还买了乌鸡白凤丸的大礼盒当着小花的面送给了沈鹤臣，说希望沈鹤臣吃完之后能够平心静气一些，别没事儿总是惹自己老婆生气，想着和自己老婆吵架，老婆是用来哄的，不是用来吵架的，这点你要多跟你老板学学。

小花的一张脸红了又白，白了又黑，黑了又绿，颤着手给春诺发信息：你男人心太黑了，他明明就是拐着弯在骂我，说我到更年期了，他堂堂一个上市集团的老总，还知道乌鸡白凤丸。

春诺趴在徐言的肩膀上简直要笑死，她就说他那天突发奇想地问她怎么在淘宝上绑定银行卡，她还以为他要学着人家清空她的购物车给她惊喜呢，不过这也够惊喜的。

春诺回小花：我男人人生的第一次网购献给了你男人，这笔账我记你头上了。

小花简直要晕死，她算是看透了，她纯洁无瑕的老板也被心黑的徐总给带黑了。

晚上，两个人折腾完后，春诺趴在徐言怀里，有一搭没一搭地摸着他的喉结："你也太坏了，小花在背后肯定要扎你小人。"

徐言抹去她脖子上的汗，拿被子盖住她露在外面的肩膀，认真跟她解释他没有多坏："我要是不下狠药，她怎么会意识到问题的严重性，你每天和她微信聊天的时间太长了，已经严重干扰到了我们的夫妻生活。而且你马上要忙起来，到时候李靖聪拉着你跑起电影的宣传来，我想见你都得排队，所以你现在的每一秒都得是我的，不能因为旁人分了一毫的心。"

春诺心里起了愧疚，翻身轻吻上徐言的喉结，吻一下说一句对不起。徐言被吻出了躁意，顺着被子揉了进去："不用说对不起，补偿我就行。"

春诺被人压着要了太多的补偿，最后都要怕了，差点都要把小花拉黑。她警告小花，以后你们夫妻两个的事情自己内部解决，短时间内不要找我，我要缓缓。

这话不用春诺说，小花不管是短时间还是长时间都不会再找春诺，徐总是个黑心黑肺的，她还是能躲就躲着点儿。

于是老板避着助理，助理避着老板，两个人直到开始跑电影宣传的时候才碰面。

李靖聪导演的电影《六十》一经上映便引起了巨大的轰动，场场满座，一票难求，一举横扫电影节的各个奖项，女主角春诺也凭借该电影获得了人生当中的第一个影后，成为这届电影节中最大的黑马。

网友最喜欢这种逆袭的故事，给出的评价是"破茧化蝶，凤凰涅槃"。

一夜之间有关春诺的新闻遍布全网，有好的自然有坏的，有夸的自然有骂的，有喜欢的自然也有讨厌的，总之话题热度一个星期过去都还居高不下。

在这所有的新闻当中，绯闻八卦是肯定不会少的。

其实有关春诺的绯闻很少，主要跟她前些年太过透明有关系，有谁会去关注一个小透明的事情，但是有春诺不知名的大学同学爆料，春诺和朗云的徐言在学校的时候曾经有过一段。徐言不知名的同学也证明了这一点，徐言曾经在采访中说过的前女友就是春诺，而且徐总早就已经打了自己的脸，不但吃了回头草，还把回头草拽进了自己的窝，两人早已结婚，某音和某博上甚至有两个人不知真假的婚礼视频，做得跟真的一模一样。

更有小道消息盛传，朗云旗下的影视公司云诺，就是徐总专门为春诺成立的，而春诺创立的春言诺珠宝品牌中的"言"指的就是徐言的言。

可任凭绯闻消息一热再热，两个当事人都没有公开回应过此事，既没有承认也没有否认过。

　　没过几天，一个视频在所有的绯闻消息中脱颖而出，占据了热搜的位置，视频里一个女生站在徐言面前，哭得梨花落雨，让人心生垂怜。可徐言眼似刀面如霜道："春诺，我不会吃回头草的，你做梦都不要想。"

　　视频晃动得厉害，声音也模糊不清，但视频中的男女肯定是徐言和春诺，徐言的那一句话，直接把两人曾经是前任的关系给坐实了。

　　视频的上传者说视频是他亲自拍摄的，时间、地点都附上了，说如果视频是假的话，就天打五雷轰。

　　都发这种毒誓了，肯定就是真的了，况且网友们都愿意相信这是真的。

　　外界提起徐言，都会道一句温润儒雅，能让一向温柔的徐总翻脸翻成这样，那一段过去得多不可言说。

　　于是才高八斗的网友们脑洞大开，一个是商界传奇大佬，一个是逆风翻盘的神级影后，百万字的爱恨情仇根本不用脑补自动就能生成，网上有关两人的小说版本一变再变。

　　这天一个新手记者蹲在深夜的机场，本来是堵明星，但意外看到独自一人下飞机的徐总。新手记者一是初生牛犊不怕虎，二是觉得机会千载难逢，深呼三口气直接堵上前去，找出那个视频摆到徐言面前。

　　他本就紧张，看到徐言眉头轻皱，一肚子的问题又给重新堵回到了肚子里。

　　徐言看着视频默不作声，他就更不敢出声。于是本来是记者堵人采访的画面，变成了一高一矮两个人都目不转睛地看着手机屏幕，谁都没有注意到已经有人站到了他们身后。

　　"徐言，你以前可真是冷酷无情。"春诺看完视频忍不住"啧啧"了两声。

　　记者被身后突然出现的声音吓了一跳，手机直接从手中滑脱。徐言一手接住手机，另一只手把身后的人拉到身边，语气温柔道："不是说不让你来，都这么晚了。"

　　春诺凑到他耳边眨眼道："想早点见到你呀，不是说想我。"

　　虽然声音很小，但是记者就站在旁边，他又极力支棱着耳朵，自然该听到的都能听到。

徐言轻轻拍了拍春诺的腰，让她老实点。他把手机递给全身上下就只有眼睛还在微微转的记者问："你有什么想问的可以问。"

大脑已经不转的记者想问的自然很多，问题争先恐后地想要从嘴里出来，结果跑赢了最先出来的问题是："徐总，您这脸打得疼不疼？"

话一出口，自己先惊到了，他可是发誓要做一个有深度有内涵的记者，这问的都是什么问题。

春诺轻笑出声，看向徐言，问："徐总，你脸疼不疼？"

徐言嘴角也扯出了几分笑："打脸虽然一时疼，但是没了徐太太，大概会一世疼。"

春诺靠到了徐言的肩上，眉眼都笑弯了，嗔道："喂，徐言，你什么时候变得这么肉麻了。"

在这个隆冬的夜晚，外面雪花飘零，周围归客行色匆匆，眼前的这对男女，一个脸上笑若朝霞，一个眼中情深似海，她抬头，他垂眸，情丝千缠万错，满目皆是彼此。

小记者承认自己被酸到了，他不由得举起相机拍下这一幕，在这烟火人间，能得一人余生携手，该是幸事。

小记者在自己刚刚成立的工作室官网上，发出了自己的第一条微博，一张深夜机场的照片。

微博一经发出，便引起轩然大波，徐言和春诺的事情一直在网上传来传去，从来没有被"实锤"过，这张照片的角度清晰度，明显不是偷拍，这算是官宣吗？！

小记者工作室的粉丝噌噌地涨，他本来想保持高冷的姿态，对于任何问题都不做回应，因为越是这样，越能引起大家的好奇心，不过到最后他实在没有忍住回应：

这张照片是得到当事人的允许后公开的。

徐总说打脸一时疼，没了徐太太会一世疼。

徐总是真的很有魅力，春影后是真的美，两个人没有丝毫的架子，简直是人间绝配，我绝对会粉两个人一生。

全网熙熙攘攘，两个当事人安静如鸡。

不过有细心的网友发现在小记者工作室微博噌噌上涨的粉丝中，多了一个朗云的官网，并且还留言了，只有一句话：

人生大幸，牵最初的人，走至岁月尽头。

我们在春天分开，又在春天重逢，最后在春天许下相守一生的誓言，从今往后的每一个岁岁月月的春景里，都有一个你。

　　余生大概只剩圆满。

春夜港

第十二章
最爱的老公

春诺的手机打游戏打到没电了，她伸手碰碰旁边在看平板电脑的徐言道："我想用你的手机打游戏，我手机没电了。"

"自己拿。"

春诺下巴垫到他胳膊上，伸手拿过手机。

"密码是——"徐言话说到一半。

春诺急着截住了他："你别说，我要自己猜。我要是一次能猜对，是不是得有什么奖励？"

她跟个跃跃欲试的小朋友一样，徐言漆黑的眸子沁着笑意："不用一次，给你三次机会。"

"小看我。"春诺"喊"了一声，不带犹豫地输了几个数字，扬扬得意地举着手机伸到他眼前，"六个数，你一个理科生的思维能玩出什么花来。"

要不就是自己媳妇儿的生日，要不就是结婚纪念日，她先从自己生日开始输起。

"是，我太太真聪明。"徐言胡噜胡噜她的头发，跟胡噜一只叼到玩具球求表扬的小狮子狗一样。

春诺觉得他有些敷衍，伸出手："奖励，不能赖。"

姣白细长的手指在灯光下泛着莹润，徐言放下平板电脑，抓住她的手把人直接提了过来，放到自己腿上，抬起她的下巴，拇指从左到右抚过她的唇，或轻或重："肯定不能赖，我太太难得智商碾压我一次，得奖励个大的。"

"喂！"春诺秀眉轻竖，眼角先泄了笑，"有这么埋汰自己老婆的吗？"

她嘴唇微微噘起，又娇又俏。

徐言拿外套盖到了两个人头上，呼吸缱绻间，他轻言慢语：“奖励，还有道歉，一并都给你。”

春诺用仅剩的一点力气去捶他的肩膀：“你绝对是蓄谋的，快放我下来，也不看看这是哪儿。”

徐言轻笑，带着些哑，在安静的候机室里格外勾人：“不容易，这都能被你看出来，真是越来越聪明。”

春诺干脆直接咬上了他的下颌，不解气又咬了几下。

再过几天就是他们的结婚周年纪念日，春诺从半年前就开始说，这是他们的第一个结婚纪念日，必须要好好过，得给后面几十年打个样板。

开始她问徐言意见，徐言按照她的喜好提了几个，都被她一一给否了，最后定下来要去一个冰天雪地的国度，蜜月的时候两个人没有出门，这次就当是补蜜月了。

她的腿跷在沙发上，懒洋洋地翻看资料，说道：“漫天飞雪里，最适合窝在酒店里睡大觉了。”

徐言有些好笑：“既然你是去睡大觉，在家里睡不是更好。”

“不一样，”她直起身子，“我之前去过一次，当时我就想，以后我一定要带着我将来的老公再来一次，和爱人相依相偎在极光之下，宇宙的缥缈虚幻是人间至极的浪漫，这是我的人生愿望清单之一。”

都上人生愿望清单了，自然得要满足，于是徐言让沈鹤臣给他空出了半个月的行程，两个人现在在机场的贵宾室候机。

春诺被人收拾了一顿，老老实实坐回了沙发里。他手机里没有游戏，还要下载安装。

“你手机里怎么什么都没有，”春诺翻看着徐言的手机里的图标，这得失去多少生活的乐趣，“哎，不对，你竟然有微博。”

春诺话音还没落，徐言的长胳膊已经伸了过来，不过春诺反应够灵敏，提前躲了过去，他这个反应绝对有问题，她眯起了眼睛：“你这里面有我不能看的？”

徐言已经恢复了淡定：“我能有什么是你不能看的。”

春诺狐疑地看了他两眼，她本来只想打个游戏，没想翻他手机，他刚才的样子很反常，但关键是微博能有什么不能看的，难道是关注了什么美女之类的东西。

春诺晃了晃手机道："那我看了，我别的不看，就看看你微博。"

徐言敲键盘的手没有停下："随便看。"

春诺打开微博，名字就是自动生成的，没什么稀奇的，关注人是零，微博是零，粉丝也是零。

真是奇了怪了。

"你这不什么都没有吗，你刚才在紧张什么？"

徐言否认道："我紧张了吗，我从来都没有紧张过，好了，快玩你的游戏，一会儿该登机了。"

春诺翻着的手停了下来，她哼哼笑了两声，徐言面不改色，她哼哼又笑了两声，徐言依旧镇定自若，只不过是敲键盘的手渐渐慢了下来。

"徐言，你可真是别扭又腹黑，你都经常访问我了，怎么不直接关注我。"

既然已经被抓了包，徐言干脆也就放弃了抵抗。

春诺逼供："你什么时候开始看我微博的？"

"很早。"

"很早是有多早？"

"分开后的第二年。"

那个时候爱恨不能，想爱又恨，想恨又不能，想知道她的消息，又不想从别人口中知道。

"哦。"春诺蔫了，她钩住他的手指，最后十指相握，"我去看过你，去你们学校，也是分开后的第二年。"

"为什么去？"徐言直视屏幕，轻声问。

"那个时候真的好难，觉得自己快要坚持不下去了，攒了好久的钱，一冲动买了张机票，好贵的，买了就后悔了，想着自己签证过期就好了，签证过期就多了一个不去的借口，可签证也没过期，大概就是天意。我到的时候是早晨，其实也没有非要见到你，就想看看你生活学习的地方。

"那个时候是秋天，落叶好多，满地都是金黄。当时你骑着一辆破山地车迎面就过来了，肩膀上还搭着一片叶子。那么多人中，我一眼就看到了你，我以为你也看到我了，结果你一溜烟就从我身边骑过去了，连眼神都没瞥过来半分。"

徐言有些错愕，握紧春诺的手道："我不知道。"

"我知道啊，所以我当时没有难过。我看着你的背影，浑身的丧气和颓废都瞬间消失得无影无踪。我当时想，你将来一定会很厉害，所以我也不能被生活打败，我也要变得很厉害很厉害。这样以后重逢了，我才不会躲在角落里不敢见你。每次一想到和你重逢的场面，我就干劲十足，即使不能和你在顶峰相见，我至少也得站在半山腰上，绝对不能站在山脚下仰望。你本来就高，如果你站在山顶，我站在山脚，我就是把脖子撅断了，都不一定能见到你。"

在所有艰难的日子里，他的那个背影是她走过一切的支撑。

徐言摩挲着她的手背，轻吻着她的指尖道："无论你在哪儿，我都能找到你的。"

"对，因为你在偷偷关注着我的微博。"春诺凑到他面前，露出了一个俏皮的笑容。

徐言刮刮她的鼻子："是，总算被你抓住了一个把柄。"

深夜的机场，相拥的两人，所有的分离和重逢，都是注定的。

徐总陪太太去完成人生愿望清单，李靖明带着沈鹤臣苦哈哈地在公司加班。

"你说这真是同人不同命，他带着媳妇儿去玩，我们要在这儿看报表，我怎么觉得我俩的命这么苦。"李靖明嘴里半叼着烟，抱怨从看到徐言发的朋友圈那一刻就没有停过。

朋友圈都没有开通过的徐言，生平第一次发了朋友圈，是和他的大明星老婆手牵着手站在极光下相拥的背影，标题是"太太带我看极光"。

真的是过分了，李靖明甩了笔，有太太了不起是不，我回头也要带着我家的金毛过去，和我家金毛站在极光下照一张相，题目就叫作"金毛带我看极光"。

沈鹤臣扶了扶自己的眼镜："李总，我的命不苦，小花在楼下等我去看电影呢，所以我只能陪您到九点，后面可能就得您自己加油了。"

李靖明半叼着的烟直接落到了自己胳膊上，烫得他差点要骂人。徐言和沈鹤臣这一总一秘，直接给了他个组合套拳，让他身心受到了严重的伤害。

他在孤单一人的办公室里，发了一个朋友圈，附上了自己受伤的胳膊。

在众多关心和安慰的留言中有那么一条特别碍人眼，来自徐言老婆的那个朋友，她说：哟呵，猪毛被火燎着了。

你听听，你看看，这是人说的话吗，这是人过的日子吗？

有人身心受虐，有人自然身心愉悦。

两人的中场休息中，春诺刷起了朋友圈，先刷刷徐言的，再刷刷自己的。她之前拿徐言的手机给他开通了朋友圈，开玩笑说要秀一下恩爱。徐言很认真地赞同她这个提议，还和她一起选起了照片。他甚至还知道九宫格，春诺只是想开个玩笑，没有想过要真发，她并不热衷于秀恩爱这种事情。

不过开始的台子被她自己架得太高了，他也不给台阶，还编好了题目，叫"太太带我看极光"。春诺硬着头皮，忍着鸡皮疙瘩的肉麻，按下了发送，完成了人生当中的第一次秀恩爱。那条动态下面，不过三秒已经排满了留言，现在已经过去一个多小时了，简直要炸天了，留言五花八门，春诺越翻越可乐。

她回头看他："人家都说你有福气，娶了漂亮老婆。"

徐言从她手里拿过手机，扔到了一边，又把人压到了身下，用实际行动证明他确实很有福气。

半个月的蜜月时间，两个人也就出去看了一次极光，拍了几张秀恩爱的照片，剩下的时间又全都耗到了屋里。

春诺发誓，她再也不要去过什么所谓的蜜月，最好连结婚纪念日都不要过，人生平淡些还是挺好的。

结婚纪念日刚过去不久，两人就发生了婚后的第一次冷战。当然，这冷战是徐言单方面挑起的，春诺满脑子都在想着要怎么哄人，可她又觉得自己实在是有些冤枉。

事情的起因也没有那么复杂，她和小花开车去郊外办事情，路有些不太好走，回来的时候车开到半路轮胎被扎了，前不着村后不着店，天上还下起了零星的小雨。

把小花愁得脸都皱成了一朵晒蔫儿了的花骨朵："我给沈鹤臣打电话吧，让他过来接我们。"

春诺看了看轮胎的情况，挽起了袖子："不用，他开车到这边得一个多小时，到时候天也黑了，我来换，你给我打下手，一会儿就能搞定。"

小花震惊了："老大，你连轮胎都能换？"

当然能换，在她自己单干的那些日子里，什么不都得自己来，所以说人都是逼出来的，逼到一定极限了，什么都会做。

不过她也好久没换了，有些生疏，雨还越下越大，她就有些着急，最后快拧完的时候，扳手沾上了水很滑，手脱了力，直接打到了路旁边的石头上，当下就流了血，止都止不住。

小花着了急，硬是把她压到了车上，哭着给沈鹤臣打电话。

其实春诺手也不疼，就是血流得有点吓人，她一只手拿起被她扔到驾驶座的手机，才发现徐言给她打了好几个电话。

她回拨过去，开始是占线，后来他又打了过来："你在车上待着，不要再乱动，我一会儿就到。"

说完，他便挂断了电话，应该是沈鹤臣和他说了什么，春诺从他刚才的语气中能听出他大概是生气了。她有些后悔自己逞能，轮胎没换成，手又受了伤，还把人给惹到了。

她和小花老老实实地坐回了车上，小花给她提前打预防针："沈鹤臣说徐总的脸色看着很不好。"

春诺举举自己的手："没事儿，我受伤了，到时候我撒撒娇装装疼就混过去了。"

他们来得很快，春诺以为照现在的路况，他们到这儿的话怎么也得要两个小时，结果不到四十分钟就到了，前后来了两辆车。

春诺看着徐言甩上驾驶座的门，举着伞大步朝这边走过来的架势，就知道他大概是气到了极点。春诺拿出自己的专业水平，不过三秒钟就抹出了一个红眼角，举着手看向打开车门的他，娇娇柔柔地说了一声疼。

徐言看着她的手，本来就不好的脸色登时比外面阴沉的天气还要黑。徐言把伞递给了后面的沈鹤臣让他打着，伸手揽住她的腰，把人搂到怀里，直接抱着她到了另一辆车上。

车里的副驾驶座上坐着一个人，春诺不认识，她挥着没有受伤的那只手和人打了声招呼。徐言拿过边上的毯子裹到她身上，语气有些严厉："给人看你的手，打什么招呼。"

春诺才反应过来，那人是个医生。这也太劳师动众了吧，可她又不敢说，只能老老实实地伸出手去。

医生仔细看了看，打开急救箱："没什么大问题，我先给她处理一下伤口，然后回医院打一针破伤风，后面几天注意别沾水，用不了一个星期就能好。"

司机不到五分钟就把那辆车的轮胎给换好了，他过来和徐言报告："太太很厉害，差不多全都弄完了，我就收了个尾。"

徐言并不觉得这有多厉害，谁都能看出来他现在气压很低，他对司机和沈鹤臣说："王师傅开那辆车回去，明天送到 4S 店再全面检修一下。鹤臣，你明天上午再确认一下，刘师傅什么时候能够到岗。"

两个人点头应是后，便各自回了各自的车。

小花跟在沈鹤臣后面让自家老大自求多福，她有一种感觉，今天这件事，应该不是老大撒撒娇就能混过去的。

春诺能说什么，她只能说小花感觉对了。

从医院回到家，徐言愣是没有接她一句话头。到了车库，他直接开门下了车，都没有管她。春诺意识到了问题的严重性，她快走两步跟上了他，伸手去牵他的手。他刚要挣开，她轻哼了两声，裹着纱布的那只手在他眼前晃了晃："真的很疼。"

他睨她一眼，没有说话，但也没有再挣开。

回到家后，她从背后抱住他，整个人往他身上贴过去，央着他求饶："我错了，别生气了，好不好？"

徐言沉默了几秒，才冷声问："你错哪儿了？"

春诺想了想道："错在高估了自己的能力以为自己能换好，错在遇到了困难没有第一时间给我老公打电话，还错在让我老公的老婆的手指受了伤，简直是罪大恶极。"

徐言的那口气在胸口倒过来又倒过去，最后气到的只有自己，他拿她真的是一点儿办法都没有。

"你的手机不是摆设，我也不是个摆设，小花都知道给沈鹤臣打电话，你给我打个电话是会耽误你长头发吗？"

他只要开了口，就说明火气已经下去了大半。

春诺再接再厉道："不耽误不耽误，长头发长脑子都不耽误，我下次肯定第一时间给你打电话，我保证。"

徐言不听她的保证，她的保证五次里面有三次能算上数就算是多的。

"去换衣服，我去放热水，你淋了雨，泡个热水澡。"徐言掰开她的手去了洗手间。

春诺看着徐言的背影，这还是近两年他第一次生这么大的气。她先是跑去了书房，找出了马克笔和几张 A4 纸，噌噌地在每张纸上写下了几个大字，然后每个房间的墙上都贴上了一张。

最后跑去衣帽间折腾出两件衣服来，听到了客厅里的声音，她娇着嗓子喊人："老公，你过来一下，我需要你帮忙。"

大概隔了几分钟，徐言才出现在门口，眉头还是有些皱，春诺指着自己脱到一半的衣服："老公，你帮我脱一下好不好，我一只手不方便。"

她一只胳膊伸到了衣服外面，露出了纤细莹白的腰身，那上面还有昨晚留下的印记。徐言走到她身边，脸色虽然还是有些冷，但是动作很轻也很熟练，因为他现在脱她衣服，从里到外，各种款式，各种样式，各种扣子，都已经练得十分到位。

春诺的脚踩在脱下的衣服上，单手环住他的脖子："你还要帮我洗澡，医生说我的手不能沾水。"

徐言抱着她去了浴室："放手，我去拿保鲜膜。"

他目不斜视，抱她跟抱个西瓜一样。

春诺心想今晚他的定力是跟着他的火气一块儿都见涨了吗？

徐言到了厨房，先打开冰箱，拿出一瓶矿泉水，几口喝完了，眼睛的余光里看到了厨房的墙上贴着一张纸。他从客厅扫到卧室的墙上，最后在浴室的墙壁上也发现了一张，很醒目的几个大字，徐言被气笑了。

徐家家训：有困难，找老公。

他真的是，总有一天会被她气出高血压。

春诺凑到他眼前来："我乖不乖，有没有高度领会到你的意思？"

徐言伸出手指顶开她额头，三下五除二地拿保鲜膜包裹住了她的手："你很乖，你领会得也很对，所以你要是做不到，就等着接受家法处置吧。"

春诺傻眼，怎么还有家法处置这一条，她还没领会到他这一层意思，所以可以当作没有家法处置吗。

徐言的眼神告诉她，显然是不可能，她手轻轻地在他胸前若有似无地画着圈："那家法处置是什么？"

家法处置是什么，反正这种少儿不宜的东西她是不知道的。

总之，处置的结果就是春诺彻底长了教训，连酱油瓶子倒了都要喊一声老公来帮我。小花也被夺了开车的权利，徐言安排了一位刘师傅当她俩的司机。春诺刚受了家法，关键是她都受完家法了，他脸色还是有些冷，她只能夹起尾巴老老实实做人，老老实实同意他的安排，不敢说半个不字。

徐家的家训，直到徐朗出生，才换了，换成了"有困难，找爸爸"。

徐朗小朋友从幼儿园出来，一眼就看到了爸爸。他张开两只胖胖的小胳膊，飞奔过去，扑到爸爸怀里，紧紧地搂着爸爸的脖子，默不作声。

徐言看着藏在自己颈窝里的那个漆黑的小后脑勺，问："怎么了，有不开心的事情？"

徐朗和他妈一样，不开心的时候就习惯拿后脑勺对人。

"爸爸，妈妈什么时候回来？"徐朗瓮声瓮气地问。

徐言抱着人往车子走，"你妈不是说了吗，你再画十个圈她就回来了。"

徐朗语气里有怀疑："真的吗？"

"妈妈有骗过你吗？"

徐朗仔细想了想，摇摇头。

"想妈妈了？"

"嗯。"

徐言把安全座椅的安全带系好："现在和妈妈视频，好不好？"

徐朗的情绪起来了点，也不闷着头了："好，我有问题要问妈妈。"

徐言拿出手机，拨出视频去，但屏幕里出现的是小花的脸："徐老大，我老大现在正拍戏呢，接不了电话。等她一下戏，我就让她给您拨过去。"

徐朗漆黑的大眼睛里光亮渐渐暗了下去，蒙上了水汽。

"妈妈在工作，不是故意不接你电话，不难过了。"徐言胡噜胡噜他的头发，"奶奶做了你最爱吃的可乐鸡翅，我们回家吃饭，吃完饭妈妈电话也就来了。"

"爸爸，妈妈是不是不要我了？"徐朗声音里有些哽咽。

徐言意识到了问题的严重性："妈妈怎么会不要你，妈妈在这个世界上最爱的就是你。"

"可刘浩说，他昨天晚上看到有别的小朋友叫我妈妈'妈妈'，妈妈管那个小朋友叫宝宝，妈妈还陪他睡觉，妈妈都多长时间没陪我睡过觉了。"

刘浩是徐朗在幼儿园里最好的朋友，好朋友是不会说谎的，他说看到了就一定是看到了。

徐朗今年四岁，在他眼里他爸爸是做机器人的，他妈妈是画画的。因为他所有的机器人玩具都是他爸爸亲手做出来的，家里墙上挂着的画都是妈妈画的。妈妈每年都会有一段时间不在家，他只能在手机里跟妈妈见面，妈妈说她是去工作，他虽然也想妈妈，但是他知道不能耽误妈妈工作。

原来妈妈不是去工作了，她是去给别人当妈妈了，妈妈不要他了。

徐朗越想越委屈，长长的睫毛挂上了泪珠，也不哭出声，就默默地掉眼泪。他这个样子和春诺哭的时候一模一样，委屈极了，徐言哪里受得住。

徐言从儿子话里一连串的妈妈中已经猜到了大概，春诺现在还不允许徐朗看电视，徐朗也不知道他妈是个演员，他也不知道演员是做什么的。

可徐朗不看，别的小朋友会看，刘浩经常会去他们家玩，自然也见过春诺。

"乖，咱不哭了，爸爸带你去妈妈工作的地方找妈妈，好不好？"徐言抹掉徐朗一直掉个不停的眼泪，给沈鹤臣发信息，让他订两张机票。

当天晚上，徐言抱着徐朗来到了春诺的拍摄场地。两个人一进去，就吸引了所有人的注意力，男人高大俊朗，单手抱着的小朋友俨然是一个小正太，卷着一头黑发，大大的眼睛，长长的睫毛，可爱到爆。

小花跑出来接他们："徐总，老大还没下戏，李导让我过来接你们。"

春诺和李靖聪合作的第一部电影，当时得了七个大奖，春诺也凭借这部电影获得了人生当中的第一个影后，有人说是李靖聪成就了春诺，也有人说是春诺成就了李靖聪，总之春诺是李靖聪的御用女主角。现在拍的这部是李靖聪的第四部作品，春诺依旧是女主角。

徐朗自从进了片场，眼睛就没有停下来过，伸长着脖子看看这个看看那个。江念晚也迎了出来，调侃徐言："徐总，就这么想人，这总共还有十天不到就杀青了，您就这么几天都等不了，还直接杀过来。"

江念晚三年前辞了工作加入了春诺的工作室。

"干妈，不是爸爸想妈妈，是我想妈妈了，爸爸才带我过来的。"徐朗特别护他爸爸，不允许别人说他爸爸一句。

徐言刮了刮自家儿子高挺的小鼻子："爸爸也想妈妈。"

江念晚笑到不行："小朗宝，干妈告诉你个秘密，你爸爸可是撇开你偷偷——"

徐言轻咳一声，截住了她的话头："小宝，咱们去找妈妈。"

江念晚和李靖明有过一段恩怨，具体是什么恩怨，除了当事人没人知道。他们两个是在春诺和徐言的婚礼上遇到的，李靖明在江念晚嘴里就是个渣男，连带徐言都受了牵连，时不时要拆一下徐言的台。

徐言这几个月每个星期都会过来两次，每次就待一晚，擦黑来擦黑走，本来这事儿没什么可丢人的，他们是合法夫妻，但是如果让徐朗知道爸爸不带他，自己过来找他妈，他家小朗宝怕是一个星期都不会理他。

徐朗在一堆人中间看到了妈妈，妈妈好看极了，穿着一条白色的裙子，黑色长发随风吹起，比仙女还要好看。徐朗刚要开口，徐言比了嘘的手势："妈妈在工作，我们不要打扰她。"

徐朗赶紧双手捂住了自己的嘴巴，眨了眨大眼睛，表示知道了。

李靖聪喊了"卡"，春诺三两步跑过来，她刚才余光扫到他们，还以为是看错了。

"你们怎么来了？"她接过徐言怀里的徐朗，使劲亲了两口。

徐朗白白的脸上顶着两个口红印："我想妈妈了，爸爸也想妈妈了，所以我们就来了，坐飞机，'嗖'一下就飞过来了。"

"妈妈也想小宝了，超级无敌想。"春诺看着自家儿子白白胖胖的小脸，没忍住又亲了两口。

徐朗问："妈妈不想爸爸吗？"

春诺眼睛这才掠过站在旁边的徐言，但也只有一眼。

"不想。"

有什么好想的，前天才刚刚见过。

李靖聪在旁边笑出了声，对徐言低语："我就说，你不要来这么勤，看吧，春影后现在看到你都没有感觉。"

徐言笑而不语，想不想又不是靠嘴说的，他和自己太太的事情，和外人说不着。

徐朗替爸爸抱不平了："可是爸爸想妈妈，妈妈也要想爸爸才行。"

"得，还得是自己亲儿子，"李靖聪语气里全是羡慕，"干什么都不忘了他亲爸。"

他碰了碰徐言的胳膊："你心虚不心虚？"

徐言摸了摸自己的鼻子，心虚是有一点，但是如果不撇开徐朗自己过来，春诺眼里哪儿会看到他。就像现在一样，她眼睛里只有她的宝贝儿子，所以上阵虽然是父子兵，但是探班还是各管各的。

"哎，既然你儿子来了，要不要让他客串一下，在我这部电影里献出他的银幕初秀？"李靖聪提议，"下面的场景里，需要几个小朋友。"

徐言和春诺对视一眼，他们对徐朗的未来并没有做什么规划，他做他喜欢的就行。

徐朗听不懂李叔叔的话，不懂就问："妈妈，银幕初秀是什么？"

"银幕初秀就是人生当中第一次演戏。"

"演戏是什么？"

"演戏就跟扮家家一样，你扮演新郎，小漫瑶扮演你的新娘子，实际上你们不是真的新郎新娘子，而是好朋友。"

徐朗急了："妈妈，我们是好朋友，但她也是我的新娘子，我们约好了，等我们长大了就结婚。"

得，春诺没举好例子，把小祖宗给惹急了。

徐朗脑袋里已经回过味来："妈妈，你刚才就是在扮家家吗？你扮演别人的妈妈，也扮演别人的新娘子。"

"对的。"春诺扫到徐言的眼神，又赶紧加了一句，"但妈妈这个不是真的，妈妈这个是假的。"

周围人都笑成了一团。

于是，在这个晚上，徐朗献上了自己人生中的第一场戏。

他演一个被人欺负了的小朋友，春诺给他讲了一遍戏的内容。

"我懂了，妈妈。"

"真的？"春诺本来还打算再讲一遍的。

"嗯。"徐朗使劲点头。

只一遍，从表情到台词都特别到位，台词愣是一个字都没错。

春诺抱住徐朗："儿子，你真的是个小天才，不愧是你妈的儿子。"

"妈妈，我告诉过你，我很聪明的，和爸爸一样聪明。"

春诺拍了拍他的小屁股："什么都忘不了你爸，别的妈妈不敢说，但是你会演戏这事儿跟你爸没半毛钱关系。"

徐朗小朋友第二天到幼儿园后跟刘浩说："我妈妈是在演戏，她不是别人的妈妈，她只是我的妈妈，我妈妈是影后。"

刘浩问："影后是什么呀？"

徐朗歪歪头道："影后，应该就跟太后一样吧。"

不到一天的时间，幼儿园的小朋友们都知道了，徐朗的妈妈是太后。

十天后，春诺一下飞机就直奔幼儿园，她昨天晚上答应了徐朗今天要接他放学。快到点的时候，她戴上帽子和一副黑框眼镜跑到幼儿园门口。

然后就看到徐朗拉着老师的手，后面还跟着一群小朋友走了出来，徐朗迈着自己两条小短腿，一边走还一边喊："妈妈。"

一群小朋友在后面喊："太后妈妈。"

蒙着一脑袋圈的春诺笑着跟围着她的一群小朋友打招呼，她怎么成了太后妈妈了，这是个什么称呼？

在一个周六的早晨，一家三口正在吃早餐。

徐言和春诺前后脚接到李靖明和江念晚的电话，两人对视一眼，先后按了接通。

李靖明和江念晚两个人一直不对付，只要一碰面，三句话不到就要掐。

春诺说他俩前世肯定是冤家，徐言说前世他们是不是冤家不知道，今朝两个人肯定有过一段奸情。就李靖明那八面玲珑的性子，见到哪个女生，不管老少，一开口准能把人哄到天上去。能让他每次见面都要撕破脸吵一架的女生，一定和他有不能为外人道的前尘往事。

徐言和春诺以为两人又吵架了，不过这一大清早的，各自在各自的家里，应该也不会碰到面，吵什么吵。

徐言接通电话后还没有开口，李靖明那边的声音已经传了过来。

"我要结婚了，你准备份子钱吧，你当初承诺的三倍哦，一分都不能少。"

徐言扶额，大清早就来了个精神不清醒的强盗。当初徐言和春诺结婚的时候，李靖明说自己有生之年如果能结婚，徐言得给他回三倍的礼金。

"你是通宵喝酒了吗，大清早打电话来撒酒疯。"

他一个女朋友都没影儿的人，能和谁结哪门子的婚。

李靖明"嘿嘿"了两声："酒是没喝通宵，不过干别的通宵了。我真的要结婚了，骗你我是金毛。你家儿子要给我当花童，就这么定了。这事儿我可是第一个通知的你，我够不够哥们儿。不说了，我要给我爸妈打电话，他老两口要是知道了，得美昏过去。"

李靖明说完就挂。这么一个没头没尾的电话，徐言只当他是没睡醒，继续回餐桌陪徐朗吃饭。

过了几分钟，春诺也回到了餐桌，不过神色有些不对。

徐朗问徐言："爸爸，妈妈这个样子是不是奶奶说的丢魂儿了？"

"怎么了？"徐言把剥开的鸡蛋递给她。

看到她这个样子，再加上刚才李靖明那通发疯的电话，徐言心里已经隐隐有了一个不是猜测的猜测。

春诺看着徐言，满脸的不可置信："江念晚说她要结婚了，你猜和谁。"

"李靖明？"

"你怎么知道？哦哦，他刚才也和你打电话了。我刚才还以为我在做梦。你说他俩怎么搞——"春诺话说到一半，对上了徐朗那双忽闪的大眼睛，马上改了口，"他俩怎么会要结婚？"

"妈妈，是干妈和干爸要结婚吗？"

让徐朗这么一问，春诺突然觉得江念晚和李靖明结婚也不是一件不可思议的事情，都是干妈干爸了，自然是要进一家门的。

江念晚要当徐朗干妈，是从知道春诺怀孕那一刻就定下来的事情，半道儿李靖明插出来非要当徐朗干爸。当初两个人为这事儿还大吵了一架，谁都寸步不让，春诺调解不了，就让他们自行去解决，自行解决的结果就是徐朗管江念晚叫干妈，管李靖明叫干爸，各叫各的，互不干扰。

没想到说互不干扰的两个人还是扰到了一起。

"对啊，干妈干爸要结婚。干妈说让你在她婚礼上当花童，你想不想当？"

"可以啊。"徐朗咽下了最后一口饭，拿起纸巾自己擦了擦嘴。

徐言笑道："你知道花童是做什么的，你就可以。"

徐朗认真跟爸爸解释："我虽然不知道花童是做什么的，但是在婚礼上，不管做什么，不都会很开心吗？我愿意做开心的事情。"

春诺问："朗宝，你怎么知道婚礼是什么样子？"

他们应该没有带他去过婚礼吧，春诺看徐言。

"妈妈你记性好差，我看过你和爸爸的婚礼视频啊，里面每个人都笑得好开心。"徐朗羞羞脸，笑妈妈。

春诺晕倒，她竟然被自己儿子嘲笑记性差了，她虽然有的时候确实记性不怎么好。

"朗宝，你是妈妈的儿子，对不对？"

徐朗点头。

"你是妈妈的儿子，你这么聪明记忆力这么好，肯定也是随的妈妈，所以妈妈不是记性差，妈妈只是想考你。"春诺一本正经道。

徐言不理母子两个的斗法，起来收拾桌子，他们今天的计划是去徐朗外公家。

徐朗同样一本正经地回春诺："不对，妈妈。我是妈妈和爸爸的儿子，姥爷说我的聪明随爸爸，鬼灵精随妈妈。眼睛和鼻子像爸爸，眉毛和长长的睫毛像妈妈。"

春诺再次晕倒，还有什么比来自亲爸的打击更为致命，为什么主要的都是像徐言，像她的部分就占了个边角料。

春诺很是气愤，把准备给春山带过去的好酒给扣下了。有这么当爹的吗，有了女婿忘了女儿。

不过那瓶被春诺扣下的酒又出现了中午的饭桌上，春山美滋滋地拍了张照片发到了朋友圈，只发了一张图，连个文字都没配。有人要是留言问，春山就装作不经意地回一句："女婿背着女儿偷偷给我带过来的好酒。"

春诺觉得这个家简直没有自己的容身之地了，她不能折腾徐朗，也不能折腾她爹，最后只能折腾徐言。

"我怀胎九月生下来的儿子，为什么他大多的地方都随你了，公平起见，至少得是一半一半吧。"就算春诺不承认也不行，徐朗就是个缩小版的徐言。

徐言把夯毛的猫搂在怀里安慰："他虽然大多地方都随了我，但最最主要的一点是随的你。"

"什么？"春诺的夯毛有稍稍往回收。

"你爱我，他随了你，也爱我。"

他神色很是认真，认真到春诺差点被套进去。她上脚踹他："谁爱你啊，他没随我。"

徐言压住她的腿，把人搂紧道："那完了，他既然没随你，肯定是随了我。我最爱你，所以他也最爱妈妈。"

好吧，春诺有被这拐了七十八个弯后的直线球给安慰到。其实，像他爸也没什么不好的。

李靖明和江念晚的婚礼是在五月初举行的，徐朗一身黑色的正装小燕尾服，头发被爸爸弄成了大背头，比小正太还要小正太，吸引了在场所有女生的目光，全部，无论老少。风头一度盖过了嘴巴要咧到耳边的新郎。

李靖明颇为不满，徐言的杀伤力是一百，徐朗的杀伤力是一百一，徐言抱着徐朗两人叠加在一起的杀伤力，是想要把他这个新郎给秒到灰飞烟灭吗？

他把人拉到角落里，说："你怎么回事儿，我不是让你今天穿麻袋过来吗？"

徐朗替他爸爸回答了干爸的问题："干爸，妈妈说爸爸穿麻袋也一样会很帅，有的时候帅不帅不在于穿什么，而在于自身的气质。"

徐朗说完还正了正自己的领结，他不是故意的，只是觉得领结弄得脖子有些不舒服。

不过，这在李靖明看来就是明晃晃的嘲讽了，语言上的嘲讽加上动作上的嘲讽。徐言现在都不用自己开口，靠他儿子就能把自己碾压了，这日子到底还有没有法儿过。

李靖明嘤嘤着跑去找自己的新婚老婆求安慰，他到底怎么才能把徐言扳倒，干脆生个女儿吧，然后勾着徐家儿子做倒插门的女婿，想想都觉得快乐。

不过李靖明还没快乐多久，就又出了乱子。和徐朗一起当花童的小女孩儿是李靖明表哥家的女儿，前面的两次彩排都很顺利，金童玉女，小小的两个小人儿牵着手一步一步走在铺满鲜花的红毯上，春诺的鼻子有些酸。

她靠在徐言的肩膀上："我怎么突然有一种嫁儿子的感觉，你说一转眼他都长这么大了，没有爸爸妈妈在身边，自己也能走得这么稳。"

徐言笑她傻，只是傻字还没说出来，就听见一声震天的哭声。春诺被吓得都抖了一个激灵，她顺着哭声传过来的方向看过去，是小玉女的妹妹在哭，她妈妈抱着她，怎么也哄不下，哭得有些声嘶力竭。

春诺刚才跟他们一家合过影，她特别喜欢这两个可可爱爱的小女孩。

她拉着徐言走过去："怎么了，哭得这么伤心？"

小玉女的妈妈有些不好意思："她也想跟小哥哥一起走红毯，我就说了一句小哥哥今天是和姐姐一起走，她就哭了，怎么哄也不行，她之前也没这么闹过。"

徐朗彩排结束后被工作人员给领回来，还没喘口气，手就被他妈塞到了一个哭得满脸都是泪的小姑娘手里。

小姑娘看到徐朗后，渐渐止住了哭声，没多一会儿，连抽泣声也没了，一张肉肉的小脸笑成了花。只是，小姑娘到最后怎么都不肯放开徐朗的手，谁要去拉她，她咧嘴就要哭。这婚礼马上就要开始了，春诺说，不行就让徐朗和妹妹走。这句话还没落地，小玉女就哭了起来。

场面简直都不能用"乱"来形容了，徐朗一脑袋蒙，他都不知道发生了什么，李靖明都要急得上蹿下跳了。

最后，徐言提出了一个办法。

正式婚礼的时候，音乐奏响后，徐朗站中间，姐姐和妹妹一左一右，后面还跟着一只叼着花篮的金毛。他们入场后，全场起了欢呼声，大家纷纷拿起手机拍照，徐朗成功地把他干爸的婚礼变成了自己的主战场。

小花悄悄对沈鹤臣说："不愧是我老大的儿子，我已经听到了无数少女心碎的声音。"

李靖明悄悄对江念晚说:"以后一定要让我家闺女远离徐家的儿子,现在是个小祸害,长大了肯定是个大祸害。"

他已经忘了刚才发的要拐徐家儿子当上门女婿的誓。

江念晚冷笑:"再祸害能有你祸害。"

李靖明立刻闭上了嘴。

春诺看着那并排走的三个小身影,原本酸酸涩涩的情绪跑得一干二净,只剩下哭笑不得。她对徐言说:"你以后一定要好好教育你儿子,别让他走了歪路,现在就这么招小姑娘,长大了还得了。"

徐言睨她一眼:"我儿子随我,不会走歪路,招也只会可着一个小姑娘招。"

哦,好吧,某人不允许别人说他儿子一丁点坏话,他妈也不行。

因为儿子随他,说他儿子就是在说他。

第十三章
幸福一家人

徐朗想要一个妹妹，自从见到小花阿姨家白白糯糯的小米团之后，他就更想要一个妹妹了，连爸爸新给他做的机器人都不喜欢了。

他搂着春诺的脖子问："妈妈，我什么时候能有妹妹呀？"

春诺都被儿子问怕了，从小花家出来之后，他每隔五分钟就要问一遍这个问题。

门口传来了声音，春诺心里松了一口气。

"爸爸回来了，快，去问问爸爸，妈妈去厨房看看汤炖好了没。"

徐朗不等春诺放下他，自己就从妈妈身上蹭了下来，他要去问爸爸，每次妈妈回答不上来的问题，爸爸总能给出答案来。

但这次徐言也给不出答案来，春诺和他商量过二胎的事情，但是她近两年每年一部戏，每部戏大概拍半年，太太想要拼事业，他总不能拖后腿，所以这件事暂时推到了两年后。

没想到徐朗突然对妹妹的事情这么上心。

"小宝，如果有了妹妹，你是不是得要保护她？"

徐朗拍拍自己的小胸脯："当然了，哥哥就要保护妹妹，我现在吃饭都能吃一大碗，肯定能保护妹妹。"

徐言捏捏儿子肉肉的小脸，他想说你吃的饭可能也就只变成了脸上的肉，但他又不忍心打击自家儿子。

"光吃饭是不够的。"

"那要怎么办？"徐朗很着急地问。

"你在学跆拳道，对不对？"

"对，学跆拳道，可以保护妈妈。"徐朗大眼睛转了转，"是不是也可以保护妹妹？"

"真聪明。"

"当然，我是爸爸的儿子。"

徐言暗叹一口气，钓自己儿子进坑可比钓他妈容易多了。

"你要先好好学跆拳道，等你的腰带变成蓝色的时候，就可以有妹妹了。"

就现在课程的进度，学到蓝带没有一两年下不来，一两年后的问题，一两年后再想办法，先吃上今天的晚饭再说。

吃完晚饭，春诺收拾桌子，徐言带徐朗去洗澡。徐朗洗完澡，春诺负责哄徐朗睡觉，徐言去书房工作。这套流程是自然形成的，这几年下来，三个人各司其职，也算配合默契。

但是今天，这个默契出现了一点错误，徐朗精神过于兴奋，不听春诺讲故事了，改拉着春诺一起练跆拳道。练跆拳道也不是不可以，这也能消耗体力，没准练到一半就累了，直接倒床睡也挺好。

可她低估了自己儿子，也高估了自己，春诺已经陪他嘿嘿哈哈了一个多小时，徐朗气儿都不带喘的，还越练越精神。

春诺心想，我这老胳膊老腿儿的，哪有这精气神陪你这么练。她商量，妈妈坐着给你加油鼓劲儿，行不行。

徐朗头摇成了电动的拨浪鼓："不行，妈妈要和我一起练。"

虽然春诺知道不能这样说自己儿子，但是她实在忍不住，这大晚上的到底是抽的哪阵龙卷风。

徐言从书房出来，看到的就是春诺一张生无可恋的脸和徐朗一张红扑扑的小脸。春诺看到徐言之后简直要热泪盈眶了，她用口型对他说："你管你儿子，我要去洗澡了。"

春诺趁着徐朗的注意力在他爸身上，偷偷溜了。就算后面徐朗发现她不见了，也没关系，反正徐言最能搞定他儿子。

春诺洗完澡出来，客厅里已经没了人，她悄无声息地走到徐朗房间，里面大灯已经熄了，床上的小人小胸脯一起一伏的，睡得正香。

她回到房间，徐言已经躺上床了，看到她，放下平板电脑："过来，我给你吹头发。"

春诺把吹风机递过去："哎，你行啊，你怎么劝的？我怎么说都不行，非要练。"

"就是给他讲了一下，滴水石穿非一日之功是什么意思。"

"哦。"这么简单的事情她为什么没想到，也不是，就算她想到了，而且就算她和徐言说同样的话，在讲道理这件事情上，她永远没有徐言说得有说服力。

所以在育儿这件事情上，他们两个定的角色是，春诺负责陪玩，徐言负责讲道理，不过往往是春诺负责陪玩到一半，徐言来给她收尾，就像今天一样。

春诺被吹得很舒服，人有些迷糊。

"去床上躺着。"她头一顿一顿的，徐言怕不小心扯到她的头发。

春诺有五分意识已经在睡梦中，徐言说什么，她做什么，勉强留出三分意识强打着精神聊天。

"他今天怎么突然对跆拳道这么起劲儿了，之前喜欢但也没有喜欢到这种地步。"

"我跟他说，等他考下蓝带的时候，就能有妹妹了。"

春诺的困劲儿消失了大半，她睁开眼睛，也不让他吹头发了，半支着身体看他。

"你也想要一个女儿？"

徐言把吹风机放回去，伸手揽人到自己怀里。

"男孩女孩都可以。不过，一个像你的小女孩，应该很可爱。"

春诺不同意了，纠正他："不是应该，是肯定，肯定会很可爱，可爱漂亮又美丽，天下无人能及。"

徐言轻笑道："我怎么听着这话不像是在夸女儿，倒像是在夸你自己。"

春诺按住他作乱的手，眼神里带上了隐隐的威胁："怎么？在你眼里，我不可爱、不漂亮、不美丽？"

徐言手不能动，改用嘴，模模糊糊的声音，黏黏稠稠的语气："在我眼里，我太太自然是最可爱、最漂亮、最美丽，全宇宙都无人能及。"

春诺听到了想听的话，开始翻脸无情。

"今天不行，我好困啊。"她又去挡他的嘴。

"我很快结束。"徐言的手又开始行动。

春诺控诉："骗子，你哪一次都没有很快。"

"你难道不想要个女儿？"徐言动手的同时还不忘挖坑。

春诺还有几分清明，还能反驳："想啊，可是我们不是说好，要过两年才要。"

"滴水石穿，非一日之功。我们现在要多多练习，过两年才能更熟练。"徐言俯到她耳边，去吻她的耳珠。

"屁啊，这句话能用到这儿吗？这事儿你还用练吗？"春诺的话断断续续地冒出来，本来应该是暴怒的语气，说出来却成了软糯糯的嘤咛。

　　三年后，在一个春天的早晨，徐家老二出生了，不过不是女儿，还是个儿子。

　　婴儿白白嫩嫩，五官长得比小姑娘还要俊俏。徐朗以为是个妹妹，高兴得上蹿下跳，春诺不敢触自家儿子的霉头。徐言觉得一向聪明的儿子这次未免也太傻了点，他想看看自家儿子什么时候能醒过这个味儿。

　　所以夫妻两人谁都没跟徐朗说妹妹其实是个弟弟的事情。

　　直到当天下午，小花和沈鹤臣带着自家闺女朵朵来医院看春诺。

　　朵朵指着白白嫩嫩的宝宝喊："弟弟。"

　　徐朗纠正："是妹妹。"

　　朵朵不同意："是弟弟。"

　　"小花阿姨，朵朵妹妹是不是想要一个弟弟？你和沈叔叔加油，生一个弟弟出来，不要让她抢我妹妹。"

　　小花哪里知道这弟弟妹妹其中的弯弯绕，她摸着徐朗的头："小朗宝，这是弟弟，不是妹妹。"

　　徐朗看看妈妈，看看奶奶，看看姥爷，最后又去看看爸爸。徐言正在给宝宝换尿不湿，他刚要把徐朗抱起来安慰，结果宝宝的一泡尿一飞冲天尿到了徐朗身上。

　　徐朗"哇"一声哭了出来，这是他三岁以后第一次哭，也是他后面几十年最后一次哭。

　　哭声夹杂着笑声，一时间场面热闹极了。

　　他那看热闹不嫌事儿大，笑得最欢的亲妈把这一幕给录了下来。

　　这一天的记忆，在徐朗脑海里是被自动删除了的。他只是早晨起来，被奶奶从床上拉起来带到了医院，他知道他有了一个弟弟，然后 cut，这一整天就结束了。

　　他第一次带女朋友回家的时候，他妈突然想起了这件事情，找了半天那个视频都没找到。他刚要松一口气，他亲爸从公司回来了。

　　他知道自己完了，他妈找不到的东西，他爸肯定能找到。他爸不但有那个视频，那个视频还被配上了音乐，可以投放到电视上。

世界上哪有这样的爸妈，联手起来坑自己家的亲儿子。

在小徐朗哭出来的那一刻，在他女朋友笑倒在沙发上的那一刻，在他妈笑出的眼泪被他爸抹去的那一刻，他亲爱的弟弟回来了，然后他看到一向四平八稳的弟弟第一次露出慌张的表情，站在门口进退不能。

好吧，他平衡了。反正他爸妈坑的不只是他这一个儿子，他敢打赌他弟弟女朋友来的时候，这个视频还会出现一次。

不过现在出现不要紧，就怕他们的妈妈会又一个突发奇想，将来拿给他们的孩子看，那场面，简直不能想象。

于是，在一个月黑风高的夜晚，兄弟两个联手作战，徐朗负责他妈，徐隽负责他爸，两个人把视频相关的资料删了个干干净净。

春诺在怀徐朗的时候，她自己是没有察觉的，还是出差回来的徐言问了一句"你'大姨妈'是不是推迟了"，她才意识到自己"大姨妈"好像确实是推迟了，而且是推迟了一个多星期。

本来应该是小别胜新婚的夜晚，徐言穿衣服下楼去药店买验孕棒，春诺在床上待不住，下了床开始在屋子里转圈，后来又想如果真怀了，她这样乱动是不是不好，又窝回沙发上。

徐言回来的时候，春诺正在纠结肚子上可不可以放一个抱枕。

"你跑着去的？"春诺问。

他呼吸明显不均匀，而且从他出门到他回来好像五分钟都没到，就算是跑应该也没有这么快吧。

徐言把袋子放到桌子上，灌了一杯水，缓了一下过快的心跳，他也不知道自己会紧张到这种地步。

春诺扒拉着袋子，看着满满一兜子的验孕棒，表情有些错愕："呃，你这是买了多少，把人家店里的库存全都给扫来了吗？"

"我怕测不准，每个牌子都买了些。"徐言蹲在沙发前，握住她的手，"你感觉怎么样，有没有不舒服？"

春诺看着他额前渗出的汗珠，刚刚慌乱到不知所措的一颗心突然就平静了下来。她抹去了他额头上的汗，又顺了顺他的头发，用自己的头去碰他的头，轻轻的一下："傻不傻，就算怀了，现在能有什么感觉。"

徐言轻笑道："刚才我拿验孕棒去结账的时候，店员看我的眼神就跟看傻子一样。"

春诺不允许别人说徐言半点不好，哪怕是眼神："那是店员的眼神有问题，我老公是世界上最聪明的老公，以后也会是世界上最聪明的爸爸，怎么会是个傻的。"

最聪明的老公和最聪明的爸爸看到验孕棒上的两条横线，有点呆，尽管他刚才已经看了说明书，大脑还是一片空白，问："这是怀了……还是没怀？"

春诺也有些呆："怀了……吧？"

夫妻两个呆到一块儿去了，也傻到一块儿去了。

从医院回到家，春诺把报告单发到了家庭群里。

老春最先反应过来：闺女，你可不要吓你爸，真的怀了？

春诺打字飞快：五周，明年的这个时候，您已经当上外公了。

然后徐言的手机响了，是老春打过来的。徐言要接，春诺直接把他手机拿过去："爸，到底谁是您亲生的，我给您的好消息，您电话不打给我，打给徐言干什么。"

老春笑她天天吃一些吃不着的醋："你是我亲女儿，徐言是我亲女婿，都是亲的。徐言呢，我跟他说。"

春诺"嘿"字还没出声，徐淑芳的电话打到她手机上了。

于是女婿和老丈人通话，儿媳妇和婆婆通话。徐言和老丈人说完，又继续接春诺递过来的他妈的电话，春诺还想和她爹多说两句，结果老春已经把电话给挂断了。

所以说女婿肯定是亲的，女儿是不是亲的就要两说了。

徐言挂完电话，把他老丈人和他妈说的都整理到一张纸上，又在网上下单了关于怀孕的各种书籍，上下一通忙活，连喝口水的时间都没有。

春诺端着一杯水坐到他身旁："新手爸爸，先喝口水。"

徐言手上的动作顿住，慢慢抬头看向她，整个动作就像是被人设置了程序的机器人一样。

春诺冲他挑眉："又傻了？"

这可怎么办，人家都说一孕傻三年，她还没有怎么样，他这个新手爸爸已经开始进入状态了。

新手爸爸准备得很充足，用严阵以待都不为过，首先准备迎接的就是孕期的第一个难关——孕吐。

结果春诺半点反应都没有，既没有晨吐，也没有不想吃、不能吃或者不能闻的东西，确切地说，是什么都能吃，什么都想吃，尤其特别想吃螺蛳粉。可是医生不建议吃，可她又特别想吃。

徐言光看她的表情，也知道她特别想吃。

"要不我煮一袋，你闻闻味道？"徐言最后提出一个不是办法的办法，望梅止渴。

春诺使劲点了两下头，又使劲点了两下："徐先生，你太聪明了！我怎么都没想到，我可以闻着螺蛳粉的味道啃苹果。"

徐先生虽然不知道这会是一个什么奇怪的组合，但是徐太太想吃，自然要满足。

香香臭臭的味道弥漫在空气里，两个人围着一碗螺蛳粉肩膀挨着肩膀坐着。

春诺嚼苹果嚼得嘎嘣脆："真的是太香了。"

"要不，吃一口？"徐言看着她嚼苹果的那个劲头儿，心里不忍。

春诺将头摇成了拨浪鼓："要听医生的话，不能吃。"

不一会儿，她又凑到碗边上，看看螺蛳粉，又看看徐言："要不，你吃一口，我看着你吃，我也能得到代理满足。真的很好吃，你吃一口就知道了。"

徐言不吃螺蛳粉，闻不惯这种奇怪的味道，之前春诺怎么哄，什么招都用过了，他都没吃过一口。看着他微皱的眉头，春诺想吃螺蛳粉的抓肝挠肺瞬间被想看徐言吃螺蛳粉的心情给替代了。她今天一定得让他吃上一口，春诺半眯着眼睛，心里过着七十二招，看先用哪一招比较好。

结果，她还没想好用哪一招，徐言已经端过碗，先喝了一口汤，又夹了一大筷子粉放到了嘴里。他咽下去的时候，春诺也不自觉地跟着一块儿空咽了一下口水。

"香不香，好吃不好吃？"她眼巴巴地看着他。

徐言没有说话，捞过她的腰，压着她的唇吻了上去，很长的一个吻，长到春诺嘴里的每个角落都充分感受到了螺蛳粉的味道。

"香不香，好吃不好吃？"他抵着她的额头，用她的问题回问她。

春诺呼吸急促，大脑有些空白，一时没想明白，他这个问题是指的螺蛳粉还是指的其他。

不过这都不重要，重要的是，一碗螺蛳粉最后都进到了徐言肚子里，而她也得到了充分的代理满足。

后面再有什么春诺想吃不能吃的东西，这套方法也沿用了下来，而且相当管用。

因为第一胎很顺利，到第二胎的时候，春诺觉得应该会更顺利。毕竟已经怀过一次，经验虽然不多但也能够应付。看到徐言还是严阵以待，她还嘲笑他："你又不是新手爸爸了，怎么还会这么紧张。安啦，什么问题都不会有，放轻松。"

这跟是不是新手爸爸没有关系，事关到她，他怎么可能放松。

春诺嘲笑完徐言的第二天早晨，她就差点没吐晕在洗手间里。

起因是徐言问她早饭想吃什么，她说想喝鲜榨的豆浆和小笼包，小笼包是徐淑芳提前包好放冰箱里的，上锅蒸就行。徐言榨完豆浆叫春诺起床，春诺犯懒撒娇说不想动，徐言连人带毯子直接打横抱到了餐厅。

徐朗坐在餐桌的主位上正在小口地喝着豆浆，看到爸爸抱妈妈出来，放下杯子，把食指放到了自己胖嘟嘟的脸颊上："妈妈，羞羞，都多大了，还让爸爸抱。"

他有的时候不想走路，想让爸爸抱的时候，妈妈就会这样羞羞他，他现在也要羞羞妈妈。

春诺的头埋在徐言的颈窝里不肯起来，确实好羞，她这么个大人了还要让人抱着来吃饭，而且被亲生儿子嘲笑。

徐言把春诺放到座位上，轻拍着她的肩膀，对徐朗解释："妈妈身体不舒服，所以才要爸爸抱。朗宝不舒服的时候，不是也想靠在爸爸妈妈怀里。"

徐朗大眼睛里流露出担忧，从座位上爬下来，走到春诺身边。他够不到春诺肩膀，只能拍春诺的膝盖："妈妈，不羞，我的怀抱也给妈妈。"

春诺的一颗心立刻泛滥成洪水，也不要自家老公的怀抱了，抱起小朗宝捏着他一张小脸，从上到下亲了个遍，她的小朗宝就是世界上最贴心的儿子。

徐言站在一旁轻咳两声，又轻咳两声，可还是没有得到半点关注。他只能弯下腰，亲亲徐太太的脸，又亲亲自家儿子的脸，在儿子面前，他永远是排第二位的。

徐言把儿子送上幼儿园的校车，回来在餐厅没看到人。小笼包倒是全都吃没了，豆浆没怎么动，他顺着动静找到卧室的洗手间，本想敲门，却听到里面的声音不对，推门而入，春诺正抱着马桶在往外呕，胃里的东西都吐没了。等徐言一脑门汗地抱着春诺到了医院，医生十分淡定地给出了两个字——孕吐。

　　自此，春诺开始了长达两个月的孕吐，而且每天闻着想吐的东西还不一样，今天是牛肉，明天就成了鱼，后天连鸡蛋都不行了，严重的时候，连味道都闻不得，就连她最爱的螺蛳粉都拯救不了她的食欲。

　　她吃不下，徐言更吃不下，春诺看着他明显瘦下去的脸，很心疼，她至少还可以打一些营养针。

　　"我虽然不能吃，但你可以替我吃啊，不能我不吃你也不吃，咱们家的肉全都长朗宝身上去了，他都快被养成一个小胖猪了。"

　　徐言碰碰她的嘴角："朗宝太乖了，知道心疼妈妈，也知道心疼爸爸，现在都不用我喂，自己吃完饭，还知道自己擦嘴。相比之下，我们这个老二就有点让人不省心，现在就折腾你到这样，等出生后，还不知道要怎么折腾，愁人。"

　　春诺笑道："不愁不愁。朗宝呢，像你，妈说你小时候就跟朗宝一样，特别乖。老大像爸爸，老二肯定是要像妈妈。我小时候就特别折腾人，你既然能对付得了我，肯定能对付得了我们这个老二，老二再能折腾应该也折腾不过他妈去。"

　　徐家老二徐隽确实很能折腾，从出生后快要掀翻产房屋顶的第一声啼哭就能看出来。不过小隽宝再能折腾，也不用徐言出手，徐朗完全能对付得了他这个折腾的弟弟。弟弟哭，他会拍着弟弟的背，讲故事，唱《摇篮曲》，做鬼脸，奇怪的是，无论小隽宝哭得多厉害，有的时候连春诺、徐言都哄不下来，只要一握住徐朗的手，就会慢慢止住哭声。

　　春诺觉得特别神奇。

　　徐朗奶声奶气地解释给妈妈听："爸爸说，这就是传说中的一物降一物，妈妈归爸爸管，老二归老大管。"

　　好吧，春诺反驳不能，只能认同。

　　春诺给江念晚发信息，只有四个字"我完蛋了"，外加十个感叹号。

　　江念晚以为发生了什么，一个电话就拨过来了。

　　"怎么了？怎么了？徐总出轨了，还是你又怀孕了？"

　　回应江念晚的只有无线电波的沉默。

　　江念晚回归到正常的模式："怎么了，说！"

　　"我把徐言生日给忘了，我连生日礼物都还没来得及准备，我绝对死定了。"只通过声音都能感觉到春诺的绝望。

"他什么时候生日，明天？"

回应她的又是无线电波的沉默。

"你别告诉我是今天。"

回应她的还是无线电波的沉默。

"你可真是好样的，春小诺。"

春诺也觉得自己真是好样的，要不是徐朗一大早起来，拿出一幅画，说是送给爸爸的生日礼物，她可能就把今天当作普通的一天给过完了。这事儿都不用谁说什么，她自己就给自己判了死罪。换位思考，如果徐言在她生日当天靠别人的提醒才能想起是她生日，她绝对要怀疑徐言不爱她了。

"怎么办？"春诺求救。

"其实也还行，还能补救，你至少没等到今天晚上凌晨的钟声敲响之后才想起来。"江念晚勉强安慰。

"也对。"春诺精神又突然振奋起来，"离他晚上下班回来还有好长时间，我难道还不能准备出一个惊喜来。"

"你能准备出什么惊喜来？"江念晚不忍心打击她，"无非是蛋糕、晚餐和礼物，你家男人又不喜欢热闹，不然你还能整一个派对。惊喜也就惊喜在礼物上，你礼物到现在还没有准备，能惊喜到哪儿去。别跟我说你还送手表，你送徐总的手表光我知道的，没有二十，也有十五了吧。你是打算在你们老了之后，去海边开一个手表店吗？"

春诺虽然不服，但也没法反驳，她近两年送礼物是有些偷懒，她虚心请教："江大师，您老有什么惊喜的方案，可以拿来让我借鉴一下不？"

江念晚哼哼了两声，又哼哼了两声："念在你态度还不错的份上，本大师就传你一招本门的独家秘笈。"

春诺就差抱拳感谢了："多谢大师！"

江念晚问："你男人喜欢你穿什么颜色的衣服？"

春诺虽然想不到这个问题和惊喜的独家秘笈有什么关系，但在搞惊喜这种事情上，她还是很服江念晚的，不然她也不会在这么关键的时刻给对方打电话。

"他喜欢我穿白色，"春诺想了想，"也不对，绿色也喜欢，黑色他也说过好看，红色？红色他好像也说过喜欢。"

春诺给出了最终答案："他应该喜欢我穿所有颜色的衣服。"

江念晚简直要晕死，她就知道被男人宠坏的女人不靠谱。她不跟春诺废话了："行，我知道了，东西呢大概两个小时后会到，春小诺，如果我这次准备的惊喜能让你家徐总满意，你得给我发大红包。"

春诺应下："如果真的能惊喜到他，别说大红包，你一直想要的那个限量版的包包我都可以让给你。"

江念晚差点要叫出声："真的？你可别骗我？"

"骗你是小狗。"

江念晚不为别的，就为得到那个限量的包包也得铆足劲儿。

东西到的时候，已经快中午了，春诺正带着两个小朋友做蛋糕。

很大的一个盒子，徐朗拉着徐隽一起凑过来："妈妈，这是你给爸爸准备的礼物吗？"

徐隽跟着一起兴奋，嘴里叽里呱啦吐出一段外星文。

春诺捏捏徐隽满是奶油的小脸蛋，回答徐朗的问题："对，给你爸准备的惊喜，到时候和你的画一起送给他。"

徐隽小手大力地拍着盒子，意思是给他打开。徐朗蹲下身子，和弟弟视线持平，一字一句地解释："弟弟，这是妈妈给爸爸的惊喜礼物，所以只能爸爸回来才能拆开，我们不能动的。"

徐隽盯着他哥哥一张一合的嘴，不知道听懂了没，又叽里呱啦说了一段外星文后，也不管盒子了，拉着徐朗去桌子那边，要继续做蛋糕。

两个小朋友有自己特有的交流方式，春诺和徐言从不干预。

"朗宝，那你看着弟弟，我一会儿就过去。"

"好的，妈妈。"徐朗大声应好，徐隽也跟着"mamamama"地应。

这么大一个盒子，春诺实在想不出是什么，她发信息问江念晚：是什么？

江念晚回：你拆开看。

春诺拆到一半就觉得不对，等打开看到里面是什么，"砰"一声又把盒子给重新盖上了。

没几分钟，手机嗡一下嗡一下地振动起来，江念晚的信息一条接着一条：

怎么样，看没看到？

是不是惊喜？

我想得多周到，七个款式，七个颜色，任徐总挑选。

春诺简直要崩溃：江念晚，你个死女人，这都是什么啊！

江念晚电话又拨过来："你还骂我死女人，我给你挑的都是镇店之宝，镇店之宝你懂不懂。我跟你说，春小诺，这才是名副其实的惊喜。你送的那些手表啊什么的，除了一个'贵'字，还能有什么。徐总收到的时候再高兴，能高兴到哪儿去。这次你男人要是不把你抱起来转圈，我江字倒着写。"

"你江字倒着写不也是江吗？"春诺气势弱下来。

江念晚再接再厉："你信我这次，行不行？"

春诺还在犹豫："再说吧。我不和你说了，我要去做午饭了，徐朗、徐隽要饿了。"

江念晚还要说什么，春诺直接挂断了电话，不给她开口的机会。

其实徐言也把自己生日给忘了，还是早晨起床看手机的时候，收到好多人的信息才想起来。他看春诺的样子就知道她也不记得，自从徐隽出生之后，他在她心里的地位更是直线下降，不知道现在还能不能排到前三。

不过不记得就不记得吧，男人一般对生日这种日子也没有那么在意。他亲了亲正在熟睡的人，又给她压了压被角，下床后，看了看小床里的徐隽，又去隔壁看了看徐朗，兄弟两个一模一样的睡姿，都随了妈。

徐言先去一楼的健身房运动了一个小时，快结束的时候，健身房的经理出来送上一份礼物，祝徐总生日快乐。这是健身房的惯例，每年都会准备，徐言道谢收下。

回到家后，他准备完早餐差不多八点。因为是寒假，徐朗还在呼呼大睡，徐言也就没叫他。主卧里，春诺应该是醒过一次，抱着徐隽回了大床，母子两个头挨着头又睡了过去。

他拨开她脸上的头发，忍不住拿唇去碰她凝脂的脸颊。春诺迷迷糊糊地醒来，转头用唇去迎接他的吻。

"早餐做好了，闹铃我定到了九点，睡太久也不好。"徐言抵着她的唇，轻啄慢语。

春诺眼睛都不睁开，半揽着他的脖子胡乱地点头应好，不到一分钟又睡了过去。徐言无奈失笑，暂时放过了她，只能等晚上再讨回来，现在她属于他的时间，一天当中也就只有晚上的几个小时，当然这还不包括徐隽中间醒来的时间。

中午的时候，李靖明跑来徐言的办公室，邀着他出去吃饭。

"走吧，寿星公，我请你吃大餐去。"

"不去，我吃食堂，下午还有会。"徐言无情拒绝他的邀约。

"你确定？"李靖明半眯着眼睛，嘴角带着几分意味不明的笑，明显在憋着坏。

徐言双手交叉，半靠到椅子上："你说说我为什么要不确定？"

李靖明摆起了姿态，坐到沙发上，跷着二郎腿，慢条斯理地从烟盒点出一根烟来要往嘴里放，烟刚刚沾到嘴边，就听"咔嚓"一声，徐言举着手机对着他照了一张相。

李靖明急了，把烟甩到垃圾桶："你照什么相？"

江念晚在逼着他戒烟，可戒烟真的好难，他开始还能坚持，现在和江念晚玩起了阳奉阴违。如果让江念晚知道他又开始吸了，那他绝对要被赶去睡书房一个星期。

徐言把手机揣进兜里："不干什么，留张底牌。"

这是在明目张胆的威胁，李靖明简直欲哭无泪，他本来想讹徐言一把，结果反被人讹上了，典型的偷鸡不成蚀把米。

"你怎么样才能删了那张底牌？"李靖明伏低做小。

徐言不为所动："先说说你那句'你确定'是什么意思？"

"你老婆大早晨给我老婆打电话求救。"

"求救什么？"徐言站起来，手已经摸上手机。

"不是，你别急，坐下，不是那个求救，是她说她忘了你生日，问我老婆有什么补救的措施没。"

"然后呢？"徐言紧锁的眉头慢慢舒展开来，又重新坐回椅子上。

"然后你今晚会收到惊喜礼物。就是这样，我说完了，你现在能删照片了吧？"

徐言不为所动："你的重点难道不是在惊喜礼物是什么？"

李靖明在蒙徐言这件事上从来没有成功过，他也不垂死挣扎了，拿出手机，发给徐言一个链接："我老婆替你老婆选了这家店的镇店之宝，给你做生日礼物。"

徐言点开链接，瞳孔慢慢缩紧。

跟往常一样，徐言晚上六点准时到家，他输入密码的时候，就听见了他们家老二那亢奋的外星语。

他打开门，家里只有昏黄的灯光，徐隽看到他，迈着小短腿连蹦带跳朝他扑过来。徐言一把抱起他，他手里拿着一张纸，举着给徐言看。徐言接过来，纸上画着六条歪歪扭扭的线，他猜画的应该是他们一家人。

徐朗走在后面，怀里抱着一个小电吉他，在弹《生日快乐歌》的曲子，春诺捧着蛋糕和着徐朗的曲子，一字一句地在唱："祝爸爸生日快乐。"

徐隽兴奋地看看妈妈和哥哥，回头看看爸爸，又是挥胳膊，又是蹬腿，恨不得从徐言怀里飞出去。

《生日快乐歌》结束后，徐朗对徐言大声说："爸爸生日快乐。"

春诺双手捧着蛋糕送到徐言面前："老公，生日快乐。"

徐言护着徐隽的脸，吹灭了蜡烛。他隔着徐隽和蛋糕，俯身亲了亲春诺的嘴角："谢谢，老婆。"又揉了两下徐朗的头发，"谢谢朗宝。"

徐隽根本不用等他爸爸做什么，直接啃上了徐言的脸，给了他爸爸两个湿漉漉的吻，然后亮着大眼睛看徐言。徐言顶着半边脸的口水，使劲胡噜了两下他的头发："也谢谢隽宝。"徐隽眼睛都要笑没了。

春诺等徐朗送完徐言生日礼物，也拿出了自己的礼物，还是一块手表，是她下午临时定的，没有新意就没有新意吧，至少没开天窗。

徐朗看着小盒子，问春诺："妈妈，爸爸的生日礼物不是一个大盒子吗，怎么换成了小盒子？"

春诺解释："妈妈弄错了，大盒子是你干妈给妈妈的东西，不是爸爸的。"

"哦。"徐朗点头。

徐言长眸微挑："谢谢老婆，不管是大盒子还是小盒子我都喜欢。"

不知道是不是春诺的错觉，她总觉得他说这句话的语气不对。

晚饭很家常，荤素搭配的几个菜，主食是手擀面。徐朗指着碗里的面条，对徐言说："爸爸，面条是我和妈妈一起擀的。"

徐言很给面子地吃了一大口，竖起一个大拇指："太好吃了。"

徐朗坐在椅子上，扭了扭小屁股，嘿嘿笑了两声，也大口大口开吃了。坐在徐言旁边的徐隽看到哥哥在吃饭，也不甘示弱地张开嘴，让爸爸喂。

正在看着两个小朋友笑的春诺，隔空碰到了徐言的眼神，两人视线胶着在一起，最后春诺微红着脸先认了输，埋头吃饭，死活不再往他那个方向看。

春诺洗完澡，又使劲系了睡袍的带子两下，才从浴室里出来。徐隽在徐朗的床上睡着了，小胳膊搂着他哥哥的腰，他搂得很紧，春诺根本分不开两个人。

徐言用毛巾擦着头发出现在门口："就让他在这边睡吧，你这样一抱他，两个人都得醒。"

"也行。"春诺给两人掖了掖被角，"看他们睡得这么香，我也困了。"

"那回屋睡觉？"徐言过来拉她的手。

春诺迎上他的手，在碰到他指尖的那一刻，又缩了回来："我得先去浴室把头发吹干。"

徐言握住她缩回去的手："回床上，我帮你吹。"

他半拉半拥着人往卧室里走。

春诺继续抽自己的手，急着逃离："不用，我自己吹就行，我近一阵掉头发掉得厉害，还是在浴室吹比较好。"

春诺后悔了，她要去把睡袍里面的衣服给换了。那衣服她自己看就能羞死人，要是让徐言看到，她绝对要原地自燃。

第二天一大早，门口跑进来一大一小的两个人。

徐朗冲春诺羞羞脸："妈妈，你是小懒虫，太阳都照屁股了，你还不起床。"

徐隽跟在后面，吐出一连串叽里呱啦的外星语，徐朗给她翻译："妈妈，弟弟也在说你是小懒虫。"

春诺觉得这日子真是没法过了，姓徐的这三个男人是打算把她给气死。

第十四章
余生拥抱你

小花最近迷上了露营，一到周末，朋友圈里全是露营的照片，碧天白云，绿草鲜花，单从照片里就能感受到清爽宜人的气息。

春诺也有跃跃欲试的冲动，她微信上问小花：

露营需要的东西多吗？

小花嗖给她发过来一个列表：

老大，一点都不多。

春诺看着那满满当当一张列表的东西，心想这还不多，还是算了。小花他们一家三口需要的东西就要这么多，他们一家四口，东西要更多，还是在自家露台上搭个帐篷，自己哄自己玩吧。

小花像是知道她是怎么想的。

老大，我跟你说，在郊外露营跟在你们家露台上搭帐篷是完全不一样的感觉，空气、阳光，还有夜空中的星星，连晚上做的梦都是不一样的甜。

春诺不为所动，现实已经够甜了，梦要那么甜做什么。可她不心动了，不代表两个小朋友不心动。

小花来家里玩的时候，给徐朗看了露营的视频。徐朗眼睛里全是亮光，转过头来看春诺，意思很明显："妈妈，我们也可以去露营吗？"

徐隽双手捧着小花的手机不放，一个字一个字地往外蹦："去，去，去。"

看到自家两个宝贝这样，春诺哪里有不去的道理。

徐言晚上有应酬，到家的时候已经快十点。屋子里亮着灯，静悄悄的，徐言以为三个人都睡着了，走进客厅才发现某人拿着平板，窝在沙发上，不知在看什么看得聚精会神，连他进屋都没听到。

"在看什么？"他坐到春诺旁边。

春诺看露营攻略看得正入迷，被他突然的出声吓到了，张手要他抱，说："你吓死我了。"

手张到一半，又改为双手撑在他的胸口，皱着鼻子不让他靠近："你喝酒就算了，怎么又开始抽烟了？"

徐言闻了闻自己的衣服，确实不太好闻："喝了些酒，烟没抽，别人抽的，我身上沾了些味道。"

春诺半信半疑道："真的？"

"你亲自验。"

徐言直接托着她的脖颈，给了她一个深吻。一吻结束后，春诺觉得自己也要醉了，这到底是喝了多少酒。

"你今天怎么喝这么多？"春诺推开他，起身去厨房给他泡蜂蜜水。

徐言靠在沙发上，手撑着额头缓神："今天只带了沈鹤臣，结果他说他和你助理在备孕想要二胎，对方是长辈又是好喝的，沈鹤臣不但不能替我挡酒，我反而还要替他喝一半。"

春诺端着水杯喂到徐言嘴边，他就着她的手只喝了一半就停了。

"不行，你得喝完，不然明天你得难受死。"

他一向不喜欢甜甜腻腻的东西，连带着蜂蜜水也不喜欢。

徐言想从她手里拿过杯子："我自己喝。"

春诺哪里会上他的当，他自己喝的话，喝到明天早晨这半杯水都不一定能喝完。

"你别耍赖，我喂你。快点，我手举着杯子酸着呢。"春诺佯装愠怒，徐朗耍赖不吃药的样子完全随了他。

徐言大笑，因为喝了酒，眉眼里皆是风情，他揽上她腰，转了半个圈把人拉到自己腿上。春诺没有防备他这一招，水杯里的水随着身体的晃动大半洒到了她的手和胳膊上。

她急着一只手捂上他的嘴。

"发什么疯，要把孩子吵醒了。"她气不过又打了他两下，"全洒了，徐言你完了，我要再弄一杯来，你要全都给我喝完。"

话还没说完，整个人僵住了。徐言按住想要从他嘴边逃离的手，继续刚才的动作，唇和舌尖从她手心开始一点一点移动。他动一下，春诺的身上软一点，等唇最终停在指尖的时候，如果没有箍在她腰间的胳膊做支撑，她得整个人瘫到地板上。

她控诉的声音起了战栗和轻颤："你做什么！"

徐言很认真地回答她："夫人不是让我喝蜂蜜水？"

春诺的手动不了，就拿脚去踢他的腿："不是这样喝，你放开我，我重新去给你弄。"

她那一丁点力气踢上来就跟挠痒痒一样，更何况她现在哪儿哪儿都是软的，不仅腿脚都是软的，连声音都是软的。

徐言甚至把腿直接送到了她的脚边，让她能够踢得更方便一点。他的唇又从她的指尖挪到了她的胳膊上，那上面也有洒落的蜂蜜水，他解释，严肃且说教的语气："不能浪费，小朋友都知道。"

意思是她不能连小朋友都不如。

喝醉的人，比平常力气更大，比平常更能讲道理，也比平常更能玩花样，一本正经地做着轻佻的动作，简直要把人逼疯。

春诺抵抗不能，最终放弃，给出最后的请求："回房间，求你了。"

老婆都求他了，徐言自然服从："遵命。"

他拦腰将她打横抱起，稳稳且大步地往卧室走去。

快要到床边时，春诺又踢他："不行，你得先去洗澡，你身上都是烟味。"

徐言转身又朝浴室走去，春诺又踢他："你放开我呀，是你去洗，我都洗过了。"

"一起，你身上也沾上了。"

一起是真的一起，洗澡也真的是洗澡，两个人的每一个动作都是一起的，在满是热气的浴室里，春诺一时分不清自己身上哪些是水哪些是汗。

他从后面拥着她，唇裹着她的耳珠，给她科普知识："解酒的方法除了喝蜂蜜水，还有好多种，比方说出汗，直接能把酒气给排出来，方便又快速，明天不会头疼，神清气也更爽。"

是，是神清气更爽，何止是爽。只是爽的是他，疼的是她，全身都疼，膝盖尤其疼得厉害。

徐言一年难得一次睡了懒觉，醒的时候，外面的阳光通过落地窗直直地照到床上。他翻了一个身，去拿手机，已经快要上午十点。

昨晚的记忆慢慢回笼，徐言可以确定某人生气了。之前他醉酒起晚的时候，窗帘会被严丝合缝地拉上，生怕他睡得有一点不舒服，床边还会放一杯温水，确保他醒来就可以喝上。现在窗帘大开，床头柜别说水连杯子都没有。

徐言一出卧室的门，腿就被一个高速冲过来的"小火箭"给抱住了，"小火箭"手里还拉着一个蜘蛛侠的拉杆箱，嘴里还一直喊着："营，营，营。"

徐言拉住徐隽的手往客厅里走，客厅里乱成一团，徐朗也拉着一个拉杆箱在客厅里来回窜。

徐言心头跟着窜出一个词，离家出走。他这是彻底把人给惹恼了，他老婆要带着两个儿子离家出走？

徐朗见到他大喊了一声爸爸，朝他奔过来。

"你妈呢？"

"妈妈在厨房。"

徐言半蹲下身子，放低声音问徐朗："你妈有在生气吗？"

徐朗也跟着放低声音："妈妈没有在生气，妈妈从来不生气，我和弟弟很乖，从来不惹妈妈生气。"

徐隽挤到两人的中间，也跟着放低声音："气，气，气。"

徐言轻咳一声，他们是很乖，不乖的就只剩他了。

"你们拉着行李箱是打算去哪儿？"徐言套自己儿子的话。

徐朗兴奋起来："去露营，妈妈要带我和弟弟，和小花阿姨他们一起去露营。"

是露营，不是离家出走。徐言轻弹了徐朗的额头问："这么高兴？"

徐朗大力地点头道："爸爸，你在家好好工作，我让妈妈发照片给你看。"

没有生气到离家出走的程度，但是生气到了不带他玩的程度，徐言大概掌握了情况。

"带着弟弟去玩吧，爸爸去看看妈妈在做什么。"

徐言支开兄弟两个，要去给夫人赔罪，虽然不想承认，但他昨晚确实借着四分的酒意，失了分寸。

春诺已经听到了身后的脚步声，但她不想理他。徐言从后面把人圈住，下巴垫到她的肩膀上。

"要去露营？"

春诺勉强"嗯"了一声。

"不打算带我？"

春诺拿手肘顶他胸口，让他起开。

"不带。"

"露营不要搭帐篷，你自己可以？"

"徐朗、徐隽可以帮忙，家里又不是只有你一个男人。"某人很有骨气。

徐言手环着她的腰，随着她的脚步一起移动。

"那你打包这么多吃的干什么，徐朗、徐隽能吃得完？"

春诺后退一步踩到他的脚上，还重重碾压了几下。

"吃不了喂狗。"喝醉了的男人都是狗男人。

低沉的笑声从徐言嗓子里溢出，他去轻啄生气的某人的下巴。

"很疼？"

春诺的脚用力碾压，恶狠狠的语气威胁："你说呢，下次你试试，你看疼不疼。"

徐言认错，态度是十二分的真挚："我错了，我道歉。下次，还是得回床上。"

春诺直接上嘴咬人，这哪里是认错，这简直就是不知悔改的挑衅。

快下午三点一家四口才出了门，春诺拉着徐隽走在前面，徐言和徐朗两手提着东西走在后面。他们到营地的时候，小花他们一家已经到了，旁边停着一辆房车。徐隽看到房车已经兴奋了，连最喜欢的朵朵姐姐都不管了，拉着哥哥往房车那边跑。

"小花，你们行啊，为了露营还买一房车，这是有多喜欢。"

"这可不是我们买的，这是徐老大买的，刚刚让我老公给提过来的。"

朵朵甩开小花的手也往前跑，小花急着去拉她，一边跑前跑，一边回头回春诺话。沈鹤臣怕小花摔倒也怕朵朵摔倒，快走两步去牵母女两个的手。

在后面走着的徐言牵上春诺的手："还是生儿子省心。"

他们家那两个根本不用管。

春诺睨他："你什么时候买的房车？"

徐言转移话题没有成功："你不是一直念叨想要来露营看星星。"

"可我可能也就来这么一次。"她自己的毛病自己清楚，干事儿有的时候就三分钟热度，做什么也就图个新鲜。

"正因为来这么一次，所以才要玩好一点，不能随便凑合。"

他有自己的一套理论，春诺一时找不到反驳的理由。

徐言拨弄了两下她的草帽："还很难受吗？"

春诺想说难受，但刚刚午休的时候，她享受了某人一个小时的全身按摩服务，不好现在翻脸不认，半瞑半瞪他一眼，让他自己自行体会。

徐言低头吻上她微微噘起的嘴角，蜻蜓点水的一下。春诺还是被他突然的动作吓了一跳，往左右看了看，使劲拧了一下他的胳膊："会有人看到。"

徐言笑道："那就等会儿在人看不到的地方亲。"

春诺也不拧了，直接上手打，他现在每天都以逗弄她为乐。

搭帐篷的时候，小花提议两家比赛，输了的那家负责做晚饭。春诺当然同意，就算沈鹤臣更熟练，但是他们家三个男人，还能输给沈鹤臣一个。

可春诺忽略了一件事情，他们家虽然三个男人，但是小的不是帮忙的那一个，而是捣乱的那一个，他爸刚装好一样东西，徐隽下一秒就给拆了，拆完之后还拿给他爸看。徐言摸着他毛茸茸的小脑袋表扬："我们隽宝真棒。"

被夸了的徐隽拆得更起劲了，徐朗在旁边一边给徐言递东西一边护着徐隽。

春诺实在看不下去了，从躺椅上起身要过来帮忙。

徐言又把人给按回去："你歇着，天黑之前能搭好就行。"

徐朗也不让她起身："妈妈，你不用担心，这是我们男孩子做的事情。如果我们输了的话，我和弟弟会帮爸爸一起做饭的。"

徐隽也上手按住春诺的腿："坐，妈妈，坐。"

小花对胜利势在必得，简直笑死："老大，作为被三个男人保护的女人，你是不是每天睡觉都是笑醒的。"

春诺也笑，笑她高兴得太早："如果我们家输了，三个男人一起做饭，你看到这个架势了，凌晨能吃上都是早的。"

小花不上当："那就让徐总自己做好了，愿赌服输的，老大，你不能反悔。"

这辈子还能指使徐总做饭，小花一定不会放过这个机会的，就算事后被她老大打击报复，她也不会松口。

春诺又重新躺回了躺椅，悠悠地说道："我不反悔，你到时候别反悔就行。"

"我不反悔。"小花信誓旦旦。

不过一个小时，小花就反悔了，徐家一大两小三个男人的行动是一起的，搭帐篷是，做饭也是。确切地说，无论徐总做什么，徐朗和徐隽都会跟着一起做，他们不会让爸爸一个人受累，徐朗是在帮忙，但徐隽是在捣乱，没多一会儿，朵朵也加入了捣乱的大军。

照这个架势，真的是凌晨吃上饭都是早的。

最后饭还是徐言和沈鹤臣一起做的。

夕阳西下，红霞铺天，空气里弥漫着青草的香气，几个人围坐在一起。

三个小朋友排排坐，徐隽现在基本已经可以自己吃饭，徐言只需要稍微看顾一下他就可以。徐言现在的重点照顾对象是春诺，春诺的眼神到哪儿，徐总的筷子就伸到哪儿，偶尔还给喂到嘴边。

春诺在桌子底下碰他的腿，让他自己吃，别管她。朵朵一直往这边看，看得春诺都有些不好意思了。

朵朵咽下嘴里的饭，奶声奶气地发问："诺诺姨姨，你是身体不舒服吗？"

春诺只觉这句话里有坑，她本想顺着她的话点头，但看到徐朗看过来的眼神有些担心，春诺只能实话实说："没有，姨姨身体没有不舒服。"

朵朵歪歪头道："妈妈每次早晨身体不舒服的时候，爸爸都会喂妈妈饭。姨姨你没有身体不舒服，是和我一样还用不好筷子吗？"

小花轻咳一声，沈鹤臣也跟着轻咳一声。

春诺被小朋友最纯真的眼神和最认真的发问给闹了一个红脸。

徐朗给朵朵解释："爸爸说过，爸爸喜欢喂妈妈吃饭，是因为妈妈是爸爸喜欢的女生，男生会想要照顾自己喜欢的女生。"

朵朵恍然大悟地得出结论："我知道，喜欢就是爱，爸爸爱妈妈，言言姨夫爱诺诺姨姨。"

两个小朋友完成对话后，又各自埋头吃饭。

四个大人，有三个人不自在地望望天，望望地。只有徐总泰然自若地继续照顾自己喜欢的女生。

春诺都不知道他是什么时候跟徐朗说的这些话，她想要上脚踩他，正好对上他看过来的视线。

徐言看着她晕红的脸，嘴角微微上扬："怎么，爸爸爱妈妈，姨夫爱姨姨，不是天经地义的事情，这有什么值得你害羞的。"

春诺哪里知道，她就是害羞，从别人嘴里听到徐言说他爱她，比他亲口对她说他爱她，还让她害羞。

徐隽嘴角沾着菜渣，小手拍着桌子，嘴里兴奋地说着："爱，爱，爱，羞，羞，羞。"

露营留给春诺的记忆，不是蓝天白云，绿草花香，漫天繁星，而是徐隽那充满魔性的六个字，在她耳边经久不散，连晚上睡觉都会出现在梦里。

爱，爱，爱，羞，羞，羞。

春诺觉得徐言最近态度有点懒怠，要说具体懒怠在哪里，她倒也一时说不出。她给江念晚念叨这个事儿，江念晚一如既往一针见血地问了一个问题：

他在床上的表现怎么样，有敷衍的意思吗？

春诺不想回答她这个问题，只回给了她沉默的六个点。

别说六个点，就是一个点，江念晚也能从中捕捉到自己想要的答案，准确且无误。

江念晚：那就没有问题啊。你想你们结婚都快十年了，他对你还保持着最初的热情，你还有什么可怀疑的。别的男人不好说，就徐总那个闷骚的性子，爱和欲成直线正比的关系，放心啦。

春诺觉得江念晚这话倒也有一点道理，但是夫妻两人之间的事情，有些感觉反应是和外人说不清楚的，她就是觉得他近一阵有几分不对。

比如说他有时候接电话，会刻意地避开她，这是之前从来没有过的。半夜醒来的时候，他会不在床上，她去书房找他，他会关上电脑。一次两次或许没什么，但是这一个星期已经发生了好几次，她不想起疑心都不行。

春诺想着两个人必须要开诚布公地谈一次，如果有问题就解决问题。但是他临时出差，特别急，中午打的电话，下午回来拿的行李，什么时候回来还不确定。

春诺到底生了几分闷气，也不等什么合适的时机了，就明明白白地问他："徐言，你是不是有事儿瞒着我？"

她没有错过他那一秒的迟疑："你犹豫了，你就是有事儿瞒着我。"

徐言倒没有想到她敏感到这种地步，他上前抱住她，刚要开口，被她捂住了嘴。

"你先想好怎么说，如果是敷衍我的谎话，就不要说了。"

徐言轻笑，双手搂着她的腰，让两个人的距离更近一点儿。

"我之前骗过你吗？"

"那倒没有。"这个问题春诺都不用想，"可之前是之前，现在是现在。"

徐言直接抱起她坐回了沙发。

"那现在是发生了什么事，让你觉得我要说谎话来敷衍你。"

"你现在接个电话都要去书房，半夜窝在书房也不知道干什么，我过去你立马就把电脑关了，你自己说说你的行为奇不奇怪。"春诺揪着他的衣领，越说越觉得他可疑。

徐言点头同意她说的话："让你这么一说，是很奇怪。"

"你还真有事瞒着我。"春诺揪着他衣领的手变紧。

徐言笑道："你是打算谋杀亲夫吗？"

春诺干脆双手揪住了他的衣领来回晃动他的脖子："说！"

"也不算瞒着，是公司的事情，公司一个收购的项目，进行得不是很顺利，我这次出差也是过去盯一下。"

春诺听他说公司的事情，心里一紧，当初老春的公司破产也不过是几天的时间而已。

她双手改为搂上他的脖子，语气里满是担心："很严重？"

徐言的手抚平她微蹙的眉头："不严重，这些事情不用你担心。"

"真的？"

"骗你是小狗。"徐言学自家儿子的话做出保证。

春诺不理他的玩笑，神色很严肃，说道："徐言，你说过，我遇到任何事情，都不能瞒着你，不管是好的还是坏的，我们都要一起承担，不能以爱的名义把你推开。我想说，你也是，你遇到事情也不能瞒着我，我虽然不懂你公司的事情，也没有你那么厉害。但是，我有钱。"

她凑近他的耳朵，放低声音："我有很多钱。"

结婚后，她的账户是单独的，拍戏的钱都是进的她自己的账户，徐言让专人在帮她管理。春诺觉得没有必要这样，但是他坚持。他虽然没有明说，也用实际行动证明那句话，他的钱是她的，但是她的还是她的。这些年她账户里的钱只进不出，数字年年增加，即使算不上大富婆，但也能算得上是个小富婆。

她声音很小，像是在说什么隐秘的事情怕隔墙有耳，小小的一张脸上透着严肃和认真。在这么真挚的时刻，徐言也想保持同样的表情，但是还是没忍住笑出声来，先是轻笑，随后大笑，清冷的眸子里满是流星溢彩的光。

春诺看到他笑，先是松了一口气，他还能笑这么开心，想来也不是什么严重的事情，到后面又被他笑得有些恼，她说的话有这么好笑吗？

　　"你笑什么啊。"她要上手打人了。

　　徐言握住她的手，安抚炸毛的猫儿："我笑我娶了一个有钱的老婆，以后就算失了业，也可以靠老婆养，难道这不是一件值得高兴的事情？"

　　春诺看着他的眼睛，要他把自己的话听到心里去："徐言，你是我的后盾，我也可以成为你的后盾的。"

　　徐言慢慢止住了笑声，手托上她的下巴，以同样郑重的语气回她："你不是可以成为，你一直就是我的后盾，我以为你知道这件事情。"

　　"我当然知道，我是怕你不知道才提醒你的。"

　　徐言慢慢靠近道："看来还是我们沟通得不够，才导致了这个误会。"

　　春诺从他的眼神里已经感知到了危险，缩着头往后躲："你该走了，不是傍晚六点的飞机？"

　　"现在才三点，来不及还可以改签。"徐言去追她的唇。

　　"不行，待会儿隽宝要从幼儿园回了。"

　　春诺手脚并用推他，她不明白，明明是一场严肃且认真的谈话，为什么会是这个结果。

　　"还有一个小时，来得及。"徐言抱着人往卧室走，"我觉得可能是我最近表现得不够好，才让夫人有胡思乱想的时间。"

　　"我没有胡思乱想。"春诺连连摆手，垂死挣扎。

　　徐言前进的脚步没有停。

　　"你这是白日宣淫。"春诺一着急，脑子就开始冒成语。

　　徐言边走边俯身去啄她的唇："不管是宣什么，也是你和我一起。"

　　一场午后的临时谈话，开始于沙发，终止于床上，春诺趴在徐言身上，一根手指头都不想动。徐言手抚着她光滑的肩头，去抬她的下巴："真的是越来越娇气了，徐隽都没你能哭。"

　　某人不以为耻反以为荣："你惯的。"

　　徐言抹掉她睫毛上挂着的泪珠："以后有胡思乱想的时间不如去锻炼一下身体，省得在关键时候哭鼻子。"

　　春诺不服道："我有锻炼啊，不然哭得比这还厉害。"

　　"看来还是我的不是。"徐言接下她话里的意思。

　　"不然呢？"

徐言抱起人贴到她的耳朵上，给她解释原因："那是因为我的七情六欲皆系在你身上，所以每次恨不得把你吃到肚子里去。"

春诺双手去堵他的嘴："你不要说。"

"不让我说，那你以后还胡不胡思乱不乱想？"徐言顺着春诺的背揉下去。

春诺又急着去按他的手："不来了，我真错了，以后真的不胡思乱想了。你赶快起来，收拾东西，赶飞机，去出差，去工作，去挣钱。我在家里修身养性，好好锻炼，等你回来。"

徐言捉住她的手放到自己嘴边亲吻："这次时间不够，等我回来，换你欺负我一回让你报仇，好不好？"

好什么好，春诺直接上脚去踹人，不管开始是谁欺负谁，最后挨欺负的都是她，她真的是吃饱了撑的，才会起了那些乱七八糟的想法。

徐言说是归期不定的出差不到一个星期便回来了，只是他刚回来，春诺便要走。

其实是很临时的行程，李靖聪新拍的电影在国外取景，一位演员出了事情，不能正常进组，他问到春诺这里，能不能帮他顶一下这个角色。

春诺有些犹豫，因为半个月后就是她和徐言的结婚纪念日，又恰好是十周年，这么重要的日子，她不想和他两地相隔草草地度过。

可她了解李靖聪，如果不是实在没有办法，他不会这么急地找她。李靖聪对她有知遇之恩，他张口求的事情，她能帮的话不想推托。

春诺视频和徐言商量这件事情，徐言刚刚洗完澡，顶着半湿的头发，神色有几分不豫，他这几分不豫是对李靖聪的，可两个人隔着屏幕，春诺只当他的脸色是摆给她的。

他很少有这样直接不高兴的时候，她本来就有几分理亏，去年也是因为她在剧组，他过来找她，结果她下戏时已经快凌晨了，两个人没有过好结婚纪念日。她答应今年补给他来着，所以特意空出了一个月的行程。她也有些委屈："我是跟你商量啊，又没有决定。"

春诺不想看徐言的脸色，直接把平板放倒，只给他看天花板，两个人一时间都没了话。徐隽跑过来拿起平板，对着屏幕里的徐言喊"爸爸"。

"爸爸，你什么时候回来，我想爸爸了，哥哥想爸爸了，妈妈也想爸爸了。"小小的声音奶声奶气，一张脸贴到屏幕上要亲亲。

徐言隔着屏幕亲了亲儿子的脸蛋："爸爸再过三个晚上就回去了，

爸爸也想弟弟和哥哥了，更想妈妈。"

　　徐隽拿着平板往自己卧室里跑，神神秘秘的样子："爸爸，我给你说一个秘密。"

　　徐言凑近屏幕，表示自己对这个秘密很感兴趣。

　　"妈妈在偷偷给你准备礼物，我和哥哥都没有，只有爸爸有，妈妈说是惊喜。"徐隽躲到门的后面，小手掩在嘴上，自以为说得很小声。

　　徐朗从隔壁跑过来："弟弟，不可以和爸爸说，惊喜的话就是现在不可以让爸爸知道。"

　　徐隽小小地"啊"了一声，可他都说完了，他问爸爸："爸爸，我刚才说得特别小声，你是不是没听到我说了什么。"

　　徐言配合他："爸爸刚想问隽宝能不能再说一遍，爸爸没有听清。"

　　徐隽很高兴地看向哥哥："爸爸没有听到。"

　　徐朗摸摸自家弟弟的头，有些发愁，都几岁了，怎么还这么好骗，自己小时候应该没有这么傻。

　　徐朗看向屏幕道："爸爸，你就当作不知道吧，收到妈妈的礼物一定要表现出很惊喜的样子，她都偷偷做了好久了。"

　　徐言拉钩："这是我们三个人的秘密。"

　　徐隽最喜欢秘密了，他有好多秘密，和哥哥的秘密，和妈妈的秘密，和爸爸的秘密，现在有了和爸爸还有哥哥三个人的秘密。他很严肃地点头道："三个人的秘密。"

　　父子三人约定好秘密后，徐隽又把平板电脑塞回到春诺手里："妈妈，爸爸说他想你了，要和你说悄悄话。"说完，迈着小短腿一溜烟地跑了，留出空间来给爸爸和妈妈说悄悄话。

　　徐言看着屏幕里只露出半个下巴的人，轻笑道："我都什么还没说，你怎么自己就生起气来。"

　　"我哪有生气，生气的明明是你，你的眉头都这样了。"春诺的脸又重新进入到屏幕里，学着他的样子皱起了眉头。

　　"还挺像。"徐言认证她的模仿，"我是生李靖聪的气，他明明知道他开口你不会拒绝。"

　　"李导就是正常的工作询问，他又不知道我们的结婚纪念日是什么时候。"

　　他不知道才怪，徐言只能在心里轻哼一声。

　　"我不去了。"春诺半托着下巴，"说好要好好陪你过十周年的，我不能食言，我也不想你不高兴。"

"答应他吧，我没有不高兴，这是你的工作，说好我要做你后盾的，就不能拖你后腿。你回来之后补偿我就好了。"他压低声音，"就补偿我——让你欺负我两次，你要是不会，我可以教你，一步一步地教。"

春诺拿抱枕捂住平板："你好烦。"

"我怎么烦了，都让你欺负我了，我还烦。"徐言半靠半躺在沙发上，慵慵懒懒的模样。

春诺不理他的话，低头不语。

"好了，不为难你。换个角度想一下，如果我有临时的工作赶在我们结婚纪念日需要出差，你难道会不让我去？"

春诺知道他在宽慰她："我是会让你去。可是，你根本就不会让这样的事情发生。"他答应过她的事情从来都会兑现，而且也不会把这种两难的情况摆在她面前，其实他最知道她，她说要和他商量，其实天平已经往要去的那边倾斜了。

"所以说，你回来补偿我就好了，两次不够，可以三次四次，我不嫌多。"

"徐言。"春诺看向屏幕。

"嗯？"

"你会把我惯坏的。"

徐言低声笑道："我怎么觉得已经把你惯坏了。你现在既会撒娇又会耍赖。"

"我哪有。"春诺不认，徐隽现在都不耍赖了，她难道连徐隽都不如。

"有没有，等我回去就知道了。"徐言从不跟她争口头上的输赢，他把屏幕换了一个角度，"想没想我？"

春诺摇头："不想。"

"真的？"

春诺拿他的话堵他："真的假的，等你回来不就知道了。"

"确实，等我回去检查就知道了。"徐言一本正经道。

春诺却从他一本正经的语气中感觉到了不正经，她直接挂断了他的视频。

徐隽开着小汽车从走廊那边过来，最后还来了一个漂亮的漂移停到妈妈面前，他摸着妈妈的脸："妈妈，你为什么每次和爸爸说完悄悄话，脸都是红红的，像一个红苹果。"

徐朗也从自己卧室里冒出来："那是因为妈妈在想爸爸，女孩子想到自己喜欢的男孩子都会脸红。"

徐隽似懂非懂道："哥哥，是不是就跟我想到自己喜欢的小汽车，会特别开心一样？"

徐朗仔细想了想这个问题："嗯，应该是一样的。"

徐隽觉得自己明白了一个很难的问题，十分高兴，开着小汽车又"呜呜"地飞走了。徐朗跟在弟弟后面，也回到游戏房继续拼乐高。留下春诺自己一个人在风中稍微凌乱了一会儿。

李靖聪在收到春诺确认的信息后，才给徐言打的电话，上来就是道歉："是不是扰了你们夫妻花好月圆的计划。"

"快滚，你扰都扰了，现在还打什么马后炮的道歉电话。"徐言没好气道。

李靖聪好声好气地再道一次歉："我也是实在没有办法了，这个角色很重要，要不是知道你老婆年初这几个月不接工作，我最初就是想找她来演，阴错阳差，最后还是找到她，也算是缘分。"

他声音里都是掩饰不住的高兴，让徐言更加心气不顺。

"今年可是我们十周年，我本想好好给她一个惊喜，您老人家倒好，一个电话就把我前期所有的准备都打乱了。"

这个倒是李靖聪没想到的，他有些错愕："我真不知道是你们十周年，要不，到时候我空出三天的日程来给你老婆，让她回国，不耽误你给她惊喜。"

"算了。"来回十几个小时的飞机，还不够她累一趟，而且她一旦进入工作状态，就不喜欢因为自己的事情耽误剧组的进度。

"我到时候会过去，我不求李大导空出三天来，你给我空出一晚上来，我就谢谢你了。"

李靖聪一口答应，别说一晚，一天一晚就行："我给你们一份大礼作为赔礼怎么样？"

"你少得了便宜还卖乖，我缺你那一份礼。"徐言嗤他。

总之，春诺临时出去拍一个月的戏，这件事算是定了下来。徐言压缩了自己的行程，赶在春诺出发前三天回了家。

他到家的时候已经快要晚上十一点，还没有按下密码，门已经从里面打开了。

"你终于回来了。"春诺半揉着眼睛，她本来和徐朗、徐隽一起等爸爸回来，两个小的没有等到已经睡了过去，她也有些半梦半醒的困顿。

徐言一只手提着行李，一只手拥着她往屋里走："困了就睡，不用特意等我。"

春诺闭着眼睛，挂在他的胳膊上，跟着他的脚步往前走："就是想等你，你刚刚见到我不高兴吗？"

"何止是高兴，我在路上就想，你要是睡着了，我也得把你给折腾醒。"徐言俯身去亲她的耳朵，从耳朵一点点移到嘴角，"到底有没有想我？"

春诺半眯着眼睛，仰着头，去迎接他的吻，样子又乖又娇："不想干吗等你到现在。"

徐言还算满意她的答案，拥着她给了一个深吻，算是暂时缓解了一下离别多天的想念。

"你饿不饿，我有给你留吃的。"春诺贴着他的唇问。

"不饿，飞机上有吃东西，现在饿的是别的地方。"徐言意有所指。

春诺拍他的胳膊，命令的口气："去洗澡。"

"遵命，夫人。"徐言想拖着她一块儿往卧室走。

春诺拉住他的胳膊，不准他往卧室那边走："我去给你拿衣服，你在外面的浴室洗。"

徐言自然能察觉到她神色里的不对，不过，他还是很愿意配合自己的太太来完成给他的惊喜。太太有什么指示，徐言绝对准确无误地执行。

他洗完澡后，客厅里已经熄了灯，他穿过长长的走廊，打开卧室的门，房间里只有地灯亮着，烘托出昏昏暗暗的光，春诺半躺半倚在床上，穿着一件红色绸缎的睡衣，很平常的姿势，却是明晃晃的诱惑。不过他一进门，她立刻就从床上爬了起来。

"你怎么这么久，我都快累死了。"她半嗔半娇的抱怨。

其实他根本没用多长时间，十分钟都不到，只是她有点羞，扯了个理由埋怨到他身上。

"是我的错，让太太等心急了。"徐言拥上她张开的怀抱。

"是累，不是急。"春诺纠正他，不进他挖下的坑。

"这算什么？出差回来的礼物，还是十周年提前过的礼物？"徐言一下一下挑着她的肩带，用眼神催促她的答案，他需要一个名头来拆这份礼物。

"出差回来不应该是你给我礼物吗？"春诺反问。

徐言的手顿了一下，随后头抵上她的肩膀，笑不可抑："确实，我太太越来越聪明了。你的礼物在外面，要我现在去拿？"他作势要往外走。

"不要，明天再看。"春诺拉住他的胳膊，不让他动，她不想他从远到近再看一次她现在这个样子，她受不住那样的眼神。

"那这是十周年提前过的礼物？"徐言继续刚才的话题。

春诺点点头："还满意不？"

徐言的手顺着她的锁骨似碰非碰地往下走："满意是满意，但离你走还有三天的时间，现在过了，后面两天要怎么办？"

春诺眉眼弯弯，凑到他耳边："我准备了三套，作为不能和你一起过的补偿。"她声音又放软了一点，"只要你不太过分，你想怎么样都可以。"

她的唇轻触着他的耳垂，香甜的气息萦绕在鼻尖，他手指一圈一圈绕着她的长发："你要给不过分这三个字下一个定义，我才能知道我能到哪里，不能到哪里。"

春诺本来是抱着赔罪的心理，可听到他的话，她突然后悔了，她拿眼睛睨他："你给我说说你想到哪里？"

徐言想到的地方可太多了，不过他不想把刚刚伸出触角的小蜗牛给吓回壳子里去，再也不出来了。他也附到她的耳边："我要求的不多，你好好欺负我一次，这个应该没有太过分，嗯？"

春诺既然给出了这个提议，当然也做过种种预想，可他非要追着从她这儿得到一个过不过分的答案。春诺拿脚踢他："到底要不要？"

老婆都催了，当然要，他被人压在了身下还不忘打预防针："不许喊累，不许半途而废。"

春诺微微抬起下巴，很是傲娇："你别小瞧人。"

他确实不敢小瞧人，她中途也没有喊累，也没有半途而废，只是十秒还没过，她就趴在了他身上，也不说话，手摸着他的唇，可怜巴巴地看着他。她这个样子，都不用开口，还有什么是他不能给的，最后这个功劳还得归功到她身上。因为她全程都没有从他身上下来，不管他怎么说，在她的认知里，这就算完成了一次欺负，达到了他的要求，不许他秋后算账。

徐言在她的威逼加利诱下认下了这笔账，反正三套衣服，三个晚上，还有什么是他不能讨回来的。最后讨没讨回来，看送机时徐言餍足的表情就知道了。

这样在机场的分离，他们已经有过好多次，可这次春诺格外依依不舍，搂着徐言的脖子不放手。江念晚和小花在边上，一个大声地"啧啧"，一个小声地"啧啧"。

徐言怕春诺不好意思，搂着她转到了角落里。

"不难过了，不是已经补偿过我了。"徐言在她耳边安慰，"而且这次就一个月，我中间也可以飞过去看你。"

"不要，来回十几个小时，时间太长了。我很快就回来，你和朗宝还有隽宝在家里等我。"春诺轻吻徐言的脖颈，这算是结婚以后他们要分开最长的一次了。之前就算是她拍戏，他也基本一个星期飞去见她两次。

"你要想我。"她抬头看他，"每天都要想。"

徐言去啄她的唇："每分钟都想。"

春诺满意了，松开他："好了，腻歪够了，你快走吧，我要进去了。"

不过是一秒钟的时间，前一秒恨不得把他一起带上飞机，后一秒又潇洒地轰他走人。徐言去捏她的鼻子："跟在床上一样，翻脸就不认人。"

春诺皱皱鼻子："不认别人，认你就好了。"

江念晚在后面大声咳嗽一声："好了啊，时间该来不及了。"

徐言的唇停在半空，最后还是印了下去："快走吧，再不走，我就直接把你拖回家了，让李靖聪开天窗好了，反正是他不厚道在先。"

已经远在异国他乡的李靖聪突然打了一个喷嚏，他有些不放心，给徐言发了一个信息：你老婆是上飞机了哈，你没半道儿把她拖回去吧。

徐言只回他两个字：你猜。

李靖聪放心了，他这个不阴不阳的语气，证明老婆没在身边。

时间过得很快，三月十四日那天，下午的拍摄差不多六点就结束了，但国内也已经快到凌晨了，春诺早晨的时候和徐言通过视频，刚刚给他发信息，没有人回，想来是睡了。

她和江念晚还有小花，没有拍摄的时候一般都窝在酒店里，打游戏或者打扑克，最无聊又最有趣的消遣。今天坐车回来的时候，在酒店附近看到了一家酒吧刚开业，江念晚开始使眼色撺掇，小声说要不要去见见国外的小帅哥，小花跟着摩拳擦掌，春诺也默默地点了点头，她就是陪她们两个去，防止她们喝醉而已。

三个人回酒店换了衣服重新化了妆，又马上下了楼。酒吧离酒店非常近，直线距离走路都不到五分钟。江念晚和小花全是烟熏妆，春诺倒是没到烟熏妆的地步，只不过眼线也飞了起来。

虽然进酒吧门的时候，三个人都是雄心壮志，等进了门，谁都没开口，自动往一个角落里走去。开始的时候，搭讪的人很多，三个人全都摆出一张高贵冷艳的脸礼貌拒绝，到后面也就慢慢清净下来。身体随着音乐慢慢晃动，春诺精神也有些放松，比平时多喝了些。

接到徐言视频，春诺有一瞬间的慌，随后又很快冷静下来，她跑到酒吧外面，找了一个安静的角落，把视频转成了语音。

"喂，老公，你还没睡吗？"

春诺说完第一句话想就打自己嘴，她一般只有在做错事被发现撒娇求饶的时候，才用到老公这个词，现在这样简直是不打自招。

"你没在酒店？"徐言问。

"在啊。"春诺意识到有什么不对，她脑袋里绷起了一根弦，"你不要跟我说你现在在酒店？"

"所以，你要不要给我开门？"徐言半靠在酒店走廊的墙上，已经知道她人多半是不在酒店里。

春诺简直想哭，这就跟你老老实实当了半个月的好学生，突发奇想地想逃一节课，翻过了后院墙，老师就等在下面，是一样一样的感觉。

"我在外面和江念晚她们一起吃饭，已经快吃完了，我马上就回去。"春诺快速转动着自己不多的清醒的脑细胞。

"你们在哪儿，我也还没吃。"

"就在离酒店不远的地方，要不我给你打包回去吧。"春诺转身正好看到酒吧旁边有一家餐馆。

"不用，你给我发位置，我马上就到。"

徐言说完便挂断了电话，春诺欲哭无泪。

她先去隔壁餐厅点了餐，又打电话把江念晚和小花叫出来，两个人的酒量都比她好，人还很清醒，只是妆容烟熏得太严重，一看就不像是单纯出来吃饭的，不过现在已经没有时间担心妆容了，串供最重要。

徐言到的时候，三个人已经演练了一遍，为了掩饰身上的酒味，春诺还专门点了酒。江念晚先发制人："徐总，不过还有半个月就回去了，您老人家还专门跑过来一趟。"

徐言看她一眼，似笑非笑道："李靖明上个星期刚请了两天的假，他应该不是自己去哪儿旅游了。"

江念晚闭上了嘴。春诺和小花感觉到了背叛，上周有两天江念晚说困得厉害，结束了拍摄连晚饭都不吃就回了自己房间。

"沈鹤臣现在在酒店大堂里。"

徐言话刚落地，小花就腾地站起来，跑出了餐厅。

"李靖明也来了。"

江念晚又腾地站起来，跑出了餐厅。

徐言终于支开了所有人，坐到了春诺对面。她穿了一件黑色长裙，长发松松散散地绾起，眼睛多了些娇艳妩媚，烈焰红唇尤其惹眼。

"今天很美。"

春诺握住他的手，半托着下巴："因为知道你要来，所以特意打扮给你看的。"

"你现在哄我的话是张口就来。"徐言揉捏着她的手。

"老公就是用来哄的。"或许是因为喝了酒，又或许是因为在国外，谁都不认识她，春诺胆子大了几分，起身隔着餐桌给了徐言一个吻，"惊喜的奖励。"

徐言眸色深了几分："先吃饭，吃完饭再好好跟我说说你刚才去哪儿了，糖衣炮弹也只能管一顿饭的时间。"

"哦。"春诺还以为可以糊弄过去。

就算春诺再拖拉，一顿饭也长不过一个小时。两个人出了餐厅，夜幕降临，华灯初上，餐厅隔壁的酒吧尤其热闹，刚才她们去的时候，时间还早，所以人不是很多，现在已经排起了长队。

春诺本想挽着徐言的胳膊若无其事地走过去，但是门口的保安认出了她，还热情地跟她招呼。春诺装死不成，也就豁了出去："我们刚刚来这个酒吧玩了一圈。"

"玩得开心？"徐言顺着她被风吹乱的头发。

春诺伸出小拇指比了一小截："一点点开心，但是没有见到你开心，见到你的开心是那一点点开心的一千倍。"

徐言笑着拥她入怀："嘴怎么这么甜。"

春诺搂着他的腰，仰头看着他："因为我有一个爱我的老公，让我的日子每天比蜜都还甜。"

明知道她是醉话，徐言还是被哄得很高兴："真的是醉了。"

"我没醉，我虽然喝了一点酒，但意识是清醒的。"

徐言轻啄着她的唇："既然没醉的话，就听我说？"

就着这个氛围，徐言等不到回酒店了，他想现在就告诉她。

春诺点点头。

"我到现在都还记得那个下午，你说结婚，你不知道我心里有多高兴，可当初有多高兴，现在就有多遗憾。一直以来，你都比我要勇敢，当初的交往是你提的，我们的结婚还是你提的。我常常想，我欠你一个正式的求婚，鲜花满地，手捧戒指，单膝跪地，求你允我一个一生一世，这是每个女生的愿望，我却没能给到你，是我的错。"

徐言后退一步，春诺大概知道他要做什么，她眼睛里蓄满了泪，去拉他的手，徐言已经单膝跪了下去。

"春诺，谢谢你当初的勇敢，嫁给我，给了我幸福快乐的十年，也谢谢你给了我两个懂事又可爱的小朋友。我这一生所愿不多，一愿，家人平安健康；二愿，能和你在余生相拥四季。"

春诺握紧他的手，眼泪落到了她手指刚多出来的那个戒指上，很古老的样式，钻石在夜空下闪闪发光，它有一个很美的名字，Khloris，春之神。

异国他乡的十字街头，一对东方面孔的男女，男人高大英俊，女人娇俏妩媚，两人紧紧相拥在明月清风的春夜里。

我的春天曾经暗淡无光，直到遇见了你，才有了缤纷的彩色，花团的紧簇，闪耀的星光。

番　外
最初和最后

两个人确定关系，是通过手机确认的。

春诺第一次追人，追得横冲直撞，毫无章法，从操场一鸣惊人的告白过后，两个多月过去，还是没有任何进展，对方就跟一座冰山一样，往上面浇热水都温不化的那种。

恰逢她来"大姨妈"，身心都处于一个低潮期，发给徐言的信息，过了一个多小时了还是没有任何回复。她丧气到极点，觉得如果有一个她不喜欢的男生也这样对她死缠烂打的话，她应该也会觉得烦，她对着手机删删减减了半个小时，又发了一条信息过去：

徐言，这是一条不需要回复的信息。如果你对我有那么一点儿的喜欢，今晚七点，我在你们学校后湖的静言阁等你。如果你不来，我以后都不会再去打扰你，还有我为我之前的一系列行为，在这里和你说声抱歉。这可能是我们之间的最后一条信息，所以提前祝你前程似锦，早日找到自己喜欢的女孩子。

春诺发完，就把手机静音，然后调了下午六点的闹铃，将被子捂上头开始睡大觉。结果她一睁眼，外面天都黑了，都快晚上八点了，她闹铃定错了，定成了早晨六点。

手机上七点十分徐言有打过来一个语音电话，然后还有两个未接电话，分别是七点十五分和七点半，也都是来自徐言。

春诺急急忙忙回拨过去，电话很快接通。

"你在哪儿？"

他的声音里有一丝平常听不到的慌，春诺以为是自己的错觉。

"我在……宿舍的床上。"她先嗫嚅着给出回答，随即又反应过来，他这样问，是不是证明他去了静言阁，"你在哪儿？徐言，在静言阁吗？"

她的声音不自觉地提高，手脚并用地下床扯衣服穿。

电话里有一秒钟的静默："没有，我挂了。"

他声音里的那丝慌不见了，又恢复到原来的平静冷淡，甚至比原来还要更冷。

"不要挂，徐言，我来'大姨妈'了，特别特别不舒服，我本来定了六点的闹铃，可是我定错了，定成了早晨六点，我睡过头了，我骗你是小狗。你现在静言阁吗？还是在哪儿，我去找你，很快，十分钟，不五分钟就到。"

春诺生平第一次语速快到跟说 rap 一样，生怕他会挂掉电话。如果他去了静言阁，她没去的话，这大概会成为两个人的最后一通电话。

结果她太着急了，脚撞到了床腿上，痛苦的闷哼从嘴里溢出，脚趾当下见了血。肚子难受，脚上生疼，心里更是又慌又难受，春诺一屁股坐到地上捂着脚开始掉眼泪，先是无声的哭，后来以为他已经挂断电话了，也不控制了，反正宿舍也没有人，头埋进膝盖里哭出了声。她都快要难过死了，他肯定会觉得她在要他，以后肯定更讨厌她了。

"别哭了。"半晌，手机那头传来声音，无奈中带着些妥协，是对自己的妥协。

正在闷头痛哭的春诺猛地抬起头，哭声憋回了嗓子里岔了气，身子一顿一顿地打起了嗝："你……没挂啊，我还以为……你生……我的气了，再也……不想理我了。"

一句话里夹着三四个嗝，还有几下抽鼻子的声音，狼狈又委屈。

"撞哪儿了，还是磕到哪儿了？"

"撞到床腿上了……磕到脚了……还流血了，很疼。"春诺抹了一把眼泪，怕他不信，"我照给你看。"

"你宿舍在哪儿？"

"干吗？"春诺被眼泪糊得不是很灵光的脑袋隐隐地察觉到了什么。

"去给你送药，创可贴……还有饭。"

春诺手指抠着自己的裤脚，压着嗓子小声问："徐言，你是去静言阁了吗，那……你是我对有那么……一丁点的喜欢吗？"

手机屏幕上计时的数字在一点点增加，外面"呼呼"的风声通过听筒传到她的耳朵里，她好像看到了他长腿弓身迎着风骑自行车的样子，过了很久又或者没有过太久，她听到了一声"嗯"。

低沉的、笃定的，还有些别扭的温柔。

"别哭了，我马上就到。"

春诺觉得，自己头顶的天花板有一朵两朵三朵的小花冒出来，原本还在寒冬腊月飘荡着的一颗心瞬间来到了草长莺飞的春天。她恨不得光着脚在草地上跑上几圈，哭是什么，她现在只想笑，她怎么觉得她的春天要来了。

徐言不让春诺下楼，药和饭是一块儿被宿管阿姨送上来的，阿姨上下打量她一眼："小姑娘，眼光不错，男朋友很帅。"

春诺冲阿姨甜甜地笑："谢谢阿姨，我也觉得我眼光很好。"

春诺放下东西，躺在吊床上，给徐言发信息：阿姨说我眼光很好，因为我男朋友很帅，我说谢谢阿姨。我可以谢谢阿姨吗？

春诺心里默数到五十九的时候，手机振动了一下，在她的那行字下面是徐言的回复：你不是已经谢了吗？

哦。

所以呢？

春诺：所以，我现在是你的女朋友了，对吗？

那个时候春诺在爱情这条路上还是初生牛犊，心里的话从来不会憋到下一分钟。

徐言回，不是文字，是语音："如果你愿意的话。"

如果她愿意的话，她当然愿意！

两人的第一次约会，是发生在确定关系的二十四小时内。大概是有了爱情的滋润，春诺一晚上过后，满血复活，来"大姨妈"也不难受了，脚也不疼了，她给她最帅的男朋友发信息：我们晚上可以一起吃饭吗？

徐言回：想吃什么？

春诺想想：我们学校二楼的鸭血粉丝汤。

徐言：我六点下课，六点二十分到你宿舍楼下。

春诺：你要来接我吗？

徐言回：不想我接？

春诺：当然想！我要坐自行车后座。

那个位置她可是肖想了很久。

这次晚饭之约，是他们成为男女朋友后的第一次见面。春诺光挑衣服就挑了一个小时，最后冒着"大姨妈"侧漏的风险，选的是一件白色长及脚踝的连衣裙，头发扎起来又放下又扎起，到最后时间都来不及了，索性只辫了一个简单的麻花辫。她蹬上鞋，一口气跑到二楼，然后又缓下脚步，理理头发，理理衣服，缓缓呼吸，装作慢慢悠悠地走到一楼。

看到宿舍门口靠着自行车等着的身影时，她又大步跑了起来，春风划过白色的长裙和黑发，她在他面前堪堪刹住脚步，亮着一双澄澈的眸子喊他："徐言。"

徐言抬起头，夜夜入梦的眉眼出现在眼前，他呼吸都不自觉地屏住："嗯。"他应她的话，"走吧。"

春诺皱皱鼻子，反应好冷淡哦，一点高兴的感觉都没有，更别提舍友所说的绝对会惊艳死他了。

她第一次坐男朋友自行车的后座，没有经验，看着他宽厚的背，一双手有些无措，想放到他腰间，但是被他刚才的冷淡打击到，最后只抓住了他的一点衣角。

"坐好了？"他问。

"嗯。"春诺答。

"扶好了。"他说。

"我扶着呢。"春诺答，确切地说是抓着呢。

"扶稳，不然会跌下去。"

春诺后知后觉，手试探着从他的衣服一点点覆上他的腰，直至两只手都夹住。

"好了。"她热着脸小声地说。

"走了。"

"哦。"

春诺有一个毛病就是敢说不敢做，大话先放出去，等该到真刀实枪的实践了，她反而会往后退。就比方说她之前放出去过无数次狠话，每次都是以"如果有一天徐言成了我的男朋友"开始造句，结果现在这个如果真的实现了，那些曾经说过的狠话已经全被她忘到脑袋后面去了。

她双手搭着徐言的腰，上身以一个笔直的姿态和徐言的背保持着一定的距离，本该是女朋友坐男朋友后座的甜蜜，被她坐出了一种大义凛然的僵硬，连眼睛都是直直地看着他衬衫上面的格子，不知道的还以为后座载的是一个直挺挺的机器人。

本来除了会被误认成是机器人，一切都还算顺利，直到经过学校的人工湖，然后又经过了一群慢悠悠过马路的大白鹅。春诺是人工湖的常客，她的写生作业多半是在这里完成的，这个湖是春诺画画灵感的源泉，也是这群大白鹅的家，她以为她和大白鹅是好朋友，毕竟她给它们画过那么多张形态各异的肖像画。

作为好朋友，春诺找到了男朋友，大白鹅应该会为她高兴，大概是太高兴了吧，领头的大白鹅一嘴捉住了她随风飘成仙女的白裙子。春诺的反应快于要脱口而出的尖叫，她一把攥住裙子，车往前冲的车速，她手上的爆发力，以及好朋友大白鹅嘴上的狠劲，三力合一，只听"刺啦"一声，她精心挑选了一个小时的裙子，被一分为二，一部分在大白鹅嘴里，另一部分撕到膝盖处以一种极为凄凉的破碎感在空中半飘着。

春诺风中凌乱的思绪在想一个很严肃的问题，如果时间可以倒退的话，具体要倒退到哪一个节点会比较好，大概得倒退到她高考志愿填下这所养大白鹅学校的那一刻。

徐言听到声音后，长腿点地停住车，大白鹅叼着她的半块裙角，支棱着翅膀，飞快地越过草地，一脑袋扎进湖里，游远了。

春诺则是一脑袋扎到徐言背上，脸埋到他衣服深处，双手交叉抱着他的腰抱了个严严实实，声音闷到他的背里："快离开这儿。"

最好以火箭的速度，真的好丢人。

她呼吸的温热穿过衬衫和白色 T 恤印到徐言的皮肤上，徐言本就挺直的背更加绷直。

他清了清嗓子："你先稍松一下手。"

嗯？春诺一愣。

"哦。"

她双手迅速松开他的腰，并拉开两人的距离，还往后仰了仰自己的身体。

徐言脱下自己的衬衫，递给她："你拿这个盖一下。"

春诺有些傻，她以为他让她松手，是不喜欢她碰他。

"你不冷吗？"

现在虽然说是春天，但也是早春，只穿一件 T 恤，还是会凉的，而且她的裙子只是一角被撕到了膝盖处，并没有什么大碍。她让他快点走，只是因为太丢人了。

"不冷。"

她不接，徐言转身直接把衬衫盖到了她的腿上，衬衫的袖子环到她的腰后，打了一个结。因为他的动作，两个人上身原本远离的距离又重新拉近，他的气息扫过她耳边，她甚至能感觉到她的头发和他低垂的睫毛纠缠在一起。

他系完又重新转身看向前方。

"现在可以抱了。"

声音平淡到没有任何起伏，如果不是耳后的那一抹极为明显的红，春诺还以为他一直是如老僧入定般冷静。

春诺倾身凑到他耳后："哦。"

然后看到那抹红开始蔓延，春诺本来有些别扭的心慌意乱瞬间消失得无影无踪。她的上身贴上他的背，双手又重新揽上他的腰，严丝合缝。

心里哼起了轻快的情歌，她就说凭她的天生丽质，他不可能对她没有任何感觉。

"要不要回去换衣服？"

"不用，不用，去晚了鸭血粉丝就没有了，放心，只要我昂头挺胸，人家只会以为这裙子是设计师的精心设计，没人会知道那个设计师是一只鹅。出发！"

确实没有人会知道，把春诺和徐言还有大白鹅同框的照片上传到学校论坛的人，还有那么一点点未泯的良心，给她和徐言的脸打马赛克了。

可是她和大白鹅那一战太过英勇，马赛克又打得太过敷衍，不过是吃完一碗鸭血粉丝的工夫，春诺的名字和事迹已经传开了。

学校论坛人鹅大战的那一帖下面，有人留言分析这一战的起因和经过。大白鹅极可能把自行车后座的女生当成情敌了，因为骑自行车的那位帅哥经常在湖边喂白鹅，从照片上两人的姿势来看，女生和帅哥明显是刚确定关系，所以如果真的要论先来后到，那位美女就是帅哥和白鹅之间的第三者，大白鹅怎么会不怒！

这则留言被迅速顶到顶层。

两人肩并肩走在学校的绿荫路下，春诺翻看着论坛，不知道是该哭，还是该笑。她的第一次约会生生地插进来一只暴躁的白鹅，不过她关注的点不在于她和白鹅的先来后到。她拽拽某人的衣角："你经常到我们学校的湖边来吗？我怎么没在湖边见过你，我经常来这边画画。"

徐言伸手握住拽着自己衣服的那只手，先是完全的包裹，然后是十指交叉。

"偶尔。"他回她的问题。

"哦。"

春诺的一肚子话被这突如其来的牵手打乱了节奏。

春天，万物复苏，鼓动耳膜的心跳在激越，血液在奔腾，脉搏在翩翩起舞。

长长的绿荫路下，两个人手牵着手，春风从相握的指尖穿过，春诺腰间系着的衬衫一下一下地抚过她露在外面的膝盖，路灯拉长一高一低相依的身影。

空气里是躁动的安静，春诺眼睛直视前方，余光里全是身边人的侧颜，再往前走就是她宿舍楼了，他们的第一次约会就这样画上句点了吗？

不再……做点……什么吗？

做什么，春诺也不知道，但是夜色这样好，月亮这样圆，星星这样亮，就这样说再见，岂不是要辜负了这撩人的春色。

徐言的脚步停住，春诺的心跳停住。

"春诺，我可以——"徐言开口。

亲我吗？

可以吗，可以吗，当然……可以……

春诺脑子里一排字以无限循环的模式飘过。

她转向他，眼睛四处乱窜，看看鞋，看看缺角的裙子，看看两人相握的手，看看他的喉结，最终落到他的唇上，只一眼，像是电流过身，她很快移开自己视线。

她的声音软糯又羞涩，可也带着几分大胆："可以啊……你是我的男朋友哎，有什么不可以的。"

说完，她又觉得不好意思，轻晃了一下两人交握的手臂。

"那你现在图书证有带在身上吗？我明天用完之后就还你。"

嗯，嗯？嗯？！

春诺抬头看他："什么？"

"我想借一下你的图书证，有一本书，只有你们学校图书馆有。"他解释。

所以……

他答应做她男朋友，只是为了她的图书证？

她都为了他人鹅大战了，他居然只想借她的图书证！

他牵着她的手走了这么久，她掌心的汗起了又落，他最终就是想借她的图书证？

春诺怒从心头起："不借，有也不借，这辈子都不借。"

她甩开他的手，甩了一次，没有甩开，又甩了一次，还没有甩开。

她仰头怒视，他垂眸瞧她。

她恶从胆边生，踮起脚，冲着他微抿的嘴唇就咬了上去。

柔软触碰到柔软的那一刻，春诺心头的恶和怒迅速被慌乱替代。

然后呢……

她空有理论，没有实践，并不知道下一步要怎么办，是要深入，还是要撤离？

他们这算是……吻过了吧。

应该算是……那就行了。不管他是不是为了图书证，她要先在他身上盖上她春诺的戳再说。

她的脚跟又重新落回地上，只是下一秒，腰间横过来一只有力的胳膊，她的脚又重新脱离地面。

他的气息迅速包裹住她的全身，清冽的，热烈的，鼓噪的。

初吻是什么？

是心跳的共振。

是颤动的长睫毛。

是耳边吹过的轻风。

是他抚在她发间的手。

是脚尖离开地面的距离。

是两人在月光下重叠的影子。

情侣间的第一次旅行好像总离不开山啊海啊的这些，在海边牵手看朝阳，在山顶依偎看晚霞，那个时候年轻，大概以为看过日出和日落，人生就不会再有离散之悲。

春诺提前一个月就开始旁敲侧击问徐言，五一要不要去旅游，三天两夜的那种。

徐言看她。

她也看他，还冲他眨了两下眼睛。

徐言忍不住揉了两下她蓬松的刘海："想去哪儿？"

"爬山，然后看日出。"

"你确定你可以爬得上去？"

平时走两步路都会喊累的人，徐言没有办法不怀疑。

呃，虽然这是明晃晃的鄙视吧，但是他鄙视的也不是没有道理，她可能到最后也就是围着山脚走两圈，看看山脚的树和花。

"那去海边，看日出。"

徐言点头道："可以。"

"真的？！"

两个人的单独旅游，三天两夜的那种，春诺有些不相信他会一下子答应她。

"真的，只要你起得来。"

她当然起得来，她为什么起不来，她为什么……起不来，春诺不敢深思这个问题。

这个不敢深思的问题的答案就是，她真的起不来。

看日出要五点起床，她都还没有见过五点的天空是什么样的。一想到明天要和徐言牵手看日出，她就兴奋，兴奋的后果是，她失眠到半夜三点才睡着，闹铃被她关掉了，敲门声她以为自己是在做梦。等她醒来，手机上显示着的时间是"9：33"。

不要说看不到日出，酒店的早餐她都差点没看到。

她闷头喝粥："对不起，都怪我。"

明明是她要来看日出的，她还睡过了头。

徐言给她夹了一筷子菜："不怪你，昨天在路上折腾一天太累了，我也起晚了。"

"没事儿，我们还有明天，明天看也是一样的。"春诺一扫沮丧。

"嗯，明天的天气比今天要好。"

"那日出肯定会更漂亮。"春诺的眼睛弯成月。

徐言手指微顿，催她："快吃，再不吃就凉了。"

她一笑，眉眼就会染上一层灵动的色彩，会让人……移不开眼。

"那你今晚要不要和我一屋睡？"春诺往嘴里送了一大口粥，很快咽下去，接前面的话，"我不会打扰你睡觉，反正我屋里有两张床，你睡一张我睡一张，这样明天我醒不来，你可以直接叫我起床。我如果真睡死过去，会睡得跟小猪崽子一样，敲门声是喊不醒我的。"

她态度很认真，语气很严肃，丝毫不觉得在男朋友面前，说自己睡觉跟小猪崽子一样，有什么不好意思，也不觉得自己的话对他来说是一个多么大的诱惑。

"不行，"他艰难地拒绝，"房子订了两间，不睡浪费。"

"哦。"春诺又往嘴里送了一口粥，小声嘟囔，"所以说，你当初干吗非要订两间，浪费钱，我又不会占你便宜，你怕什么啊。"

徐言忍无可忍道："食不言。"

"哦。你嘴边如果再加两条长胡子，就跟古板的老夫子一样。"她控诉。

徐言干脆端过她面前的碗，拿过她手里的勺子，一勺粥一筷子菜地喂到她嘴里，让她再没有可以开口的时间。

一碗粥下了肚，春诺不说话，继续倾身往前凑。

"还喝？"徐言问。

春诺摇头。

"吃菜？"徐言问。

春诺继续摇头。

徐言用食指轻敲她的额："说话。"

春诺嗔他不解风情："擦嘴呀。你只管喂不管善后吗？夫子做事情不该有始有终？"

徐言能怎么办，他对她什么时候有过办法。

睡得跟小猪崽子一样的春诺第二天还是起晚了，因为她前一天晚上又失眠了。她失眠的原因是他用拇指抹她嘴角的动作一直在她脑海里挥之不去，她一想起来就要踹两下被子。

那种拿她无可奈何却又做得十分认真的神情，真的是让人……心痒难耐。

来看日出的两个人，连着看了两天的日落，春诺心里没有任何遗憾，看什么不重要，重要的是她身边牵着她手的人是他。

好多年以后，徐言怀里搂着徐朗，春诺怀里搂着徐隽，一家四口依偎在海边，把之前没有看过的日出给补上了。

徐朗指着海岸线那轮冉冉升起的红日，十分兴奋："太阳是红色的！"

徐隽也跟着兴奋："太阳爷爷的脸蛋成了羞羞的红色！"

徐言握着春诺的手，拇指摩挲着她无名指上的戒指，好多年前，他在海边想象的画面成了真。

最初的一眼入梦，最后的执念成真。

他所有的梦与念，都逃不过一个她。

春言诺